上海光华教育发展基金会
Shanghai Guanghua Education Development Foundation

钱益民 著

［修订本］

李登辉传

LI DENGHUI

复旦大学出版社

出版说明

一、李登辉先生是爱国华侨、著名教育家。他是复旦大学的奠基人,于1913—1936年担任复旦大学校长。《李登辉传》首版于2005年,值此复旦大学建校120周年之际,予以修订再版。

二、本次再版修订情况大致如下:

(1)对初版中的文字舛误、知识错漏之处进行修正,确保内容严谨、精准,契合学术规范;并对书稿所有引文、参考文献进行核查、校勘,确保史料来源的权威性与准确性。

(2)依据最新发现的中英文资料,结合相关研究成果,新增文字约3万余字。增加的内容主要有:荷兰殖民统治下的印尼华人生活、传主父亲的职业和宗教信仰、新加坡英华书院创办人欧德汉姆及其对传主的影响、传主第二次赴美受挫、美国排华法案的缘起、中国掀起抵制美货运动、传主回国的原因分析、复旦创办的特点及其与震旦学院之比较、民国初年传主一度涉足政治的经历、传主与东南名流和青年会的人际关系网络、传主为江湾校园建设向各界募捐概况、江湾新校园落成典礼盛况、1924年传主被排挤的原因分析等。附录内容也有若干调整和增删,年谱增订30余处。

(3)全面增补、调整书中插图,并采用AI图像修复技术着色优化老照片。增加20余幅珍贵历史照片,如传主父亲、传主父母的墓碑、传主公馆内景、传主在美国俄亥俄卫斯理大学与同学的合影、耶鲁大学 1899 届合影、传主给耶鲁学院 1899 届同学会的信、1916 年传主给耶鲁校友会的个人履历、1925 年传主与印尼家人合影、传主给复旦校董唐绍仪的辞职信等。这些照片大多系首次发表，对理解传主生平和思想有较高史料价值。

三、本书初版时为单色印制，本次再版升级为全彩印刷工艺。

四、本次修订出版得到上海光华教育发展基金会的支持，在此表示衷心感谢。

谨以此书致敬复旦先贤，献礼双甲之庆，冀望承前启后，薪火永续。

编者

2025 年 4 月 16 日

目 录

001　　　序（许美德）

001　　第一章　爪哇的华侨少年
018　　第二章　耶鲁大学的高才生
032　　第三章　在殖民地创办耶鲁学校
043　　第四章　创办寰球中国学生会
059　　第五章　复旦的教授、教务长
088　　第六章　从濒临倒闭到屹立东南
143　　第七章　因支持学生运动而去职
176　　第八章　"孤岛"办学大义凛然
210　　第九章　至死犹念复旦精神
227　　第十章　乐育天下才，光华旦复旦

233　　附录
234　　　中国学生之特长及其弱点（李登辉）
240　　　对于国民大会之计划及意见（李登辉）
243　　　追慕腾飞夫子（章益）
249　　　一位伟大的教育家
　　　　　——记复旦大学校长李登辉博士（赵世洵）
306　　　李登辉年谱简编
368　　主要参考文献
372　　初版后记
374　　修订版后记

序

有机会为钱益民的新著《李登辉传》写序，我感到由衷的高兴。从 20 世纪 80 年代初开始，我对复旦大学的历史产生了浓厚的兴趣。在我的博士论文中，对这所大学进行了多角度的探讨。由此，我得以了解李登辉校长。1905 年至 1947 年的 42 年中，李登辉与复旦患难与共，度过了他一生中最辉煌的日子。1913 年至 1936 年间更是直接领导复旦，为"复旦精神"的形成贡献良多。本书作者查阅了大量原始资料，在仔细研究的基础上，用充满感情的笔调写成此书，引领读者走进李登辉的内心世界，走进他缔造的复旦大学，走进他所处的那个时代。使我在原先的基础上，对李登辉的了解大大加深了一步。

和 20 世纪 50 年代初所经历的相比，中国的大学已经取得了更多的办学自主权。今天中国的大学，更需要有远见的校长。所以，出版这本传记在今天的中国显得特别有意义。前几年，我对朱九思教授进行了专访。朱教授曾担任华中理工大学校长，是 20 世纪七八十年代一位颇具影响力的大学校长。交谈中发现一个令我感兴趣的现象，朱教授从民国时期杰出的大学校长身上深获教益，例如北大校长蔡元培，南开校长张伯苓，浙大校长竺可桢，清华校长梅贻琦等[1]。而其他一些研究高等教育的学者，例如潘懋

---

[1] 许美德：《现代中国精神：知名教育家的生活故事》，载《中国教育：研究与评论》第 1 辑，2001 年，第 45 页。

元,也曾写到在大学管理方面可以从民国时期大学校长那里吸取的重要教训。但是,朱九思和潘懋元都没有提到李登辉和他领导的复旦大学。我认为,这其中的主要原因,是人们对李登辉及其高等教育理念知之甚少。本书恰恰填补了人们在这方面知识的一个空白。

  1917 年至 20 年代中期,蔡元培对北京大学进行了改革,这在现代中国知识界几乎家喻户晓。可人们却很少知道,与李登辉一样,蔡元培同样曾受到马相伯——一位著名的天主教学者和教育家的教导。尽管蔡元培没有仿效马相伯的宗教奉献,但他在 19 世纪 90 年代末追随马相伯学习拉丁文和欧洲哲学的经历,却深刻地影响了他后来的事业。蔡元培在 1929 年领导中央研究院(Academia Sinica)之后,实现了马相伯想筹建一所中国人文科学院,即脱胎于法兰西学术院(Académie Française)的"函夏考文苑"(Chinese Academy of Sciences)的设想。1904 年李登辉回到上海,结识马相伯,并被马相伯选为新创建的复旦公学教务长。随后,李登辉于 1913 年出任复旦公学校长。马相伯也许十分欣赏李登辉委身基督教,欣赏他在耶鲁攻读希腊和拉丁语经典,以及他广博的哲学和心理学知识。李登辉出任复旦校长后,把 19 世纪晚期别具一格且极富影响力的耶鲁模式引入中国。这恐怕是马相伯所始料不及的。

  中国的教会学校由西方的传教士创建,具有在中国传播基督教的特殊使命。然而,复旦却是一所爱国的私立高等学校,创建伊始,即在中国人的领导之下。虽然马、李两人在课程设置、大学在社会上的作用等问题上观点不一,但两人一致主张宗教离开课堂。李登辉深受他留美经历的影响,而马相伯的经验则来自欧洲,这一点可以从蔡元培领导北大的例子中看出。于是,北大和复旦的早期历史形成了一个明显的对比——一所为中国和欧洲思想融合的现代大学,而另一所为中国和美国精神交融的现代大学。北大和复旦同样是具有高度爱国热忱的学府,分别在北京和上海,一北一南领导了"五四"运动。然而在其他许多方面,北大和复旦却截然不同。北大是公立大学，复旦是私立大学。北大强调文理基础学科，复旦则为适应不断变化的上海社会而使课程带有实用倾向。北大坚持从政府脱离取得完全独立，复旦则把政府官员吸收进教师队伍和董事会中①。

80多年后的今天，中国的大学已经取得了更多的自主权，并且积极有效地面对全球化的挑战。上述角度的比较，对我们仍然是颇有启发的。西方世界的大学是欧洲历史的产物。19世纪西方的大学，形成了法国、德国、英国等多种不同模式。传到美国后，它们又发生了根本性的转变。"二战"以来，美国大学的模式极大地影响了世界，也包括欧洲的大学在内。因此，从比较的角度去探究中国的知识和哲学传统与塑造欧美大学的文化模式相互协调的特殊方式，是饶有兴趣的课题。

《李登辉传》有助于我们从微观层面来认识上述问题。本书使我们深入了解李登辉和王宠惠如何在1915—1919年携手合作，共同缔造了复旦。王宠惠是李登辉的校友，一位杰出的法学家，1903年毕业于耶鲁大学。从课程设置中，我们看到复旦留下了耶鲁的深刻烙印。我们看到，五四运动中，国立大学和教会学校的一批优秀学子和教员因参加运动被所在学校驱除，为复旦的爱国精神和更为务实的作风所吸引，转入复旦，从而大大加强了复旦的实力。我们看到，李登辉是如何培养、指导他的学生，鼓励他们到美国的名牌大学留学，学成后回国报效母校，担任教职或行政职务。我们还看到，李登辉是如何组织校董会，在筹措资金和其他诸多方面得到董事们的帮助。这些管理方式更接近美国，而不像欧洲的大学。

终其一生，李登辉与复旦休戚与共，唇齿相依。因此，这本传记不仅可以作为讲述复旦历史和探讨复旦精神的书来阅读，也可以看作一个对国家作出巨大贡献，却一生淡泊的人物传记。从书中，我们

---

① Ruth Hayhoe, Sino-American Educational Interaction from the Microcosm of Fudan's Early Years, in Cheng Li (ed.), *Bridging Minds across the Pacific: U.S.-China Educational Exchanges 1978–2003*, Lanham, Maryland: Lexington Books, 2005.

了解到他不幸的家庭遭遇，四个孩子全部夭折，妻子英年早逝。他把对家人的爱，全部转移到他的学生身上，视学生为自己的孩子，支持他们出国深造，并指导他们将来的职业。其中最动人的故事是李登辉对孙寒冰的关爱。孙寒冰是李登辉的高足，留学哈佛大学，专攻政治学。1940年，孙寒冰在北碚被日机炸死。当远在上海的李登辉听到这个噩耗时，他表现出一个远远超出老师而更像是慈父的关怀，为孙寒冰留下的年迈的母亲、新寡的妻子和四个幼子筹集颐养基金。

我们还得以了解李登辉的基督教信仰。我们看到，李登辉为自己设定了极其严格的道德标准。在20世纪三四十年代传入中国的"道德重整运动"影响下，他的宗教信仰更加虔诚。我们看到，宗教的力量给他以克服困难的勇气。在严酷的环境下，当看到自己亲手建设的心爱的复旦校园被日军占领时，他在租界克服重重阻力，为那些无法去北碚的学生建立分校，使他们免受失学之苦。作为一个基督徒，李登辉不是教条说教或直接布道，而是以身作则来表达自己对基督的信仰。在20世纪20年代初的"非基督教运动"中，他写下一些思想深邃的文章来表达自己的信仰，娴熟地反击了"非基督教运动"。

李登辉所经历的是中国近代史上最艰难的时期，他赋予其一生以深刻的意义。在阅读本传时，我发现自己常常被这位学者和领袖的生活故事感动得热泪盈眶，也为本书细致、生动的叙述所折服。感叹本书作者翔实的历史研究，以及多角度剖析李登辉和他的时代，我要向作者钱益民致敬。读者能感受到作者为理解那个时代，为理解李登辉的一生所作出的辛勤努力。

Ruth Hayhoe（许美德）

多伦多大学安大略教育研究院教授

伦敦大学教育学院博士，名誉院士

香港教育学院前校长

2005年3月

第一章

爪哇的华侨少年

20世纪中国废科举兴学堂,是五千年社会文化教育体制最大的变革。从中产生了北京大学、清华大学、复旦大学、上海交通大学、南京大学、浙江大学等一批名校,饮誉海内外。在数十年的办学历程中,这些大学各自形成了鲜明的校风特色。1949年以前的复旦大学是以商科、经济、新闻、教育、土木工程等应用型学科见长的综合性大学,先后设立了文、理、法、商、农五个学院二十多个系。其学风、校风独树一帜,为近代中国培养了大批品学兼优的国家栋梁,在中国近代高等教育史上留下了一段佳话。在1952年全国院系大调整中,法、商、农三个学院被剥离复旦,同时加强了文理两科的实力,使复旦从一所多科性的综合大学转变为文理科综合性大学。

而对1949年以前的老复旦建设出力最巨、影响至深的是李登辉校长。李登辉将自己生命中的大半时光都献给了复旦,他本人的道德学问与自身成长奋斗的道路也同复旦的发展紧密联系在一起。其人虽仙逝已近八十年,而追溯其一生留给复旦的精神财富,似乎时隔愈远,愈见其贵,对今日中国大学之路向,仍有重要启示价值。如今,我们想要深入这段历史,就要从一个南洋爪哇少年的故事讲起。

1872年4月18日,即农历清同治十一年三月二十四日,一个男婴出生在荷属东印度(Dutch East Indies,今印度尼西亚)首都巴达维亚（Batavia，今雅加达）郊外的红巴村（Parmera）。孩子的父亲李开元激动不已，因为这是家中的第一个儿子。此时，李开元刚刚和妻子沈蜜娘完婚两年。这个孩子的降生，可谓是李家的一件大喜事。夫妇俩给孩子起名叫李腾飞，对他疼爱有加。这个名叫李腾飞的婴儿，也就是本书的传主李登辉。就这样，他的故事在南洋群岛湿热的海风之中，悄悄拉开了序幕。

在继续讲述李登辉的故事之前，要先对李氏家族、当地华侨和印度尼西亚群岛的历史做一个简略的介绍。

李登辉的祖先，世居地处我国东南沿海的福建同安。那里的百姓素有到南洋群岛一带闯荡谋生的习俗和传统，所谓"家无粮，去南洋"！家族或亲戚朋友中，只要有一人在南洋站住了脚跟，就把子弟或亲朋呼唤而去，在那边形成一个小群体，风餐露宿，胼手胝足，披荆斩棘，白手起家。到了清朝初年，因郑成功在台湾反抗清廷，清政府在沿海一带实行海禁，这种到南洋闯荡谋生的传统，一度中断。康熙二十四年（1685年），清政府的政权早已巩固，康熙乃下令解除海禁，下南洋的人又逐渐多起来，而清代人口增长所带来的土地分配压力更是助长了这种下南洋的风潮。李登辉的祖先也是康熙年间迁徙队伍中的一员。他们来到物产丰饶的印度尼西亚爪哇岛，在巴达维亚（Batavia，今雅加达）的郊外红巴村（Parmera）落籍。到李登辉出生时，已历七代了。

印度尼西亚号称"千岛之国"，物产丰饶，气候温暖适宜，爪哇岛是其中较大的一个，其地多山与丘陵。北部沿海是肥沃的平原，南部是森林覆盖的高原与山地，适合开垦种植园，因此很早就吸引了欧洲殖民者的注意。从16世纪末开始，为掠夺印尼的香料，荷兰、西班牙、葡萄牙之间展开了激烈的争斗。荷兰人先后战胜西班牙和葡萄牙，于1602年设立殖民统治机构"荷兰东印度公司"，对印尼实行间接统治。公司派舰队到万丹、班达、亚齐、加里曼丹、马鲁古群岛等地，建立商馆或要塞，在统辖区内大肆掠夺农产品，赚取高额利润。荷兰东印度公司统治印尼长达200年，所以印尼又有另一个称呼"荷属东印度"。1808年，荷兰政府正式派遣丹吉尔斯（Daendels）为印尼总督，在巴达维亚设立统辖印尼全境的总督府，进一步实行极其残酷和野蛮的殖民统治。

迁徙到印尼的华人，也与当地土人一起生活在荷兰殖民政府的治下。他们与殖民政府的关系比较微妙，虽然服从荷兰殖民政府的管理，却对其没有认同感和忠诚度。荷兰殖民政府对当地华侨的态度也比起主从认同更接近于利益合作。对于追求经济和商业利益的殖民政府而言，利益是联系他们和当地华侨的纽带。他们授权华侨在当地从事贸易，并从中抽成获利。然而，这种利益关系并不牢固。1740年，惨绝人寰的巴达维亚大屠杀标志着殖民政府和华侨关系的一度破裂，约有10 000名华侨不幸丧生[①]。这场大屠杀起源于失业引起的混乱，根本原因是殖民统治者对大量华人暴乱的恐惧。但实际上，华人并未制造大规模暴力事件，殖民者恐惧的暴乱从未发生。这场悲剧主要是由当地殖民政府的无能和残忍导致的。

很不幸，巨大的伤亡并非是这场悲剧中最令人扼腕的部分。在屠杀发生后，远在欧洲的荷兰政府得到消息，唯恐清政府怪罪，出兵攻打殖民地，便主动写信向清廷请罪。然而，清廷给出的回复非常冷漠。皇帝声称，移居印尼的华人已非大清子民，因此他们在海外的死活与清政府无关。自此，印尼华人的处境更加凄凉。他们成为大清的弃民，又与荷兰政权缺乏信任关系，变得无依无靠。他们唯有加强华人社群之间的联系，互相支持，努力在这片异国土地上谋求生存。就这样，在印尼生活数百年后，像李氏家族这样的华侨，与中国的联系已经十分淡薄。很少有人会书写汉字，他们日常所说的口语也是以福建方言和马来土语混合形成的语言。不过，这些华侨有着很强的血脉观念，大多坚持不与印尼土人通婚，嫁娶也只在华人之间进行。而且，为了维持和强调自己的华人身份，他们

---

① Lynn Pan, *The Encyclopedia of the Chinese Overseas*, Harvard University Press, 1999.

还保留着较为完整的中国文化习俗,如婚丧、祭祀等,也作为联系华人社群的纽带。直到清政府灭亡以后,还有许多东南亚华侨坚持延续着祖先的规矩,甚至远比大陆的同胞更加执着①。信仰上印尼华人仍保留着中国人多重信仰的特点,单一宗教信仰的人不多。正如巴城中华会馆发起人李金福在《华人的宗教》(1903年)一文中说,华人多信仰三教,即佛教、道教和孔教②。

回到李家的情况。在这些华侨中,李登辉的祖先算是较为幸运的一支。同其他华侨一样,李登辉的祖先在红巴村定居下来后,先以垦殖维持生计,立住脚跟后,兼做小生意。有了些资金,则开办小作坊,制作家家户户不可须臾离缺的衣料。经过几代人的不断努力和惨淡经营,到李登辉的祖父和父亲时,已在红巴村脱颖而出,成为村中百余户人家中的首富。贫苦的村民居住的是低矮的"亚答屋"(茅屋),一般村民居住的是木制的高脚屋,富裕人家住的是屋顶上翘起一只大水牛角式的、比较凉爽的砖木混合结构高房;唯独李家,建造的是闽南式经过改良的中西合璧的巍峨大屋,这座房子至今还矗立在雅加达市郊。在全盛时期,李家除了在印尼设有工厂外,还在新加坡等地设有代理商。1923年李登辉曾对美国医学博士苏清心讲起,他祖父开设店铺,又会做帽子。父亲离家往爪哇经营,生意兴隆,时常买地,多达数千亩。同时又开一家大厂,把当地的土布印成

李登辉父亲李开元

---

① Wang Yuxin, For the Country, For the Age: Lee Teng-Hwee's Educational Philosophy at Fudan University (1913–1923), B. Phil Thesis, University of Pittsburgh, 2021.
② 黄昆章:《印尼华人的佛教信仰》,《东南亚纵横》2003年第6期。

花样，即细花布。父亲是一个"求进步的人"，"看出教育的紧要"，把李登辉兄弟姐妹七人都送到新式学校去读书。"父亲虽是心里尊孔，意上信佛，但对基督教也是表示同情的"。这是笔者看到的李登辉讲述家族历史的唯一记载[①]。

李家经营的衣料织造产品，主要是用来制作男士们穿的短袖衬衫，当地名叫邦迪（Batik）。邦迪有棉织品，有麻织品，还有丝织品，其中以丝织品的价格最为昂贵。前些年亚太经合组织（APEC）各国元首和地区行政长官在印尼开会时，东道主印尼总统赠送给每位元首及行政长官一件邦迪衫，就是丝织品，色彩鲜丽异常。许多国家元首，一生一世从未着过这种鲜艳夺目的花衣服，当他们对镜试衣时，无不喜形于色，哈哈大笑。

到19世纪70年代，世代辛劳加上老天保佑，使得李家喜事连连。

李家祖上人丁单薄，曾祖中有人无子，不得已，只好到姻亲黄氏家族中领养一男婴，才续了李氏一脉香火。李家的第一桩喜事，便是李开元结婚。新娘名叫沈蜜娘，自然是华人血统人家的女儿。虽然华人也有与当地人通婚的，但必须遵循两个条件：除改名换姓外，还要信奉伊斯兰教。因为华人感情上普遍存在着难以割舍的华夏民族之情，所以当地华人子女一般还是在华人圈子里论嫁娶。只是到了20世纪中叶，新中国与印度尼西亚建交时，我国政府宣布不再承认华人的双重国籍，华人与当地人通婚的才多了起来。

李家的第二件喜事，是长子李登辉的诞生。喜得贵子，真是天遂人愿，少不得在亲朋故友中，大摆筵席，庆贺弄璋之喜。谁知沈蜜娘竟是个多产母亲，在与李开元结婚后15年中，两年生一个，先后产下五男二女，除长子腾飞（即李登辉）外，还有腾宝、腾山（即李登山）、腾河以及一个幼弟，两个女儿瑞娘、春娘。李家弄璋弄瓦之庆多了，经济也不胜负担，最后，只得将小儿子转赠曾延续

---

① 苏清心记述：《著名教育家的生平和宗教观念》，《时兆月报》第20卷12期，1925年，第10页。

1925年李登辉（第二排中坐者）与印尼南洋家人合影

李氏香火的黄家，取名黄金田。

李登辉长到7岁，该是上学的年龄了，到哪儿去上学呢？李开元和沈蜜娘夫妇也为此犯愁。在荷兰殖民者统治印尼的年代，爪哇岛虽有数以万计的华人，因为当局不准开办华文学校，连华文报纸也不准出版，竟没有一所华文学校供华人子弟学习。李登辉的父母无法，只好把他送到荷兰人举办的初级学校（小学）读书，希望他学些荷兰语，日后与荷兰人经商，跻身到当地的上流社会中去。

李登辉首次离开父母，跟着比他大一些的孩子，乘着马车或牛车，到巴达维亚去上学。一路上，牛车经过路旁低矮的"亚答屋"，牛粪马溺撒在路上，一阵阵骚味飘荡在椰风蕉雨里，伴随着一股股怪怪的"文香"气息（一种热带特有的香料，贫苦家庭用来驱赶邪气），满眼都是穿纱笼的"娘惹"（Nyonya）、"峇峇"（Baba）和戴着"北芝帽"、腰插刀子的印尼青年汉子，一派热带风光。印尼终年只有旱季和雨季，倘若碰到雨季，淅淅沥沥下个半年，路上泥泞不堪，无法上学读书，李登辉只好待在家里，除了温习功课外，还帮助母亲照顾弟妹们。

时间过得真快，一晃初级学校就要毕业了。

1885年，相夫教子、操劳半生的沈蜜娘，因劳累过度，加上好几次产后未及时调理，30多岁就不幸亡故。这对这个家庭是个重大打击。李家一向"男主外，女主内"，妻子死了，偌大一个家庭，谁来帮他操持？对李登辉来说，母亲的去世，不啻晴天霹雳。13年来，慈母对自己的关爱，让他享受到人间的温暖，虽然时间很短，但对他一生性情的影响却是决定性的。李登辉曾在《现代女子教育问题》①一文中温情地回忆："余得享慈母之爱护，为时甚短。然时间虽短，而所受印象，实为造成余一生性情之主要基础。在弟昆辈中，余年最长。回忆髫龄时代，吾母相夫育子，处理家务，克尽辛劳，使吾父无内顾之忧，儿辈受熏陶之道，家庭之间，怡怡然也。"母亲任劳任怨、百折不挠的性格，已经深刻地印在他的脑海中。弟弟妹妹们更是悲不自胜。一家人都沉浸在悲痛之中。

沈蜜娘的去世是李家的转折点。家庭逐渐发生两大变化。一是李开元没了妻子，心灰意懒，不勤于经营，从生意场上的巅峰，开始向下滑。二是李登辉不愿子承父业，一心向往继续求学，父子之间也渐生隔阂。

李开元本来文化程度就不高，只是由于当地华人经商的多，耳濡目染，几年的练习生（学徒）当下来，也谙熟此道，后来乃至于发迹。由于生意场中的竞争异常残酷，沉浮跌宕，在所难免，因而绞尽脑汁，全力应对，有时不免有心力交瘁之感。但回到家里，妻子安排得有条不紊，家事不必自己操心，倒过起饭来张口、衣来伸手的生活。现在妻子亡故了，踏进家门，不但没有人照料自己，还要处理许许多多的家庭琐事，经过一段时间的苦撑，决定续弦。这就引起子女们的不满。

---

① 载《新闻报》1941年10月3日。

再说李登辉。他从初级学校毕业后,原拟继续求学深造,母亲病故后,求学的愿望受到阻碍。他是家中的长子,父亲要他子承父业,跟着学做生意,慢慢地接手,挑起家庭的这副重担。这引起李登辉极大的反感。平时父亲要李登辉帮助处理一些家务琐事,他拙于此道,笨手笨脚,还不如弟弟,少不了三天两头遭父亲训斥。经过一段时间的摩擦,父子终究是父子,舐犊情深,双方妥协互谅,父亲终于成全儿子继续深造的意愿,儿子也体谅父亲不得已续弦的苦衷。就这样,李登辉于1886年前往新加坡求学。

新加坡当时是大英帝国的殖民地。由于它的地理位置十分重要,位于马来半岛的最南端,扼马六甲海峡之咽喉,为印度洋和南中国海必经之途。当19世纪西风东渐时,新加坡得风气之先,各种文化和思想在此交汇。清末的许多代表人物都到这里来活动。后来成为保皇派的康有为、维新派的黄遵宪(1891—1894年任新加坡总领事)、革命派的孙中山等人,都在这里留下了他们的足迹。新加坡又是南洋诸岛中华人最为集中的城市,华人占70%以上。年轻的李登辉来这里,甚至比在荷属东印度家庭所在地更觉能适应。他一生中的科学、民主的理念,教育救国的思想,都萌发在新加坡求学的几年中,当初若不到新加坡,也许后来就不会远渡重洋到美国去求学。

李登辉当时还是个16岁的大男孩。离开家庭,来到人地两生的新加坡,他怎么生活呢?原来,李开元在新加坡有一位姓陈的代理商,李登辉称他为"陈叔",为人诚朴可靠,也算李开元在海外的一位挚友,他把年少的李登辉托付给陈,也比较放心。

事实的确如此。李开元是一位久经沙场的生意人,见多识广,识人知人,眼光看得比较准,知道陈某以后不会亏待他的孩子。何况李登辉的学费、生活费,无须搅扰陈叔,可以从代理邦迪衣料中扣除,甚至还可以因照料李登辉而额外获益。

李登辉来到新加坡后,陈叔将他安排在一所新办的学校——英华书院(Anglo-Chinese School)就读。英华书院是一所带有贵族化性质的教会学校。书院由美以美会创办。美以美会的全称,是美国北方基督教新教卫斯理宗教会。美国独立后,美国卫斯理派教徒脱离圣公会,组成独立的教会,英文作 Methodist Episcopal Church。1844年,该会南北分裂,北方沿用原名。在中国则借用该会分会机构的英文名称 Methodist Episcopal Misson 之缩写 M.E.M.,音译作美以美会。

新加坡英华书院(ACS)创办人欧德汉姆(1854—1937)
图片来源: *The ACS Story*, Edited by Earnest Lau and Peter Teo, Concordia Communications Pte Ltd.

在英华书院,李登辉遇到了影响他信仰的第一位基督教教育家。他就是英华书院创办人和首任校长欧德汉姆主教。

从李登辉留下的回忆文章中,我们得知有两位影响他人生和信仰的校长,一位是英华书院的创校校长欧德汉姆,另一位是俄亥俄州卫斯理大学(Ohio Wesleyan University)校长柏锡福(J. W. Bashford),他们同时也是主教。李登辉在接受美国医学博士苏清心的访问时曾说,他在新加坡就读的是美以美会创办的英华书院,校长欧德汉姆"很是喜欢我,我作基督徒,大都因他的感化力,以后也因了他的劝勉,我渡美再求高深的学问。我到美国先入阿海阿(即俄亥俄)卫斯理大学,那时的校长是白熙福监督(又译为柏锡福校长)。他在中国作的事业与所著的记述甚是闻名,我在那校毕了业后,再入耶鲁大学读书。"[①] 要了解李登辉的信仰世界,首先要了解欧德汉姆。

英华书院创办人欧德汉姆(William Fitzgerald Oldham,1854—1937)是一位跨越印度、新加坡、美国等多国的基督徒,曾在美国卫理公会最重要的教堂布道,是一名东方宗教学教授,1904年当选

---

① 苏清心记述:《著名教育家的生平和宗教观念》,《时兆月报》第20卷第12期,1925年,第10页。

为北部印度和马来亚区主教,同一年还被任命为纽约外国传教团总会秘书,1908年当选美国南部卫理公会大会主席[①]。他从小生长在印度,在印度南部的班加罗尔颇有知名度,他也是新加坡卫理公会的第二任主教。欧德汉姆的父亲詹姆士(James Oldham)在印度任锡克兵的军官,母亲玛丽(Mary Elizabeth Burling)早逝,欧德汉姆由当地的女佣抚养长大。15岁以前,也就是基础教育阶段,欧德汉姆在当地一家英国圣公会学校读书。他曾回忆说,在那里"我学到的《圣经》知识远超美国的孩子们从任何渠道学到的《圣经》知识"。此后进入马德拉斯基督教学院(Madras Christian College),在这里,他"被最虔诚的基督教思想和氛围所熏陶"。大学毕业后,他去马德拉斯的一家教会学校任教,传授《圣经》,再回到马德拉斯基督教学院担任助教数年。

此后欧德汉姆与几位工程师一道加入印度国土测量队。虽然加入测量队,但是他真正感兴趣的是文学、神学和哲学。1873年,他与工程师和测量队员抵达印度西部城市普那(Poona),不幸感染疟疾,在当地养病。养病期间,他和队员们有时间考察当地风土人情。正好卫理公会索伯恩(James Thoburn,1836—?)邀请美国卫理公会威廉·泰勒(William Taylor)举行布道会。他和队员们对美国人的传教行为发生浓厚兴趣,按时聆听布道,亲眼见证了多位听众皈依卫理公会的过程,其中包括一位英国殖民者。他深受触动,遂决定加入卫理公会。1876年卫理公会普那会议批准他入会,同意他为当地布道者。

此时索伯恩正苦于找不到一名印度卫理公会男童学校的教师。欧德汉姆正好成为一名合适的人选。索伯恩推荐他去美国深造。欧德汉姆遂赴索伯恩的母校宾夕法尼亚州阿勒格尼学院(Allegheny College),后转学波士顿大学,于1883年毕业,获文学士。毕业后

[①] 本章有关欧德汉姆和英华书院的材料,均来自 Earnest Lau & Peter Teo, *The ACS Story*, Concordia Communications Pte Ltd., Singapore, 2003, pp.5-23。

1886年新加坡厦门街70号英华书院校址
图片来源：*The ACS Story*

他接受赴印度传教的任务，计划去班加罗尔任男童学校的校长。但是，新加坡Burmah区长老罗宾森（J. E. Robison）强烈建议改派他去新加坡传教。他接受任务，于1885年2月7日抵达新加坡。两周后，新加坡首个卫理公会会众形成，逐渐发展为教会（初期称为英国国教会，1908年改名为卫理公会教堂），他担任牧师。

欧德汉姆认为布道和教育是不可分割的，在传教的同时他就准备开始办学。在1885年2月到新加坡后，经过近一年的筹备，一所新式的学校诞生了，这就是李登辉中学阶段的母校英华书院（Anglo-Chinese School，ACS）。1886年3月1日英华书院在厦门街70号租了一间简陋的店面屋开学。厦门街的居民们称这所学校为"欧德汉姆教会学校"（Oldham Mission School）。首届学生一共13名，都是华裔商人的孩子，三到四个孩子来自章芳琳（新加坡华侨领袖）家族[1]。开学当天欧德汉姆校长给孩子们作了一场天文学讲座。书院第

---

[1] 宋旺相：《新加坡华人百年史》，叶书德译，新加坡中华总商会出版社1993年版，第227页。

一年招生仅13人,第二年一下子就扩大到104人,1888年和1889年招生人数达到248人和312人,创校十周年之际即1896年,入学人数已达641人。1889年6月5日,欧德汉姆写给董事会的信中说:我们发现英华学院前景异常宽广,商人们和官员们都对我们学校在华人圈中的影响力感到吃惊。新加坡华人头面人物的孩子们很多在这里就读。确实,英华书院培养的学生大都成为新加坡社会的栋梁。

李登辉是1887年入学的,也就是第二届学生。初到英华书院的李登辉,语言方面已掌握马来文、印尼文,对荷兰文也有一定掌握,但英文基础非常薄弱,只能说一点,但不会写。欧德汉姆太太成了李登辉的英文启蒙老师。李登辉以自己的勤奋很快就克服了英文的短板。在同期的学生中,李登辉不仅成绩优异,更是以信仰方面的悟性而著称,因此备受教员们的青睐。1904年英华书院院刊中记载了12位获得1887年奖学金的学生名单,其中包括李登辉。另一位获奖学生叫王顺智(Ong Soon Tee)。王顺智毕业后在新加坡经商,事业有成,1890年代在海峡殖民地的华人社会中积极推动社会改革和教育改革,曾担任新加坡华人女子学校首任义务秘书,1915年当选太平局绅,还担任过新加坡大东方人寿保险公司董事、硕莪粉公会和华人土产交易会会长①。

学院将学生按照程度分为六个年级。学程安排大体是仿照英美两国的教会中学。除数理化等自然科学外,英语是课程重点。新加坡作为英国殖民地,在当地的华人家长们都希望自己的子弟学好英语,与洋务(对华人子弟而言)打交道,将来跻身新加坡和欧美上流社会。这与李开元当初送李登辉就读荷兰语小学的考虑是不谋而合的。初创时期,英华书院上午八点到十二点教授中文,下午一点半到四点教授英文。由于家长们更看重英文,加上中文师资不足,中文教学逐渐压缩,而英文教学逐步增加。第一年末,教学顺序更改为上午教英文,下午教中文。关于中文教学,这里要补充几句。

---

① 宋旺相:《新加坡华人百年史》,第145页。

在当时的新加坡，要延聘一名好的中文教师颇不容易。英华书院早期校史资料中仅留下两名中文教师的姓名，一名是 1890 年 Luering 医生从厦门聘来的 Joseph U，是一位"很令人尊敬的基督徒"。由于水土不服，这名教师健康不佳，次年 8 月即返回厦门。接替他的是另一位从大陆请来的 Ti Kah Hui，这位教师在英华书院教学多年。从这几条记录中可以看到，在新加坡的教会中学延聘中文教师是不容易的，因此开展中文教学更显得困难重重。

作为教会学校，宗教仪式和《圣经》教育占有不可或缺的地位。欧德汉姆校长亲自主持日常礼拜仪式并主讲《圣经》。家长们作为学校的主要投资人，与教会人士在办学重点方面有所冲突。他们希望孩子们在学校中能多学英语、数学这些有利于未来经商的实用学科，对教学中明显的传教意图感到不可接受。也有一些家长和孩子希望学校能增设华文课程，即使这对于未来的商业活动并没有帮助。然而，对于家长们的态度，教会则高傲地不屑一顾。他们拒绝按家长的要求调整课程，并认为这些学生家长并不能理解一座教会学校真正的价值，只在乎眼前的蝇头小利[①]。英华书院中因为利益不一致导致的争议，也是教会学校与华人群体冲突的缩影。它们或许也曾引发李登辉的思考，与他日后在复旦主张隔绝宗教影响的原则不无关系。

欧德汉姆是一位有浓厚宗教和道德情怀的教育家，他的办学思想奠定了英华书院的基础。欧德汉姆校长的宗教情怀和道德虔诚，感化了少年李登辉，这种潜在的熏陶，深刻影响了李登辉。他成为李登辉人生道路上第一位精神导师。欧德汉姆校长的教育思想也深刻影响了李登辉。1888 年记者们采访欧德汉姆校长时发现，英华书院的学生们不仅获得了英国式的商业教育，而且受到了道德的熏陶。采访报道中写到，道德具有不可估量的价值，比商业教育更重要，因为道德是真实存在的，对人的影响是潜移默化的。到一定年

---

① Jerry Dennerline, *Lee Teng Hwee, Ho Pao Jin, and Educational Reform in Malacca, Singapore, Shanghai and Beyond, 1885–1945* (Translocal Chinese: East Asian Perspectives, 2017), 68.

龄后，人们对竞争的热情会减退，转而追求知识本身。这显然是记者笔下的欧德汉姆校长的教育观点。欧德汉姆校长鼓励学生们追求对一生都有用的更宽广的领域，而不是将学习局限在标准答案里。教育应该造就人，超越谋生的本能。类似的观点，在李登辉的教育言论中反复出现。

欧德汉姆在新加坡的任期为五年，本该 1890 年期满。但是因为健康原因提前一年离开，回到印度。1889 年 9 月 3 日，大批有地位的华人在俾叻威（Belle Vise）送别欧德汉姆。清政府驻新加坡总领事左秉隆写了一篇颂词，由福建籍商人陈恭锡宣读，在粤籍华人领袖佘连城陪同下，欧德汉姆离开俾叻威登船。欧德汉姆在新加坡经营四年，已经为当地的卫理公会打下良好基础。

李登辉的一生，以虔诚的基督徒著称于世。他对基督教的坚定信心，起步于新加坡，登堂入奥于耶鲁，晚年他将"道德重整运动"的四项标准"绝对忠诚、绝对纯洁、绝对无私、绝对博爱"作为立身育人的"根基"，事在妻亡子夭、孑然一身的 20 世纪 30 年代末和 40 年代初，而精神已植于少年时代。李登辉在英华书院受到基督教的熏陶，但是并没有入教。因为当时英华书院与家长们达成共识，未经家长允许，孩子们不能在校内受洗入教。李登辉的父亲虽然"对基督教也是表示同情的"，但是并未允许他入教。

在新加坡的五年，英华书院的老师们帮他打开了一扇"知识之窗"。李登辉饱览了世界（特别是欧洲）古今的历史和一些经典。他像海绵汲水那样，课余伏在图书馆里，吮吸着书中的养分：古希腊先贤光芒四射的认知世界的智慧，古罗马恺撒大帝辉煌的业绩，意大利文艺复兴时期无与伦比的美术和雕塑，法国大革命前后众多思想家追求自由、平等、博爱精神所迸发的火花……特别是英国莎士比亚的戏剧、拜伦和雪莱的浪漫诗篇，使他大开眼界。他后来在复旦讲授西洋文学史，与此时打下的厚实基础有关。

除却在学校的求知之旅，李登辉在新加坡的日常生活也值得一叙。开始的一年,陈叔要李登辉通读(即走读生),早晚在陈叔家吃饭,中午在"巴刹"进餐。之所以这样安排,一则是陈叔感到李登辉年纪还轻,初来乍到,需要适应一下新加坡的环境;再则住在陈叔家,细心的陈叔可以留心观察李登辉的一举一动,隔一段时间写信,向他的东家李开元禀报一次,免得李开元在印尼惦记。

在这里,笔者还需简要地补叙一下与李登辉相伴五年、对其一生的饮食生活习惯的形成起重要作用的"巴刹"。

在马来语和印尼语里,"巴刹"(Pasar)是市场的意思,准确地说就是菜市场。但南洋的巴刹与我国的菜市场又不一样,不是专门卖菜的,在它里面,有许多吃食摊子、喝咖啡的茶座、杂货摊子等。

100多年前的巴刹,不像现在开设在豪宅巨厦里,设备极为简陋,一顶硕大无比的伞撑在那里,或用一块大帆布遮盖,聊避风雨。它下面是泥地,南洋多雨,哪怕是在旱季,每天也要下几场阵雨,所以地上总是泥泞不堪。

巴刹里的鸡鸭鱼肉、蔬菜水果,东一堆,西一摊。在菜摊的空隙,布满吃食摊子、咖啡摊子,一个挨一个,人们摩肩接踵,熙熙攘攘,好不热闹。穿纱笼的"娘惹"们,臂挽菜篮,细心挑选食品,摊主婆则口嚼槟榔,满嘴血红,高踞凳上,准备过磅收钱。

有些巴刹,为争取顾客,把卖吃食的摊子与卖菜的摊子分开,卫生状况较好。李登辉当时就是这一类巴刹的座上客。他最喜欢的食品中,有一种名叫"沙嗲",它是用鸡肉、羊肉、牛肉(印度摊主敬牛如神,没有牛肉)、猪肉(马来摊主奉信伊斯兰教,不卖猪肉,只有华人摊主才卖猪肉)切成小块,穿在竹签上,以木炭用文火烤成棕红色或金黄色,蘸着辣椒、大蒜、洋葱等汁料,加上酸甜咸辣等酱汁(这种酱汁马来文称之为 Bumbu,印尼文称之为 Sambal),再配上沙拉及 Ketupat 同吃,后者是用嫩椰子树叶包裹蒸熟的米饭,李登辉百吃不厌。有时在等烤沙嗲时,摊主服务周到,先送上一碟花生米,李登辉总是把它吃得一粒不剩。

到学期的第二、三年,李登辉在英华书院住读,一日三餐都是在巴刹解决。所以他的饮食生活习惯——饭后喝凉水，口味重酸辣，视臭烘烘的虾酱为珍品，花生米总是随身带，都是在新加坡读书的这三年养成的习惯。

由于年齿渐长，对新加坡的环境也早已熟悉（新加坡的面积小于上海的崇明岛），因此，李登辉在礼拜天去过教堂后，就去逛街，借以调剂一下生活，松弛一周学习的紧张。

那时的新加坡，不像现在高楼大厦鳞次栉比，一般都是低矮的平房和只有一层楼高的楼房。楼房下临街的一面修有遮阳避雨的长廊，当地称"停仔脚"。李登辉除购物外，不大常去逛街，常去的地方，就是"牛车水"（类似欧美国家的唐人街）。那里有一座"天福宫"，它是福建人在新加坡发迹后，于1839—1842年间出资修建的。

天福宫的外貌并无惊人之处，它之所以吸引许多华人前往，蕴含着一段思古（故国）之幽情。它的砖头、瓦片、木料、石料，乃至于黄沙等一切建筑材料，都是漂洋过海从故乡福建运来的。它正殿供奉的天妃，俗称"妈祖"，也是以中国最好的石料，在福建雕琢成像后，1840年4月从中国大陆运来。光绪皇帝亲政后，应新加坡福建同乡会之请，还为天福宫题写了一块匾额——"波靖南溟"，悬挂至今。

因为有这一段缘由，你把天福宫当作庙宇，在其中顶礼膜拜也好；倘若你把天福宫权作福建会馆，在其中歇脚、议事也行；如果你在海外想祭祀祖先，把天福宫当作"×氏宗庙"（张、王、李、赵……），也非常相宜。

李登辉第一次去天福宫，听到这么多人说自己熟悉而又亲切的家乡（闽南）话，整个身子立刻感到热血沸腾，兴奋之情难以言喻，仿佛自己回到了离别已七代、久违了的中国。后来他经常到"牛车水"去，同那些老老少少并不相识但却心心相印的福建同乡聚在一起，即使只听他们讲几句闽南话，也无比快慰。李登辉的中国情结，便是在新加坡时种下的。

遇到圣诞节等长一些的假期，李登辉就约二三好友，渡过窄窄

李登辉父母的墓碑

的柔佛海峡,到马来亚去旅游。从表面看,马来亚人民的生活大体与印尼相当。但如果你迈进深山老林,那又是另一番景象:当时的土著人,受到殖民者的剥削和压迫,男的赤身裸体,仅仅以蔓草遮羞,妇女也衣不遮体,住的是简陋的茅屋,吃的是野果生食,卫生状况极为恶劣,与欧洲殖民者们在城市里所过的优渥生活相比,差距大得令人难以想象。

在课堂上,英籍教员大讲维多利亚女王的伟大业绩,使英国成为"日不落帝国",盎格鲁-撒克逊民族给了各国人民以文明,他们拯救了世界。李登辉到马来亚走了一遭,发现现实与标榜有着太多的差距,他们能给殖民地人民带来幸福吗?再结合华人在殖民地受到的种种不公平待遇,李登辉虽然对西方文明的辉煌感到神往,心中却也埋下一个问号:殖民者真的能够像他们所声称的那样,平等、博爱地对待其他民族的人民吗?正是这个问号,将未来的他引向民族主义的道路。

新加坡、槟城等海峡殖民地的华侨,在中学毕业后,一般选择到宗主国英国留学深造,后来被称为"海峡华人三杰"的林文庆、伍连德、宋旺相等人都如此。但是李登辉走了一条与他们不一样的留学道路。在欧德汉姆校长的指引下,李登辉转而到美国深造。1893年12月,李登辉踏上了赴美旅途。

第二章

耶鲁大学的高才生

100多年前,飞机还没有发明,跨海旅行的交通工具只有轮船。由于苏伊士运河的开辟,从新加坡到美国,不必再横跨印度洋,绕过非洲好望角。只要通过红海,经地中海,出直布罗陀海峡,横渡大西洋,即可到达美国东海岸。少走了数千海里的船程,沿途还可停靠亚、非、欧三洲许多国家的港口,也减少了旅客在海上的寂寞。但海上航程仍需要近二十天的时间。印度洋、大西洋的滔滔巨浪,把万吨邮轮颠簸得厉害,许多旅客晕船、呕吐,乃至卧床不起,视长途乘船为畏途、海上苦旅。只不过比起李登辉的祖先在康熙年间从福建出发,乘坐郑和七下西洋式的大帆船,稍胜一筹,安全许多。

到美国后,李登辉先入俄亥俄州卫斯理大学读预科,当时学校的校长是柏锡福(J. W. Bashford)主教。该校学生大多来自农村或家境不富裕的家庭,在校半工半读,课余在食堂、屋宇从事保洁、安保等工作,无论什么工作,他们都愿意去做。他们的学习成绩与其他学生一样优秀。出校以后,都成为有用人才。在校"打工"的同学也并不被人轻看,别的同学与他们一样平等[1]。由于家道已经

---

[1] 苏清心记述:《著名教育家的生平事业和宗教观念》,《时兆月报》第20卷第12期,1925年,第11页。

1895年李登辉（坐在椅子上左起第三人）在俄亥俄州卫斯理大学与同学合影（邓尔麟提供）

开始败落，李登辉在学习之余，还要勤工俭学，挣一笔生活费。经过五年多半工半读的生活，李登辉于1897年考入耶鲁大学的校本部——耶鲁学院（Yale College），直接进入三年级。耶鲁大学的学生多半是富家子弟，工读的很少。

成立于英国殖民地时期的耶鲁学院是美国最古老的三所大学之一，他的历史比美国建国的历史还长。1638年，北美的康涅狄格成为英国的殖民地，一批英国殖民者在昆尼皮亚克海湾定居下来，这里逐渐发展为繁荣的纽黑文港（New Haven，意即"新港"）。为了在新大陆延续欧洲的博雅教育传统，殖民者们倡议在该地设立一个大学。1701年，以詹姆士·皮尔庞为首的一批公理会传教士最终说服康涅狄格州法院，同意设立一所教会大学——即后来的耶鲁大学。关于它的早期历史，留下来的故事不多，就连在正式命名为耶鲁之前这所大学的校名，也早已经被人遗忘。但是这所学校与书籍的不解之缘，却深深地镌刻在人们心中。这所学校的历史，是从 40 本书开始的。从今天世俗的眼光来看，书是再普通不过的物品。但在殖民地时代的美国，书却是稀罕之物，一般只有神职人员才拥有个人藏书。据说在征得康尼狄克州法院授权后，10 位受托管理学校的牧师在沙目耳·罗素家中举行了一场特殊的献书仪式，他们平均每人献出四大册私人藏书，作为建校资本。这 40 册有象征意义的书本，奠定了这所学校的价值取向和精神追求①，至今仍珍藏在耶鲁的百内基善本图书馆内，成为镇馆之宝。

起初，学校没有校舍，学生分散在康涅狄格州学习。1716 年，学校迁到纽黑文。1718 年，威尔士商人伊莱胡·耶鲁向学校捐赠 9 捆价值 562 英镑的物品、417 本书和英王乔治一世的肖像。为感谢耶鲁的慷慨捐赠，学校更名为"耶鲁学院"。

耶鲁学院是一所有强烈宗教色彩的大学。坚持正统的清教派观点，训练一代又一代有知识的正统牧师，是它的培养目标。在它成立后的近两个世纪里，基本保持着教派学校的特点。董事会、校长和教师都由牧师担任。课程以古典文理科目为中心。教学几乎都依靠背诵。早晚祈祷等宗教仪式充斥着校园生活。直到李登辉毕业的那一年（1899 年），耶鲁校董会才打破近 200 年来由牧师任校长的传统，选举第一位世俗者亚瑟·哈德利（Arthur Twining Hadley，1899—1921 年在任）任校长。但他在上任前还特别向董事会声明："我是耶鲁学院基督教会的成员……我相信保持耶鲁基督教特征的重要性……我对经典著作学习持保守态度，我相信在这一问题和其他问题上，我们必须通过渐进而非革命取得进步。"②

耶鲁学院在度过美国独立战争（1775—1783 年）的非常时期后迅速发展起来。在此后的一个世纪中，医学院、神学院、法学院、艺术学院、音乐学院等专业性学院先后建立。1886 年，在建校 185

---

① 孙宜康：《耶鲁·性别与文化》，上海文艺出版社 2000 年版，第 27 页。
② Brooks Mather Kelly, *Yale: A History*, New Haven and London: Yale University Press, 1974, p.316.

耶鲁学院1899届毕业生合影（原件藏美国耶鲁大学，陈立提供）

年后学院改称"耶鲁大学"。19世纪末，耶鲁与哈佛一样，成为当时全美最有声望的大学之一，尤其以人文学科见长。

美国的一些老资格学校，被人称为"常春藤盟校"。由于它们的历史悠久，在校园古老的建筑旁，种植许多爬山虎和常春藤之类的攀缘茎植物，它们顺着墙壁向上爬，直到布满整个墙面。春夏秋三季远望，整个校舍一片青翠。这就是为什么叫常春藤学校的来历，亦表示它的资格老。1752年完工的康涅狄格大楼，是耶鲁大学仅存的最古老的建筑，也是美国最老的历史建筑之一。楼高4层，屋顶还开有气窗（上海人称"老虎窗"），常春藤直攀屋顶，如同华盖遮屋；左右两株老槭树枝叶繁茂，古气英迈。

纽黑文这座城市，就是依附耶鲁校园周围发展起来的，城市的三分之二是耶鲁校区。但美国的老大学是没有围墙的，走进纽黑文，如同走进耶鲁大学的校园一样，绿树红墙，桂殿兰宫，整个城市和校区融为一体，浸润在英格兰的那种古老的文化传统之中。

在美国，耶鲁以培养领袖人物著称。这与它注重培养学生的团体协作精神和组织能力有关。诸多体育、文娱活动，既锻炼学生的组织能力，也培养了学生的协作精神和学校的荣誉感。耶鲁的各种文体活动很多，最有名的体育赛事是与哈佛的划船对抗赛。每当比赛开始，上至校长，下至学生，全校师生倾城而出，为自己的船队加油鼓劲。耶鲁的各级同学会组织也非常完善，毕业时每人携有一册毕业纪念刊，载有所有教员和同学的照片、姓名和地址，以资联络。这些作风日后也被李登辉移植到复旦。

耶鲁的发展很大程度上得益于校友的襄助。耶鲁学子对母校怀有深厚的感情，遍布全国的校友会从精神、物质，乃至具体事务上支持母校。校友基金会集资捐献给母校，使耶鲁的财政得到源源不断的发展基金。哈德利校长曾把校友会比作"扩大的耶鲁"，每一位校友如同一粒种子，把耶鲁的精神带到他所在的地方。这种校友与母校的密切联系，成为代代相传的优良传统。

耶鲁校友遍布各个领域。除政界、商界、金融界、文艺界外，耶鲁学子在教育界也同样作出了杰出贡献。美国多所著名大学，如普林斯顿大学、康奈尔大学、哥伦比亚大学、约翰斯·霍普金斯大学、芝加哥大学、威斯康星大学等就是由耶鲁校友创建的。因此，耶鲁享有"学院之母"的美誉。耶鲁校友中，还有一位对美国教育产生深远影响的著名词典编撰学家诺亚·韦伯斯特（Noah Webster，1758—1843年）。他是耶鲁1778届学生。韦伯斯特对当时儿童教材中忽略美国文化非常不满，立志终身致力教育事业。他先后编写美国拼音课本和语法、读本等普及读物。1807年，他开始编纂全美第一本《美国英语大词典》，遍访英国、法国，搜集资料，涉猎语言20余种，于1828年出版。该书确立了美国英语自身的高雅与活力，

李登辉给耶鲁大学耶鲁学院1899届同学会秘书道奇（Dodge）的书信，时间在1916年之前（原件藏耶鲁大学图书馆，陈立提供）

是统一的美国英语奠基之作。语言的统一是民族形成的重要标志、激发全民族爱国精神的源泉。韦伯斯特因此被誉为美国民族英雄，死后葬于耶鲁大学校园附近墓地。韦伯斯特成为李登辉心中不灭的楷模，韦氏英语大词典更是伴随他一生的必备工具书。赵世洵在回忆中说到一则逸事。抗战时期，某日梁上君子潜入李登辉寓所，被主人发觉。家无长物，小偷在翻箱倒柜之时，忽然听到主人的声音：别的什么都可以拿走，千万要把韦氏大字典留下！可见韦氏在李登辉心目中的地位。

英国古老的大学如牛津、剑桥，都把主要精力放在本科生的培养上。耶鲁也继承了欧洲大学注重本科的传统，专门培养本科生的耶鲁学院是整个大学的核心和精华。

拿美国和英国的大学作比较，如果哈佛像剑桥，那么耶鲁更像牛津。耶鲁始终保持了基督教大学和所有正统学问堡垒的文化特征。所谓的正统性，体现在教学上就是它坚持一贯的古典教育，认为唯有古典教育才能造就人才。影响深远的1828年《耶鲁报告》就是这种教育思想的体现。

```
                    CLASS OF 1899
        DR. TENG HWEE LEE died in Shanghai, November 19, 1947, of pneumonia following
    a mild cerebral hemorrhage suffered three months earlier.
        In 1902, after teaching in the Anglo-Chinese School, Penang, he organized and became
    principal of an English School, under the name of the Yale Institute, which was later incor-
    porated with the Chinese National Reform Guild at Batavia. In 1905 Lee established the
    World Chinese Students Federation, becoming its first president, in which capacity he served
    for about ten years. In 1905 he was instrumental in founding Fuh-Tan University, Shanghai,
    of which he was dean until 1911 and served as president until 1945, being president emeritus
    at the time of his death. In 1918 he received an honorary Litt.D. from St. John's University,
    Shanghai. Lee was editor-in-chief of the Republican Advocate, a weekly journal, and of the
    English Department of the Chung Hwa Book Company; former chairman of the National
    Diplomatic Federation, the National Anti-Opium Association, and the Overseas Chinese
    Association; a member of the Republican Government's Opium Suppression Commission; a
    director of the Chinese National Committee of the Y.M.C.A., the Christian Literature So-
    ciety, and the National Child Welfare Association; and a member of the American Academy
    of Political and Social Science. Among his publications were "The Vital Factors of China's
    Problems" and several books on English composition, etc.
        In April, 1907, he married Helen Tong, who died in 1931. Their children having prede-
    ceased him, he is survived by a nephew, Denis H. C. Lee, of 1626 Hwa Shan Road, Shanghai.
                                                   For the Class
                                                   HENRY W. CHAMBERS, Secretary.
```

耶鲁校友杂志刊登的李登辉去世的消息（原件藏耶鲁大学图书馆，陈立提供）

19世纪上半叶，美国开始产业革命，大学应注重实用性课程的呼声很高。全美国的大学都在酝酿改革。1827年，耶鲁校董会中有人提出建议，取消已经死亡的语言课程，代之以其他实用课程。校董会讨论后，于次年发表著名的《耶鲁报告》，重申古典课程的重要性。校长戴伊（Jeremiah Day，1817—1846年在任）在报告中提出，古典课程是最有效的培养人才的方法，具有无与伦比的价值，各门古典课程在培养学生能力上都是不可替代的。比如，学生要从纯数学中学习论证和推理的艺术；从物质科学中了解事实，学习归纳过程和论证的多重性；要在古典文学中发现一些最有品位的完美典范；通过英语阅读，学会运用自己的语言进行写作和演说的能力；通过逻辑和哲学学习思维的艺术；通过修辞和辩论术学习演讲的艺术；通过不断地练习写作，掌握准确表达的能力；通过即席讨论，成为办事果断、语言流畅和朝气蓬勃的人。因此，戴伊校长反对取消已经死亡的语言课程，反对以德国大学模式改造耶鲁。他要求在人文和科学之间保持平衡，培养具有平衡性格的未来领袖[①]。这个报告在全美产生深远影响，成为19世纪美国人文教育的宪章。

戴伊校长的后继者也坚定地捍卫1828年报告的基本原则。19世纪70年代，由于德国大学的影响，哈佛大学大力推进选修课，再次对古典教育构成威胁。当时的耶鲁校长波特（Noah Porter，1871—1886年在任）就挺身而出，捍卫古典课程。他大声疾呼：高等教育应该着眼长远而非眼前，大学的目标是培养智力而非单纯获取知识。所以，除希腊文、拉丁文等科目有所压缩外，耶鲁的古典课程改动很小。

严格的古典教育，是培养文化精英的最好办法。哈德利校长曾自信地说，耶鲁本科生的程度，要超出其他大学一大截；他们在校期间受到的良好教育，使他们在竞争中处于优势地位，进入哈佛大

---

① 王英杰：《论大学的保守性——美国耶鲁大学的文化品格》，《比较教育研究》2003年第3期。

1916年李登辉给耶鲁校友会的个人履历手稿（原件藏耶鲁大学图书馆，陈立提供）

学法学院、约翰斯·霍普金斯大学医学院等名牌研究生院的耶鲁学子，远胜于其他大学出身的研究生①。为保持本科生的教学质量，耶鲁学院招生人数很少，入学标准很高，学生须经过多方面的考试，包括西塞罗的演讲术、维吉尔的《埃涅伊德》、萨卢斯特的历史、拉丁文法与诗体学、希腊文《圣经》和希腊文法、英语语法、算术和地理等。李登辉在刻苦攻读六年后，如愿以偿考入耶鲁，成为他前半生的一个转折点。

在耶鲁校园，李登辉度过了一生中最难忘的大学时光，奠定了他今后从事教育事业的良好基础。尤其是耶鲁系统、完整和优质的教学，给他留下深刻的印象，他日后在复旦的许多教学方法，都可以看到耶鲁的影子。

耶鲁学院招收的学生是百里挑一的尖子生。学院也精心培养每一个学生。为此，耶鲁学院一直保持着较高的教师和学生之比，保证教师和学生之间有足够多的双向交流时间。校长亲自为他们讲授伦理、哲学等课程，学生享有全校最好的教学资源。校长亲自讲授关键课程的做法，以后也被李登辉带到复旦。任复旦校长期间，李登辉曾亲自开设多门课程，其中就包括哲学、伦理和逻辑。

李登辉使用过的《圣经》

---

① President Hadley's Report, *Yale Alumni Weekly*, Vol. XXI, No.40, New Haven, Conn., July 5, 1912, p.1039.

李登辉晚年曾谈起他在耶鲁修读的众多课程，除希腊、拉丁两种语言为必修外，还要读《圣经》，荷马、苏格拉底、柏拉图、亚里士多德、但丁、莎士比亚、弥尔顿、普鲁塔克、吉本等人的著作，以及18、19世纪英国诗歌、散文和小说。他还给赵世洵系统地讲解过艰深的圣经文学：从《旧约》中的《路得记》（Book of Ruth）开始讲起，首先道出小说在欧洲与英美文学上的地位，《路得记》便是欧洲与英美小说之始祖，甚至于俄国的小说，其源皆溯自于此；次述《路得记》用字之洗练，描写之生动，结构之紧凑，开所有欧洲与英美小说之先声；以后讲述《出埃及记》《利未记》《列王记上》《列王记下》《历代志上》《历代志下》……这几章都与上古的历史有连带关系，研究欧洲的历史与希腊、罗马的文学，如果先有这些做基础，那么以后走的路便容易了；最后撮讲诗篇中的几首，和英诗特别是弥尔顿的《失乐园》与《得乐园》互相印证，指出其套自诗篇中之来源与背景。这也从一个侧面说明了耶鲁本科课程之深入程度①。

　　由于资料的限制，笔者尚无法找到李登辉在耶鲁期间的课程目录，只能作一个近似的复原，以窥其大概。

　　19世纪20年代，耶鲁学院文科生的授课教师由一名校长、五名教授、七名讲师组成。五名教授分别讲授各种主干课程，具体分工如下：一名讲授化学、矿物学和几何学，一名讲授希伯来文和希腊文，一名讲授数学、自然哲学和天文学，一名讲授神学，还有一名讲授修辞学和演讲术。一年级新生从李维与贺拉斯的著作中学习拉丁文，从荷马、赫西俄德、索福克勒斯和欧里庇得斯的作品中学习希腊文，并学习算术、代数和欧氏几何学。二年级时，从贺拉斯和西塞罗的作品中学习拉丁文，从色诺芬、柏拉图和亚里士多德的作品中学习希腊文，继续学习几何学，并开始学习三角几何、对数

---

① 赵世洵：《一位伟大的教育家——记复旦大学校长李登辉博士》，《春秋杂志》（新加坡）第427—430期。

和航海以及修辞学。三年级则学习西塞罗、塔西佗的著作,学习物理、天文、微积分、逻辑学、历史,并选修希伯来语、法语、西班牙语等。四年级继续修习希腊语、拉丁语、修辞学、自然神学、道德哲学、化学、矿物学、地理、物理等课程。大多数课程的教学方式是背诵。学生被分成多个小组,每组有一名助教负责督查每个学生对教材内容的掌握程度。科学课程的学习基本通过课堂讲授,并穿插以实验演示。修辞学必须联系写作。三、四年级学生在学习逻辑学和道德哲学时要进行辩论。四年级学生的道德、伦理与神学课程由校长亲自讲授[①]。由于耶鲁的课程改革较为保守,除必修的拉丁语、希腊语有压缩外,其他课程的变革不会很大。借此可以大致了解李登辉接受的教育背景。

在耶鲁期间,李登辉的学习成绩非常优秀。"除文学、外国语、哲学、社会科学外,自然科学方面亦在优等以上。"[②]1899年6月,李登辉完成学业,获得文学士学位。他所在的1899届,入学时有302人,中途淘汰

李登辉生前使用的耶鲁蘸水金笔

了7人,毕业时剩下295人[③]。李登辉熟练地掌握了希腊文、拉丁文、英文、法文、德文、荷兰文以及马来文等七八种语言和文字,奠定了一生从教的扎实基础。在这些语言中,李登辉的英文造诣尤其深湛,承袭圣经文学的风格,行文多采简单字句,造句简洁而有力,真正做到了艺术上的 Simplicity is an art,即使西方人读后也深为叹服[④]。圣约翰大学文科首榜杨南琴(宋子文同班同学)曾说:"今天在

---

① 劳伦斯·A.克雷明:《美国教育史(二)》,洪成文等译,北京师范大学出版社2002年版,第430页。
② 《复旦同学会会刊》第6卷第6期,1937年3月,第80页。
③ *Catalogue of Yale University 1897–98*, p.356.
④ 章益《追慕腾飞夫子》:"先生之为文,朴质道劲,而说理透辟,西人士读之者,亦无不倾倒。"

国内要找能和李先生（指李登辉）那支笔相等的人，恐怕只有辜汤生（鸿铭）先生了。"①

在耶鲁，李登辉度过了他一生的黄金时代。耶鲁师友的音容笑貌，纽黑文城的一草一木，都成为记忆宝库里的珍藏。在他充满曲折的人生道路中，每当事业受到挫折，只要打开记忆中的这一粒粒珍珠，马上就能找到心灵的宁静，找到激励自己战胜困难的勇气。以后他在复旦大学当了29年的校长，他管理复旦的做法，如果追根溯源，有不少都源自耶鲁。大的如教授治校②，每年出版载有毕业同学名录的年刊，以年级为单位建立同学会组织，确立校训、校徽、校歌等标志性的校园文化；小的如教授们与学生共进午餐，加强与学生的联系等方式，都浸润着耶鲁的精神。

在美国留学时间前后长达6年，李登辉对这个自由之邦充满了感情。他的母校耶鲁，尤其令他难以忘怀。此后，他的一生都围绕着传播耶鲁的教育理念而展开。而他以毕生心血缔造的复旦大学，也因此与耶鲁结下了不解之缘。回国后，李登辉加入了上海耶鲁俱乐部。虽然离开美国后没有再次故地重游，但李登辉一直密切关注着美国的学术界，先后加入了美国地理学会、美国政治学会以及美国政治和社会科学会等学术机构，对于他在中国办教育是一个不小的助力。

离开耶鲁前，李登辉最后一次来到小河对岸的鹰岩山（Eagle Rock Mountain），面朝耶鲁大学，向纽黑文小城告别。鹰岩山甚小，但挺拔峻秀，山顶有一座圆柱形的纪念碑。碑下端方屋的四角，各铸一位铁甲武士。碑顶立一人，手持橄榄枝，用来纪念使纽黑文脱离殖民统治苦海的独立战争。

李登辉在校时，常到此阅读希腊先哲的著作，思考其中精奥的语句，倦时躺在绿草如茵的地上小憩；或登高望远，浮想联翩：也

---

① 赵世洵：《一位伟大的教育家——记复旦大学校长李登辉博士》。
② 在美国有一种说法：哈佛是校长掌权，普林斯顿是董事掌权，而耶鲁则是教授会掌权。参见陈宏薇编著：《耶鲁大学》，湖南教育出版社1990年版。

许当年（1854年）第一位在耶鲁毕业的中国留学生容闳，曾在此盘算如何组织一批聪慧的中国少年送到美国学习文化科学，以迎头赶上世界潮流？或许1881年在耶鲁毕业的詹天佑，也在这里思考过怎么在中国修建铁路，使货畅其流？而已经毕业的李登辉，他这时思考的是，马上就要走上社会，怎样方能不负所学？自己大展宏图的场所究竟在什么地方？带着这一思绪，李登辉踏上了回归的征途。

第三章

在殖民地创办耶鲁学校

李登辉并没有直接回到印尼老家,而是来到槟榔屿,接受该地英华书院之聘,任英文部主任。为什么李登辉会在回归的途中,在英国海峡殖民地马来亚的槟榔屿,作数个月的逗留?最主要的,是为了工作。

当时,李登辉已29岁。按照那时的习俗,他早就应该成家立业,为人之父,经济上也应自立,挑起家庭的担子。而现在,他仍然孑然一身,工作没有着落。再想依靠父亲生活,于情于理都相悖,何况家道已经中落,事实上也办不到了。因此,还未返抵印尼,他就在槟榔屿下船谋职了。

槟榔屿地处马六甲海峡的北口,距大陆仅3.2公里,扼槟榔屿海峡西岸,依山傍水,港阔水深,可停泊巨轮。因为地理位置十分重要,1786年被英国东印度公司占领,辟为自由港,作为联系中国、印尼和印度的纽带和中继站,后来发展成为海峡殖民地的首府和工商业中心,商业和外贸当时超过新加坡。自由港是不必办理繁琐的入境手续的,加上美以美会在槟榔屿也设有英华书院,李登辉顺理成章地到该书院工作,就任英文部主任。

李登辉在槟榔屿待了不到一年的时间,因为英华书院与他的旨趣不合,终于舍弃了。如学院的不少课程,还是维多利亚女王时代的产物;李登辉在美国学校里接受了许多新的理念,在这里都不能自由发挥，只能按照教会认定的程式去教导学生，萧规曹随，不能越雷池一步，稍作更改。腹笥甚广的李登辉，怎肯受其拘牵？唯一的办法，只有走人一途了。

不过，在槟榔屿期间，李登辉结识了一位志同道合的朋友林文庆①，给了他不少启发。

和李登辉有着类似的经历，林文庆是出生在新加坡的土生华侨，长他三岁，祖籍福建厦门。1887年，18岁的林文庆赴英国爱丁堡大学学医，1892年获得医学士和外科硕士学位，成为首位获得英国维多利亚"女皇奖学金"的华人。

林文庆（1869—1957）

林文庆医术高超，曾因治愈清政府驻新加坡总领事黄遵宪的肺病而医名远播，获赠"功追元化"匾额。林文庆继在新加坡开设当地第一家华人西药房——九思堂西药房后，还积极投身实业，有"橡胶种植之父"的美誉。他于1894年组织联华橡胶种植有限公司，开辟了东南亚第一家橡胶种植园。作为受到良好西方教育的华侨领袖，林文庆心系祖国，热心鼓吹土生华侨不忘中国的"根"，尤其应该从学习祖国的语言和文化开始。1894年，林文庆与宋旺相专门办起《海峡华人杂志》，引导土生华侨关心中国形势。李登辉到达槟榔屿的时候，林文庆正在参与创办新加坡华人女子学校，组织女子"天足会"，鼓励华人妇女改变缠足恶习。李登辉的到来，使林文庆多了一位得力的帮手，两人共同发起创办了槟城"好学会"，鼓励土生华侨学习中国语言和文化、关心祖国前途。

---

① 林文庆的生平，参见《厦门华侨志》，鹭江出版社1991年版，第358—360页。

林文庆的办学实践和实业活动，李登辉都看在眼里，记在心上。与新加坡相比，印尼华侨的觉醒显然迟了一步，那里的华侨教育甚至还无人问津，不正是自己施展抱负的理想场所吗？他默默地下定决心，要在自己的出生地——巴达维亚干出一番事业来。选择的职业，当然是自己喜爱和擅长的教育。

1901年，李登辉回到出生地巴达维亚。当年离家到新加坡求学时，他还是一个青春少年。韶光流逝，14载弹指一挥，李登辉已经到了而立之年。

英华书院的工作只是小试锋芒，并不成功的经历使他认识到，寄人篱下终非长久之计，要想实现理想，还是自己办学比较合适。他一生的办学生涯，就从巴达维亚开始了。

不久，李登辉借款2 100盾，聘请外籍教师3人，租用民房数间，在巴达维亚办起当地第一所华人初级英文学校——耶鲁学校（Yale Institute），他自任校长。

李登辉对这所学校寄予厚望，之所以取名"耶鲁学校"，就是想办一所与他的母校耶鲁大学类似的学校。虽然没有接触过记载孔子言行的《论语》，但李登辉在培养学生上却是像孔子所说的那样，真正做到了"有教无类"，工人、店员、学生、男女老少兼收。初期有学生90人。既办日校，又办夜校，因为"定位"不准，学生的文化程度也极为参差不齐，这就注定了这所耶鲁学校的命运不能持久。

一百多年前，印尼社会上学外语的情况大致是这样的：上层人士和政府官员使用的语言，第一位是荷兰语，因为印度尼西亚是荷兰的殖民地，其次才是印尼语。由于荷兰是个小国，离开了荷属东印度（印尼），到别的国家，荷兰语就派不上什么用场，所以一般人除了谋生需要外，绝不会花力气去学荷兰语。

印尼的近邻是马来亚（比中国到日本还要近得多），它是印尼人交往最频繁的国家，但印尼人学马来文的也极少，原因是英国占领马来亚后，用英文字母拼读马来语，与我们现在使用汉语拼音相仿，马来亚华人称它为"马拉犹"，或称巫文，它的好处是教你很快学会说马来语。但是离开马来亚,"马拉犹"就成为无用之物。因此,当时印尼人学外语,首选就是学英语。

但实际情况是,印尼人能与英国人打交道的,即便是贩夫走卒,也会一些"洋泾浜"的英语。如果印尼人能有机会到英国、美国或澳大利亚,这种"洋泾浜"英语又不管用了。所以,李登辉的耶鲁学校,一开始就碰到"定位"问题。定得太高了,"阳春白雪",就曲高和寡,来读的人很少;太低了,"下里巴人",扫盲班,也不会有多少人来就读,只要在马路上跟贩夫走卒们留心学一学,一个盾(荷兰币)也不用花。

李登辉初次办学还缺乏经验。他给耶鲁学校制定的招生范围显然过于宽泛,导致教学无法正常开展。学校的经费也大成问题。李登辉的月薪为200荷兰盾,他的第一助手月薪为140盾,这在当时是极优厚的待遇。学校规模不大,可开支不小,第一个月的预算即达460盾,借款只够维持四个月。李登辉并无经济实力做后盾。不出三个月,学校就陷入经济危机,日常开支捉襟见肘,难以为继。学校处于进退维谷之中。

几乎在李登辉开办耶鲁学校的同时,巴达维亚出现了另一所性质完全不同的中文学校——中华学校。这所由中华会馆主办的中文学校,吸引了众多华侨学生前来求学。相比之下,耶鲁学校显得十分不景气。不得已,耶鲁学校只好转由中华会馆接办。下面对中华学校和中华会馆要略作交代[①]。

19世纪末20世纪初,一批留学欧美的土生华人回到印尼,他们与李登辉有着类似的教育背景和生活经历。印尼与西方国家的巨大差距,使他们产生了改造祖国的强烈愿望。他们既对荷兰殖民当局压制华人的政策不满,也看不惯华人社会的陈规陋习;加上中国维新思潮的影响,一场华人革新运动悄然兴起。中华会馆就是革新

---

① 有关中华学校和中华会馆,详见梁德坤:《雅加达中华会馆的沿革及其所办的社会事业》,《广东文史资料》第23辑,广东人民出版社1979年版。

运动的产物。

1900年初，巴达维亚部分上层华侨开始酝酿组织一个新型的社团，号召侨胞戒绝吸毒、赌博等陋习；团结起来，杜绝各地封建帮会间门户对立、寻仇结怨的宗派主义；在不抵触殖民地政府法令的原则下，宣扬中华传统文化；改良社会风气，提高侨胞文化素质。3月17日，这个社团成立，6月3日获得当局的批准，正式定名为"巴城中华会馆"。

宣统元年巴城中华会馆荣誉会员纪念章

中华会馆的成立，在整个东南亚是一件具有历史意义的大事，它标志着华人民族主义运动（泛华运动）在印尼社会掀起。在文化上，泛华运动表现为寻根意识的觉醒。中华文化命脉存在于孔子及其学说之中，中华会馆就是以孔子学说为思想基础的。章程规定，会馆"尽可能以先知孔子的教谕，并在不违背礼仪的前提下，改造华人的习俗，同时使华人在写书信和掌握语言方面有所进步"[①]。至于如何弘扬孔子学说，会馆发起人李金福在《华人宗教》一文中作了说明。他认为，中华文化存在于《四书》和《孝经》之中，孔子的学说是华人宗教的精髓。虽然孔子学说后来与别的宗教（如道教、佛教）相结合，但孔子学说依然是中华文化的根本。因此，荷属东印度的华人应该遵循孔子的教导。要使华人知晓孔子学说，必须从学习汉语开始。因此，中华会馆把办理华人文化教育事业作为自己的基本任务。巴城中华会馆是一个母体。受其影响，全印尼各地纷纷成立分支组织，形成了一个庞大的中华会馆网

---

① 孔远志：《印尼华人与孔教的兴衰》，《华侨华人资料报刊剪辑》1990年第9期。

络。截至 1911 年，全印尼的中华会馆已达 93 个之多。

1901 年，中华会馆创办第一所正规学校——中华学校，校址设在八帝贯街中华会馆内。中华学校实行董事制，首届董事总理潘景赫，副总理翁秀章、丘燮亭、李金龙，秘书长陈金山、丘秀平。首任校长为林文庆介绍的秀才卢桂舫，第二任校长是康有为从他在日本横滨开办的大同学校聘来的门徒林辉义。中华学校是一所只招男生的小学，设有初小和高小，以"尊孔"为教育原则，学生们上学和放学，都须向"至圣先师"鞠躬行礼，每逢孔子诞辰则举行隆重的祭祀典礼。课程以汉文为主，另有修身、体操、地理、算术等。在创办中华学校的同时，会馆开始收集图书，创办图书馆，成立编译小组，用印尼文翻译《四书》等书籍。每周由校长举办一个有关孔教的讲座。1903 年，因戊戌变法失败而流亡海外的康有为曾到过中华学校[①]。受其影响，中华学校增加了"读经"课程。

为了培养现代商业人才，改良社会风俗，中华会馆对英语教育、女子教育也同样抱以热忱。中华学校成立的当年，中华会馆董事会决定开办英文学校和女子学校。由于当时南洋的师资奇缺，会馆为开办英文学校也颇费周章。恰好，耶鲁学校处于危机之中。1901 年 8 月，董事们决定接办耶鲁学校。经过多次协商，李登辉同意耶鲁学校由中华会馆接办，改名为"中华会馆耶鲁学院"。学院除主要进行英语教学外，增开有关孔子学说等中华文化课程。中华会馆推举李兴濂、赵德风、陈金山、陈长隆和李登辉合组校务委员会，主管一切校务和经费，并负责偿还李登辉创办耶鲁学校时所借的债务。校务委员会主任由李兴濂担任。中华会馆另外成立一个英文学校董事部，在行政和经费上与华校分开。

一个月后，中华会馆正式接办耶鲁学校。李登辉仍担任校长。

[①]《巴城中华会馆四十周年纪念刊》载有康有为与中华会馆创办职员的合影。另，康有为的学生陆敦骙曾写道："癸卯，（康有为）游爪哇，先在巴城、三宝垄成立中华学校，为之草定章程，遣其门人林奎、陆敦骙等主持教务。各埠闻风兴起，盛于时矣。"见陆乃翔、陆敦骙等：《南海先生传》。

李登辉（二排左三，标圆圈者）与南洋学生合影（1900 年前后）

李登辉除主持校务外，每周还在校内举办一次类似"沙龙"的自由交谈会，以交流知识、沟通思想，吸引师生和校外人士参加[①]。沙龙是 17、18 世纪流行于西欧贵族和资产阶级社会的一种谈论文学、艺术或政治问题的社交集会，欧洲资产阶级革命前夜，一度在法国特别流行。在沙龙内，日益强大的资产阶级与世袭的贵族平等相待；亲王、伯爵子弟和钟表匠、小商人子弟相互交往，无拘无束地畅谈文学、音乐、戏剧或政治。除了表示平等以外，沙龙的社会意义在于通过交谈形成"言论"，即形成一种"公共舆论"。法国百科全书派的狄德罗曾说，"写作只对某些阶级的公民产生影响，而言论则影响所有人"。在印尼社会，沙龙还是一桩新鲜事物；李登辉借鉴这种形式之目的，就是让先进的欧美文化通过沙龙输入学校，革新人们的思想，在印尼社会开启新风气。

合并之后，学校稍有起色，学生人数有所增加，但与李登辉的理想有很大距离。1903 年 5 月 1 日，李登辉感到无法实现自己的抱负，

[①] 《华侨华人百科全书·教育科技卷》，中国华侨出版社 1999 年版，第 6 页。

乃辞去耶鲁学院校长职务。英国人戴维森（Thomas Davidson）接任校长。之后，李登辉在巴达维亚的华人组织讲课，一直到他回国。

李登辉为什么回到中国？而且一辈子在中国？引发印尼华人、新加坡华人的浓厚兴趣。

在众多华侨心目中，康有为掀起的变法维新运动，得到了光绪帝的支持，是让中国富强的大道。中国富强，正是海外华侨梦寐以求的理想。李登辉由此仰慕康有为。1903年康有为到中华会馆，鼓动李登辉再次到美国深造，学习政治经济学。1913年耶鲁校友会刊物的《李登辉自传》写到，"1903年，我受知名的改革家康有为的派遣，到美国深造，攻读政治学。但是旧金山当局不允许我入境，因此不得不返回（In 1903 I was sent by the famous reformer, Kang Yu Wei, to the United States for postgraduate study in political science, but had to return because the authorities in 'Frisco would not allow me to land）"①。在康有为的鼓励下，李登辉决定再次前往美国，到哥伦比亚大学深造，攻读政治经济学硕士。但留学道路很不顺畅，在旧金山海关受阻，并被遣返。震怒之下的李登辉投书《纽约时报》以示抗议。1903年7月20日《纽约时报》刊发特别报道，报道了事件的全过程。出发前，美国驻雅加达的领事告知李登辉，持有耶鲁文凭应该可以顺利进入美国。但是当李登辉到达旧金山后，还是因为没有入境证而遭到阻挡，与一批衣衫褴褛的苦力同乘太平洋邮轮被遣送回南洋。②入美受阻成为李登辉人生的一大转折。这次转折与美国排华法案及其引发的中国抵制美货运动直接相关。

排华法案源于华工大量入美。1849年美国加利福尼亚发现金矿，引发淘金热。1860年代美国建设横跨北美的铁路大动脉——太平洋铁路，需要大批劳工。由此，成千上万的中国劳工涌入美国，

---

① History of The Class of 1899, Manuscripts and Archives, Yale, pp.144.
② "Bar out Chinese Scholar", *The New York Times,* 20 July 1903.

BAR OUT CHINESE SCHOLAR.

Teng Hwee Lee, Yale, '99, Likely to be Deported—He Wished to Enter Columbia.

Special to The New York Times.

SAN FRANCISCO, July 19.—Herded with dirty coolies on a Pacific Mail steamship here, awaiting deportation to China, is a bright young Mongolian gentleman, Teng Hwee Lee, a graduate of Yale, Class of '99. Lee has not got his entrance certificate, and officers here refuse to recognize his Yale degree or any of the letters that he shows.

His case is a hard one. He came here first in 1892, went through Yale, and then returned to teach in the Straits Settlements. He finally established an English school at Batavia and had four professors under him. He wanted to get a more thorough training, however, so he decided to take a post-graduate course in political economy at Columbia University. The American Consul at Batavia told him his Yale diploma would be voucher enough, but now, far from friends, he finds he is likely to be sent back to China on the next steamship.

Lee has hired a lawyer, but he does not seem able to overcome the regulations that bar out young Chinese unless he can be identified here.

1903年7月20日《纽约时报》刊登的李登辉被驱逐的报道

从事洗衣、制烟、开矿、园艺、护理、植棉等行业。华工吃苦耐劳，任劳任怨，能够接受远低于白人劳工的工资。在美国经济繁荣时代，华工与白人劳工还能和谐相处。1870年代中期，世界经济萧条波及美国，三分之一的加利福尼亚工人失业，造成社会动荡。美国政客和白人劳工嫁祸于华工，指责中国劳工剥夺加利福尼亚白人的工作机会。美国民众认为，巨额财产被华工从加利福尼亚搬运到中国，华工窃取了美国的财富。1882年美国国会通过《排华法案》（Chinese Exclusion Act of 1882）。该法案规定，禁止华人劳工十年内移民美国，要求中国移民赴美必须登记和持有护照。此举剥夺了中国人成为美国公民的机会。1894年美国国务卿葛礼山（W. Q. Gresham）与中国驻美公使杨儒在华盛顿签订新约《限禁来美华工保护寓美华人条约》（Gresham-Yang Treaty），该条约规定十年之内严厉禁绝华工来美,并对华人再次进入美国做了严格限制①。

以上法规写明仅针对华工,但是美国海关在执行入关手续时,往往将不是华工的中国留学生和商人甚至清政府官员也认作华工,因而禁止他们入境。1901年孔祥熙受教会推荐,到美国留学,也被旧金山海关阻挡在外,用了一年半时间等待签证的修正和重新签发,直到1903年1月才进入欧柏林学院。排华法令助长了美国的反华气焰,造成系列事件,甚至引发暴力,例如1903年波士顿唐人街遇袭、1904年应邀出席路易斯世博会的中国官员及商人遭虐事件。排华行动有其复杂的政治、经济、文化、宗教、社会等因素,种族主义也是其中的因素。美国劳工联盟主席Samuel Gompers出版的《排斥华人的几点理由》写道:"美国白人和亚洲人之间的种族差异将永远不能克服。优秀的美国白人不得不通过法律手段来驱逐低劣的亚洲人,如果需要,武力手段也在考虑之列。"②

排华行动的直接受害者是华人移民,包括华侨也在深受其害。李登辉也亲身感受到了排华法案的羞辱。个人的尊严和命运与国家的尊严和命运如此紧密地连在一起。为了挽回自己的尊严,改变自己的命运,必须让中国更强大,必须用教育的力量改变中国。他此后的生涯围绕这一目标而展开。他回国的深层动因便在于此。

在旧金山入美被遣送回南洋后,李登辉继续寻找机会赴美。赴美深造的障碍在排华法案,只有通过外交途径,修改排华法案,才能实现赴美深造的初衷。1894年《限禁来美华工保护寓美华人条约》最后一项声明,本条约届满时将会自动延长十年,除非签约方中的一方在条约期满前六个月,即1904年12月7日,声明不再续约。因此,李登辉在1904年底回到上海,很可能是为了赶在12月7日这个截止日期之前,与各界人士一起,造成一种社会舆论,使

---

① 黄贤强:《1905年抵制美货运动:中国城市抗争的研究》,高俊译,上海辞书出版社2010年版,第3—10页。
② 转引自黄贤强:《1905年抵制美货运动:中国城市抗争的研究》,第8页。

得满清政府采取措施，通知美国政府不再续约。虽然还没有直接的资料说明李登辉归国的原因，但是可以肯定，他回国与排华法案及其由此引发的抵制美货运动密切相关。

李登辉回国后采取的第一个行动，是团结全世界的中国学生，组成一个全球性的组织。据黄贤强研究，李登辉在槟城讲学期间，与伍连德等人酝酿成立一个跨国的学生组织，半年后这一组织最终在上海成立，这就是由李登辉担任会长的寰球中国学生会。1904年10月，谢缵泰给伍连德的一封信中提出设立这个组织的倡议。谢缵泰（1872—1938年）生于澳洲，祖籍广东开平，16岁随父回到香港定居，就读于香港皇仁书院，与杨衢云等创立辅仁文社，参加推翻清王朝的革命运动，辛亥革命后淡出政治。谢缵泰与伍连德志趣相投，在粤港活动时，积极参与禁鸦片运动[1]。谢缵泰提出此议后，伍连德与此时正在槟城的李登辉商量筹备方案。筹建这一组织，获得李登辉的积极响应。寰球中国学生会与华侨在海外事先发起的抵制美货运动紧密地结合在一起。

19、20世纪之交，亚洲的中国、印度的有识之士都在传播变法维新思想，掀起民族独立运动。掌握了当代最先进的学问、满怀救世热忱的李登辉，自然需要找到更大的舞台空间，以施展抱负。他需要中国，祖国也需要他这样的精英。

---

[1] 黄贤强：《伍连德新论：南洋知识分子与近现代中国医卫》，台湾大学出版中心2023年版，第161页。

第四章

创办寰球中国学生会

1904年冬,李登辉从印尼到达上海,回到了他的祖先离开已七代的祖国。此时,他33岁,正值人生盛年,但依旧未婚。从此到生命终结,李登辉把他的一生奉献给了祖国的教育事业,屡挫屡起,矢志不渝。

初到上海,人生地不熟,又不会说国语,怎么施展他满腔的报国之志呢?这对刚回国的他是一个严峻的考验。

李登辉加入了上海基督教青年会,在那里先安顿下来。上海青年会与日后李登辉从事的诸多事业有密切关系,李本人也担任要职,因此有必要把该会与世界基督教青年会的历史作一简要介绍[①]。

1844年,美国人乔治·威廉与12位店员在伦敦组织了一个以查经为主的小团体,宗旨为"追求基督教道德精神,避免城市青年的堕落",名称为基督教青年会(The Young Men's Christian Association),简称青年会(YMCA)。1851年,青年会被介绍到美国,活动领域逐渐扩大,从以宗教为主发展到包括文化、教育、体育、娱乐等活动,提出以《圣经》中"非以役人,乃役于人"的教条为会训,倡导为社会服务。1855年,欧美各国青年会在巴黎

---

① 关于上海青年会,详见罗冠宗:《上海基督教青年会历史片段》,载《上海文史资料选辑》第81辑,1966年。

李登辉公馆内景（时间未详）

举行第一次国际会议，通过《巴黎本旨》，即"基督教青年会的宗旨，在联合那些依《圣经》的指示，信奉耶稣基督为其上帝及救主，并愿在教义上及生活上作其从者的青年，彼此合作，以推广上帝的国于一般青年之间"。会上成立"基督教青年会世界协会"（World Alliance of the YMCA），1878年在瑞士日内瓦设立办事机构。1889年美国和加拿大青年会联合组织"基督教青年会北美协会"（International Committee of the YMCA），得到美国财团的大力支持，因此向亚非拉国家推广青年会的工作，主要由"北美协会"资助。

1898年，"北美协会"派美国干事路义思（R. E. Lewis）来上海筹办青年会。1900年1月6日，张振声、宋耀如、颜惠庆、曹雪赓、黄佐庭、颜德庆等35位基督教青年在博物院路（今虎丘路）"皇家亚洲学会"召开"上海基督教青年会"成立大会，确定该会宗旨为提倡德、智、体、群育，以"非以役人，乃役于人"的精神改造社会，造就青年。其活动主要是利用公余时间，提倡敦品辅仁的团契和高尚娱乐以及补习教育等活动。路义思当选为总干事。上海青年会最初无固定会所，租赁苏州路（今南苏州路）17号一幢半西式房屋为会所。因地址过于偏僻，难以开展活动，旋租南京路（今南京东路）149号街面房子（故址在今第一食品商店处）为会址。后因会务渐趋频繁，来会活动的人逐步增多，因此，路义思从美国募捐5万美元，加上上海绅商捐款，1904年始在四川路（今四川中路）599号购地建会所，1906年建成，称"殉道堂"（旧址现为浦光中学）。1931年9月，上海青年会总会在原法租界敏体尼荫路（今西藏南路123号）建成，四川路会所遂作为分会。

加入上海青年会，李登辉找到了精神上的皈依，也得以结交志同道合的朋友，开始逐渐融入以外国传教士、归国留学生和本国基督教徒为主的上流中国社会。青年会既给李登辉以安身立命的场所，也给他一个启发：青年会由基督教徒组成，成员人数和影响范围终究有限；如果仿照青年会的组织，扩大成员的范围，成立一个包罗国内和海外所有学生的学会，使得会员遍布社会各界，日后参加政治、兴办实业以及从事百艺百工，都可遵守会章，服从众议，风同道一，成为改造社会的有力支柱，那么，这个学会的影响力将远远超过青年会①。

1905年6月29日，李登辉应邀在上海青年会发表演说，提出新建一个青年会之外的学生联合会的设想。他说，外国人办得好的事业，我们中国人也可以办，不一定要外国人来办。但我们要吸收外国人的长处，发挥中国人的智慧。现在基督教青年会规模虽大，然非国人自办。我们应迎头赶上世界新潮流，自己创办一个既像学会又像福利团体的组织，研究学术，与国外互通声气，吸收他国先进文化，力求走改革自新之路。同时须提倡高尚有益的娱乐，锻炼身心，以图改造社会，贡献祖国。自己生长南洋，留学美国，亲眼

---

① 颜惠庆指出，寰球中国学生会的组织形态以青年会为原型。颜惠庆著，吴建雍等译：《颜惠庆自传——一位民国元老的历史记忆》，商务印书馆2003年版，第48页。

目睹侨胞常受外国人欺辱，所以回到祖国来提醒国人，重视教育，提倡科学①。

1905年7月1日的《申报》以《组织寰球中国学生会之发起大意》为题，刊登了这次青年会演讲活动的经过和李登辉演讲的大致内容②，这是寰球中国学生会首次在国内报纸出现，弥足珍贵。首次出现的名称为"环球中国学生会"，但该会以后的正式名称是"寰球中国学生会"。该报道全文抄录如下：

> 李君登辉，美国耶鲁大学卒业生也，顷因再赴美国留学研究更高深之学问，道经上海，欲组织一寰球中国学生会。二十九日假北京路十五号青年会，向同人演说，并酌议办法，兹录其发起大意如下：
>
> 甲、欲求中国之进步宜设：一、教育部，以改良中国之教育方法；二、翻译部，以输进泰西新智识；三、刷印部，以印所翻书籍并刊学报；四、待聘部，以供给祖国延聘成材之士。
>
> 乙、扶助学生：一、本会以联络寰球各处学生声气为目的；二、在外国留学卒业而回，或在本国学堂卒业之生，本会为之访求职业；三、会中各友必须彼此荐引，竭力扶助；四、本会招待来往学生（在上海由总会招待，在外洋由支会招待）；五、本会资助留学生出洋留学。
>
> 丙、本会宗旨：不涉政治，专求教育之进步及朋友察摩之实益。

跟随李登辉长达42年之久的季英伯（泽恒）在回忆中写道，"先生时年仅三十许，黑须玄鬓，所御西装整洁而朴素（时国人尚垂辫服清代装），粹然有儒者之风，令人肃然起敬"。李登辉英语流

---

① 朱仲华、陈于德：《复旦校长李登辉事迹述要》，《文史资料选辑》第97辑，中国文史资料出版社1985年版，第130—131页。
② 《组织寰球中国学生会之发起大意》，《申报》，1905年7月1日，第4版。

畅而有力，态度诚恳异常，演讲感染了在场听众。作为一名听众，李登辉的一席话，使季英伯这位 20 岁刚出头的青年人茅塞顿开。他服膺李的主张，同意李的见解，钦佩其为社会献身的人品。会后即与李订交，把李引为知己，视为启蒙者及领路人。此后 40 余年，季英伯一直追随李登辉，担任事务极为繁杂的书记（驻会秘书），直到 1947 年 11 月李登辉去世后，才到外文系担任教授之职。

李登辉的中文秘书季英伯。李登辉所有中文函件、文稿，概由季英伯手书

在筹备过程中，李登辉得到了兴中会成员、澳洲华侨谢缵泰等人的支持①，青年会同人也积极出谋划策。经过讨论，确定学会的宗旨为：协助和推动"清王朝的进步"，促进在世界各国留学的中国学生之间的联系与团结；提供会员有关就业、医药及法律等方面的咨询服务。李登辉亲手制定章程，组织董事会。各董事皆为留美归国学子，如颜惠庆、王正廷、伍廷芳、宋耀如、曹雪赓等人。会长从董事中推举产生，由总干事担任驻会一切事宜。至于学会的名称，李登辉决定参照世界基督教学生会（the World Christian Students' Federation），定名为"寰球中国学生会"，英文名为 the World Chinese Students' Federation。李登辉被推为会长，朱少屏为总干事，季英伯任书记。

经过半年的筹备，李登辉的愿望实现。1905 年 7 月 1 日，《时报》在第一版醒目位置发表《寰球中国学生会发起》的消息，一个

---

① 《上海侨务志》，上海社会科学院出版社 2001 年版，第 256 页。

比青年会范围更大的机构——寰球中国学生会——与国人见面了。

7月1日下午2点,数百人冒雨来到位于北京路15号的青年会厅,出席成立大会。由于天气原因,原先邀请担任大会主席的马相伯没有到会,成立大会改由严复主持。

对李登辉组织寰球中国学生会,严复十分赞赏。讲话中,严复结合不久前在欧洲的所见所闻阐明了"中国前途惟学生是赖"的观点。严复说,"中国前途惟学生是赖,此语良非虚谬。今李君发此宏愿,欲结一大会,团结全国之学生,无论学于国内国外者,皆联络一气,他日有成,其益甚大……"①

严复这番话是有感而发的。年初,为协助清政府收回开平矿务局,严复随前开平矿务局总办前往英国伦敦助讼,结果却发现自己被利欲熏心的颠顶清官所欺骗,因而未等诉讼案结束就脱离此事。在伦敦,严复还与孙中山进行过一次会谈。针对孙中山从事的革命事业,严复认为教育才是中国的根本问题,革命非当务之急。孙中山予以反驳。孙、严两人的谈话,严璩《侯官严先生年谱》有记载:"谈次,先生(指严复)以中国民品之劣,民智之卑,即有改革,除之于甲者,将见于乙;泯于丙者,将发之于丁。为今之计,惟急从教育上着手,庶几逐渐更新乎!博士(指孙中山)曰:'俟河之清,人寿几何?君为思想家,鄙人乃执行家也。'"会晤不欢而散。沿途严复考察了欧洲其他国家,见到不少在英国、法国、德国留学的中国学生,笃学不倦,学有心得,给他留下深刻的印象。在学生身上,严复看到了中国的希望。

李登辉接着用英语发表了长达一个小时的演说,痛言"中国人之不能合群及合群足以兴国之理"②。英文演说稿没有流传下来,否则那将是一篇极为珍贵的文献。

成立大会确像"寰球"两字标榜的那样,是一个不同语言、不

---

① 《寰球中国学生会发起人之集会演说》,《时报》1905年7月2日。
② 同上。

同地域知识分子的联合。继李登辉后，南洋公学教习徐善祥用上海方言，凌潜夫用广东方言先后演说，"中国学生应先破除彼此畛域之见，以为组织学生社会之预备"①。演说完后，数十人在发起签名册上签名加入。

要开展活动，首先要有固定的活动场所。学生会不久选定静安寺路511号（今南京西路）为会址。经李登辉和各董事擘画，半年之内，学会完成了征集国内外报纸，购置钢琴、弹子台等设备的工作。李登辉还设法联络海外侨胞，互通声讯，编辑《寰球中国学生报》的中英文会刊，辅导留学生，予以便利。

寰球中国学生会是一个全新的学会，它所从事的社会革新事业吸引了一批有志青年的加入，如民国著名的外交家顾维钧、施肇基当年也是会员。在全盛时期，寰球中国学生会会员达几千人，先后在青岛、福州以及新加坡、夏威夷、槟城等地设立分会。

李登辉的乡土观念极深，遇到福建人就像见了自己的亲人一样。对于严复这位福建同乡、中国的启蒙大师，李登辉更是尊重有加，时时请益。严复积极参与寰球中国学生会工作，给予李登辉很大的帮助。

严复多次到该会演讲。如1906年1月10日，演说《论教育与国家之关系》。同年春，演说《有强权无公理此理信欤》。

1906年6月，寰球中国学生会在上海创办《寰球中国学生报》，由李登辉、严复、曾子安、唐国安②任主编，创刊号刊登了四位主编的合影。严复在这份报纸上发表多篇介绍西学的重要文章。8月，《寰球中国学生报》第2期出版，登载了严复的《述黑格儿惟心论》，这是国人最早介绍黑格尔哲学的文章，黑格尔的主观精神、

---

① 《寰球中国学生会发起人之集会演说》，《时报》1905年7月2日。
② 唐国安（1858—1913年），字介禄，号介臣，广东香山人。第二批赴美幼童之一，肄业于耶鲁。回国后在圣约翰大学、《南方报》任职。1909年出任游美学务处会办。是清华学校首任校长。

客观精神和绝对精神等哲学范畴首次映入国人视野。当时，严复将主观精神译作"主观心"，客观精神译作"客观心"，绝对精神译作"无对待心"。下面将文章末的按语转录如下：

> 欧洲之言心性，至迪迦尔（Descartes，今译作笛卡尔）而一变，至汗德（Kant，即康德）而再变。自是以降，若佛特（Fichte，即费希特），若鳃林（Schelling，即谢林），若黑格儿（Hegel），若寿朋好儿（Schopenhauer，即叔本华），皆推大汗德之所发明者也。然亦人有增进，足以补前哲之所未逮者，而黑、寿二子所得尤多，故能各有所立，而德意志之哲学，遂与古之希腊，先后竟爽矣。考汗德所以为近代哲学不祧之宗者，以澄澈宇宙二物，为人心之良能。其于心也，犹五官之于形干，夫空间、时间二者，果在内而非由外矣，则乔答摩境由心造，与儒者致中和天地位万物育之理，皆中边澄澈，而为不刊之说明矣。黑格儿本于此说，故惟心之论兴焉。古之言化也，以在内者为神明，以在外者为形气。二者不相谋而相绝者也。而黑则以谓一切惟心，特主客二观异耳。此会汗德、迪迦尔二家之说以为说者也。由是而推古今历史之现象，起伏变灭，皆客观心理想之所为。然而其中有秩序焉，则化之进而共趋于无对待之心境，此鄙人所译为皇极是已。故其言化也，往往为近世天演家之嚆矢，又于吾国往圣之精旨微言有相发者。

除寰球中国学生会之外，上海青年会也是严复经常演讲的地方。严复系统地演讲西学，对李登辉的思想产生了重要影响。

寰球中国学生会的创办人大多是留学归国人员，与国外大学有较广泛的联系，因此，留学咨询与服务成为她的一项重要服务功能。

她的成立也是适逢其时。

1905年9月2日，清政府下令，自光绪三十二年（1906年）

《寰球中国学生报》四位主编合影，左起分别为曾子安、严复、李登辉、唐国安

起停止举行科举考试，在各地兴建学堂。同时设立学部，以统辖全国学堂，推进新式教育。废除科举考试，标志着一千多年来依照儒学经典作八股选拔候补文官的科举制度彻底终结，取而代之的是新式学堂毕业生或留学生。此后，新式学堂如雨后春笋般大量涌现，培养教师的师范成为热门。1905—1906年，以学习师范、法政为主的留日学生达到最高峰，人数近万人。猝然废除科举，清廷对选派留学生事宜显然还缺乏准备，寰球中国学生会在废除科举的同一年诞生，在出国咨询与服务方面起到了一般机构所无法取代的作用，真可谓得风气之先。

  1908年，美国以退还中国偿付的庚子赔款作为中国留美学生的费用，在北京设立清华学校，留学美国学生逐渐上升。寰球中国学生会专门设立清华出洋学生办事处，全权负责该校学生出国留学事宜。

  民国建立后，寰球中国学生会设有游学招待部，协助北洋政府外交部处理中国学生留美、留法。"一战"后又组织华工和学生赴欧洲工作或读书。经过李登辉、吴玉章、张继等人多方努力，与法国政府达成默契，定期分批组织青年赴法勤工俭学，还成立了"上海留法俭学会"。数年间，数以万计的青年赴法，中国共产党的领导人如周恩来、邓小平、陈毅、李富春、李维汉、聂荣臻等人，就是寰球中国学生会组织赴法勤工俭学的。1919年3月，毛泽东为欢送第一批赴法勤工俭学的学友，第一次来到了上海。

李登辉多次担任选派欧美留学生考试的阅卷人，当时称"襄校师"。1907年7月3日至5日（农历五月二十三日至二十五日），宁、苏、皖、赣官费留美学生考试在江宁提学使衙门举行，李登辉任襄校师，阅历史、舆地试卷，严复阅英文论说和汉文，陈诸藻阅理化和生物，严家驹阅数学试卷。《神州日报》载："二十三日，试英文论说（英译汉，或英译拉丁、德、法一篇）、算学。二十四日，试理化、生物。二十五日，试历史、地理、汉文。男生题为《汉武帝论》，女生题为《木兰从军论》。考生共七十二人，女生十二人。"①

这次考试录取了我国首批官费留学西方的三名女学生：胡彬夏、宋庆林、王季茝②。第二位宋庆林，即中国杰出女性、孙中山夫人宋庆龄。这里不妨略作说明。

宋庆龄曾先后用过宋庆林、宋庆琳、宋庆龄等名字。宋庆龄之父宋耀如，在美国接受教育，对林肯总统极为崇拜。故三个女儿都取以"林"字，分别名为霭林、庆林、美林。所以，宋庆龄青少年时代的学名，以及从赴美留学直到伴随孙中山在日本从事反清革命活动期间，均使用"宋庆林"。后来宋耀如认识到，女性取以林字，不符合中国传统习惯，故易林为"琳"。1915年，宋庆龄不顾家庭反对，毅然在日本与孙中山结婚，结婚誓约书上的签名即为"宋庆琳"。但这个名字使用时间较短，一般文字记载中不多见。1926年

---

① 《神州日报》1907年7月5日，转引自孙应祥：《严复年谱》，福建人民出版社2003年版，第309页。

② 孙应祥：《严复年谱》，第310页。

前后，宋耀如接受挚友沈毓桂建议，再次更改宋氏三姐妹名字，易琳为"龄"。从此，"宋庆龄"三字成为通称①。

次年，清廷派14位青年出国留学，其中男10人、女4人。女性中有宋庆龄、宋美龄姊妹。李登辉又代表寰球中国学生会前往送行。

李登辉与宋氏姐妹一家可以说是世交：与宋耀如有着类似的生活经历，同在美国接受教育，同为寰球中国学生会董事；又是宋氏姐妹出国留学的引路人。因此，宋氏姐妹一直尊李登辉为前辈和师长。凡遇婚丧嫁娶、祭扫祖坟之类家族大事，必邀请李登辉参加。如宋美龄的婚礼，李登辉是作为贵宾应邀出席的。

1908年6月，浙江省举行首次选派欧美留学生考试，李登辉应浙江旅沪学会之邀，受聘为"襄校师"，赴杭专阅英文、德文试卷。共计录取京师大学堂、邮传部上海高等实业学堂、震旦学院、圣约翰大学、唐山路矿学堂、江苏铁路学堂等校考生20名。其中有震旦学院学生翁文灏、胡文耀（留学比利时），江苏铁路学堂学生钱宝琮（留学英国）等。这些学生日后多数成为著名的科学家。

寰球中国学生会每年召开一次常年大会，由主席报告一年来的会务进展情况与经济状况。会务、经济都公开登报。

寰球中国学生会既没有固定基金，又没有经常性收入，全仗热心赞助者捐款。此外便依靠每年举行一次的征求会员竞赛大会，分队征求，得到一笔常年的开支费。征求会员制度是1911年开始实施的。这种方式，上海青年会在三年前已经开始做了。具体方法是，先在《申报》等各大报刊登载一个征求会员的宣言，公布征求目的、时间、各分队正副队长名单，然后各队沿着粤汉、吉长、京汉、京张、京奉、沪杭、沪宁、津浦等各铁路沿线作宣传，开展募捐和吸收新会员。以1916年第五次征求会员为例，朱少屏队得分

---

① 参见葛继圣：《宋庆龄三易其名》，《百年潮》2005年第1期。

最高，为 1 622 分，李登辉队列第二，得 1 135 分，郭仲良队得 569 分，钟紫垣队得 503 分，唐露园队得 383 队，五队合计得分 4 212 分，征集新会员 132 人。

上海青年会因为有海外财团资助，拥有固定的基金，设备完善，所以征集新会员时，可以在全国各地广作宣传。同时会员有很多权利，因此吸引力较大。相比之下，寰球中国学生会的经费、人数就明显不如上海青年会。以 1916 年为例，全年共收银 9 322.30 元，支出 6 116.93 元，余 3 205.37 元。这个数字远远低于青年会。所以，会务不能得到理想的发展，只办了寰球中学（附设各种职业速成班）和寰球小学，定期刊物《寰球中国学生报》以及各种临时刊物，各种集会如演讲会、同乐会、留学生放洋欢送会，代办留学一切手续如护照、船票、入学手续，职业介绍，等等。李登辉还想办会员宿舍、图书馆，因经费无着，始终没有办成。因为会务不能扩展，他一直耿耿于怀。

李登辉看到租界内的华人，常为外人所蔑视，非常气愤，屡次与各董事联名向租界当局抗议而未果，一次在南京路市政厅演剧《十年后之中国》，剧情为推翻帝制，改建民国。由上海青年会干事曹雪赓饰大总统，名医唐乃安饰内阁首相，观者拥挤不得入。

老校友们还传诵着一个李登辉痛惩美国兵的故事。李登辉每天乘火车往返于上海和吴淞之间，很晚才回家。一天，他正在火车上看报，忽然听见车厢中传来阵阵嘈杂声，原来是三四个美国水手在调戏一名中国妇女。李登辉拍案而起，愤怒地用手杖指着美国水手，厉声地说："发生了什么事？住手！住手！"听到他地道的美国英语，又看到他是个上等人的模样，美国水手一下呆住了。妇女乘机逃走。李登辉又教训了一番，美国水手被训得面红耳赤。其中一人恼羞成怒，悍然抢了李登辉的手杖，扔出窗外。李登辉毫不示弱，跑过去撕下那水手的肩章。这时火车刚停靠站头，李登辉径自下车。那美国兵想追打他，举起茶杯向他掷去，但火车已经开动。

第二天，李登辉到外滩找到美国领事，说明原委，美国兵受到了应有的惩罚。当时上海的英文《南方报》等作了报道。事后，李登辉在课堂里对学生说："外国水兵常在上海调戏女同胞，侮辱中国人，为什么中国官厅置若罔闻？我撕了他的肩章对不对？你们有什么意见？"

自1906年开始，清廷每年农历八月举行一次考验游学毕业生考试，根据考试成绩授予留学归国学生官职。根据学部制定的《考验游学毕业生章程》，考试分两场，第一场为专业考试，就留学生所习学科，择选命题考验。每学科各命三题，任选其中两题。第二场则试中国文一题，外国文一题，作一题即算完卷。考卷由襄校师分阅，评记分数，再由学部大臣会同钦派大臣详细核校，遴选出最优等、优等、中等三类，各授予官职。最优等者给予进士出身，优等及中等者给予举人出身。准给出身者，加某学科字样，如习文科者，称文科进士、文科举人；习法科者，称法科进士、法科举人。其他如医科、理科、工科、商科、农科依此类推。考中的学生，还能在学部官员带领下，获得觐见皇帝的机会①。这种由政府主持的变相科举考试，有些类似国外由各大学进行的博士、硕士生考试，因此被时人称为考"洋进士"。

通过考试，毕竟能被政府承认自己在国外所学，因此，在复旦公学监督夏敬观的敦促下，李登辉于光绪末年参加了清廷召试留学生考试，获得文科举人出身，被选派到外务部。李登辉一心想办教育，没有前去任职②。但此次北上应试，使李登辉对清政府官场的腐败有了实际的体会。回来后，他对友人说起北京之行的观感：一到北方，就看见"满坑满谷"都是官；官员们打官话，装官腔，重虚

---

① 见《光绪朝东华录》第五册，总第5573页。
② 夏敬观《李腾飞先生传略》："当光绪末，召试诸游学归者，君不欲往，余敦促君行。既试，赐举人，分部学习。君所习为教育，而签分外务部。君大笑，不顾而去，自是专志教育，不复一日离复旦。"

钱新之,寰球中国学生会董事,李登辉被迫辞职后,一度代理复旦校长

伪,轻实际;上下贪污,贿赂成风①。看到统治人民的满清官员这副德行,李登辉深恶痛绝,加深了对政府的疏离情绪,更加坚定了"教育救国"的决心。

寰球中国学生会与复旦都以培养青年、服务青年为职志,恰如李登辉亲手栽培的两个孪生兄弟,亲密无间,互为奥援。寰球中国学生会创办在先,李登辉在其中结交的朋友,如周贻春、赵国材等,日后应聘来复旦任教。寰球中国学生会举办的留学服务、职业介绍、文娱活动、社会福利等诸多实践,使李登辉加深了对中国社会的了解,积累不少宝贵的经验,日后皆运用于复旦。寰球中国学生会的会所,成为复旦招生、报名、集会的场地。五四运动期间,复旦学生在李登辉的建议下,成立全市大中学学生的联合体——上海学生联合会,发表宣言,动员社会各界的同情力量,对促成"三罢"斗争的胜利起了决定性作用;上海学生联合会的多次集会,就是在寰球中国学生会会所举行的。

寰球中国学生会是一个巨大的"人才库",为以后的复旦提供源源不断的智力支持。1918年,李登辉赴南洋募捐,离任期间,代理复旦校长的,就是寰球中国学生会副会长唐露园。1936年,李登辉被迫辞职后,一度代理校长的钱新之,当年也是寰球中国学生会的董事。美国驻华公使芮恩施也加入了该会,成为一名赞助会员,会员证迄今仍保留在美国威斯康星大学图书馆。

---

① 朱仲华、陈于德:《复旦校长李登辉事迹述要》。

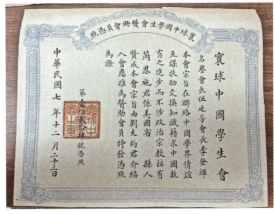

1918年12月美国驻华公使芮恩施加入寰球中国学生会的凭证，原件藏美国威斯康星大学（马建标提供）

1915年，复旦酝酿由公学扩充为大学，李登辉忙于筹款和校务，卸去任职已达10年之久的寰球中国学生会会长职务，他和唐露园共同担任副会长，会长由朱少屏接任。1917年，复旦由公学改为大学，日益繁忙的教学和校务，使李登辉无法分心。失去李登辉这位主心骨，该会日后的会务就不像辛亥革命前后那样有声有色了。后来，附设日校、夜校收费较贵，其他代办福利和文娱工作等也往往代收费用，学会染上了商业色彩。李登辉原拟把寰球中国学生会办成吸收海外文化之广大机构，创办之初，人文荟萃，曾盛极一时。可惜继起无人，又无经济作支撑，到抗战胜利后，仅剩下一块空招牌（学生团体联名活动具名登报时，暂借它一用），李登辉去世后，寰球中国学生会也随之寿终正寝了。

李登辉还是欧美同学会的发起人之一。

1914年，欧美同学会首先在留学生汇聚的上海成立，李登辉任会长，曹云祥任总干事。当时李登辉刚出任复旦校长一年，学校正处于困难时期，尤其是理科师资非常难聘。欧美同学会是各科人才集中的组织，李登辉在同学会内聘到了数位理科教师，如哈佛大学电机科硕士李松泉来复旦教物理，康奈尔大学机械科学士朱葆芬教算学。1919年8月，在上海欧美同学会李登辉、曹云祥等的积极筹备下，欧美同学会全国大会于8月29日至31日在上海召开。北京、上海、杭州等地110名欧美同学与会。8月31日，中华欧美同学会成立，唐绍仪、孙中山、余日章等发表演说，会议推举蔡元培为会长，余日章、王宠惠为副会长。① 欧美同学会使李登辉与美国大学建立起多方面联系，对复旦产生了积极影响。

---

① 《中华欧美同学会成立记》，《申报》1919年8月31日。

第五章

复旦的教授、教务长

在创办寰球中国学生会的同时,李登辉还参与了复旦公学的筹建。

复旦公学的前身是马相伯创办的震旦学院。从震旦到复旦,恰如一次金蝉脱壳式的成功蜕变。新生的复旦继承了震旦的优良传统,而其宗教的藩篱却被彻底除去。了解震旦学院的创校背景和它的办学特色,就容易理解复旦先天的特质。

震旦的创办人马相伯(1840—1939年),是中国近代史上新旧绝续之际的一个不朽人物。1869年马相伯被收纳为耶稣会士。1870年读完四年神学,经过考试获得神学博士学位[①]。马相伯前半生办过洋务,任过外交官,到过美国、英国、法国和意大利,趁机考察了欧美的一些私立大学,深知"自强之道,以作育人才为本,求才之道,尤宜以设立学堂为先",立志要办与欧美并驾齐驱的新式大学。他既是宗教徒,也是哲学家、政论家、演说家,但他最突出的身份是教育家,先后创办了震旦、复旦,与英敛之合创辅仁大学,还一度出长北京大学。

1900年8月,八国联军攻陷北京,国势阽危。马相伯将家产青浦、松江良田3 000亩捐献给耶稣会办一所西式学堂。耶稣会接

---

① 张业松:《马相伯学习生活》,上海编译馆1951年版。

震旦学院铜牌

受了田产，但未办学。1901年秋，马相伯借徐家汇老天文台余屋，开始招收生徒办学。1902年正式命名为"震旦学院"。"震旦"是古印度语的音译，即中国之称谓。印度人称中国为"Cīnisthāna"，佛经译作"震旦"①，含"东方日出旦明"之意，西文为Aurora。在希腊神话中，Aurora（奥路拉）是"黎明的女神"。这位女神为太阳神阿波罗看管东方穹门。每天清晨看见时间神把太阳神的金车拉出来，金车一出现便闪耀极耀眼的光芒，驾上四匹火炭头的赤兔马，等到太阳神一跳上金车，奥路拉女神便把东方穹门渐渐地打开。这时候下界的夜神便离去。也就是说，奥路拉女神的职务是让太阳神的光明神来巡察②。

马相伯制定了"崇尚科学、注重文艺、不谈教理"三条办学方针。"崇尚科学"，旨在宣扬中国所缺少的"科学"。这一点很明白，无须过多解释。这里对"注重文艺"要略作展开。与今天使用的概念涵义不同，马相伯所谓的"文艺"，泛指中西文化，这可以从《震旦学院章程》所规定的范围极广的课程中得到印证③。他把学校的课程分为文学（literature）和质学（science）④两类，各分正课、附课。

---

① 东晋天竺帛尸梨蜜多翻译的《佛说贯顶经》："佛语阿难……阎浮界内有震旦国。"唐释慧琳《一切经音义》："或作震旦，……旧译云汉国。经中亦作脂那，今作支那，此无正翻，直云神州之总名。"故震旦、脂那、支那诸称均同义。
② 张若谷：《黎明女神考》，《申报》1926年1月15日。
③ Ruth Hayhoe, Towards the Forging of a Chinese University Ethos: Zhendan and Fudan, 1903-1919, The China Quarterly, June, 1983, p.329.
④ 马相伯把science译作"质学"。"科学"一词系从日本传入，当时尚未被广泛使用。

文学类的正课为古文，即希腊文、拉丁文；今文，即英文、德文、法文、意大利文；哲学，即论理学（今译作逻辑学）、伦理学、性理学（今译作形而上学和心理学）。附课为历史、舆地、政治（包括社会、财政、公法）。质学类正课主要是数学，包括算学、代数、平面几何、立体几何、三角等，另外包括物理、化学、天文学等。附课所涵盖的面极为广泛，包括动物学、植物学、地质学、农学园艺学、卫生学，甚至连绘画、歌咏、体操也包括在内[①]。这种包罗万象的知识体系，是典型的欧洲文艺复兴时期人本主义者的追求。有论者指出，震旦学院的课程与耶稣会的教育体系是"相吻合"的[②]。

震旦学院带有译学馆性质，首重外语。《震旦学院章程》第一条指明办学宗旨为"广延通儒、培成译才"[③]。第二条指出学制为两年。拉丁文为英文、法文、德文、意大利文的阶梯，首年读拉丁文，次年读英法德意文中的一种。以能够翻译拉丁文及英法德意文中任一种文学书为毕业的尺度。第三条为教学方法，先依照法国哲学家笛卡尔的教授方法，"以国语都讲，随授随译"。译成的文本即作为其他学校的课本。第四条指出，本学院既广延通儒，"治泰西士大夫之学"，因此所读的书目均为名家的经典著作。

当时学校多请外籍教士兼课，很容易把学校办成神学院。马相伯是个虔诚的天主教徒，但他对宗教与教育之间的关系有清醒的认识，毅然订下"不允许课堂传教"的规章，开创了震旦学院的好传统。在复旦、震旦各自分别建校后，"宗教离开课堂"的传统为复旦所继承，在震旦反而失传了。

---

① 光绪二十九年《政艺通报》。参见复旦大学校史编写组编：《复旦大学志》第一卷（1905—1949），复旦大学出版社1985年版，第36—39页。两者略异。
② 陆永玲：《站在两个世界之间——马相伯的教育思想和实践》，载朱维铮主编：《马相伯集》，复旦大学出版社1996年版，第1290页。另参见李天纲：《上海社会中的复旦》，李天纲：《文化上海》，上海教育出版社1998年版，第247页。
③ 《震旦学院章程》（1902年订），复旦大学校史编写组编：《复旦大学志》第一卷（1905—1949），第36页。

关于震旦学院的特点，于右任曾经有过很好的概括：

> 一曰尚自治。时及门诸子，既泰半为成学负志之士，故先生（指马相伯，下同）除自长教务外，校中行政，一切派学生任之。其初级教科，亦由高材生转相传习。盖先生以吾国政治习于专制，国民自治能力，久已消失，欲藉此为实施民治之试验地也。①

当时学生实行自治制度，内部事务概由学生管理。从学生中选出总干事一人，其他干事若干，会计干事一人（相对固定），财务公开。干事每学期轮流，借以锻炼其自治能力。后来还发展到组织学生法庭，若内部有争端不决，由"法庭"裁决之。

> 二曰导门径。学院毕业，仅限二年，寻行数墨，非特为时间所不许，抑与教育成材之法不合。故一切学科，重在开示门径，养成学者自由研究之风。彼教会学校以教授儿童之法教授成人，实由不知心理发展之过程所致。先生此法，实当日过渡时代之良药也。

由于来校学习者多为"成学负志"之士，有的是少壮翰林，有的是年轻举人，故马相伯特别强调要"学以致用"。据另一高材生陈传德回忆，马相伯的"教授法亦特异，提纲挈领，注重文法之练习，但求能阅书译书，不求为舌人"。当时外籍教师总是只教句子，不教拼法，而马相伯却教拼法，使学生掌握学外语入门的钥匙后，再教句子，循序渐进，收到事半功倍之效。

> 三曰重演讲。每星期日，必由先生集诸生演说，或讨论学术，或研究时事，习以为常。先生本长于演说，高谈雄辩，风趣横生。诸同学传其衣钵，故出校以后，从事政治革命运动，受用不尽。

---

① 于右任：《为国家民族祝马先生寿》，《复旦同学会会刊》1939年3月号。

马相伯认为,"真正有非常之才与德的人,其演说必有可观"。他本人曾被张之洞誉为"中国第一大演说家"。他要求学生写文章要写醒世文,不要写佞世文。受他注重宣传的影响,清末上海《神州日报》《民呼日报》《民吁日报》《民立报》等革命报刊主笔政者多为复旦学生。

> 四日习兵操。学校规制,参酌欧美研究院而定,普通课程,不必求备。惟兵式体操,则为人人所必习,且延法国驻沪军人为教官,备置枪械,实行打靶,形式整齐。

上述特点,迥异于当时的国立大学和教会学校,实开我国大学风气之先,在震旦、复旦各自建校后,上述特点由复旦公学所继承。

马相伯反对外国人对我进行奴化教育,强调在学习外国时,应保持民族文化。他说:"今之欧人,皆欲以文化化吾,甚欲以彼文彼语以化吾文吾语,殊不知文字语文之为物,最专制,不畏枪炮也。"1905年2月新学期开学之际,外籍教师制造事端,裁去英语课,强制学生学法语,还要学生呈验缴费单,妄图攫夺学校行政权。学生大哗,遂集会商议如何应对。结果,130人赞成退学,2人不赞成。于是学生摘下校牌,搬走教具,愤而离校,拥戴马相伯另立一所程度相同的、由中国人自己管理的新校。

冲突的背后,是马相伯和耶稣会之间在办学上的矛盾,表现在课程设置、学校管理、选拔学生等诸多方面。

耶稣会认为,马相伯制定的课程范围太广泛,对学生来说要求太高了,要加以改造。当时的学生更倾向于英语课程,耶稣会却提出要增加法语课程,使法语在震旦占优势。他们的理由是——增加法语课程将提升学校的地位,使之达到法国大学的水准。其实,增设法语课,增加学习的负担,使学生远离日益高涨的民族主义,这才是耶稣会的真实用意所在。

对于马相伯所主张的学生自治,耶稣会也非常反对。他们乘马相伯入医院"养病"的机会,由神甫南从周总揽学校管理权,"尽改校章"。学生自治权被取消,直接导致学生离校。

对于学生参加政治活动,马相伯向来抱同情和支持态度,于右任等反清志士得以在震旦继续学业。耶稣会对此极为反感,并且威胁道,如学生再从事反清活动,将由法国租界出面加以逮捕。学生参加政治,与年龄有关。马相伯欢迎成年人入学,而耶稣会更倾向招收可塑性强的青年学生[①]。

20世纪初叶,国内高等学校为数甚少,北京以外,大多设在苏、浙两省,又以设在上海者为多,但教育权主要掌握在外国人手中,特别是处于西方教会势力之下。著名的教会大学,南京有金陵大学,苏州有东吴大学,杭州有之江大学,上海则有美国人设立的圣约翰大学,以及法国天主教控制的震旦学院等,全是外国人掌权的学校。那时中央大学(今南京大学)的前身东南大学还未成立,中国公学也是后起之秀,我国自设的高等学校只有京师大学堂(北京大学前身)、北洋大学、南洋公学(交通大学前身)等少数几所。因此,脱离震旦创办复旦,是国人收回教育权的成功范例。

筹建新校谈何容易?一无经费,二无师资,三无校址,一切都要白手起家。这批退学学生凭着满腔热情,在严复等社会贤达的襄助下,居然把这所学校办起来了。先有学生,后有大学;是学生催生了大学。复旦的产生,颇像中世纪意大利的博洛尼亚大学。校友们在总结复旦精神时,把"从无到有"四字作为精神的一种。

退学学生推于右任、叶仲裕、邵力子、沈步洲、王侃叔、张轶欧、叶藻庭七人为干事,商议复学办法。他们公推马相伯为校长。租张园附近北爱文义路(今北京西路)22号为事务所,将图书、教具、标本存放该处,外省学生也权以该处栖身。同学思及脱离震旦时之痛苦,于右任建议将襁褓中的学校命名为"复旦",表示"不

[①] Ruth Hayhoe, Towards the Forging of a Chinese University Ethos: Zhendan and Fudan, 1903-1919, *The China Quarterly*, June, 1983, pp.331-332.

忘震旦之旧，更含恢复中华之意"。"复旦"二字，出自远古的《卿云歌》"卿云烂兮，纠缦缦兮，日月光华，旦复旦兮"，含义隽永，博得大家的赞同。《卿云歌》传说是舜禅让给禹时所唱的颂歌。"卿云"即彩云，是一种祥瑞。"纠缦缦"用来形容卿云纡徐曲折之状。歌词大意为"五彩祥云互相缠绕，日月光照天下，一天比一天更美好、更灿烂"，象征着舜禹禅让将给天下带来无穷的光明与福祉①。

复旦创办人马相伯

6月29日，天主教耶稣会中的阴谋分子，盗用震旦学院名义，在《时报》刊登广告，声称准备在七八月份开始招生。此事为退学师生事先获悉，同日亦在《时报》刊登广告，声明震旦早已解散，现教会的"震旦"与原震旦学院毫无缪辕；原震旦现已更名为复旦公学，7月下旬将在吴淞提辕开学；今后倘有人袭用震旦旧名，与旧时震旦丝毫无关。

此次刊登声明，是"复旦"的第一声啼哭。时间是1905年6月29日，农历光绪三十一年五月廿七日。

承载着民族复兴重任的复旦，第一次与社会公众见面了。这条记载复旦出生日的广告，在复旦校史上是值得永远铭记的。全文抄录如下：

> 震旦旧名，有人袭用。嗣后海内外寄本学（校）函件，请径寄吴淞提辕，或英界张园北爱文义路二十二号复旦公学事务所，以免误投。本学（校）教授法管理法，由严几道、马相伯

---

① 参见钱益民：《复旦，校名有典》，《复旦》2002年6月5日。

两先生详定,并请定校董熊季廉、袁观澜两先生分任管理之责。一切续行刊布。前震旦旧生,无论本埠外埠,请亲来或投函报名,以便位置,定七月初六截止。余额另补新生。

张园北爱文义路二十二号复旦公学事务所启①

从此,复旦与震旦各自建校,发展为风格迥异的大学。

复旦创校七干事之一于右任

复旦老校友常说,写复旦不能不写与复旦有关的三个人。这三个人对于复旦的产生与光大,有莫大关系。没有那三位先生,可以说就没有复旦。其中第一位是马相伯先生,第二位是于右任先生,第三位是李登辉先生。

马相伯是复旦之父,不必赘言。次言于右任。还是用老校友的话来说更加贴切些:"于右任先生对复旦,可谓五十年中精神贯注者。同学会老同学中有一句笑话,说于右任先生是复旦的孝子,于先生听了掀髯不以为忤。五十年来,从复旦创立到胜利复员,学校到了任何危险关头,于先生无不挺身而出。"于右任从1905年追随马相伯创建复旦公学开始,终其一生,除在西北创建靖国军和国民革命军北伐的一段时间与复旦稍微疏远外,始终与复旦休戚与共。每当复旦遇到危难之时,必挺身而出,不避艰难,不计个人成败得失,全力以赴,援救复旦②。许有成教授在《于右任传》

---

① 《复旦公学广告》,《时报》1905 年 7 月 23 日,第 1 张。
② 许有成:《于右任传》,复旦大学出版社 1997 年版,第 53 页。

中对此已有详尽而精彩的描述。

马、于、李三人在复旦创建与发展史上具有举足轻重的地位。三人如何因创建复旦而结缘,是复旦校史上的大事,自然成为所有复旦人关心的话题,无论怎样详细的描述都不过分。

在北爱文义路事务所内,李登辉与于右任相识,从此结缘复旦。关于李登辉与复旦的渊源以及筹备初期的艰辛,于右任在去台湾后曾应《复旦通讯》之邀谈及:"筹备母校时期,艰苦非可言喻,既乏经费,甚至饮食居处亦无定所。筹备处在大马路张园附近,借得房屋一所,屋系友人新建者,设备甚好,有浴室。时沪市发生抵制外货运动,南市商会会长曾少卿为之首。曾以天热,夜归南市不便,予劝其住筹备所中。曾又介绍一青年学者来住,即李登辉先生也。时李先生自耶鲁毕业,经马尼拉归国,生长异域,于中国语文不悉,半年相处,李国语进步极速。母校成立,乃恭推李先生为文科英文系主任,后兼任教务长。复旦得人,由是成功。"①

这是台湾复旦校友会创办会刊《复旦通讯》时,赵聚钰校友访问于右任的记录。时间大概在1951年11月。时隔复旦创校已近半个世纪,于右任依旧记忆如新,时间、地点、人物、事件诸要素十分完整。李登辉给这位老记者留下的印象之深刻,可见一斑。从文中提到的"天热""有浴室"看,于、李相识的大概时间应该在1905年七八月间。促成两人认识的事件,是那场轰轰烈烈的抵制美货运动。双方引见人是李登辉的同乡、南市商会会长曾铸(少卿)。

那么李登辉与马相伯呢?

李登辉没有留下记载。马相伯在1935年10月31日《一日一谈》(《从震旦到复旦》)中简单地提到几句:"我在办复旦的时候,颜惠庆先生把李登辉先生荐给我。他本是华侨,在美国读书的。我始而请他教英文,后来我辞了校长的职务,李先生便继任校长,一

---

① 赵聚钰:《于右任谈复旦创办》,载彭裕文、许有成主编:《台湾复旦校友忆母校》,复旦大学出版社2003年版,第4页。

直到今,还是他在那儿维持。"此时马相伯已96岁高龄,回忆不免粗疏。只是提到了引见人颜惠庆,并无其他线索。为补救马、李相遇过简之遗憾,笔者抄录李登辉的传人章益的一段描述,以资补充:"复旦草创伊始,需人协助。马先生久闻李先生之名,特登门拜访,邀请到复旦任教,两人虽系初交,但倾谈之下,旨趣相投,李先生即慨然允诺,到这所刚具雏形的高等学校将教务重担承受下来。"

复旦建校三大功臣马相伯、于右任、李登辉在学校草创之时相遇,为未来学校的发展奠定了磐石之安,堪称复旦之幸。

李登辉积极协助于右任等"奔走于当道",在青年会、寰球中国学生会成员中为未来的学校物色教员。马相伯则利用在社会上的崇高威望,邀请热心教育事业的严复、张謇、熊希龄、曾铸、萨镇冰、袁希涛、叶景葵、狄葆贤等28人为校董①,筹集建校资金。

署两江总督、南洋大臣周馥系马相伯旧交,对马相伯仰慕备至,他慷慨地拨给复旦开办费一万元。在周馥的首倡下,其他官员纷纷援手。苏松太道袁观澜拨吴淞官地70余亩,作为复旦建筑新校之用;江南提督杨某则借吴淞镇行辕作为复旦的临时校舍。建校所需的资金、校舍、师资等难题逐步得到解决。

筹备时期,严复也付出不少辛劳。他配合马相伯,领衔发起了《复旦公学募捐公启》,在《时报》等报刊刊登,又编成小册子广为散发。严复还推却伍光建、袁世凯等人的盛情邀请,对

《复旦公学募捐公启》最后一页

---

① 《复旦公学募捐公启》,原件藏复旦大学档案馆。

新生的复旦寄予厚望。当复旦校董推荐严复担任学校总教习时,严复推辞了。他感到初创的复旦"主意之人太多,恐办不下"①。但他却为复旦制定出长远规划,起草了复旦公学的第一个章程。

严复这位启蒙思想家对中国高等教育的深入思考,在章程中有直接的反映。1902年严复在《与〈外交报〉主人论教育书》一文中提出的"用西文西语"以"得其真"的学习西学办法,在《复旦公学章程》中化为具体的教学。与1902年制定的《震旦学院章程》相比,严复制定的《复旦公学章程》无疑更加完善。章程体现的严复的教育思想,对李登辉有重要影响,现将章程摘录如下,以窥概貌:

复旦公学章程

第一章　纲领及宗旨

一　本公学由各省官绅倡捐,并牒准大府檄拨吴淞官地择宜建校,兼借提镇行辕,先行开学。

二　本公学之设,不别官私,不分省界,要旨乃于南北适中之地,设一完全学校,俾吾国有志之士,得以研究泰西高尚诸学术,由浅入深,行远自迩,内之以修国民之资格,外之以裁成有用之人才。……

三　除备斋本国历史、舆地、数学诸科须用汉文外,余皆用西文教授……

四　本公学英文班生,于入正斋后,任择法、德文一种兼习。已习法文者,另班教授,亦任择英、德文一种兼习,期于文字应用,得以肆应。

五　本公学于考取学生时,皆取文笔业已通达者。既入校后,以时日之有限,学业之多门,于讲授国文时间不能过多。于校中多度中籍,每月抄考试国文一二篇,榜列甲乙。其每学

---

① 皮厚锋:《严复大传》,福建人民出版社2003年版,第281页。

年浏览何书、讨论何学，即由正教指示用功途径，庶业以专攻而精，心以致一而逸，不致博而寡要，劳而少功。

六　本公学徽章，拟用金制黄玫瑰，以明黄人爱国之义。

第二章　分斋及学级

一　本公学遵高等学堂定制，正斋（学科分二类：一、政法科、文科、商科大学之预备。二、理科、工科、农科大学之预备，三年毕业。惟我国兴学未遍，程度不齐，故于正斋前另立备斋二年。正斋卒业，欲入中外各大学者，听。若仍留校肄业，则入专斋。专斋大别为二：一政法，一实业。课程年限，另行规定。

第三章　学科程度

一　本公学正斋学科程度及授业时间，系遵《奏定高等学堂章程》，并略参东西名校通行章程规定。

二　正斋第一部学科程度如左（下）：伦理学，国文，英、法文或德文，历史，地理，数学，论理，心理，理财，法学，簿记学，体操，音乐，拉丁文。

三　正斋第二部学科程度如左（下）：伦理学，国文，英、法文或德文，数学，物理，化学，地质，矿物，动物，植物，测量，图画，体操，音乐，拉丁文。

中西文化交流中，语言问题是关键。作为学习西方科学和文化的媒介，严复对语言作了特别强调，章程第一章第三条关于语言的规定最为详细。为什么除国学（备斋的国文、史地等课）使用汉文外，其余都用西文传授？章程说明理由如下：

一、以西国历史、舆地诸名目，虽以音传，各函意义。今若纯用汉文，传授此等名义，叶音聱牙，不便记忆。

二、以科哲法典所用名词，大抵祖希腊而祢罗马，经学界行用日久，一时势难遍译，不如径用西文，较为简便。

三、英儒约翰孙有言，"言语文字者，所以取一国典章，一民智慧之价值也"。东西成学之士，当国之家，国文而外，鲜不旁通三四国者。况世界竞争日亟，求自存者，必以知彼为先。知彼者，必通其语言文字。

四、以西籍浩繁，非移译所能尽收，若置不窥，于学问之道，便有所缺。又况泰西科学制造，时有新知，不识其文，末由取益，必至彼已累变，我尚懵然。劣败之忧，甚为可惧。

用西文以教授西学，是出于时势需要，那时外语人员缺、译著少，而了解欧美刻不容缓，且外籍教师也只能以外语讲授。学外语当然只是工具，不是大学教育的宗旨，故章程说明，"他日吾国学界智术完全"，则一切学术自可用国文传习，"西文但立专科即已逮事矣"。

7月18日，复旦公学在《时报》刊登广告称：本学期拟招生160名，前震旦旧生报到者120名，余40名补招新生。

7月24日，天下着蒙蒙细雨。复旦在爱文义路22号事务所进行首次招生考试。主考官为马相伯和严复。应招考生约400余人，录取十分之一，其中包括金问洙（通尹）、金问泗、伍正钧（特公）等。

8月31日（农历八月二日）[①]，复旦公学正式开学。李登辉与新旧学生乘火车经由淞沪铁路到吴淞。适遇吴淞镇发大水，房屋进水逾尺，所有校具浮起在水面上，开学只得推迟到9月14日农历中秋节后第一天。

9月14日，历经磨难的复旦终于开学。是日中午，160余名学生一一进谒马相伯、严复以及李登辉等各位教员，行师生礼。

[①] "是日（八月二日）余亦随诸同人乘淞沪以往。越日旁晚，天色昏黄。至午夜，大风雨。潮亦暴涨……所有校具浮沉起伏于阶下者，如在巨浸。故至今回忆及之，犹若历历在目也。"清瘿：《回忆二十年前之于髯》，《申报》1928年11月30日，第19版。

下午一点，开学典礼在西洋军乐声中开始。继校长马相伯、校董严复之后，李登辉发表了演讲。这一天成为复旦的立校纪念日。当年吴淞是极偏僻的地方，一百多名学生从各地赶到吴淞报到，以及各方来宾前来出席开学典礼，交通是个大难题。复旦公学为此商请淞沪铁路当局，并得到铁路局同意。淞沪铁路将从沪开往吴淞的第六次（上午 10:40 始发）、第八次（中午 12:00 始发）车在经过复旦公学时停车五分钟，将从吴淞往沪的第十五次（下午 16:30 始发）、第十七次（下午 18:50 始发）车亦在经过复旦公学时停车五分钟①。

纵览复旦成立的全过程，读者不难看出，她是多种社会力量共同参与的结晶。她的创办有如下特点：

第一，她是在清朝统治岌岌可危，国内民族主义情绪高涨，以同盟会为代表的反清反帝势力日渐汇聚的大背景下产生的。脱离震旦，是一批有志青年反抗法国天主教会势力干涉教育的结果。这说明，反抗强权、追求自由是复旦与生俱来的品质。

第二，思想开明的地方官员给予复旦实质性的支持，尤其是苏松太道袁观澜，不仅拨给复旦建校的土地，而且亲自担任庶务长一职，总揽学校行政工作。所以有的校友在回忆中甚至这样说，"筹划经济以建新校之基础者，则宝山袁观澜实躬其役"，"盖校以内髯（指于右任）主之，校以外袁（指袁观澜）主之，而马（指马相伯）则坐享长校之名耳"②。

第三，除地方官以外，上海的绅商、自由知识分子利用报纸、洋行等新式机构，沟通信息，奔走呼吁，在官员与学生之间建立起联系，是一股重要的中介力量。如《时报》《大陆报》及时刊登《前震旦学院全体干事、中国教员、全体学生公白》《复旦公学广告》等重要文告，使社会对复旦保持相当的关注。严复等 28 人发

---

① 《淞沪铁路启》，《时报》1905 年 9 月 14 日，第 1 版。
② 见《忆于右任在复旦公学》，载许有成编纂：《复旦大学早期校史资料汇编》，台北市复旦校友会 1997 年版，第 104 页。

起向海内外募捐后,通过德发洋行、中外日报馆、时报馆来收取募捐款项,"上自公卿,下逮士庶,倘蒙慨助",一并登报鸣谢。复旦开学后,所有收支,及时造册,胪列报端,使学校的经费使用处于社会的监督之下。

第四,1905 年 5 月开始的抵制美货运动是复旦创建的一大契机。抵制美货运动让学界、商界、政界、报业界等各界人士团结起来。发起复旦公学集捐公启的 28 人中,有多位是抵制美货运动的要角。例如,曾铸是抵制美货运动的领袖,1905 年 5 月 10 日(光绪三十一年四月初七日),上海各帮商董在上海商务总会集议美禁华工事件的对策,曾铸登坛演说,"激昂慷慨,语语动人","提议抵制之法"。抵制方法大致是"以两月为期",如美国"不允许将苛例删改而强我续约","则我华人当合全国誓不运销美货,以为抵制"。在座绅商"无一人不举手赞成"①。抵制美货运动由此开始。复旦公学集捐公启的 28 位署名者中,严复排在首位,第二位便是曾铸。曾铸具体负责接受捐款,出具收条。发起复旦公学集捐公启的 28 人中还有王清穆,为上海商会顾问,职务为清政府商部右参议,对抵制美货运动也持暗中支持态度,建议以"相戒不用美货"取代"禁用美货",这样无论清政府还是美国政府都找不到干涉的理由②。这一建议被商会接受。至于李登辉,他之回国与抵制美货运动直接相关,回国后更与曾铸携手推动抵制美货运动。和李登辉一起参与发起寰球中国学生会的凌潜夫、方守六,5 月 12 日在广东帮商会会所——上海广肇公所的集会中,现身说法,声泪控诉美国虐待华人的种种事实③。抵制美货运动是寰球中国学生会创办的直接动因之一。这一运动也使得李登辉与复旦结缘。从此,寰球中国学生会和复旦成为李登辉在华事业的两大支柱。

---

① 苏绍柄编修:《山钟集》,1906 年,第 9 页。
② 黄贤强:《1905 年抵制美货运动:中国城市抗争的研究》,第 29 页。
③ 苏绍柄编修:《山钟集》,1906 年,第 11—12 页。

总之，复旦公学乃东南绅商与西学巨匠所缔造，汇聚了当时第一流知识分子的智慧和力量。夏敬观撰《马良传》对马相伯创办震旦和复旦有简要的概述，平实而到位："庚子拳变，清廷悔祸，许民兴学，鸿章已毙，良自是亦不复从仕，专志教育。于是创办震旦学院，旋又由震旦改建复旦公学，一切规章，良所手订，注重学生自治，良为校长，延李登辉主教务，而校政则叶仲裕、于右任、邵力子分任。当时学校初立，海内志士若侯官严复、南昌熊元锷、宝山袁希涛、南通张謇皆起而相助，复旦蔚为东南社会所创立之学府。"① 最后一句"复旦蔚为东南社会所创立之学府"，点明了复旦的社会基础，对我们理解复旦有画龙点睛之功。陈以爱更提出"东南集团"的概念，为重新理解复旦的社会经济基础提供了分析框架。东南集团是一个包括政学商界人士在内的集团，也是从传统的士绅蜕变而来的东南纱业集团。以张謇为精神领袖，以赵凤昌为首席谋士，主要包括下列人物：江苏教育会的张謇、黄炎培、沈恩孚，青年会的余日章、寰球中国学生会的李登辉、朱少屏，江苏省实业厅的张轶欧，华商纱厂联合会的聂云台、穆杼斋穆藕初兄弟，上海银行公会的张公权、钱新之、陈光甫、徐寄庼，《时报》的狄楚青、《申报》的史量才、《时事新报》的孟森、张东荪等，与北方熊希龄、汪大燮、梁启超等有盟友关系。一战后，为摆脱日本的经济压力，东南集团倡导"商战"，欲将中国建设成为独立自主的民族国家。② 马相伯和李登辉都属于东南集团，复旦大学的孵化和成长与东南集团密不可分。

复旦公学与震旦学院均为马相伯所创办，两所大学的宗旨有一定的承继性。震旦学院以"广延通儒、培养译才"为宗旨，也就是招收有深厚中学基础的学生，以培养成能够翻译西方学术的人才。

---

① 夏敬观：《马良传》，《国史馆馆刊》第1卷第2号，第96—97页；张业松：《马相伯学习生活》，上海编译馆1951年版，第12—13页。
② 陈以爱：《动员的力量：上海学潮的起源》，台北：民国历史文化学社有限公司2021年版，第31—32页。

复旦公学也以"考取中学较深之学生,以英文教授高等普通科学,使能直入欧洲专门大学为宗旨"。两江总督端方委派江苏候补道夏敬观考察复旦公学,评价颇高。评语称复旦公学"所用课本,皆系英文,取径直捷,成就高尚,实为现在言高等教育者唯一之办法"。端方看到各省官派欧美游学生,外文基础太弱,出国后先需在校外补习英文,"耗费财力,殊属可惜"。如果派出游学的学生"英文全通,高等普通毕业,再行送往欧美,直入专门大学,可收事半功倍之效"。因此,端方在各方面大力支持复旦公学,提携严复、夏敬观、李登辉等人,希图复旦进一步加强和改良外文教授,为官派留学生储备人才,以节约国家费用。光绪三十三年(1907年)四月二十八日,端方在向光绪帝奏报筹办复旦公学情形并拨常年经费事的奏折中写道:"该公学开校两年,办理尚为合法,据呈各班教科所用书目,皆系英文课本,若再改良进步,成绩必有可观。"即使在江南财政"支绌异常"的情况下,端方仍然拟每月筹拨银一千四百两,作为复旦公学"经常经费"①。由此可见,复旦公学是由东南社会官、绅、商、学四者共同合作的产物。"公学"的意义由此清晰可见。其中官方代表、两江总督端方所起的作用不可低估。从复旦创校史实可见,清末的复旦公学,不是一所私立大学,而是一所地道的公学。复旦公学转型成一所私立大学,那是在民国成立以后。

吴淞行辕是江苏提督下属的军务衙门,设在吴淞附近。吴淞系军事要塞,设有军营和炮台。在中外战争史上,吴淞炮台与天津大沽口炮台南北相呼应,留下不朽的印记。第一次鸦片战争中,江南提督陈化成为抵抗入侵英军,在吴淞积极设防。1842年6月16日拂晓,英军舰猛攻吴淞炮台,陈化成率部抵抗,亲自挥旗发炮,激战二小时,击伤英舰多艘,并以肉搏战打退敌军进攻。后因两江总

---

① 《筹拨复旦公学经费折》(光绪三十三年四月),复旦大学校史编写组编:《复旦大学志》第一卷(1905—1949),第78—79页。

督牛鉴畏敌溃逃，英军登陆，守军孤立无援，与敌展开生死搏斗，陈化成七处负伤，壮烈殉国，其他80余位坚守炮台的官兵也壮烈牺牲。

复旦的校舍——原吴淞行辕，就位于离炮台不过百步之遥的地方。每当假日，学生们三三两两散步到炮台登临，海风拂面，空气清新，满眼望去，则见海空澄澈，帆樯如梭，气象万千。人以地灵，似乎早已预示复旦必将成为钟灵毓秀之学府。

学校草创伊始，校舍不免简陋。金通尹曾有如下描述："当时的校舍，是一个提督衙门。门前一通照墙，两个旗杆，东西两辕门。进了仪门，是一个石板甬道，直前拾级而上，为平台，便到大堂，那时用作礼堂，也就是饭堂。两庑有二三十间平房，遥夹甬道，东西相向，做课堂、宿舍、办公室。大堂里面，前后有三进平屋，正中后进六七间，是校长室、教职员宿舍，其余都是课堂及学生宿舍。有一个化学实验室。另外搭了几间板屋，做浴室，厕所、盥洗处就在各宿舍的前廊。"①

经过重新修葺，吴淞行辕因陋就简，成为复旦的第一个校址，在此办学时间长达7年。校舍共计有大小房屋60余间，其中包括讲堂8间，大小寝室21间，盥洗室4间，浴室2间，理发室1间，教职员、执事仆驭寝室大小11间，阅报室1间，理化室大小3间，会客室1间，厨房1间，储藏室2间，调养室1间，厕所4处。由于校舍毗邻海洋，地势低洼，潮湿度大，蚊子孳生，有时甚至从床底下爬出螃蟹来。

脱离法国天主教会后，复旦成为国人自办的大学，由于经费困难，师资难聘，监督（校长）频繁更换，学校处于一种不稳定状态。

初期复旦的课程分英文、法文二部，各自升转，不相混淆。法

---

① 见《复旦大学校友节特刊》，1937年5月5日。

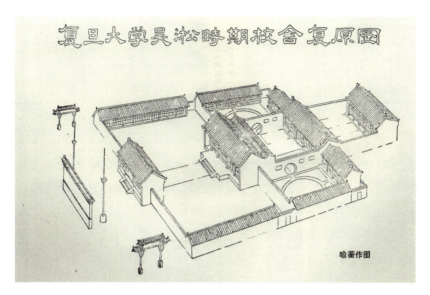

复旦大学吴淞时期校舍复原图(喻蘅先生制图)

文部由马相伯负责,他亲自上堂讲授法文,间或以邵力子为助教。英文部由李登辉负责。

脱离震旦后,法文班学生渐少,法文教师更不易得。有些学法语的学生如邵力子、高平子等重新转入震旦学院。后马相伯又找到陈季同夫人来教法文,学生不满意,法文班更无生气。两年后,法文部并入英文部,法文降为普通科目,又增加德文一科。于右任、金怀秋的国学根底深厚,作为马相伯的私人秘书,帮助办些文墨。

最困难的莫过于经费问题。复旦由各省官绅捐助而成,主事者多,不免人多嘴杂,成事不足,败事有余。根据严复书信,建校当年,学校就有人侵吞公款数千元,事后未得到妥善解决,导致学校出现内乱。1906年春夏之交,马相伯辞去复旦公学监督,任职时间还不到半年。严复在致熊季贞、熊文叔的信中说:"马相伯老不晓事,为人傀儡,已携行李离堂矣。"① 董事之间,也矛盾重重。复旦

---

① 马勇、徐超编:《严复书信集》,福建教育出版社2022年版,第163页。

濒临解散。

1906年7月,因为校舍紧张,复旦没有招收新生,计划只收插班生30人。日后成为著名学者的陈寅恪因脚气病从日本回国,插班考入复旦①。陈寅恪之父陈三立得知复旦经费难以为继的消息后,专程赶到上海,慷慨解囊,并居间调停②。

11月29日,复旦公学学生致函严复,恳请他出任校长(监督)。在得到两江总督端方允诺每月拨2 000元作为复旦常年经费后,严复于1906年底接任复旦公学监督。

由于学生欠费、借款未能及时归还等原因,严复上任伊始,学校已亏空五六千元,致使教员欠薪数月。严复到校后,振刷校务,首先收归学校财务大权,将挪用公款的两位职员开除。严复接替马相伯,在学生心目中的感觉是"离了慈父的怀抱来到了严师面前"。

到任之初,严复励精图治,所有学生的翻译课卷均亲自阅改。除对各种课程异常认真外,也重视体育,聘请一位美国武官来教体育课,通令所有学生一律参加。

担任复旦公学监督的同时,严复同时兼任安徽高等学堂监督。安徽高等学堂创办于1897年,原名"求实学堂",因风潮迭起等原因,办学成效不佳。1905年秋,代理监督姚永概带着安徽巡抚诚勋的亲笔信赴上海,盛邀严复主持校务。经反复权衡,严复于1906年4月前往安庆就任。当地官绅与学堂教员给予严复很高的礼遇,严复也为整顿该校付出了巨大的辛劳:重定学制,调整教学内容,按学生程度分班授课,让学生参与学校后勤管理,等等。

当校长不同于埋头做学问,要处理繁杂的事务。在大刀阔斧进行改革的同时,严复也在家信中发出了"公事应酬极忙"的感叹。由于一身两任,严复不能经常到吴淞复旦公学,委托一位姓何的友

---

① 陈寅恪自填履历表。原件藏中山大学档案馆,复印件由杨家润提供。
② 皮厚锋:《严复大传》,第282页。

人代理校务。早期学子薛祐宸在回忆中说道:"严(复)虽长母校,但因兼长安大(即安徽高等学堂——笔者注),不能时常到校,特委何某(名字记忆不清)常川住校主持校务。教务则由李登辉先生担任。李先生貌恂恂而性刚毅。一年暑假笔试,见有夹带者,则指为赃物,摈弗令考,故学员多畏而敬之。"① 薛祐宸的回忆透露了一个史实:严复的教学、治校自然十分严格,由于在安庆、上海两地奔波,对复旦的管理不免心有余而力不足。教学上严格把关,考场上严肃考纪之类事务,就交给教务长李登辉来实施了。

1907年,复旦学生总数突破200人。遵照清政府高等学堂章程,学生被编为7个班,即甲班、乙班、丙班、丁班、戊班、己班和庚班,稍后戊、己、庚3班重新编制,称戊甲级、戊乙级,前4班为高等部,即大学预科,后3班为中学部。校园狭小,人满为患。严复拟扩建校舍而未果。1908年,来学者日益增多,校舍紧张更加突出。

复旦建校后一年,中国公学在上海诞生。中国公学是一个"革命运动机关"②。1905年冬,日本文部省颁布《取缔清国留日学生规则》。陈天华投海自杀,以示抗议。数千名留学生义愤填膺,愤而归国,大部分滞留上海。为收容这批学生,复旦师生协助他们创设了中国公学。这两所兄弟学校所招的大都是革命学生。李登辉等几位复旦教师还在中国公学兼课。于右任当时还是复旦公学的学生,也兼任中国公学的国文讲习③。1907年4月,《神州日报》在复旦创校功臣于右任、邵力子等筹划下诞生。该报以议论激昂、文辞雄丽为世人所重。举国人士,靡不以一睹为快。当时的舆论,也将复旦

---

① 薛祐宸:《母校吴淞时代之回忆》,转引自国立复旦大学校友服务部西北通讯处编:《西北通讯》第2卷第2期,1945年2月15日。
② 胡适:《中国公学校史》,转引自陈学恂主编:《中国近代教育史教学参考资料》中册,人民教育出版社1987年版,第44页。
③ 《文藻月刊》,马相伯先生九十晋八寿庆特辑,1937年5月。

复旦公学第二任监督严复（福州严复翰墨馆郑志宇提供）

与位于虹口的中国公学并称为革命党的大本营①。有学生回忆说："（复旦）同学多半富有革命思想，当时国内外的禁书报常常裱糊于线装书之内层，邮寄来校，同学在夜间传阅。"李登辉任会长的寰球中国学生会，与上海神州国光社就成为革命学生聚会的地点。

在革命气焰高涨之时，严复自然处于被排斥状态。学校个别人怂恿复旦老生反对严复。有诗为证。1908年三四月间，严复写下诗句"桃李端须着意栽，饱闻强国视人才；而今学校多蛙蛤，凭仗何人与洒灰。"在这位启蒙思想家看来，人才是强国之本，须"着意"栽培。复旦公学是培养强国人才之所，学生投身实际政治运动，甚非严复本怀。四五月间，严复坚辞复旦公学监督，推荐夏敬观等三人为继任人选。

严复是复旦历史上第二位校长，任职时间还不到一年半。是办学思想上的差异，直接导致了严复的辞职。

其实，早在震旦学院时期，这种分歧已露端倪。20世纪初叶，严复翻译的著作风行学界。对于严复以老庄之学解英国斯宾塞之哲学，消弭青年革命斗志，马相伯就不以为然，"对及门诸子，辩之甚力"②。严复稳妥的社会变革思想，与当时急速升温的革命思潮形成了鲜明的对照。时代又把这位数年前还执思想界之牛耳的中国启蒙思想家抛在了后面。

---

① 任鸿隽：《前尘琐记》，载《传记文学》（台湾）第26卷第2期，第84页。
② 于右任：《百岁青年马相伯先生》，转引自许有成：《于右任传》，复旦大学出版社1997年版，第52页。

严复离任后,夏敬观、高凤谦相继出任复旦公学监督,为时甚短。

从1905年至1912年,复旦公学校长换了五任,平均每任不到一年半。校长走马灯似的更换,若没有一位得力的教务长主持教学,学校将很难维持。李登辉参加了复旦的创建,但正式到校任职是在1906年初,初为英文部主任,后一直就任教务长。李登辉成为复旦公学事实上的主持人,举凡延聘教师、规划课程,均由其一人主持。他还承担起繁重的教学任务,担任英文、德文、心理学、名学等课教员,每星期授课时间几近30小时。

现存最完整记录公学情况的材料——《复旦公学宣统二年下学期一览表》,记载了李登辉为复旦公学付出的艰辛劳动①。李登辉任教务长,月薪34两;同时兼任高等科英文和德文教员,每星期教授27小时,月薪200两。当时复旦公学职员仅5人,教员9人。职员除教务长外,还有监督马相伯、庶务长兼会计叶永鎏、监学林炽昌、检查兼文案苏振栻。虽然每位教员负担都很重,授课时间都在每周22小时以上,但在所有教员中,李登辉的授课时间最长。职薪加教薪,李登辉的薪水在教职员中也最高。

李登辉每天往返于上海和吴淞之间,生活十分紧张。他既当教师,又作学生。一面教授英文,一面自学高小国文。初到复旦,李满口英语。为学习国语,他抓住一切机会学习。在往来车上,他随身带着国语教科书自学。在与学生一起进餐时,他就向学生学国语。早期学子吴念劬回忆道:"李校长刚来校充当教授时,国语一句不会说,后立志学习,并决定吃饭时不准讲英语,谁说一句罚洋一角,每天的罚款当然是李先生为最多,有时因罚款太多而吵嘴,学生闻了哄堂大笑。"②

---

① 《复旦公学宣统二年下学期一览表》,原件存复旦大学档案馆。
② 吴念劬:《母校创办时期之回忆与杂谈》,载国立复旦大学校友服务部西北通讯处编:《西北通讯》第1卷第6期,1943年7月15日。

李登辉课授生徒甚严，早期复旦学子英语多得力于李。这些人中包括长期任商务印书馆《东方杂志》编辑的钱智修、商务印书馆编译所英文部资深编辑周越然、燕京大学副校长郭云观、国学大师陈寅恪、著名科学家竺可桢等。李登辉精通英语、不谙中文，讲课悉用英文，采用双语教学，课本用英文原著，一如英美大学做法。这无形中提高了学生的英文程度。早期学子、曾任燕京大学副校长的郭云观说："时（李）教授《英国文学》，用《莎士比亚乐府》等书，其他学科如名学、心理学等，亦悉用英文原著，亲自讲授，督课至严。各生皆能孜孜矻矻，莫敢懈怠。先生虽在壮年，而鬓发已斑。余每晨早起，盥漱未毕，辄闻窗外同学群相询问'李老头子'功课已预备好乎？盖各师长中，先生所授功课较为艰深，而不容假借，最为学生所惮。诸生当年虽有攻读之苦，其后终身受益之处，得自先生教督则独多。"①

　　1905—1911年的复旦是一所新旧交替的学校。学校根据清朝的高等学堂定制办理，总体办学方针是洋务派的"中学为体，西学为用"八个字，因此有关国学的科目也占有相当的比例，约占三分之一，有关西学的科目约占三分之二。这在现存当年的课程表中有清晰反映。以《复旦公学宣统二年下学期一览表》为例，其中对课程设置和采用的教科书有完整的说明，教科书后面的括号为每星期授课钟点数。

　　高等三年级班：
　　人伦道德（摘讲《明儒学案》）（一）、经学大义（讲《三礼义疏》并参考近人所撰《三礼新疏》）（二）、中国文学（选读周秦诸子）（四）、心理学（裴脱著，习完）（二）、兵学（自编讲义）（四）、英语（文学、群学、作文）（八）、德文（狄勃尔著《文法作文读本》）（十）、法学（译讲法学大意）（三）、

---

① 郭云观：《敬悼李师登辉》，《李登辉先生哀思录》，第13页。

体操（兵式体操）（三）

　　高等二年级班：

　　人伦道德（摘讲《明儒学案》）（一）、经学大义（讲钦定《春秋传说汇纂》并参考三传注疏）（二）、中国文学（选读周秦诸子及历代大儒古文辞选本）（四）、历史（英文《近世世界史》，习完）（二）、地理（圣埃特非而著，习完）（三）、辩学（耶芳斯著，习完）、英语（文学、群学、作文作法）（九）、德文（狄勃尔著《文法作文》）（九）、体操（兵式体操）（三）

　　高等一年级班：

　　人伦道德（摘讲《宋儒学案》）（一）、经学大义（讲钦定《诗义折中》并参考《毛诗注疏》）（二）、中国文学（选读唐宋名家古文辞选本）（五）、历史（英文《新近世界史》止）（三）、地理（英文，圣埃特非而著，习完）（三）、辩学（耶芳斯著，习至一三三页）（二）、理财学（勃罗克著，习完）（一）、兵学（自编讲义）（一）、英语（文学、修辞、作文）（九）、德文（狄勃尔著《文法读本》）（六）、体操（兵式体操）（三）

　　这里对李登辉的家庭也应略作交代。来复旦后不久，李登辉找到了一位得力的贤内助。

　　回国时，李登辉已经34岁，除了一颗拳拳报国心之外，他对祖国的情况十分隔膜，加上不通国语，与国人交流十分困难，对开展教育工作更增加了障碍。因此，他一心想娶一位中国姑娘为妻。

　　良缘天赐，好事多磨。在寰球中国学生会干事曹雪赓的帮助下，李登辉娶了一位贤能的太太。这门亲事说来也颇费周折，据李之挚友、曾任清华大学第二任校长的周贻春抗战时在贵州向复旦校友谈及："余（周贻春自称）与李校长相识，即在该会（即寰球中国学生会）。是时李校长意欲妻一中国女子，但乏人作介。一日，在会中见某小姐，李校长颇有意，惟苦不知姓名与住处，偶与会中干事曹雪赓君谈及,则曹君固知某小姐之姓名与居处,为素相识者。李校长乃于某日派人雇一高大马车,衣大礼服,偕同曹君夫人往访,向主人述明来意。不意某小姐志在独身,不愿出嫁。李校长不免惆怅而返,于是亦誓不娶。嗣曹夫人鉴于李校长情深意真,再往说合,某小姐终不允。惟某小姐有一妹,即因曹夫人之撮合,与李校长盟订白头,婚后生一子。"

"某小姐"之妹就是汤佩琳,人们都称她汤夫人,英文名 Thaung Chao-lin,毕业于上海清心女学堂。汤夫人出生于光绪十三年(1887年)七月初一日,小登辉 15 岁,正当妙龄。她出身基督教家庭,从小受到良好的教育,亲友多为有教养的知识分子,交际广泛,对李登辉所从事的教育事业多有帮助。父亲汤锡昌(Thaung Tseh-tsung)为长老会牧师,先后担任上海南门长老会牧师达 25 年之久,是教会中的拓荒者。母亲也是热心的基督徒。汤锡昌夫妇育有两儿四女,汤佩琳排行老四。汤佩琳的弟弟汤仁熙也是上海著名的基督教牧师。婚礼于 1907 年 5 月 2 日在北京路长老会教堂举行。李登辉邀请了他在卫斯理大学时的校长柏锡福来主婚①。柏锡福是李登辉的施洗人,也是他最为崇拜的人。李登辉前半生在海外辗转求学,无暇顾及终身大事,至此有了一个自己的家庭。

汤夫人温良体贴,具有中华妇女的传统贤德。管理家务,有条不紊,室内纤尘

汤佩琳遗照

---

① Editorials, *The World's Chinese Students' Journal*, Vol.1, No.5-6, March-June, 1907, p.9.

全家照（1916 年左右）

不染，园中花木有致。日常协助丈夫整理撰述文稿，教子课读，间亦从事缝纫熨衣等种种工作。她给了自己的丈夫无微不至的关怀。不过汤夫人体质较弱，经常被病魔所困。

就说吃饭，李登辉是地道南洋人的饮食习惯，每餐必用大量的汤，另佐以一杯加冰块的凉水，尤喜蟹酱。如果吃炸鱼或炸虾时，还要有几颗酸柑，以其酸汁挤在虾品上，而不用醋或辣酱油。因为南洋的菜肴多酸酸辣辣，尤多咖喱，食后喉头发热，吃饭时伴以凉水，可以润喉。南洋有些地方的人习惯用手抓饭吃，回国的头几年，李登辉不会使用筷子，吃起饭来，笨手笨脚地，活脱脱一个外国人使用中国餐具。所以每次吃完饭，衣服上总是粘满饭粒和汤汁。汤夫人就像带小孩一样，手把手教丈夫吃中国餐、用筷子，饭

长子友仁（1916 年左右）

前还要先预备好一块白白的围巾，围在他脖子下……李登辉爱吃南洋的酸酸甜甜辣辣的菜，为了配丈夫的胃口，汤夫人特地请南洋回来的朋友来家里教她做南洋菜，李登辉的挚友欧阳夫人就不时地教她做几道李登辉爱吃的菜。据跟了李登辉一辈子的中文秘书季英伯说，李校长初回国的时候，对祖国的风俗、习惯、人情等可说完全陌生，要不是和李师母结婚，天天受其爱妻的熏陶，他不可能长久定居中国①。

季英伯说出了历史的实情。李登辉从小居于南洋，又留学美国六载。他对这上代的故国多半是模糊漂浮的意念，当非血肉相连的热土深情，对衰朽中萌动着生机的真实祖国，他完全陌生，很难适应，势难久留。是夫妇一体的人生体验，使他化陌生为亲近，在中国扎下了根，顺利时助他施展抱负，蹇厄中化为心中之神，相依伴随他走完一生。在今后的风雨中，我们会看见这一伉俪深情与教育兴国、皈依宗教三者融合为一股强大的精神原动力。

婚后一年，汤夫人产下一子。李登辉曾想要五个孩子。他在《先室李汤佩琳夫人略传》中说，"至于我个人想，孔子之道德凡五，即仁义礼智信，那末，我希望有五个孩子，就照孔子的五德顺序给名。"因此长子取名为"友仁"。有了孩子，一家三口的生活更加充满了乐趣。这是李登辉在国内 42 年时光中最为幸福的日子。

---

① 赵世洵：《一位伟大的教育家——记复旦大学校长李登辉博士》。

李登辉怀抱儿子友仁照

时至 20 世纪初,清王朝的官僚体制腐败难救,气数已尽,土崩瓦解之势不可逆转。辛亥革命爆发前夕,复旦也处于风雨飘摇之中。1911 年初,李登辉离开了复旦。

第六章

从濒临倒闭到屹立东南

揖美追欧,改造旧邦。鼎革之际,需才孔殷。外交人才,需要尤迫。李登辉曾数度被政府邀请担任要职。湖北军政府外交部长胡瑛不谙外文,黎元洪电邀李登辉前往主持外交,李登辉婉言谢绝了①。

辛亥革命时期,李登辉一度涉足政治。华侨效忠的政治派系不固定,只要能让中国走向富强,他们都愿意输诚。因此华侨的政治倾向变动不居,不能以固定的政治见解来锁定一个人,否则不能客观理解华侨。以林文庆为例,他原先是康有为的保皇党信徒,后与康有为闹翻,脱离康党转而亲近清政府,再一度成为同盟会会员,担任孙中山秘书,此后又出任北京政府的外交顾问。李登辉也是如此。

据陈以爱的研究,辛亥革命前后,李登辉与粤系人物伍廷芳、唐绍仪、钟文耀等接近,他的政治活动落在伍廷芳、唐绍仪网络之内,与张謇集团也多有交集②。伍廷芳生于海峡殖民地,同为华侨,这让李登辉天然地接近他。伍廷芳的外交有两大重点:第一,强调中国在努力学习民主国家的进程中取得显著进步;第二,强调中国对富裕工业国家来说,是其产品的最大潜在市场,因此两者有友好

---

① 章益:《我所见到的李校长》,载《复旦同学会会刊》,1932年12月。
② 陈以爱:《动员的力量:上海学潮的起源》,第330—332页。

相处的基础。这些观点与李登辉类似。1911年11月下旬，中华民国联合会（又称共和中国联合会）在江苏教育会成立，李登辉为发起人之一，并起草章程①。该会即由伍廷芳、张謇等号召成立。中华民国联合会后来改称统一党、共和党，再演变为进步党，与国民党分庭抗礼。1912年1月中旬，李登辉与黎元洪、蓝天蔚、谭延闿、王正廷等发起民社②。李登辉还曾参与发起国民协会，该会推温宗尧为总干事，唐绍仪为总理。据吴双人说，李登辉还发起过中华共济会，加入者分为内外两圈，任意选择，集会数次，声势渐盛，旋为袁世凯所悉，以为唐绍仪有异图，于彼不利，派人来上海，劝令解散，遂无形停顿。

除了涉足政治，李登辉还筹办多份英文报刊。陈以爱指出，粤系人物伍廷芳、唐绍仪、钟文耀等在晚清号称干吏，负责外交、交通等重要部门。李登辉与粤系人物亲近，使他得以参与报业和涉外事务。1904年底李登辉回到中国后，与颜惠庆、唐国安等共同编辑英文《寰球中国学生会报》（1906年7月—1907年6月）、英文《南方报》（1905年8月—1908年2月），1911年又出任英文报纸《共和西报》主笔，该报经理及副主编为孔天增。宋案发生后，该报支持袁世凯，认为孙中山派党见太深③。此外，李登辉还与伍廷芳、钟文耀等筹办英文《大陆报》并负责笔政。通过上述英文报刊，李登辉发出了自己的声音，对清末民初的政治和外交产生了一定影响。

辛亥革命前后一度参与政治之后，李登辉再未涉足任何政党组织，专务教育。

1912年元月，中华民国成立。南京临时政府财政部总长陈锦涛系留美老同学，请李登辉担任次长，他也推辞了。

武昌起义后，李燮和的光复军设军政府于吴淞复旦公学内，校

---

① 《共和中国联合会开会》，《申报》1911年11月23日，第19版。
② 《民社缘起》，《申报》1912年1月20日，第2版。
③ 陈以爱：《动员的力量：上海学潮的起源》，第331—332页。

舍被占，学生随校方迁无锡惠山。未几，无锡光复，江苏旋亦归附革命。学校经费无着，学子星散，亦有多人奔走国事他去。时李登辉为谋生计，亦暂时离开复旦，任《共和西报》主笔，一度兼中国公学教授。稍后，还兼中华书局英文主笔。复旦处于存亡之边缘。

民国肇建，复旦校友于右任为临时政府交通部次长，代理部务。复旦同学纷纷向其要求复校。而复校最大之困难，莫过于校舍和经费。

吴淞校址原系旧式衙署，地虽宽敞，但房屋年久失修，本不宜作校舍，亦系临时性质，俟日后经费有着落时，再在吴淞炮台湾营建新校舍。现清廷倾圮，经费无着，吴淞校址经驻兵及战乱，更形破败不堪，实难再作校舍。

于是，于右任联合复旦公学在（南）京沪两地的旧同学41人，于1912年3月上书临时大总统孙中山，请求帮助解决三件事：一、要求教育部准予复旦立案复校；二、要求指拨上海徐家汇李公祠（或图书公司）作复旦校舍；三、请拨开办费若干。"呈条"中云："右任等再四思维，殊无良策，惟有仰恳大总统酌拨经费若干，以资开办，庶复旦得以重兴，而士子不至失学。"①

---

① 《于右任等呈孙中山恳拨经费复办复旦公学文》原文："前复旦公学学生于右任、张大椿、胡敦复、张轶欧、邵闻泰、王士枢、汪彭年、陈警庸、李谦若、汪东、叶永鋆、钱智修、沈同祉、许丹、郑蕃、胡朝梁、谢冰、郭翔、毛经学、金问洙、曹昌龄、伍特公、张晏孙、赵洪年、毕治安、郑允、李允、张宗翰、徐鼎、陈协恭、陈传德、夏传洙、陆秋心、熊仁、吴葭、吴盖铭、吴兆桓、章锡和、余光粹、张彝、吴士恩、邵闻豫为呈请事：窃照复旦公学创自乙巳，开办七载，毕业四次，一切课程悉仿欧美，成绩昭著，海内景从。始以经费支绌，乃借吴淞提辕暂作校舍，几经艰阻，始底于成。前由南洋教育经费项下，月拨二千元作常年经费。奈兵兴以还，光复军队借作机关部，青年三百一时星散，官费旋亦中止，遂致停办。今兹国是大定，兴材是亟，完美如复旦尤付阙如，奚以阐扬学术，启迪后进。右任等不得已呈请教育部立案，已蒙核准，并蒙咨请江苏都督指拨图书公司或李公祠改作黉舍。惟前此校具、书籍、仪器悉以丧乱散失无遗，从始购置，动需巨款。是复旦虽蒙教育部赐予维持，而经费毫无，实难兴复。右任等再四思维，殊无良策，惟有仰恳大总统酌拨经费若干，以资开办，庶复旦得以重兴，而士子不至失学。曷胜盼祷，伏希钧裁批示遵行，须至呈者。右呈大总统孙。中华民国元年三月呈。"（呈文内容由许有成教授提供）

第六章 从濒临倒闭到屹立东南

临时大总统孙中山收到于右任等42人的"呈条"后,虽政务极为纷繁芜杂,仍大力支持复旦复校一事,将"呈条"分别批转给教育总长蔡元培,解决复旦立案问题;批转给江苏都督庄蕴宽,解决校舍问题;批转给财政部总长陈锦涛,解决复旦复校的开办费问题。

教育总长蔡元培不愧为伟大的学者。他的批示不过寥寥50余字,字里行间还把复旦表扬了一下:"呈悉。该校开办以来,一切课程,悉仿欧美。历届毕业,成绩尚著。自应准予立案。至所请移咨江苏都督拨借校舍一节,业既如呈办理矣。仰即知照。此批。"①孙中山的临时政府只存在了三个月,复旦是临时政府教育部批准立案的唯一高校。

接着,江苏都督庄蕴宽指示上海民政长吴馨,将于右任等42人在"呈条"中提出的、位于上海南市和徐家汇的两座拟作复旦校址的房舍详查具复。吴馨很快调查清楚,回复庄蕴宽:"图书公司因系商业场所,不宜办学。李公(李鸿章)祠地位宽敞,屋宇较多,除正屋奉祀民国死难诸烈士不作别用外,其余房屋,可敷复旦校舍之用。"后经庄蕴宽都督批准,复旦得以在此办学10年(1912—1922年)。

这时,孙中山的临时政府面临解体,经济十分困难,但仍从印尼华侨陈性初、王敬书等汇来的国民捐款中拨一万元作为复旦的复校经费,雪中送炭,解决了复旦的燃眉之急②。

马相伯(时任南京府尹,相当于首都市长)面邀临时大总统孙中山担任复旦校董,重组校董会。临时政府刚一结束,复旦就向孙中山发出了邀请他担任校董的函件③。5月,复旦在爱而近路(今安庆路)临时校舍先行开学典礼。俟驻军撤出李公祠后,1912年9

---

① 季英伯:《复旦立案始末记》,《复旦周刊》,1926年9月22日。
② 《陈性初与复旦大学》,载邵黎黎、孙家轩:《我的祖父邵力子》,河海大学出版社(出版年月不详),第232页。
③ 邀请函原件现存广东省中山市档案馆。复印件由许有成教授提供。

李公祠正门

月,复旦公学迁徐家汇李公祠重新开学,马相伯被推为校长。但马相伯已去北京政府任要职,不能亲理校务。年底,学生罢课,复旦公学再度陷入困境。

从 1905 年至今,复旦创校近 10 年,校董会始终没有真正成立起来。校长、职员、教员不知换了几任。学潮迭起,校务涣散,学校始终处于风雨飘摇状态。这与校董会徒有虚名有直接关系。1913年 1 月中旬,王宠惠、于右任、陈英士、程德全、萨镇冰、沈缦云等复旦校董集会讨论对策。与会者认识到,校董会是主持校务的重要机关,而会长尤其需要有洞明中外学术且热心教育前途者方能胜任。当场推举王宠惠为校董会主席,商议聘请李登辉重主校务[①]。

王宠惠(1881—1958 年),广东东莞人,字亮畴。北洋大学法科毕业后留学日本,不久赴美国,考入耶鲁大学,获法学博士学

---

① 《民立报》1913 年 1 月 17 日,见《复旦大学志》第一卷(1905—1949),第 91 页。

位。1903年夏,王宠惠以法科第一名的成绩毕业,代表全校4 000余名学生在毕业典礼上致词。梁启超此时正在纽黑文城游历,在游记中记下了让中国人自豪的这一幕①。1911年,广东光复,王宠惠加入同盟会。南京临时政府成立后,就任外交总长。临时政府北迁后改任司法总长,7月辞职,回上海从事著述。同为耶鲁大学先后同学,王宠惠尊称李登辉为大哥。当时,李登辉已经暂离复旦,在诸位校董的盛情邀请下,1913年1月20日前后,李登辉临危受命,出任复旦校长。从此,建设复旦、创办与欧美并驾齐驱的大学成为李登辉毕生的事业。

王宠惠,复旦公学董事长、副校长。与李登辉共同缔造了复旦大学

1月23日,王宠惠在寰球中国学生会召集第二次校董会议,李登辉以校长身份和于右任、陈英士、曹成父、虞和甫、郭健宵等人共同出席会议。会议决定:第一,修改校章,由李登辉起草,董事长王宠惠核定,交董事会决定。马上登报招考新生,定于3月1日开学。第二,开学前编定预算,以便筹款,不足之数由各董事共同担任。"务求学科完美,不因经费竭蹶,致有因陋就简之弊"。第三,董事会中推举财政主任一人,负责出入经费管理。每月按照预算定额,由校长签字交会计员具领②。

3月1日,复旦举行春季开学仪式。在于右任、邵力子等陪同

---

① 梁启超:《新大陆游记及其他》,岳麓出版社1985年版,第472页。
② 见《民立报》1913年1月24日,载《复旦大学志》第一卷(1905—1949),第92页。

下，李登辉宣告就任复旦公学校长。他在大礼堂向全体学生宣布，复旦的办学方针如下：一、为培养民治的能力，注重学生自治，反对封建专制；二、为复兴中华民族，重视世界大势，提倡体育和军训；三、为培植科教技术人才，以中学为体，西学为用，开展学术研究；四、为改革社会，须从个人做起，必须提倡德育，即人格教育①。

此时的复旦公学规模很小。除李登辉（校长兼教务长）外，职员仅叶永鋆（庶务长）、邵闻洛（监学）、毕治安（监学）、洪维熊（检察）、季泽恒（文牍）、王景勋（书记）、岳昭焉（会计）8人。其中李登辉、毕治安、季泽恒还兼任教员。教员12人，姓名、学历及任教科目如下：

李登辉（英文、德文）、蒋兆燮（国文、中国地理）、杨晟（国文、中国历史）、梅殿华（美国籍D.M.T.，理财、名学）、何林一（美国大德墨大学学士、宾夕法尼亚大学硕士，英文）、曹惠群（美国伯明翰大学理学士、化学学社会员，物理、化学）、陈钦宾（北洋水师学堂驾驶专科，算学）、沈鹏（江苏武备学堂，体操）、季泽恒（青年会，英文）、邵闻豫（本校高等第一类，英文）、叶秉孚（本校高等第二类，英文、生理、地文）、毕治安（本校高等第二类，算学）②。

1905年至1911年的复旦公学，除学费收入外，经费不足部分由地方政府拨款，带有私立公助性质。进入民国后，复旦的性质发生变化，成为一所真正意义上的私立大学。

民国初年的复旦，几乎无日不处于危机之中。开学不久，复旦就面临严峻考验。3月20日，国民党代理理事长宋教仁在上海火车站被袁世凯派人暗杀。5月3日，复旦等校发起上海学界公祭宋教仁活动，李登辉代表复旦发言，高度评价宋教仁的功绩，对他的逝世表示沉痛的哀悼。邵力子也继李登辉后发了言。6月，"二次革

---

① 朱仲华、陈于德：《复旦校长李登辉事迹述要》。
② 《复旦公学同学录》（1913年春）。

命"爆发，不到两个月就以失败而告终。李登辉与革命党人过从密切，复旦多位校董参加了革命，袁世凯心头衔恨，指使其坐镇上海的爪牙派军警到复旦，欲逮捕李登辉。李从容应对，袁世凯阴谋终未得逞。

"二次革命"失败后，多数校董亡命海外，学校经费来源断绝。11月中下旬，李登辉两次赶赴北京，与梁启超、董鸿祎、蔡廷幹等人协商，请北京政府熊希龄内阁拨巨款扩充复旦，亦未达到目的[①]。无奈之下，李登辉采取提高学费、扩大招生人数的办法，在校生由90余人增至300余人，学费自120元增至160元，使复旦渡过难关。

好不容易解决了经费问题，又冒出校舍纠纷。

1914年，李登辉与李公祠代表人盛宣怀、王存善订立租约：除正殿、铜像外，李公祠由复旦公学承租。租期自民国三年至民国四年，如愿续租，可延期至民国五年正月为止，最多两年，不能再议续租。租价每年800两，按年交付。

李公祠系清末用招商局、电报局之款建造，并非李鸿章私产。李登辉不谙实情，上当受骗，酿成10年后李公祠的诉讼案[②]。经费、校舍两大难题，搅得李登辉不得安宁。

1915年，学校出现转机。李登辉有了一位得力的助手——王宠惠就任复旦公学副校长，并讲授国际公法、法学通论、论理、社会学等课程。两位耶鲁的高材生共同开创了复旦的新局面。薛仙舟、邵力子、林天木等教师也先后来校任教，形成一支相对稳定的教师队伍。

欧美大学都有体现各自文化的校训、校徽以及学术刊物，作为学校的标志。复旦建校10周年之际，李登辉发动师生制定了校训"博学而笃志，切问而近思"，设计了圆形校徽，同时创办中英文《复旦》杂志，复旦的校园文化要素初步建立起来。

---

① 《申报》1913年11月30日。
② 关于李公祠诉讼案详情，参见杨大器：《李公祠讼案始末》，《复旦教育》1999年第4期。

经过两年的探索，复旦公学逐渐走出困境，李登辉开始以耶鲁大学为圭臬，为复旦擘画宏图，奠定了复旦仿美教育的基调，其中包括课程、师资、学校管理机构、校园生活等方面。

如果说清末的复旦是群雄逐鹿的时代，那么从1913年开始，复旦无疑开始了李登辉的时代。我们自然会想到马相伯与李登辉两人在教育思想上的异同。马、李虽然属于不同的教派，但在办学上却有许多共性。李登辉此前主持复旦教务近六年，对马相伯的教育宗旨十分熟悉。撇开其他具体的教学方法不说，马相伯为中国高等教育制定的宏图——创办"与欧美并驾齐驱的大学"，这一高起点的方针被李登辉所继承。

在李登辉看来，复旦的教学必须优于英国和美国人在中国开办的教会大学，并且必须与美国大学程度相衔接，使不能去外国留学的学生也能够进修高深的学术，学生如出国留学，则可去外国研究院深造。

1915年7月，李登辉、王宠惠参照母校耶鲁大学的课程说明书等文献，制定出一个综合课程体系，它由课程、教师、教材、学分、学时、必修和选修等几方面组成。复旦大学图书馆至今仍完整地保留着钤有"王宠惠藏书章"字样的《1912—1913年度耶鲁大学校长报告书》《1920—1921年度耶鲁大学法学院课程说明》等资料。当时共计开设课程60余门，按类设课，分为国文部、算学部、物理部、化学部、外国文学部、哲学部、政治法律部、历史地理部等八大部类，供各年级学生选修。每一部类各由一位资深的教员担任学长。每一门课都指定教科书。除国文部外，其他课程基本采用外国原版教材或自编讲义。课堂采用英语教学，教师讲课、学生问答须用英文，绝少用中文。除教会学校以外，复旦开设选修课、实行学分制是比较早的[①]。其中大学各年级必修课为国文、英语作文、英

[①] 参见钱益民：《私立复旦大学研究（1913—1936）》，载《高教研究与探索》（南京大学高教研究所）2004年第1、2期合刊，第95—99页。

1915年《复旦公学章程》封面与封底

语文学、英文演说和兵操。该课程体系对英文、算学格外重视,规定两课必须满60分,一课不及格即不得毕业(后又增加国文课)。这一旨在培养通才的综合课程体系与美国大学相似,学生到美国后很快就能适应,一直沿用至20年代初。之后,随着各专业性系科的纷纷设立,文科、理科、商科各系分别开设了范围极广的课程。

李登辉聘请的教师主要由留美学生和本校毕业生构成,其中来自上海青年会、寰球中国学生会的占很大的比例。国文部之外的骨干教师一般都由在国外获得学位的人担任。如算学部有朱葆芬(美国康奈尔大学电机科学士),物理化学部有曹惠群(英国伯明翰大学理学士)、李松泉(美国哈佛大学电机科硕士)、朱观森(美国康奈尔大学土木工程科毕业生),外国文学部有何林一(美国宾夕法尼亚大学硕士)、薛仙舟(美国加利福尼亚大学毕业),政治法律部有王宠惠（美国耶鲁大学法学博士）等，哲学部有林齐恩（美国加利福尼亚大学毕业）等。童子军、体操、技击教员有鲁定格（奥匈帝国）、约翰逊（英国）、赵连合（精武体育会）等。国文部有邵力子、叶楚伧、陈望道、胡汉民、戴季陶等。李登辉自己每学期开课至少在两门以上，先后曾开设英文、德文、法文、心理学、伦理学、群学（社会学）、哲学、拉丁文等课程。

复旦的管理机构，也明显接近典型的美国式大学。

清末的复旦继承震旦学院学生自治的风格，因为学生大多为有阅历并且获得功名的成年人，学生自治得到很好的贯彻。进入民国以后，学生的组成发生变化，青年学生成为主体，如1913年《复旦公学章程》规定，"投考者年龄以十五至二十五为合格"。于是，学生脱离学校的决策层，学校的管理机构也发生相应变化。管理机构主要有校董会和行政院。校董会主要负责学校财政、推举校长，校董人选由校长根据学校的需要随时添聘，一般以社会名流、重要政府官员、商界和银行界巨头为主。如1915年担任复旦校董的有伍秩庸、王亮畴、陆费伯鸿、唐少川、王儒堂、张坤德、萨鼎铭、夏剑臣、于右任、聂云台、聂管城，共11人[①]。1920年，因建设江湾校园之需，校董人数猛增至33人，分为名誉董事（Board of Trustees）、评议董事（Board of Management）、顾问董事（Advisory Board）三类。进入30年代后，校董会的构成又发生很大变化，这直接导致学校行政大权的旁落和办学方针的变化，以后的章节里将会再次提到这一问题。

1922年大学部迁到江湾后，学校规模扩大，校务日繁。李登辉建议设立一评议机关。1924年，"行政院"成立，它是校务会议的前身[②]。行政院职责为"统辖全校一切行政事务"，成员由校长、大学部教务主任、各科系主任、中学部主任、大学教授会、中学教员

[①] 《复旦公学章程》（民国四年七月刊）第5页，复旦大学档案馆藏历史档案，卷宗号8。
[②] 章益：《我所见到的李校长》，《复旦同学会会刊》，1932年12月。

会代表组成。行政院负责决定学校的教育方针、规划全校行政事宜、决定系科及各种机关的变更、教职员的进退等。为便利行政起见，行政院还酌情设立审计、建筑、卫生、体育、新闻、招生、图书、出版等各种委员会。行政院不能解决的问题，由校长召集教职员全体大会解决。

上述管理方式更接近美国的大学而不是欧洲的大学。从殖民地时期开始，美国的大学就由地方的宗教领袖和商人组成的董事会所控制，其任务就是选择校长，制定大学的办学方针。而欧洲的传统恰好与此形成对照，它强调学者治校，学校的有关重大决策权掌握在由学者们选举出来的校长手中[①]。

李登辉掌校的前四年（1913—1917年），复旦公学只设文、理两科，外人走进李公祠，颇像进入一所美国大学的文理学院。除了课堂以外，校长出的布告或写手条，学生拿的毕业文凭，学生在体育场上使用的运动术语，甚至学生偶尔发生争吵时所操的语言，都使用英语。

民国四年（1915年），复旦有了入民国后的首届大学预科毕业生，人数很少，只有7人。其中张荇、张志让、沈奎3人赴美留学，均直接进入耶鲁大学、加利福尼亚大学二年级就读。1915年到1917年，大学毕业生22人，其中约有三分之一直接赴美留学。复旦留美学生成绩优异，获得美国大学的普遍认可。1920年，李登辉收到美国哈佛大学、耶鲁大学、加利福尼亚大学、密歇根大学、华盛顿大学等大学来函：凡复旦大学毕业生，得有大学文凭者，可直接升入上述美国各院校有关系科深造，无须再进行考试；复旦各系科考试成绩在70分以上者，被美国各大学普遍承认。同年，李登辉修改章程，采用美国四二二学制（中学四年，大学分预科、本科二级，预科二年毕业，升入本科，本科二年毕业，可得学士，再继

---

① ［加］许美德（Ruth Hayhoe）：《一个大学新传统的开创——复旦的早年》，《复旦学报（社会科学版）》1982年第2期。

1915年复旦公学第一次大学预科毕业生合影,前排左二为王宠惠,右二为李登辉,后排左一为徐柏堂,左三为张志让

二年,可得硕士),以便与美国大学相衔接。

1913—1922年,复旦完全是在李登辉的主持下,在华界边缘独立自主地办学,北洋政府始终不允许复旦立案。学校经费依靠学费和募捐,没有获得政府拨款。虽然经济拮据,但也避免了政治的干扰。在此期间培养了大批优秀人才,如罗家伦、郭任远、何葆仁、吴南轩、章益、刘芦隐、余井塘、程天放、温崇信、孙寒冰、伍蠡甫、黄季陆、耿淡如等,他们大都成为日后复旦的骨干。这10年是李登辉主持复旦、办学最有成效的时期。

1917年11月,德国战败投降,第一次世界大战结束,爱好和平的人们长长地舒了口气,沉浸在对战后"美丽新世界"的展望中。经过两次复辟折腾的民国社会,也出现复苏景象,新文化运动的幼苗破土而出,中国社会出现欣欣向荣的景象。在度过1913—1916年的苦撑煎熬时期后,复旦也进入一个大改革、大发展时期。

1917年,李登辉决定设立应用性的商科(学院)①,与原有文科、理科鼎足而三。拥有文、理、商三个学院之后,复旦公学改称复旦大学。李登辉延聘美国哥伦比亚大学博士李权时前来主持商科教学。商科不久即发展为全校规模最大、实力最强的学科,陆续设立了银行学系、工商管理系、会计系、国际贸易系等系科。商业和贸易在当时是一门全新的学科,哈佛大学也是在1908年才建立商学院,而在欧洲商科几乎还无人知晓②。

复旦公学时代的罗家伦,人称复旦的孔夫子

设立商科,标志着复旦的办学方向发生转折,应用性学科开始占主导地位。

学校偏重英文的风气也遭到部分教员和学生的批评。就在设立商科的同一年,李登辉采纳国文教师邵力子和学生们的意见,设立国文部,以示尊重国学,与文、理、商科并列,国文课不及格,学生不得毕业。

复旦升格为大学后,理科依然只设预科,未获很大发展,高等正科毕业生须转学他校深造。在全国"道路运动"(Good Road Movement)的推动下,经金通尹筹划,复旦于1923年春创办土木工程系,分道路工程、市政工程、营造工程三组③,是为理科第一个

---

① 科,相当于后来的学院,商科即商学院。
② [加]许美德:《一个大学新传统的开创——复旦的早年》,载《复旦学报(社会科学版)》1982年第2期。
③ 《复旦大学土木工科道路工程门》,《复旦》第2卷第2期,1926年7月1日,第177—178页。

金通尹

本科专业,理科因此改为理工科。

更大的发展表现在学生生活方面。李登辉"学生自治"的办学方针得到较好的实施,复旦发展成为一个微型的民主社会。对学生的管理,李登辉"不着眼小节,仅图其远者大者",给学生营造了一个自由、宽松的环境,同学们在校内享有极大自由。

学生自治还被写入校章,如1920年《复旦大学章程》第二十三章"学校自治"规定:"本校为令学生遵守校规起见,特设法尽力鼓励自治,使全校学生共受其益。每级由学生中推一级长,每宿舍推一舍长,期于校中秩序、同学品行、宿舍整洁等事得互相监察劝勉之益,每星期六开讨论会一次。又,立学生评议部,由学生公推评议员若干人,随时就商庶务部,整理校务,凡关于食品卫生问题皆得以建议焉。"当年的校友回忆说:"1917年,母校开始改制为复旦大学,那时候全校的同学,大约有三百余人,李老校长主持校务,民主风气至为开朗,如膳食、足球、戏剧、音乐及其他运动等项,皆由同学组织委员会办理,校方仅负督导之责,所有一切措施,人人均可建议改善,纯采自由平等方式……故校务卓著,成绩蒸蒸日上,迄后人才辈出,蜚声全国,就是这个缘故。"①

李登辉对于新思想的引进,十分关心,所聘请的教师中有思想极为先进的人物。他对中国封建专制的积习深恶痛绝,对于一切革

---

① 张森:《放开肚皮吃饭,立定脚跟做人——寒假自办伙食的体验》,载彭裕文、许有成主编:《台湾复旦校友忆母校》,复旦大学出版社2003年版,第27页。

新运动则抱以同情并寄以希望。他竭力使复旦成为一个自由活泼的园地,就是为了保护新思想,让它获得滋长发展的机会。

五四时期,李登辉大胆延聘了一批受到各地守旧势力围攻、思想先进的教师,使复旦成为南方众望所归的新思潮摇篮。其中有孙中山的得力干部薛仙舟、邵力子、叶楚伧、戴季陶、胡汉民等。黄华表在《我所知道的李登辉先生》一文中说:"到了民国七八年的时候,国民党——当时唯一的革命党——已被南北两方的军阀压迫到不得不退处上海一隅。那时中山先生正在起草他的实业计划;他的最重要的干部胡

薛仙舟

邵力子

胡汉民

叶楚伧

汉民、汪精卫、朱执信、廖仲恺诸先生也退到上海，出版一种《建设杂志》；戴季陶先生又办了一个《星期评论》；邵力子、叶楚伧先生又办了一个穷到严冬都没有煤炉的《民国日报》。在这个时候，李校长却不避南北军阀的嫌怨，社会绅士的指责，除了王宠惠先生原来是复旦的副校长，邵力子、叶楚伧两先生是原来复旦的教授之外，还敦聘胡汉民先生担任我们的伦理学，戴季陶先生担任我们的经济学，似乎复旦是革命党的逋逃薮一样！……复旦有这么多第一流的革命人物在里面讲学，一方面当然可以证明李老校长本身政治思想的趋向，一方面也可以想见当时一班学生受到一种什么思想的陶融。"

著名的经济学者汤寿松，因为反对湖南军阀张敬尧而亡命上海，也应聘来复旦任教教育学。浙江一师"四大金刚"中的陈望道、刘大白两位，也来到复旦国文部任教。原来校内富有革命性的师生和新来师生成了"风虎云龙的大会合"。此外，清末大名鼎鼎的思想家康有为、章太炎等人物，也时常来校作专题讲座。因为有李登辉和思想开明的教师的引导，复旦成为五四运动在上海的策源地。其中对学生帮助最大的是薛仙舟、邵力子两人。

薛仙舟（1878—1927年），广东中山人，幼年随兄来到上海，北洋大学毕业后，投身革命，曾数次赴美国、德国学习和考察合作银行制度。他对合作事业有坚定的信仰，并身体力行倡导合作，被公认为我国合作运动的导师。在互助思想和福利经济学派的影响下，薛仙舟形成了一套自己的合作理论。

薛仙舟认为，合作组织具有经济改造与社会改造双重功能。他痛恨资本主义经济制度，但不主张用暴力手段，主张采用合作制度和平改造现行制度。合作组织是人的结合，如果人没有高尚的品德，就够不上谈具有改造社会理想的合作事业。所以，对大多数民众的改造与经济本身的改造同等重要。用教育的方法，从根本上改造个体自私自利的不良习性，养成互助合作的美德，合作就有了可靠的保证。社会福利是他关注的重点。他认为合作制度，尤其是消费合作，是达到整个社会福利的阶梯。"生产是供给消费的，消费是和人生幸福有直接关系的，不应以生产为原动，生产不过是完成原动的手续而已。"通过消费合作，可以消除买卖，资本万能制度渐渐减少，劳动和非劳动阶级自然消灭，还可以泯除国际间的界限与侵略战争。他还留下一句名言："要有富商大贾的头脑和圣贤菩萨的心肠，才可以从事合作运动。"①

1914年冬，薛仙舟开始担任复旦教员，复旦成为实践他合作思想的试验地。薛仙舟对改造中国抱有宗教般的虔诚，诲人不倦，对学生极其负责，交谈之余，每每使学生有如沐春风之感。薛仙舟倡导的合作思想与李登辉的内心十分契合。李登辉认为中国最大的问题是不"合群"（不团结），一盘散沙，创办寰球中国学生会的初衷，也是为了团结海内外学生，进而推动其他阶层的团结与合作。出于对薛仙舟人品和学问的尊敬，学校的重大事件，李登辉总是找薛仙舟商量。1920年，李登辉卸去多年来兼任的总教务长职务，聘请薛仙舟担任大学部学长（相当于教务长）。

"五四"前后，合作运动在复旦校园内蓬勃开展起来。1918年3月，我国最早的合作社——复旦商店开张营业。商店由师生合股，初定资本为200元，不久增至500元。每股股金4元，共125股，年底盈利389元。接着，80余位复旦同学成立"社会服务团"，下设教育部、慈善部、演讲部和游艺部，团员每月交会费2角，利用会费创办复旦义务学校，学校于4月18日开学，收容徐家汇和法华镇一带的贫苦儿童入学。9月，社会服务团又在校内创办工人夜

---

① 《复旦通讯》第31期，1976年5月9日，第14页。

校，由大学部同学义务授课，有校内外工人30余人前来就读。

10月，复旦师生又创办"中国第一个有规模的信用合作社"①——上海国民合作储蓄银行，校内外均设营业部，业务由商科学生承担，薛仙舟担任总经理。李登辉还派国民合作储蓄银行副行长卞燕侯（学生），专程赴天津考察银行钱庄。本着以合作精神发展国民经济、补助小资本营业的宗旨，国民合作储蓄银行与普通银行有着很大区别。它设有公积金，提倡义务平民教育，储蓄存户与股东均分红利。营业分为活期储蓄、零存整取、普通定存、物别定存、贴现放款、抵押放款、买卖证券、信用透支等诸多种类②。

1920年五一劳动节，复旦《平民周刊》第1期出版。该刊第5期开始由薛仙舟接办，成为国内宣传"合作主义"的主要刊物。《平民周刊》系免费赠阅，所需经费都由同学捐助，不久即遇到经济困难，于是同仁向李登辉校长求助，希望刊物能得到教职员的资助③。李登辉非常支持学生们的要求，把他们的计划提请教职员全体大会讨论。经教职员全体会议讨论通过，由教职员每月从薪金中捐出百分之五，作为印刷经费，使《平民周刊》渡过难关。之后，刊物作为《民国日报》副刊附送，影响进一步扩大。1921年11月，平民周刊社扩充为出版、图书、合作购买三部，定名为"平民学社"。至1923年，平民学社社员达百余人，《平民周刊》出至160期，合作丛书出版10余本。

五四新文化运动中，宣传互助、合作思想的远不止复旦一家，但多半只停留在宣传阶段，没有与实际相结合，把思想落到实处。能够长时间地坚持下来，并且与商科教学相结合，创办合作商店和银行，恐怕只有复旦。正是在薛仙舟、李登辉的支持下，一大批合作人才成长起来，复旦成为我国合作运动的摇篮。

---

① 张廷灏：《中国合作运动的现状》，《平民》第152期，1923年5月5日。
② 《上海江湾国民合作储蓄银行广告》，《复旦》第2卷第2期。
③ 侯厚培：《本社两年来纪略》，《平民百期增刊》，1922年4月29日。

1919年5月4日,五四运动在北京爆发。关于这场运动对中国20世纪的巨大影响,以及运动发生、发展的完整过程,现有的研究成果已经相当充分,无须笔者赘言①。下面所补充的,是复旦人在其中的作用,这些史实尚不为人知晓。

五四运动发轫于北大,但当时中国的经济和文化中心却是在上海,如果上海没有响应,运动不可能成功。而首先声援北大学生,进而把上海所有学校组织起来,动员工商界一齐进行罢课、罢工、罢市"三罢"斗争的,正是复旦师生。李登辉和邵力子在其中起到了导师的作用。

5月4日晚约11点,复旦国文部教授、时任《民国日报》编辑的邵力子匆匆赶到复旦,将复旦学生自治会执行部长吴冕(南轩)等学生会负责人从熟睡中惊醒。邵力子告诉大家,复旦在北大的校友罗家伦、高家洮、邓拜言都被北京政府捉去了!你们要赶快设法去营救!听到这消息,吴冕等人当场都怔住了②。

这个细节不见于通行的出版物,只有黄华表校友在回忆中提到。但他讲出了一个极为重要的因素:要发动一场全国性的爱国运动,仅凭理性是不够的,往往要以感性力量的召唤为契机。复旦大家庭内异常浓烈的校友感情就起作用了。

第二天上午,复旦全体学生召开大会,听取邵力子关于北京学生运动的报告。会后,复旦70余名同学分头向上海各中等以上学校联络。下午,复旦、圣约翰等33所学校代表在复旦第四教室开会,讨论营救办法,并联名电报北京政府以示抗议。

李登辉深知青年大学生是国之栋梁,代表着新生的中华民国的未来,在关系国计民生的重大事件的关头,正是培养和锻炼学生公民意识和协作能力的最佳时机。对于学生可贵的爱国热情,不能压制,只能引导。所以他对学生的行动十分同情和支持,指示他们从长计议,

---

① 迄今有关五四运动最深入的研究,是陈以爱《动员的力量:上海学潮的起源》,书中对复旦与五四作了全面深入的研究。
② 黄华表:《我所知道的李登辉先生》。

留学美国时期的章益,照片上的签名(Tsang Yih)为章益手迹(陈立提供)

联合上海各大中学校,设立一个比较永久的组织,作为领导机构,方足以应付未来。11日,"上海学生联合会"在寰球中国学生会成立,该会的英文名称Shanghai Students' Union 即李登辉所取,"上海学生联合会"就是从中翻译而来的。上海学生联合会为五四运动中南方之重镇,中坚分子如何葆仁、程学愉等均为复旦学生。学生联合会遇到重要决策,常向李登辉请教,李登辉也乐于指导。师生相为表里,对上海学生运动影响巨大。

不久,上海学生联合会又发起成立了全国学生联合会。在两大团体的组织下,最终促成了上海的"三罢",迫使北京政府屈服,释放被捕学生。复旦在运动中的出色表现,使学校声誉鹊起,成为发展史中一个重要的契机。

复旦还得到了一批被教会学校开除的优秀学生。圣约翰大学附中章益、江一平、伍蠡甫、荣独山等二十余人,因参加爱国运动被学校当局开除,李登辉特准他们转入复旦。被学校开除,求学无门,穷无所归,对十八九岁的青年来说,是处于人生的十字路口。而此时却有一位教育家,不顾舆论压力、同行猜忌,真诚接纳。这是绝处逢生的喜悦。数十年后,章益对这段刻骨铭心的转学经历仍然记忆犹新,不能释怀,"益(章益自称——笔者注)始获晋谒先生,在民国八年之夏。是时五四运动风起云涌,有志青年皆思对于国事有所贡献,而当时主持教育者,大多墨守旧章,力加抑制,以是各校风潮迭起。益是时肄业于某校,亦由此得咎而见摈。正在穷无所归之际,或告以复旦李校长最能同情青年,曷往投之,尚犹豫未敢遽见,终以失学非计,乃鼓勇请谒。果也,阍者甫报,即蒙赐见,温语存问,慰勉有加,并立准转学。益得执贽于大师门下,实出于特殊之恩遇也。""阍者甫报,即蒙赐见,温语存问,慰勉有加,并立准转学。"这是多么宝贵的宽容和信任!

运动得人。李登辉找到了心仪的传人。章益一生景仰李登辉。

此外,中国公学学生孙寒冰、华童公学学生奚玉书、澄衷中学学生端木恺等上海学联骨干,也转学复旦,使复旦成为诸多活跃青年祈望所归的学府,开明的李校长更成为上海学生心目中爱国的象征。这些转入复旦的各校骨干日后大多成为各界知名人物,如章益曾担任国立复旦大学校长,伍蠡甫成为著名的美学家、画家,江一平成为上海著名的大律师,荣独山成为著名的临床放射医学家。

同为校长,对事件的处理截然相反。其中差距,不可以道里

五四运动中复旦学生游行出发照

计。多数校长压制甚至开除学生,而李登辉却敞开胸怀,盛情接纳。他并非不知道接纳被圣约翰大学开除的学生,是公开与其校长卜舫济作对。他爱朋友,但他更爱青年。正是这种同情、宽容和对青年的爱,使他赢得了青年的爱戴。

卜舫济对李登辉此举颇有微词。但他也佩服李登辉的为人和学问。1919年秋圣约翰大学校庆之际,卜舫济授予李登辉名誉文学博士学位。这一纸文凭的意义远非学位本身所能概括,更是两所著名的大学校长友谊的见证。李登辉对此学位也十分珍惜。在搬进江湾腾佩路寓所后,博士学位证书就一直悬挂在书房正中。

五四运动只是一个具体的事例,每当遇到关系民族和国家命运的重要时刻,李登辉无不挺身而出。1921年冬,九国会议在美国华盛顿召开,讨论中国与日本签订的不平等条约问题。中国除派出政府代表外,各界人民还破天荒地推举一位民间的"国民代表",前往协助与监督正式代表的活动。上海基督教青年会总干事余日章当选为国民代表。青年会干事晏阳初、朱懋澄来复旦拜见李登辉,请他发动学生组织一次群众大会,以壮声势,为出席华盛顿会议的我国代表壮胆。李登辉即将此任务交给章益。章益、江一平会同上海学联会长蒋保厘,成功策划了在西门体育场举行的万人大会。章益担任大会主席。会上当场通过决议,要求华盛顿会议废除"二十一条",将胶州半岛主权还给中国。会议声势浩大,群情激昂,当场有国际新闻记者拍摄电影,并发出电讯[①]。

形成大学体制后,学生人数,尤其是商科人数直线上升,校舍日渐不敷应用。

谈到复旦的明天,李登辉言必及英国的牛津、剑桥,美国的哈佛、耶鲁。英、美大学一般建在远离市区的偏僻乡村。李公祠校舍

---

① 章益:《章益事略》。

系旧式祠宇,地方狭小不消说,而且位于沪西公共租界与华界的交界地带,出门便是租界繁华地带,学生容易被不良习气浸染,不利成才。为复旦寻找一片宁静的校园,奠定百年基业,是件意义深远的大事。

在徐家汇期间,李登辉每日清晨到校,日暮方归。授课及办公时间,合计在9小时以上,其中大部分时间消耗于向外募捐、筹划建设新校舍。对募捐款项不厌其烦,往往致每一认捐者之函,达八、九、十次之多,甚至辗转恳托,一再登门造访。国内认捐困难重重。李登辉把目光投向了他的出生地——南洋。

戴礼帽的李登辉(1921年)

为筹建新校园,李登辉于1918年1月23日乘三岛丸启程赴印尼、新加坡等地,向华侨募捐。校长一职由校董唐露园代理。李登辉此行肩负着国内高等教育界的重托,随身携带着《扩充高等教育请愿书》等文献。

夫以我国之大,而著名学校多半由西教会设立。吾人对此重要事业,弃置不讲,全赖他人代谋,宁不自愧我爱国之邦人乎?此教育事业,宜自发奋图谋,不应仰望我政府,尤不应期望他国人。试以美国而论,现有大学及高等学校三百所,可完全称为政府设立者不出十校。而世所称最善最著名之大学,如耶鲁、哈佛、科伦比亚、芝加阁等,非由社会集赀设立,即由彼邦豪富独立经营。我国不乏富而好义之君子,苟能以美国煤油大王洛克君Mr. Rockefeller为法,捐赀兴学,创设如上所述之大学，则莘莘学子获益固匪浅鲜，而国民程度增高，国际地位亦随之而高，行见国权奋张，莫予敢侮矣。不禁拭目待之。①

半年间，李登辉在南洋共募金折合银 15 万元。遗憾的是，这些慷慨捐助复旦的华侨连姓名也没有留下。饮水思源，华侨对复旦功莫大焉。

关于在南洋募捐的经历、捐款者名姓，李登辉本人没有留下片言只语。细细思量，有几种可能。其一，李登辉将自己在印尼的家产卖了，充作建校经费。作为虔诚的基督徒，做了公益事而不留名，这是他一生的行为准则。其二，集腋成裘，款虽巨而捐助人太多，无法一一统计。这只是笔者自忖罢了，尚无确证。

李登辉带回的 15 万银元，日后用来购买了江湾 70 亩永久校基。从复旦成长的经历来看，意义非同小可。新加坡读者陈维龙，耗时近一年，搜寻李登辉早年的可信资料。在访问印尼最大的华人

江湾奠基典礼（1920 年 12 月 18 日）

---

① 李登辉：《扩充高等教育请愿书》，上海市档案馆，Y8-1-644。

报纸《新报》社长洪渊源时,提到了一个史实:李登辉 1918 年曾来巴达维亚为复旦募捐,"洪渊源曾与晤谈甚久"①。笔者作出的推论是,新报集团从中穿针引线,李登辉得到了印尼福建会馆等华人社团的帮助,玉成此行。

1918 年 6 月,李登辉从南洋募捐归来,开始在江湾购地建校。百余年前的江湾还是一片荒地,地价便宜。李登辉前后购得土地 70 余亩。买到了土地,又面临高达数十万元的建筑费用,仍然全部要靠募捐来解决。1919 年夏,复旦校董会决定筹款 32 万元,派俞希稷北上募捐。1919 年 8 月 30 日《申报》刊登《复旦大学北方筹款情形》:

> 今夏,复旦大学为扩充学务,增加校舍起见,由董事会议决筹款三十二万元。业经南洋华侨、沪上绅商捐助巨款,已见报端。兹该校教授俞希稷君复晋京,与校董蔡廷幹、王宠惠诸人,面商北方劝募方法,蔡、王二君均允赞助。俞君并叩谒龚总理,刘总长,田总长,傅次长,税务处孙宝琦,外交委员会汪大燮,中国银行冯幼伟、张公权,交通银行任振采,众议院金巩伯,北京大学蒋梦麟,汇丰银行邓君翔,道胜银行沈吉甫,公府礼官处黄开文等,均允为援助,且有自认捐款而并担任劝募者,孙、汪二君尤表同情赞助。闻该校在北方捐得现款甚巨,徐总统亦已认捐提倡云。②

北上募捐获得徐世昌总统等人的支持。薛仙舟在美国也为复旦募得千余元捐款。但是捐款总数仍然严重不足。李登辉继续发动募捐。大笔建筑经费到底向谁募集?复旦最早几栋建筑的经费来源,此前复旦校史的记载极为简略。根据当时的报刊资料,这些经费来源可以大致考证清楚。这方面,陈以爱已经在《动员的力量:上海学潮

---

① 陈维龙:《未成名时的李登辉博士》,载许有成编纂:《复旦大学早期校史资料汇编》,台北市复旦校友会 1997 年印,第 71 页。
② 《复旦大学北方筹款情形》,《申报》,1918 年 8 月 20 日,第 10 版。

的起源》一书第三章作了清晰考订。尤为重要的是，陈以爱对五四时期复旦部分校董资历作了详细的说明①，还原了李登辉校长的人际网络。五四时期的复旦大学董事，有四位以上曾任青年会董事或总干事，如聂其杰、余日章、王正廷、王宠惠，九位以上是寰球中国学生会董事、职员或征求会员，如唐绍仪、唐元湛、聂其杰、余日章、钱新之、凌潜夫、王正廷、王宠惠、林文庆，与李登辉的社会网络重合。因此，李登辉运用他的人际网络，把东南集团名流引入复旦②。经校董唐绍仪的协助，李登辉最终聘请南洋兄弟烟草公司简照南③、简玉阶兄弟和中南银行黄奕住为董事，获得捐款近6万元，为复旦募得了建筑办公楼和教学楼的资金。其中南洋兄弟烟草公司是中国最大的烟草企业，生产的"双喜"和"飞马"牌香烟闻名中外。黄奕住是印尼首富，被誉为"糖王"，是著名的爱国华侨企业家和社会活动家。

除了简氏昆仲、黄奕住外，还有众多人士为复旦建筑捐款。有赖于档案馆藏的《1921年复旦年刊》，我们得以知晓复旦第一批建筑的捐赠人名单。为了保持历史原貌，笔者将这份珍贵史料的前言抄录如下：

> 本校原有校舍李公祠系借自李氏，年来校务日盛，生徒日增，渐有人满之患。乃于前年在江湾置地百亩，拟自建一能容千人之校舍。预计建筑经费约须银五十余万元之谱。叠承海内外各界诸公解囊相助，毋任感谢。惟需款既巨，不敷殊多，还肯热心教育诸公力予赞助，慷慨输将，俾我国惟一之私立大学克底于成，实我中华民国前途之幸也。

---

① 陈以爱：《动员的力量：上海学潮的起源》，第353—354页。
② 陈以爱：《动员的力量：上海学潮的起源》，第355页。
③ 五四运动时期，简照南因为复籍问题备受国人攻击。李登辉校长以华侨联合会会长名义为其开脱。简照南昆仲感恩于李校长，遂有捐赠义举。

《1921年复旦年刊》列出的只有捐赠500元以上的名单。这份捐赠史料指出，捐赠500元以下的名单，日后将与捐款总数一并详细报告。由于详细报告迄今没有见到，因此我们现在还无法知晓人数更多的500元以下的捐赠人名单。

这份捐赠史料一共列出捐赠人52名，分国内、新加坡、爪哇三类。第一类14人。直接捐赠楼宇的有简照南兄弟和黄奕住先生。其中简照南兄弟"捐建简氏堂校舍一所"（即今天的简公堂），合计洋4.7万元。黄奕住"捐建事务所校舍一所"（即今天的校友馆），合计银1万两。另外12人（或企业）捐赠洋元，其中聂太夫人捐助洋3 000元。总统徐世昌捐助洋2 000元。黎元洪捐助洋1 000元。朱桂莘捐助洋1 000元。陈炳谦捐助洋1 000元。鸿裕纱厂捐助洋1 000元。张赐绮堂捐助洋500元。郭子彬、翁文福、梁燕孙、梁诚农各捐助洋500元。

第二类捐赠人有7人。陈嘉庚捐助新加坡洋1万元。陈梦桃捐助新加坡洋5 000元。李俊源捐助新加坡洋2 000元。谢霖娘、黄福基、张秀杰，各捐助新加坡洋1 000元。陈维贤捐助新加坡洋500元。

第三类有32位（或企业）。徐永福捐助盾洋3 000元。梁炳农捐助盾洋2 000元。翁文福捐助盾洋1 500元。邱燮亭、许温惠、黄景兴、陈富老、黄柱各捐助盾洋1 000元。海合龙记捐助洋1 000元。李兴濂、赵德凤、陈福珍、马瑞登、黎殷辅、陈维松、王格善、蔡锦源、华侨有限公司、纶昌公司、增新公司、同新公司、兴隆公司、联兴公司各捐助盾洋500元。另有企业和个人以公债票据的形式捐赠，他们分别是：杜开来，捐助四年公债票5 000元；陈如切、方国源各捐助四年公债票1 000元。蒋马助捐助四年公债票620元；刘顺墨捐助四年公债票600元；苏马敬先生捐助四年公债票600元。陈松和、陈森焱各捐助四年公债票500元；陈六朝捐四年公债500元。

上述新加坡和爪哇的捐赠人名单，除了陈嘉庚为众所周知外，其他人物和企业的名字并不为大众所知。对于这些大额的捐赠人，复旦大学赠予名誉董事，以示鸣谢。当年的复旦大学校董分为名誉董事、评议董事、顾问董事三类。《1921年复旦年刊》中刊登的12位名誉董事中有捐赠人陈梦桃、陈嘉庚、梁炳农、简照南、简玉阶，共占名誉董事的近二分之一。

百余年前，江湾校址还是一片荒野平畴，仅有累累荒冢，备极荒凉。在这样的蒿莱之地建校，校内外颇有非议。但李登辉力排众议。随着岁月流逝，李登辉选址建校的许多细节已经不可考了，目前档案馆中只能找到一份由美国设计师墨菲设计的江湾校园设计图，设计图既反映了设计师的建筑理念，也反映了李登辉校长的大学理想，是我们研究李校长办学思想的一手材料。1920年12月18日，复旦在江湾新购土地举行新校园奠基典礼，空地上搭起临时主席台，师生及来宾近千人出席典礼。大会由校董王正廷主持，李登辉报告筹建新校园经过。沪江大学校长魏馥兰、南洋兄弟烟草公司代表简实卿等来宾先后致词祝贺。

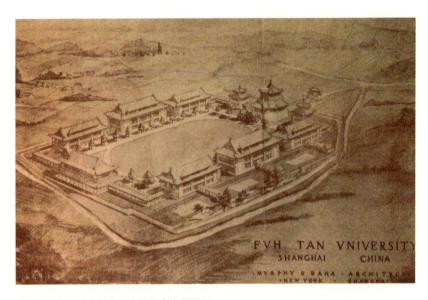

墨菲设计的1920年复旦大学校舍全景图纸

李登辉在奠基石上洒下了第一掊黄土。这块奠基石至今仍然嵌在复旦大学燕园里,中间是篆书"复旦"两字,外环用魏碑体写着复旦校训"博学而笃志,切问而近思"和"民国九年十二月建立"字样。这块奠基石成为复旦的标志性。一年以后,在一个长方形空地(以后发展为操场,今相辉堂前大草坪)的西、南、北三处周围,矗立起最初的三幢校舍——教学楼简公堂、办公楼

江湾新校址奠基石。外圈上半部镌刻着魏碑体复旦大学校训"博学而笃志 切问而近思",下半部刻着奠基时间"民国九年十二月"。内圈镌刻着篆书体"复旦"二字

奕住堂、第一学生宿舍,成品字形,这一四方形的建筑格局一直保留至今。经过修复和功能提升后,在复旦建校 120 周年之际,这几栋建筑已经成为"复旦源"建筑群,至今仍为整个复旦校园最有人文气息的所在。

1922 年 5 月 6 日,复旦大学在江湾新校园举行隆重的落成典礼①。校门口放置两座由松柏树搭建的牌楼,校舍四周缀满灯旗,简公堂正中悬挂中华民国前总统黎元洪赠送的"道富海流"匾额一方。校旁凿有自流泉井,系同学会捐建,题有"思源"二字。李登辉报告校史及新校舍建筑经过。接着,江苏教育会副会长黄炎培、圣约翰大学校长卜舫济、上海交涉使许秋帆、校友会代表周越然、教职员代表邵力子、金陵女子大学校长德本康夫人(Lawrence Thurston)、金陵大学校长包文(A. J. Bowen)、东南大学校长郭秉文、中华基督教教育会总干事贾腓力(F. D. Gamewell)、燕京大学校长刘廷芳、尚贤堂李佳白(Gilbert Reid)、康有为、东吴大学校长文乃史(Walter

---

① 《复旦大学新校落成礼之第一日》,《申报》1922 年 5 月 6 日。From Day to Day, *The North-China Daily News*, May 8, 1922. Fuh-Tan University New Premises at Kiangwan, *The North-China Daily News*, May 6, 1922.

江湾新校舍落成典礼，中外来宾鱼贯行进在奕住堂前

1921年5月6日下午，江湾新校园举行落成典礼。数百位嘉宾出席典礼。嘉宾们参观了校园并致辞。这张照片是嘉宾们参观校园时在奕住堂（今校友馆）正门前的合影，共计21人。根据当时中英文报纸的报道，辅以人脸识别，能识别出来的人物如下：左起第一人为金陵女子大学首任校长德本康夫人（Mrs. Lawrence Thurston），第四人为美国驻华商务参赞安诺德（Julean Herbert Arnold），第五人为尚贤堂李佳白（Gilbert Reid），第七人为复旦同学会（校友会）会长周越然，第八人为南京高师校长郭秉文，第十二人为圣约翰大学校长卜舫济（Francis Lister Hawks Pott）；右起第三人为陈焕章，第五人为江苏教育会副会长黄炎培，第六人为金陵大学校长包文（A. J. Bowen）。康有为也出席落成典礼并致辞，也在照片上，但无法识别。

Buckner Nance），均发表演说。落成典礼在国歌中结束。

  大学部迁入江湾，17年来借地办学的历史宣告结束，复旦进入新的发展阶段。复旦首肇其端，建立黉宇，带动了江湾地区的开发。接踵而来的，是第一条马路的兴建（1921年修建，今邯郸路），平阴桥的架设，立达学园、持志大学、两江女子体专等民办高校，在复旦身边一字排开，使江湾成为文化重镇。江湾人民感谢复旦在此立校，将李登辉住宅所在的那一条路，用他们夫妻的名字命名为"腾佩路"（李登辉字腾飞，其妻汤佩琳）。如今，以复旦领衔的杨浦已成为拥有十余所大学的大学城，打出了"知识杨浦"的口号。选择江湾，体现了民办高校生存和发展的内在逻辑，李登辉树立了中国民间力量办学的典范。

  李登辉认为，"教育与美术要打成一片"。人生离不开道德，道德是精神的美。物质环境对于道德思想的培养影响甚大。故而他竭力使校园美术化，使学生身处其中，思想洁净，身心愉快，成为奋发有为的青年。若干年后，江湾校园形成了柳径莺声、板桥春水、平芜朝烟、桃圃春色、隔岸秋歌、秋篱月影、远市灯光和梅林皑雪

等八大自然景观,复旦校园真如他所说的那样,成为一座花园。学生曾以八景为题作诗吟咏,选录其中七绝八章如下:

柳 径 莺 声
丝丝垂柳织莺梭,春色年来点染多。
曲径行吟谁作伴,绿阴深处有清歌。

板 桥 春 水
春江水涨绿平堤,图画天然入望迷。
遥认垂柳烟径外,钓船多系小桥西。

平 芜 朝 烟
此生仿佛住蓬莱,好景撩将倦眼开。
最是平芜烟着处,恍如蜃气拥楼台。

桃 圃 春 色
芳讯遥传一院中,武陵春色到江东。
桃花不问悲欢事,依旧枝头着意红。

隔 岸 秧 歌
四月农人叱犊忙,平畴新绿早分秧。
田家自是饶真乐,一曲清歌送夕阳。

秋 篱 月 影
沉沉夜色影迷离,白露无声浥短篱。
点缀秋容教入画,一丸凉月最相宜。

远 市 灯 光
明珠历历隔疏櫺,无数华灯灼电青。

何处蜃楼开夜市,错疑一簇是春星。

梅林皑雪
冰作肌肤玉作神,藐姑仙子住东邻。
雪花更为添颜色,占尽人间第一春。

从临危受任校长到建成江湾校舍,前后正好10年。此时的李登辉,已经两鬓全白。值得欣慰的是,早期学子开始陆续学成归来,受李登辉感召,回母校服务。尤其是金通尹、何葆仁、蔡竞平、郭任远、章益、孙寒冰、钱祖龄、温崇信等,他们大都在美国名牌大学获得学位,成为老校长的得力帮手。如金通尹,他开创了复旦土木工程科,20年代后期,又担任学校秘书长要职。章益、孙寒冰、钱祖龄、温崇信四人,被誉为学校的"四大金刚",承担了学校各方面重要工作。行政会议设立后,李登辉得以稍谢校务。

迁到江湾后,李登辉又遇到一场"非基督教运动"的冲击。

1922年,世界基督教学生同盟决定在北京清华学校举行年会,

校景一瞥(从子彬院向西南鸟瞰,右侧为奕住堂,今校友馆中间部分)

美国华盛顿大学复旦同学会合影,左二为孙寒冰(1924年)

为此,中华基督教青年会全国协会的刊物《青年进步》出版特刊加以宣传。不料,特刊引发了一场旷日持久的"非基督教运动"。持论者提出,现代基督教是帝国主义的工具、资本家实行经济侵略的先锋队。3月17日,北京教育界的李石曾、李大钊等宣告成立"非宗教大同盟",声言要扫除宗教之毒害,国民党人戴季陶、蔡元培等也投身该运动。全国主要城市建立起同盟的分支机构,有些地方甚至发生罢课、游行。广东、上海等地的基督徒利用《真光》《青年进步》等刊物作护教答辩,双方展开了激烈的辩论。

"非基督教运动"也波及复旦校园。备受李登辉器重的学生也卷入"非基督"的洪流中,如学生领袖奚玉书就是其中之一。1922年,"非宗教大同盟"来信,复旦同学会拟组织分会,请求签名,奚玉书也参加了。李登辉知情后,请奚玉书到校长室,惋惜地说:"玉书同学,你本是一位品学兼优的好同学,为什么要签名反对宗教呢?"

奚玉书回答:"庚子年八国联军攻破北京,强迫我国签订辛丑条约,赔偿白银四万万五千万两,更使我国民穷财竭,这都是因教案而引起的国耻,所以要反对外国宗教。"

李登辉与青年会合影（约 1921 年）

李登辉耐心向奚玉书解释说："你这种爱国心非常可嘉，但你只知其一，不知其二。当时慈禧太后盲目排外，为满足个人的权位不择手段，利用义和团妖言惑众、扶清灭洋的口号，以乌合之众，与世界为敌，焚教堂，杀教士，毁领事馆，残害洋人，皂白不分，徒呈暴力，泄愤于一时，丧失理性，不顾后果，以致造成八国联军之役，这完全是咎由自取，错在慈禧太后愚昧无知，以国事当儿戏。任何宗教，都是以济世救人为宗旨，耶稣教也不例外。外国教会来我国传教，虽然有被利用作侵华工具的嫌疑，传教士良莠不齐，也有仗势凌人或包庇教民的事情；但其办学校、设医院等项，总是对我国有益的。只要我国强盛，外国教会就无所施其技，反而有利于沟通中西文化，教案的问题就不致发生了。因此，我劝你的思想要开放些，对问题要想清楚些，不必局限在狭隘民族主义的圈子内，养成排外思想，今日不容再有误解。希望你考虑一下，将签名取消。"在李登辉善意的劝解下，奚玉书答应取消签名[①]。在民族主

[①] 奚玉书：《忆"五四"之父蔡元培先生——并记为复旦沥尽心血的李登辉校长》，《春秋杂志》第 532 期，1979 年 9 月 1 日。

义甚嚣尘上的大气候下，人们判断是非的标准往往仅凭一时非理性的情绪，李登辉在忧虑之余，也明显感觉到自身地位受到潜在的威胁，他并没有做错什么，但是基督徒的身份就足以使他动辄得咎。

"非基督教运动"是国内民族主义运动的一浪，此后民族主义呈急剧上升之势。1925年，上海爆发五卅运动，反帝运动达到高潮。

早在1914年，李登辉还在中华书局主持英文部的时候，就想编撰一本公民学和社会科学的补充读物，引导学生认识世界大势，明确中国在国际上所处的地位，培养理性的爱国精神。五四运动后，国民尤其是学生界民族主义情绪日渐高涨。为引导学生走向积极的爱国之途，五卅运动后，李登辉开始搜集文献，编写《中国今日之重要因素：当代文学读本》（或译作《中国问题之重要因素》）一书。文章选自 The Chinese Students' Monthly, The Outlook, The Chinese Social and Political Science Review, The Popular Science Monthly, Vital Forces in Current Events, The Chinese Weekly Review, The China Press, The Baldwin Magazine, American Review of Reviews, The China Courier, The China Critic 等十多种英文报纸杂志。其中包括伍朝枢专为美国大学生游学世界所撰的《环球游历读本》(Paper Read before the Faculty and Students of the American College Cruise around the World)。李登辉在该书序言中提出，要对现代教育作出真正的贡献，该书除了应有文献和知识价值外，还必须满足下列要求：她必须能振奋人心，催人进取；必须是积极的和适用的；尤其是，她必须切合中国问题的实际。文献的内容分为五大类：第一，关于一般的课题，诸如性格

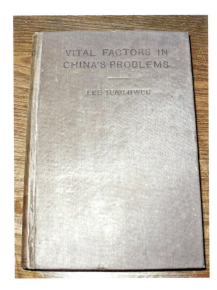

《中国问题之重要因素》封面

的修养、成功的秘诀等;第二,关于我国的经济问题;第三,关于我国的工业和农业问题;第四,关于我国的道德和教育问题;第五,关于国际问题①。此书出版后,受到读者欢迎,曾多次再版。

李登辉曾长期教授心理学。除讲授普通心理学外,还旁及兽类心理学、儿童心理学、癖性心理学、社会心理学等分支学科。有学生曾在文章中写道:"在郭(任远)博士没有来校以前,心理学一门功课委实是李校长底专利品。文科学生,对此确乎是个必过的难关。为了心理学一本书,每每费去全个下午,全个晚上,以及全个早晨,或者竟至全天。"李登辉的学生中出了郭任远与吴南轩两位心理学家,两人是同班,留美后所学的都是心理学,郭任远主攻行为心理学,吴南轩专攻心理卫生。

郭任远(1898—1970年),广东潮阳人。1918年,郭任远从复旦肄业,赴加利福尼亚大学攻读心理学。当他还是大学四年级学生时,就发表第一篇论文,反对心理学中的本能学说,引起哈佛大学詹姆士讲座教授威廉·麦独孤(William McDougall)等前辈科学家的反击,震动美国心理学界。少年有成,郭任远成为美国新兴的行为主义心理学派的一员健将,该学派创始人华生也受其影响。1923年,郭任远在美国加利福尼亚大学获得博士学位。归国时,北京大学、东南大学和母校复旦大学同时向郭任远发出邀请。郭任远回国之前,许多热心为校的留美同学早已动员他回母校效力。他倾向于去北京大学,毕竟那是国立大学。1923年春,郭任远回国,暂时在上海青年会逗留。

郭任远刚踏上国土,求贤若渴的李登辉就指派胡寄南②等12位

---

① Lee Teng-Hwee, *Vital Factor in China's Problem: Readings in Current Literature*, Shanghai: the Commercial Press, 1934.
② 胡寄南,1922年春考入复旦大学文科,是江湾新校舍首批住宿生。1923年秋,复旦筹建心理学系,胡是最先报名的参加者之一。1925年,心理学系第一届四名学生毕业,胡是其中之一。1930年赴美留学,1934年获芝加哥大学心理学博士学位。归国后在浙江大学、中央政治学校、暨南大学等校任教。1946年回复旦,任教育系心理学教授,后任生物系主任。1952年调任华东师范大学教授。

学生赶到青年会,"表示十二分的诚意",把六年前他送出国的弟子请回来。时局突变,蔡元培因蒿目时艰,愤而辞职。郭任远最终选择了母校,准备把复旦建成中国的心理学中心。

郭任远是一位科学家。据胡健中的说法,郭任远"性情孤傲","与人落落寡合","月旦人物稍涉严峻"。曾在杭州赁一大厦从事研究工作,广蓄兔、鼠等小动物,闭门埋头试验而不与外界接触。时任浙大秘书长的刘大白戏赠一联,云:"天高皇帝远,人少畜生多。"很典型地刻画了郭任远的性格。

郭任远

郭任远到来后,不少学子慕名前来求学,如金陵大学文学士蔡乐生,投身郭氏门下,担任《人类的行为》课程的助教。被誉为"青年导师"的商务印书馆《青年杂志》编辑杨贤江,北京大学学生阮永钊,以及复旦胡寄南等文理商科几位才华横溢的同学也转学心理学。

李登辉与郭任远是师生关系,二人都是留美归国的学人,但却是两代人,无论是教育背景、教育观念、知识结构,还是为人处世方法,都有很大差异。两人合作共事,很快就出现矛盾。这是两代复旦人之间的矛盾。在办学思想上,李登辉与郭任远存在分歧。李登辉深受美国文化的熏陶,主张要紧密结合学校实际和社会需要办学,教育要适应新环境。复旦系私立大学,经费有限,主要依靠学费维持教学,办好预科和本科是当务之急,科学研究的条件尚不具备。系科设置上以实用性强的专业为主,增设新专业宜稳妥进行。

李登辉在书房（1926年）

1917年秋季，他根据上海民族工商业发展急需经营管理人才的状况，设立了商科，与原来的文、理两科鼎足为三。复旦成为全国最早设立商科的大学之一。商科发展迅速，学生人数直线上升。1920年春商科注册80人，占大学部总人数的50%，1921年春，增至150人，同比高达68%，成立四年即发展为复旦规模最大的系科。1919年，李登辉计划设立农科、教育科。限于条件，农科始终没有设立，一直到抗战爆发后学校内迁重庆，才由吴南轩校长实现。教育系的设立也经过了多年的酝酿，先设立教育学讲座，再派得意门生章益到美国学习教育学，学成归国后，才于1929年设立教育系，前后时间长达9年。

与李登辉缓进稳妥的办学主张不同，年轻气盛的郭任远一心想把复旦办成研究性的综合大学，采取急进策略。1924年初，郭任远在行政会议上提出一个庞大的计划，对复旦学制系统作重大的改革：大学部设商科、理工科、文科、心理学院。商科下设银行金融学系、工商管理学系、保险学系、运输学系。理工科下设物理学系、化学系、数学系、土木工程学系。文科下设中国文学系、西洋文学系、政治学系、哲学系、教育学系、经济学系、新闻学系。以上三科原先已经设立，增设新系还有一定基础。最关键的是郭任远提出要新设心理学院，与商科、理工科、文科并立，下设生物学系、生理及解剖学系、动物心理学系、应用心理学系、儿童心理学系、变态心理学系、社会心理学系、普通心理学系。在心理学院未成立以前统称心理学系。心理学系在行政、经济方面独立。郭任远的提议获得通过。以复旦当时的经济条件，该计划根本无法实施。

以经济为导火线，郭李之间的矛盾表面化。

事情原委是这样的。庶务处主管学校财政，为众人所瞩目（如1912年12月，复旦曾发生抵制叶藻庭的风潮）。吴淞时期、徐家汇时期，庶务处一直只设庶务长一人。李登辉出任校长后，叶藻庭长期担任庶务长，掌握学校的经济大权，是李登辉的得力助手。叶藻庭改任教师后，庶务工作由金陵大学肄业生张汇元担任。大学部迁到江湾后，校务蒸蒸日上，庶务处事务繁忙，张汇元一人忙不过来。汤夫人开始在校内庶务处帮忙任职。庶务处有一项工作是采购取暖用的煤。因为当时冬天以煤炉取暖，复旦的每一办公室配有煤炉一只，每天限定用煤2斤。

有人借煤作文章。一场所谓"汤夫人有经济问题"的风潮由此而起。

为了免除偏袒传主之嫌，尽量减少笔者的感情色彩，还是采用当年亲身参加风潮的学生张廷灏的叙述吧[①]。

1923年冬，部分教授因学校当局限制教授办公室的火炉煤，得知校内用煤由汤夫人经手购买，庶务员无权过问，汤的职务是检查员（1923年，汤夫人的职务由庶务员改为"审计"），但是购煤预算和实际购煤数量有差距。个别教授把这个情况告诉了学生。消息由隐蔽到公开，不久传遍全校。有同学向学生自治会建议，要求校长公开学校财政，公示用煤情况。全校学生大会决议，事关学校信誉，由大会公推代表13人，代表全校同学要求校长公开财政。这是张廷灏对事件发生原委的说明。

得知消息后，李登辉被激怒了。建设江湾的巨额资金也是李亲手募集来的，如果说汤夫人有意贪污，她有的是机会，何必在买煤这个环节上做手脚？

[①] 参见张廷灏：《我所知道的私立复旦大学》，载上海市政协文史资料委员会编：《上海文史资料存稿汇编》第9卷，上海古籍出版社2001年版。

人心难测啊!

这分明是利用学生来达到不可告人的目的。直接意图是攫取复旦的最高权力。更有甚者,学生居然向校长要求公开财政,师道尊严何在?

对于校务民主,李登辉历来积极倡导。但对于这类公开的挑衅,他也毫不示弱。

李登辉如何处理?还是接着引用张廷灏的述说。"在学生代表尚未到来之前,李登辉召集临时教职员大会,提出学生不应干涉学校行政,要将13个学生代表开除。邵力子、陈望道等9位教师先后发言,力劝李校长收回成命。李登辉于是决定'请长假',请郭任远代行校长职务。经校董会讨论,同意李登辉请假一年,请假期内校长职务由郭任远代理。"①

在双方僵持的局面下,一方引退是代价最小的办法。时间会证明一切,真相会大白天下。在自己的学生面前,争辩什么呢?

不久,李登辉携妻回南洋探亲。李登辉一生两次短时间离开复旦,一次是辛亥革命期间,前文已提到,这是另外一次。

黯然神伤者,唯别而已矣。为了复旦的安宁,避免事态扩大,李登辉悄悄踏上南归的海轮。他只通知了爱徒章益来送行。权当作一次旅游吧。

临别时,师徒两人默默无语。送别恩师后,章益也踏上了旅途,前往美国华盛顿州立大学教育学院,攻读教育学和心理学。专业是李登辉选定的。

事后查明,所谓的汤夫人经济有问题,是汤夫人没有将19张总价值为503元1角的发票及时报销,列入决算,仅此而已。

综合各种材料作历史的分析,汤夫人经济问题引发的驱赶李校长风潮,实质是国民党为了控制各高校而采取的一系列行动之一,

---

① 参见张廷灏:《我所知道的私立复旦大学》,载上海市政协文史资料委员会编:《上海文史资料存稿汇编》第9卷,上海古籍出版社2001年版。

与南京发生的东南大学驱赶郭秉文、北京发生的"女师大风潮"性质类似。关于这次风潮的背景，1924年4月26日行政院第四次常务会议记录中有如下表述，"邵仲辉（力子）提议，对于李校长请由董事会径发布告，取缔学生在校含有政党臭味之集会，及否认本院（行政院）否决之青年会费，侵越本院权限，提出异议。"①这条蕴含丰富历史信息的行政院常务会议记载，曲折隐晦，尤其是"否认本院否决之青年会费"，使用双重否定，令人费解。这条记载浓缩了驱赶李校长风潮的具体原因，共有两条。第一条，李校长对学生在校内从事政党集会予以取缔。第二条，李校长支持青年会活动，予以经费支持。这两条直接引发国民党左派的不满，因此掀起驱赶校长风潮。这条记载还说明了私立大学管理制度上的问题，即私立大学董事会与校内行政权力机构存在冲突：行政院通过的决议，董事会可以否决。复旦校董会是支持李登辉的，李登辉的意见代表了校董会的主流意见。校董会和行政院权力冲突的结果，还是听从校董会的意见。最终，校董会作了妥协，同意李登辉请长假一年，在此期间由郭任远代理校长。②

　　邵力子提出此议是在4月初李登辉挂冠离校之后，是行政院对事件本身的检讨和追认。邵力子的政治身份是国共两党跨党党员，属于国民党左派。1924年1月国民党一大宣告国共两党合作，国民党各地组织大力发展党员，高校是发展国民党员的重要阵地。对于国民党在复旦举行带有政党意味的集会，引起李登辉的职业性反感。因此，李登辉绕过大学最高行政机构——行政院，直接以校董会的名义发布"取缔含有政党臭味之集会"的布告，同时否决行政院否决的青年会费案，此举刺激国民党，因而成为后者攻击的矛头。复旦学生、国民党党员张廷灏等利用校学生自治会的名义，掀起风潮，称汤夫人贪污，李登辉愤而辞职。

---

① 复旦大学档案馆藏历史档案，案卷号359。
②《复旦大学百年纪事（1905—2005）》，复旦大学出版社2005年版，第38页。

邵力子是复旦创校七干事之一，自创校始，终身心系复旦，和于右任一道堪称复旦大学两位最忠实的庇护者。人称于右任为复旦"孝子"，这个称号给邵力子也同样合适。1914年邵力子开始担任复旦公学国文部教师，1925年5月邵力子南下广东，担任黄埔军校秘书长，才卸去国文部教职。邵力子十余年的国文教育，对复旦学生影响很大。1916年邵力子又创办《民国日报》，1919年6月创办《民国日报》副刊《觉悟》，对复旦学子和广大青年产生深远影响。1924年1月复旦设立行政会议后，邵力子与李登辉、郭任远、李权时、张季量、金通尹、余楠秋、俞希稷、叶藻庭、叶秉孚一同担任行政会议常务会议成员。① 邵力子和李登辉是师生关系，两人都是复旦的呵护人，但政见不同，一为国民党党员，一为教育家。即使在建设发展复旦的共同目标下也难掩分歧。1917年复旦在文理两科基础上设立商科，改制大学，改名私立复旦大学，这是复旦校史上一次重大变化。设立商科后，学校的实用性商业气息迅速扑面而来。商科教员基本来自留美归国学生，课程设置基本美国化。更重要的是，1917年校董会改组，伍廷芳退出校董会，唐绍仪作为"国家元首备位人选"成为首席校董。唐绍仪对复旦信任有加，把儿子唐榴送到复旦商科就读。这一届校董会大力支持李登辉的"美国化方针"，以实现复旦大学的后台东南集团"联美制日"②的初衷。东南集团与国民党势力在高校角力，引发高校风潮，势不可免。据邵力子同乡、五四运动健将朱仲华的回忆，邵力子对于五四前后复旦日益强化的美国化氛围深有抵触。朱仲华1913年进入复旦公学，是邵力子的学生，并且多次记录和整理邵力子在复旦各种场合的演讲稿，师生关系十分密切，他对邵力子心态的分析是细致入微的。

李登辉请假期间，郭任远在校内进行多项改革。1924年秋，各科重新制定章程，设立研究院、大学部两部分，研究院可授予硕士

---

① 《复旦大学百年纪事（1905—2005）》，第37页。
② 陈以爱：《动员的力量：上海学潮的起源》，第346页。

从燕园远眺子彬院（1929年）

学位。郭任远首开纪录，招收了复旦历史上首位研究生蔡乐生。学籍管理上，实行完全学分制。全校开设数百种课程，分为全校必修课、各科共同必修课、各系必修课和选修课等四大类。1924年12月，行政院决定，自1925年秋季起，将国文科扩充为中国文学科，推邵力子为主任。中国文学科设立后，下设文艺系、文艺教育系、新闻系三个专系，当年就有李宝琛、赵宋庆、夏征农等入学。1925年春，设立社会科学科，主任何葆仁，包括政治学、社会学两系。同年夏，心理学院成立，同时动工兴建心理学院大楼——子彬院和第四宿舍。复旦院系组织更加充实，共有文科、理科、商科、社会科学科、中国文学科和心理学院六部。

理想与现实之间毕竟有距离。郭任远的改革步伐迈得很大，不久就遇到一系列实际困难，单经费一项就使他伤透脑筋，子彬院和第四宿舍的建筑费即高达10万元，开设新课所需的教师聘用费也不菲。作为校长，得应付繁杂的行政工作，他擅长的心理学研究不得不停下来。不出半年，郭任远就感到心力交瘁，疲于应付。在1924年12月召开的行政院常务会议上，郭任远提出敦促李登辉早日回校主持校务的提议。1925年4月27日，李登辉回到上海，校务暂时仍由郭任远主持。

1926年底，郭任远向校董会提出辞呈。辞呈中对1924年代理校长作了如下小结："此一年中，政局纷纭，校事杂遝，事繁责重，识浅才微，虽萧规曹随，幸免陨越，而巨划宏猷，愧未遑有。"郭任远过于谦虚了。把心理学院从理工科独立出来，将国文部扩充为中国文学科，岂非"巨划宏猷"？对1925年至1926年任副校长（代理校务），郭任远申述道："学问无涯，人生有限。任远研攻心理，自问略有心得。良以二载以来，穷于应对周旋，坐使拙著《人类的行为》仅发行上卷，至中下两卷，延未杀青，致劳世人引领期待，甚且啧有烦言，谓任远已由学者而沦为政客者。"① 这倒是吐露了实情，道出了学者和科学家从事行政工作左支右绌的窘境。此后，郭任远于1933年至1936年出任浙江大学校长，又一次被学生驱赶下台，不得不再次赴美从事研究。晚年定居香港，直至去世。

郭任远的一生，以激进的行为主义心理学家著称于世，开创了中国心理生理学的一个新时代，科学成就为世人瞩目②。不容否认，在复旦整个校史，尤其是复旦心理生理学科发展史上，郭任远也有开创之功。他向族亲郭子彬、郭辅庭父子前后募得数万元捐款，还争取到美国庚子赔款教育基金团的补助，1926年6月，建成心理学院大楼——子彬院。先后聘请了唐钺、蔡翘、蔡堡、许襄、李汝祺、孔宪武、刘清风、江上峰、许逢熙、董世魁等一批中国早期著名的心理生理学家来校任教。又创办了心理学院附属实验中学，作为实验基地。在校短短5年（1923—1927年），即培养出一批杰出学子，如心理学家胡寄南，胚胎生物学家童第周，生理学家冯德培、沈霁春、徐丰彦，神经解剖学家朱鹤年等。这一切，已经永远留在复旦校史上。

---

① 《郭任远致复旦大学董事会的辞呈》，《复旦周刊》，1926年11月24日。
② 关于郭任远生平、学术的权威传记，见 Gilbert Gottlieb, Zing-Yuan Kuo: Radical Scientist Philosopher and Innovative Experimentalist（1895-1970），*The Journal of Comparative and Physiological Psychology*, No.1, 1972, pp.1-10。

第六章 | 从濒临倒闭到屹立东南

北洋政府统治的13年间,复旦在官方机构注册问题一直受到层层阻力,政府以种种借口阻挠复旦立案。1925年8月20日,复旦终于正式在北京政府教育部立案。适逢建校20周年,由中国文学科刘大白作词,立达学园丰子恺作曲,创作了校歌。清新流丽、音韵铿锵的歌词,配上各声部同节奏的四部和声,词曲珠联璧合。"学术独立,思想自由,政罗教网无羁绊",表明了复旦的精神取向,为一代又一代的复旦人所继承和发扬。校歌歌词首次发表在1926年4月18日复旦大学同仁刊物《黎明》周刊第23期。歌词如下:

复旦复旦旦复旦/巍巍学府文章焕/学术独立,思想自由/政罗教网无羁绊/无羁绊,前程远/向前向前向前进展/复旦复旦旦复旦/日月光华同灿烂

复旦复旦旦复旦/师生一德精神贯/巩固学校,维护国家/先忧后乐交相勉/交相勉,前程远/向前向前向前进展/复旦复旦旦复旦/日月光华同灿烂

复旦复旦旦复旦/沪滨屹立东南冠/作育国士,恢廓学风/震欧铄美声名满/声名满,前程远/向前向前向前进展/复旦复旦旦复旦/日月光华同灿烂

妇女解放是新文化运动的重要内容。经过五四新文化思潮洗礼的女性,也提出了与男子同享高等教育权利的要求。北京的高校较早地开始招收女生,上海的高校似乎显得矜持些,纷纷持观望态度。1924年间,上海大学开放"女禁"。五卅运动后,上海大学被封,不久迁到与复旦毗邻的江湾。这给复旦师生以很大的冲击。

上海大学负责人于右任、邵力子、陈望道等大多与复旦有密切的关系,邵力子、陈望道同时在复旦国文部任教,他们在《民国日报》副刊《觉悟》等刊物发表文章,大力倡导妇女解放,产生广泛的社会影响。在时代思潮的熏陶下,复旦学生与部分教师提出了开

放"女禁"的要求。他们委托学生自治会，一再向李登辉提出，复旦应该招收女生，都被李登辉一口否决。事情毫无商量的余地。

学校某位大员曾试探着问：能否试招女生？

"复旦要想男女同校，除非等我死了以后。"李登辉斩钉截铁地回答。

无奈之下，深知老校长性格的陈望道教授戏谑地向他提出"建议"，干脆把校名改为"复旦男子大学"，与北京女子大学、金陵女子大学遥相呼应。李登辉不予理睬。

是李登辉保守吗？不。

李登辉有自己的考虑。凡认为是正确的理念，他非常执着地坚持，绝不盲从潮流。

李登辉并不反对女子接受高等教育。之所以坚决反对男女同校，是因为他知道，美国许多大学开放女禁后，学风每况愈下。打情骂俏者有之，始乱终弃者有之，甚至女生怀孕堕胎之事不绝于耳。所以英国的牛津、剑桥，美国的哈佛、耶鲁等老牌大学，大都先建立女子学院，或者只在职业性的研究生学院招收女生，本科学院迟迟不开放"女禁"。

以剑桥大学为例，早在1869年和1872年，它就建立了格顿（Girton）和纽纳姆（Newnham）两所女子学院，但是直到1947年，女性在经过不断努力后才最终成为全日制本科学生。李登辉的母校耶鲁大学，在1869年就已经开始招收女研究生，但是直到1969年才开始招收本科女生，也就是说，耶鲁大学的核心——耶鲁学院直到李登辉去世（李1947年去世）还没有男女同校。这反映出耶鲁保守的一面。耶鲁是李登辉模仿的对象，它还没有做的事，复旦岂能去试验？更何况招收女生还将给学校的管理带来许多"麻烦"。所以李登辉拒绝男女同校，立场非常鲜明。

可是形势逼人，李登辉最终没有招架住，不得不妥协。1927年春，北伐军攻入上海。新旧政权交替之际，上海的学校陷入一片混乱之中。更糟糕的是，学校出现了严重的军事化倾向，有的学生甚至带着手枪进入学校①。混乱时期,学生一度直接掌握了学校的行政大权,多所学校掀起驱赶校长运动。复旦也概莫能外。3月28日,复旦实验中学发表《驱郭宣言》。数日后,郭任远辞去复旦实验中学主任,由刘大白教授继任。不久,刘大白赴浙大任职,实验中学主任改由陈望道担任。5月至8月间,复旦大学取消校长制,实行委员制。师生联合组成了校务委员会。李登辉的职权,事实上已经被取消。正是在此混乱时期,校务委员会通过了招收女生的决议。

非常时期的校务委员会共存在三个月。8月中旬,时局趋于稳定,校务委员会撤销,行政院恢复职权。9月3日,行政院常务会议决定,对校务委员会通过的所有决议予以接受,其中也包括招收女生。

众意难违。李登辉只有妥协了。

1927年9月,复旦第一次招收女生,严幼韵、李韵菡、陈瑛等103人踏入复旦校门②。

实现男女同校,男生们如愿以偿。原先清一色男生的复旦校园顿时呈现出新的景观。校园生活从此变得更丰富了,韵事也多了。反应最强烈的,当然是男生。复旦招收的女生个个都是大家闺秀,"端庄俭朴,笑不露齿,话不高声。坐则埋头伏案,行则手不离卷"。平常一般顽皮而天真的男同学们,骤然之间见了女生,"好似人力车夫见了交通警察一样,深恐触犯规章,不敢乱动一步,人人均谨言慎行,衣履清洁,内务整洁"。学习也加倍用功,"不但白天专心苦读,晚上还要开夜车,深恐成绩落在裙钗之后"③。此情此景,随时随刻映入李登辉的眼帘。这是好的一面。

但女生的到来,也给李登辉带来管理上的"麻烦"。一百多位女生需要专门的宿舍。可复旦还没有。1927年底,漳州华侨陈性初来复旦参观,与李登辉晤谈,得知这一情况,慷慨解囊,捐赠2万

---

① 李宝琛采访记录,2004年4月18日,采访地点:扬州。
② 首次招收的女生姓名、总人数,由许有成教授提供。
③ 齐云:《母校首招女生的故事及其他》,载《复旦通讯》(1954年)。

1927年华侨陈性初访问复旦时的合影。第二排右起第六人为陈性初，第七人为李登辉

两白银做女生宿舍建筑费。一年后，两层楼宫殿式的女生宿舍在子彬院东侧落成。

女生宿舍远较男生宿舍为优，一间间窗明几净，布置高雅大方，内部设施齐全。宿舍前一圈绿篱笆，围着一片如茵的草地，令人心旷神怡。宿舍楼下辟有一间会客室，置有沙发和圆桌，无论亲友还是其他来访者，只能在会客室接见。当然女性不在此列。李登辉指定留美归来的毛彦文专任女生指导，入住女生宿舍，严加管理。每晚按时逐个点名。同学以其门禁森严，且地处校园之东，遂戏称之为"东宫"。

提起东宫，男生多少感到有点神秘。邵梦兰校友说："复旦同学对于东宫，恐怕比美国人对白宫还看重。"终年紧闭大门，殊非良策。李登辉想了个好办法，每年在校庆日开放"东宫"一次，让男生和校外人士前往参观。

开放之前，女同学各运匠心，竭力布置。开放日还备有糖果，参观者可任意取用。男生一年中唯有这么一天可以进去，谁肯放过这机会?一个个打扮得整整齐齐,在那里东张西望。看到有自己喜欢的小玩意,也顺手牵羊摸一些去。有位女生案头放了个一寸多长赛璐珞做的小棺材,也被摸走了。她气得不得了,狠狠地骂道:"哪个小瘪三偷走了我的小棺材,一定不得好死。"旁人听了哈哈大笑。参观后,女同学向庶务处报失者络绎不绝。正要动手侦察之际,广告栏内即有大批失物招领贴出:只要女同学略备礼物,差使女工友去认领,即可物归原主①。

从"东宫"里,走出了凤子(封季壬)、沉樱(陈瑛)等不少著名女性。

中国的变动太快了。不停的变革形成狂热,后果超出人们的期望。各种新思潮、新运动,一浪未已新浪已起,如同潮水般向李登辉涌来。他感到应接不暇,疲于应付。在此期间,李登辉经过深思熟虑,发表了一篇重要的文章《我们所最需要的教育》,相当全面地阐释了自己的教育观,尤其是德育观,刊登于 1929 年 11 月 4 日

闻名遐迩的女生宿舍——"东宫"(后毁于日军侵略炮火)

---

① 邵梦兰:《从燕园到东宫》,载《复旦通讯》(1974 年);刘振:《江湾校园十忆》,载《复旦通讯》(1953 年)。

出版的《复旦周刊》第 24 期。文章表明了他对清末以来，尤其是五四以后中国教育变革的总体认识和态度。

什么是"教育"？历史上一直有两种不同的解释，一种教育侧重从内部将人潜在的能力展开，另一种教育侧重从外部对人进行塑造。文章首先从教育的拉丁字源中回答了"什么是教育""教育的作用是什么"这两个基本问题。教育在英文里是 education，即从拉丁文的 ex 和 duco 产生，ex 的意思是"从出"，duco 的意思是"引导"，合起来就是"引导出来"。换句话说，就是把个人原有的潜伏的能力引导出来，使其得到尽量的发展。所谓潜伏的能力，包括身体、智力、社会和道德等诸多方面。李登辉的教育，侧重于个体内在潜能的发掘。但他认识到，教育在理论上虽重启发，在实际上的进步却非常缓慢，"有时竟与这理论背道而驰"。

文章接着用批判的眼光深入分析了我国现在教育的偏颇。"在过去的教育设施中，尤其中国，太偏重于智育方面，以致把其他方面都忽视了"。导致的直接后果是，一般所谓受过教育的人，虽是智力发达很高，然而或是体质颓弱，形同病夫；或是思想空泛，不切实际，甚至于有文无行，变为腐化的官僚政客、学痞商蠹。在闭关锁国时代，这种只重视智育的教育导致了国家的落伍。清廷认识到维新的必要以后，开始尽力模仿西方。"但是那时只看西方物质文明之可惊，我们的模仿，亦就着重在物质方面。所以那时大家都只晓得提倡'西艺'，至于西方文明之精神方面，虽是西方文明的精神精髓，却反因未受了解，而遭遗弃。我们改革的结果，只是抄袭了一些西方的皮毛，拾得一些西方的糟粕。今日的情形，尤其不幸。我们因为对于一切旧制度、旧道德、旧礼教的怀疑，把这些一股脑儿都打倒推翻，同时却又不能产生新道德的标准。一般青年所受的教育，都只有理智的片面，丝毫谈不到全人的发展"。原先"我们虽以精神文明自豪，鄙视外人为太重物质，而在今日，则物质与精神，两均不能如人了"。说得鞭辟入里，至今发人深省。

李登辉在腾佩路寓所研读
（1930年）

　　文章重点论述了德育在人类生活中的地位。李登辉指出，德、智、体三者，贵在平均发展，"我们不主张特别注意三育中任何一种"，"不过今日奸诈百出、贪欲炽张的时代，对于德育，似不能不多加注意"。通过"德育"，个人与社会建立起和谐的关系，这是教育发展提出的内在要求。文章说，"近代教育的思潮，是由个人与社会对抗的观念，进而至于个人与社会调和的观念。教育的最高目的，是要把个人潜伏的心能，尽量引导使之发展，以替社会谋福利。社会的进步和个人的发展，是一而二，二而一的。个人中最有价值而应启发的心能，亦就是在社会上高贵的德行。这些是什么呢？我们认为最基本的有三件，就是独立、忠实和协作。"接着，他结合心理学，对独立、忠实、协作三者作了科学的说明。

独立，重在养成学生独立思考的能力。"独立不是一种单独的德性，其中包含的心理分子很多。学生如果要有独立的能力，他必须有一往直前的决心，吃苦耐劳的毅力，挨受消骂的勇敢，百折不回的志气。"假使教师希望学生能够独立，应当从自己做起。"在学校里的独立，就是在社会里独立的基础。社会里的分子能够独立，才能成为进步的社会，国家里的公民能够独立，才能有进步的国家。凡是一个教师，能够引导学生为独立的思想者，独立的劳动者，他真可称为造福于社会了。"

忠实，是"稳固健全的社会不可少的条件。其中心理的分子，是服从、敬重和爱心"。"为办事上的效率起见，牺牲己见，一唯上级人员之命令是从，是有价值的服从。把别人的人格看得如同自己的人格一般应当维护，是有价值的敬重。把别人的幸福看得如同自己的幸福一般重要，是可宝贵的爱心。三者都是化小我与大我之中，便是忠实的本质。"教师能够得学生对他忠实，他的贡献才能宏大。反之，若是一个学校里面，由于师生间的关系太机械，于是从生疏而冷淡，从冷淡而隔阂而猜疑，从猜疑而种种不忠实之现象发生。教师"除了传授知识以外，对于学生性情之陶冶，应当负大责任。要造成忠实的学生，先就该做忠实的教员"。

文明人类之生活，大致不外个人与社会（群与己）两端。个人与社会各得其所，共谋发展，乃古今中外相通的教育之最终目的。中国古人称为"相方相苞""相位相育"。在西方的教育学说，则称"协作"。协作，是一种新的教育学说，起源于解决经济界里的劳资冲突。协作要有同情和牺牲的精神，专以公益为重。"在学校练习协作最好的地方，自然是运动场。"中国社会最缺乏的就是协作的精神。"无论大小团体，其中分子，总是各执一端，争持不下，从不晓得团体的利益应置在任何个人利益之上。因为社会中有这种缺点，更要在学校注重协作的训练。"

文章末提出了"集东西之精英，陶铸于一炉"的德育途径。"不管他是新的，或是旧的，是东方的，或是西方的……择其善者取之,其不善者去之,集东西之精英,陶铸于一炉,造出更高一等的精神文明。"

不管新旧中西,择善去不善,以创造更高一等的精神文明,这是作者数十年办教育至宝贵的通识卓见,亦可谓醒世箴言。惜百年至今中国的文化与教育,总是在新旧中西两者中择一为独尊、去一为粪土,呶呶不休,汹汹交斗;而不愿对新旧中西之所优所劣作如实分析,更不能如李登辉诸前辈之敬业献身,则社会"更高一等的精神文明"难望其从天而降也,必矣。

大学部迁到江湾后,复旦进入快速发展时期。复旦的发展当然不是一个孤立事件,而与当时的社会和经济密切相关。从某种程度上说,它也是北洋政府的教育步入一个新增长周期的表征。

1922年颁布的《壬戌学制》,促成了新的办学热潮。由于政府对设立大学的条件放宽,全国各地的私立大学如雨后春笋般涌现。上海出现了一批新的私立大学,成为复旦的竞争对手,如两江女子体育专科学校、上海大学、群治大学、持志大学、大夏大学、上海

李登辉(中)与中文系毕业生在子彬院前合影,右二为陈望道

法政大学、上海会计专科学校、光华大学、上海法学院、新华艺术学院等。其中最强有力的对手要数光华大学和大夏大学，两者的性质与规模都与复旦大同小异，创校过程也与复旦相似。

以光华大学为例。1925年5月，日本资本家枪杀上海内外棉七厂工人顾正红，"五卅惨案"爆发。事后，圣约翰大学全体华籍师生在校内集会，下半旗志哀。卜舫济校长下令解散集会，激怒了师生。中国籍教师孟宪承、钱基博等19人声明辞职，553名学生宣誓永远脱离圣约翰大学。离校师生决心另组大学。9月7日，新校在霞飞路开学。从《卿云歌》中撷取"光华"两字，称"光华大学"。光华大学是继复旦之后，又一所从教会大学脱离出来的私立大学[①]。

至于大夏大学，则由脱离厦门大学的部分师生所创办。由于杜月笙等人的支持，大夏大学在中山北路梵王渡购地200余亩，荣宗敬又捐赠丽娃河地产，全部校基达280亩。后来居上，大有赶超复旦之势。

当时的上海高等学校大致有国立大学、教会大学和私立大学三大类。因此，除了与私立大学竞争外，复旦还面临与国立大学和教会大学的较量。在李登辉的主持下，复旦从上海诸多高校中脱颖而出，得到社会的普遍赞誉，真正做到了如校歌所唱的那样——"沪滨屹立东南冠"。

这里可以引用一位教会大学校长的话来作总结。1930年10月，沪江大学校长刘湛恩在复旦大学25周年校庆大会上发表演说，盛赞复旦，他说："上海有许多大学，学而不大，大而不学，惟有复旦，名实相符。我们知道，大学是有两个目的：第一，造就人才；第二，研究学术。中国现在极需要人才，极需要从事于学术的探讨。复旦负这个使命，已有25年的历史，可以做国内的私立大学的大姊。"

[①] 圣约翰大学师生脱离学校的全过程，参见徐以骅：《教育与宗教：作为传教媒介的圣约翰大学》，珠海出版社1999年版，第120—129页。

第七章

因支持学生运动而去职

复旦校务蒸蒸日上，可是李登辉的家庭却接连遭到不幸。

前面已经提到，汤夫人体弱，容易生病。婚后不久就得了阑尾炎。当时人对于开刀割治阑尾炎还不信服，所以李登辉本人和亲戚师友都反对开刀。这一小小的阑尾炎已令她"堕在苦难的病缠绵中"。婚后一年，汤夫人于1908年生下长子友仁。此后又生了一对双胞胎朱利和休，均死于1913年。另有一个女儿出生未久即夭折。复旦由公学升格为大学的1917年，上海一度流行猩红热，友仁不幸感染，不治而亡。接连四次经历丧子之痛，使李登辉夫妇尝尽了生活的甘苦。李家此后便成了"丁克家庭"，夫妻两人相依为命。李登辉更把全部精力投入到学校建设中，复旦最重要的建设就是在此后若干年内完成的。1918年后的五年之内，他独自一人挑起了下南洋募捐、购买土地、江湾校园规划等关系复旦前途的重要工作，百年复旦的基业，由此奠定。

江湾建设期间，李登辉一面要去徐家汇上课，一面要经常跑到江湾监督工程进度，每天的生活非常紧张。建筑工程是个劳神的差使。虽说是签了合同，工程自然由承包商负责。但复旦是他的命根子，江湾是他的希望和寄托所在，几幢房子就如同是他的亲生孩子一般。从选址、招标到设计、施工，每一个环节，李登辉都亲自过问。几年下来，髭须尽白，50来岁的李登辉，已显得有些老态龙钟了。造房子还要经手大笔钱款。理财可不是李登辉所长。汤夫人就帮助丈夫承担起理财的繁琐工作。"我们从南洋回来,夫人与我共同为新校舍努力筹划。四年中,有三年她相助管理杂务,并查考一切账目,都是她很勤劳的供职,值得纪念的。"①

1922年,江湾校园大功告成。大学部离开局促的李公祠,迁到江湾。中学部仍然留在徐家汇。从此复旦有了永久校址。为了来往方便,李登辉把北四川路的家也迁到江湾附近的腾佩路。大学和中学地理悬隔,一在江湾,一在徐家汇,交通靠吴淞铁路。李登辉两边兼顾,无形中使工作更加繁忙。他每周的时间从此分成两半,一三五在大学部,二四六就到中学部。

汤夫人与两侄儿合影,左为李贤治,右为李贤政

---

① 《先室李汤佩琳夫人略传》,《节制月刊》第10卷第6期,1931年,第31页。

第七章 | 因支持学生运动而去职

为排解膝下无子的寂寞，1925 年，李登辉从印尼带回贤治、贤政两个幼侄，陪伴左右。

可是，福不双至、祸不单行的俗语却恰恰落在李登辉头上。从印尼回来后，汤夫人感到身体异样，不久即诊断为癌症。

命运是如此的残酷。既然已经带走了四个未成年的孩子，难道连结发妻子也要带走吗？

夫妇俩此前埋头服务教育和宗教，活动范围仅限于上海一隅，无暇游览祖国的大好河山。病中的汤夫人提出，想去外地走走看看。李登辉就在暑假带着她和两个侄儿，去浙江莫干山休养了一段日子。这是夫妇俩难得的外出游历，也是最后一次。回来后，李登辉把妻子送到南市清心堂休养。汤夫人的弟弟汤仁熙，是那里的牧师。

1930 年 8 月，汤夫人病情加重。看见相濡以沫的爱妻静静地躺在床上，日渐憔悴，李登辉的心像灌了铅一般沉重。他推掉了家庭以外几乎所有事情，日夜守候在夫人身边。"日夕伴侍，刻不容离，身心困顿，痛楚逾垣"，李登辉辞职信中这十六个字，字字戳心，是其当时心境的真实流露。每月举行的校务会议，他也请金通尹代替出席，所以在 1930 年 8 月至次年 6 月的校务会议档案上，没有留下他的记录。此前他总是早早到会，从未缺席。为了不耽误学校工作，李登辉提议，在校务会议暂设常务委员会，代替他处理校政。经 1930 年 10 月 12 日第 12 次校务会议决议，由章益、钱祖龄、余楠秋、林继庸、温崇信五人组成校务会议常务委员会，协同秘书长金通尹襄助李登辉办理校务。

汤夫人的病，越发加重了。10 月 2 日，李登辉给复旦校董会董事长唐绍仪去信，郑重提交辞呈。辞职信全文如下：

> 敬启者：窃登辉猥以轻材，谬蒙擢选为复旦大学校长，任职多年，愧少建树，幸赖指导，差免陨越。惟年来教育行政日见革新，不学如辉，已多不合时宜之处。益以精神体力日渐不支，为敢缕陈衷曲，恳祈俯察，并乞准其辞职，实所感祷。

登辉服务斯校，溯自肇始以迄于今，兹垂二十有五年，膺校长之命者，亦十有余年矣。年前窃与家人计议，如个人体力可以勉支者，当于服务复旦二十五年之时，作退职归休之请。弹指光阴，预期已届，私衷得遂，应即告辞。盖谓登辉为服劳也，则此二十五年，不可为不久；谓登辉为享乐也，则二十五年亦不为少矣。爰于此二十五周纪念之期，应声请辞职者一也。

登辉马齿徒增，已将周甲。虽不至老态龙钟，颓唐过甚，而自审年来身体精神，大非昔比。况方今教育制度，迥异畴昔，对内对外责任之日集于校长之身。登辉略谙西文，幼疏国学，此后计划应对，远非登辉固有之学识才能所可胜任。为学校前途计，为个人修养计，应声请辞职者二也。

数月以来，荆妻病剧，日夕伴侍，刻不容离，身心困顿，痛楚逾垣；学校大计，未遑顾及。良以互助乃人类之义务，看护亦丈夫之责任。学校家庭，势难兼及。与其尸位素餐，孰若免妨贤路，俾公私双方，得以两便。此应声请辞职者三也。

登辉辞职之念，蓄之有日，爰于学校行政，设有校务委员会负责主持，对内一切事项，由校长室秘书长综理，在辉原不过如立宪国家之君主，实一备员而已。个人去留，并无影响于全局。际此九月初旬，适登辉服务斯校达二十五周年之期，用特具书，恳请准予辞去复旦大学校长职务。去志已决，幸祈台照。至乞即日另选贤能到校接替，俾复旦主持有人，而登辉亦仔肩尽卸。此后自当在外随时设法以效力于斯校，藉答先生等平昔之厚遇也。临颖不胜惶恐之至。

专此敬上
复旦大学董事会唐少川先生

李登辉谨启（李登辉［印］）①

---

① 上海图书馆编：《上海图书馆藏唐绍仪中文档案》第 28 册，上海人民出版社 2020 年版，第 13933—13939 页。辞职信的时间，根据邮戳判定。辞职信由王启元提供。

科学治不好夫人的病,李登辉转而相信西洋扶乩术,寻求神灵保佑,还夫人以健康。

神,最后带走了汤夫人。1931年1月4日,汤夫人去世。至此,全家仅剩他孤独一人。中年损子后又遭丧妻之痛,李登辉的精神到了崩溃的边缘,几乎失去了生活的动力。宗教,成了李登辉心灵的寄托。

大学部迁入江湾后,直至汤夫人生病,李登辉夫妇一直居住在腾佩路的房子里。屋还在,人先走。睹物思人,能不怅然?汤夫人去世后,李登辉不复居住该屋。耶鲁大学同学梅立德夫妇将他接回家住了一年。事后,学生们集资在徐家汇附中对面为他买了一幢房子,同时接他的侄儿李贤治、李贤政一同居住,聊以慰藉。

李登辉兄弟与李贤政、李贤治两侄儿合影(时间不详)

李登辉固然以教育家名世，然亦是一位懂得爱情的性情中人。江湾时代的学生曾在文中这样写道："图书馆未扩大修建时，李老校长即寓该屋楼上。时李校长新婚未久，伉俪情笃，每晚偕夫人自沪乘小汽车返校，行经草坪时，但闻 My Dear（亲爱的）之声不绝。"①

　　自汤夫人去世后，李登辉不再续弦，在他的精神世界里、在日常生活中，汤夫人俨然日日相伴。每当用餐之时，李登辉必定叫仆人准备两副刀叉餐具，餐桌上一应成对成双。这是25年来他与夫人面对面共餐的习惯。汤夫人生前之遗物，诸凡一衣一巾，莫不替她保存得好好的，当她仍是活在人世；每年夏天太阳强时，一定把夫人的皮衣一件件地取出来晒。睹物思人，必然再伤心一场。

　　他的内弟汤仁熙牧师想劝他续弦，又不好当面说，就写了一封信托学生赵世洵转交，意思是："大哥啊！你年纪已这么大了，一个人生活，实在诸多不便；你这许多年对舍姐的恩情，已是仁至义尽。为你今后的岁月着想，为你的健康着想，为你的幸福着想，你应该续弦了。现在有一位小姐……"

　　对于内弟的一番好意，他一口拒绝了。

　　他对送信的赵世洵说："我告诉你，李师母的灵魂，每天晚间和我话家常，别人看她死了，我则视其如生，这是我祈祷后出现的奇迹。"

　　"喔！竟有此事？"赵世洵怀疑着，但不敢说不信。大概是诚则灵吧，接着李登辉伸出右臂说道："这儿生有块顽癣，药也擦不好，是祈祷好的。"

　　李登辉所描述的体验，在这里也可略作诠释，以免读者同赵世洵一般，仅是疑心他思念过度，乃至失去理智、陷入"迷信"。基督教里素来有默祷的传统，基督徒们在独自一人的静默里诚心祈祷，同上主"对话"。这并非像影视或文学作品中所描述的那样，

---

① 忽善广：《江湾忆旧录》，载复旦同学会贵州分会1946年出版的《复旦》。

脑海中出现一个鬼神的声音来和人说话，而更接近于沉思反省。在这种沉思中，心灵知觉到种种不可言说的感想体验，直面内心最深处的痛苦与恐惧，得到净化和升华，使人平静豁达，与《论语》所说的"吾日三省吾身"有相通之处，而绝非装神弄鬼的浮夸把戏。李登辉在汤夫人去世之后，心灵受到难以承担的痛苦折磨，唯有通过虔心的默祷来寄托和消解。他所说的见到"李师母的灵魂"和"视其如生"，恐怕也并非见到鬼魂还阳的灵异现象。想象一下，夜深人静时，李校长与自己对处，闭目默想他与汤夫人相处的点滴岁月，感受到汤夫人在他灵魂上所留下的爱的烙印，真切而毫不褪色。此时此刻，他也能感受到自己对亡妻的温柔热爱，与她在世时无异。人死而不能复生，此乃世间常理。然而，这对伉俪之间忠贞而深切的爱，却能够跨越死亡，随生者的生命呼吸，仍旧鲜活如初。这样的爱，莫不是比所谓"鬼魂还阳"更加震慑心灵的奇迹？只不过，心灵体验之深邃，难以对他人解释言说，故而李登辉才采取了这样的说法，好直观地叫赵世洵理解他的想法。通过李登辉的余生事迹，我们更能看见，无论是他心中虔诚的信仰还是对汤夫人的爱都确实承受住了考验，支持他投身于教育的使命。

6月20日，复旦新建的卫生院举行落成典礼，众人一致提议将卫生院命名为"佩琳院"，以纪念汤佩琳女士。佩琳院正中悬挂汤夫人的大幅照片。该楼为三层楼房，底层为各科诊室，二层为病房，三层为医护宿舍，有冷热水管及卫生、电话等设施。在复旦所有建筑中，李登辉独喜佩琳院。校医干逢时在文章中说："老校长自是院落成后，几乎每日必至，流连一时：或指导种植花草，或出席院务会议增添医疗设备。遇有达官洋人来校，必首先领至佩琳院参观，遇有同学患病住院较久者，常亲至床前祷告。"[1]

6月22日，李登辉重新出席校务会议，但仍要求组织常务委员会，代表校务会议辅助校长处理校务。经投票选举，章益、钱祖

---

[1] 干逢时：《悼老校长忆佩琳院》，载《李登辉先生哀思录》，第31页。

佩琳院正面（1980年代佩琳院被拆除，建成校医务室。医务室又于本世纪初拆除，2024年建成今艺术馆。佩琳院位置约在今18号线复旦大学站）

佩琳院内景

龄、余楠秋、温崇信、吴颂皋组成常务委员会。9月5日，李登辉开始重新出席并主持校务会议。

南京国民政府组建后，复旦向教育部呈请立案，教育部派丁西林等人来校调查，于1928年10月批准复旦立案。从此，复旦纳入政府的教育轨道。

在政府成功立案，复旦实现了多年的夙愿，一洗诸如"野鸡大学"之类的污蔑。但纳入国家轨道也有弊端。大学的发展与政府意志之间，往往存在不可调和的矛盾。我们不妨以 1927 年南京国民政府成立为界，将李登辉实际主持复旦的 1913 年至 1936 年分为两个时期，作前后对比。北洋政府时期（1912—1928 年），复旦基本上在当局人为设置障碍未曾立案的情况下自主办学，享有较大的自由度。在李登辉领导下，复旦志存高远，以美国顶尖大学为圭臬，诸多方面堪称中国首创，学校在困境中逐步发展。校歌中提出的"学术独立，思想自由"，得到较好的体现。国民政府成立后，复旦由一所独立自主的纯私立大学，演变为逐渐带有政府意志的大学。在学制、系科设置等方面屡屡受到政府的控制，自主空间大为缩小，独创性远不如前。虽然规模扩大到历史最高水平，但随之而来的经济压力也达到最尖锐程度，私立复旦大学面临绝境。与同时期此起彼伏的学生运动纠缠在一起，最终以掌校数十年的李登辉下台为妥协，为日后改为国立设下伏笔。

立案后的复旦大学，按照政府相关规定，在学校组织和管理体制等方面进行诸多改革。1929 年 9 月，复旦按照国民政府教育部《大学组织法》改组，设立文、理、法、商四个学院，下辖十七个系。文学院下辖中国文学系、外国文学系、史学系、社会学系、教育学系、新闻学系，法学院下辖政治学系、经济学系、市政学系，理学院下辖化学系、生物学系、土木工程学系（暂属），商学院下辖普通商业学系、银行学系、会计学系、国际贸易学系、工商管理学系。

管理体制也发生变化。9 月 14 日，大学部召开教职员全体大会，制定《校务会议规程》。9 月 18、19 日，行政院在召开最后一次会议后取消，职能转移至校务会议。校务会议为"协同校长综理校务"而设，以校长，秘书长，各系主任，注册、会计、庶务、训育各处主任、教职员代表三人为委员，职责与行政院会议类似；设有各专门委员会；每月开常务会一次，邀请各机关职员列席以备咨询，学生会如有意见发表，也可派代表出席陈述。

10 月 5 日，第一次校务会议制定《院务会议规程》。院务会议职责有：审议学院学术与设备、预算编制、各学系之设立与废止、各系课程之支配及联络、校长交议事件、本院教授提议事项等，提交校务会议，并有向校长推荐新教授之责。院校两级管理体制形成。

20世纪20年代末30年代初，上海迅速发展成为远东第一大都市，给复旦创造了良好的外部发展条件。李登辉抓住这个机会，紧密结合上海的需要办学，1928年至1936年，复旦进入了新一轮快速发展时期，学生人数和校园规模进一步扩大。以大学部为例，注册学生人数从1929年秋的1 056人，增加到1935年秋的1 550人，六年内增加了近50%。校园建设方面，图书馆扩充两翼，佩琳疗养院和第五、第七宿舍等相继建成，又收购了学校边的私家园林——燕园。截至1935年30周年校庆，校基达到百余亩。

发展和危机并存。复旦是一所典型的依靠学费维持办学的私立大学，主要收入是学费，主要支出用于支付教员薪水。政府的补助只是杯水车薪。如此大规模发展所需要的巨额经费，对复旦来说已经不堪重负。虽然李登辉和校董们精打细算，尽量撙节，但从1930年到1935年的校董会财政决算来看，复旦的透支额在直线上升。

以1930年和1934年校董会的财政决算为例。1930年财政年度，学校总支出183 384.44元，其中俸给128 067.76元，占总支出的69.84%。总收入为167 745.76元，其中学费130 793.25元，占总收入的77.97%。透支15 638.68元。1934年财政年度，学校各项总支出为245 495.18元，其中俸给139 863.50元，占总支出的56.97%。总收入为215 251.56元，其中学费140 508.20元，占总收入的65.28%。透支额达30 243.62元[①]。这年，复旦好不容易争取到政府补助款15 000元，但指令用于加强理学院设备，不得挪作他用。

1930年10月，复旦举行建校25周年庆典。翔殷道上，冠盖云集。复旦创办人马相伯、交通大学、同济大学、暨南大学、大夏

---

① 复旦大学档案馆藏历史档案，案卷号409。

1931年度校董会预算收支对照表。每个财政年度的预决算表非常规范和详细,生动地体现出私立复旦大学掌舵者们铢积之状

大学、震旦大学、沪江大学等大学校长,以及其他文教界、工商界名流巨子,聚集江湾复旦校园,参加盛大的纪念典礼。复旦体育馆内,鼓乐齐鸣。来宾们对李登辉的办学业绩给予高度评价,称复旦是国内私立大学的佼佼者。

李登辉在大会上作了简短的发言:

> 诸位来宾,诸位同学:
> 关于本校25年的历史,每年皆在年鉴上发表,用不着我多讲。现逢纪念盛典,讲一点勉励的话。本校已办了25个年头,无论何人的心中,总觉得有说不出的快感。今日有许多来宾说,本校所以有今日的成绩,全是校长为之翼护。但我对于这种话,绝对的不敢当。复旦有如斯的成绩,是全体董事、教

职员、同学所造成。有一个很明显的例子，如国立大学的校长和教职员，报酬很丰富，但许多教职员，都固辞不就，情愿到复旦来，培植复旦的同学。复旦迄今，可以说成为国内唯一的私立大学，同学人数，凡二千余人。但是，比较美国哈佛大学有学生七千多人，纽约华文德大学有学生万余人，相差很远。可是复旦只有25年的历史，它们俱已逾百年了。复旦锻炼至50年100年以后，说不定突过它们的纪录。所以希望诸位，努力建设，一心一德，使复旦前途万里。复旦现在还有一点危机，就是专靠同学维持。关于这一点，请诸位老同学新同学注意，赶快把学校基金凑起来。最后，今天授博士学位三位，授学士学位者九人，他们俱有绝大的勋绩在本校者。[①]

发言后，李登辉授予于右任、邵力子、钱新之三位复旦的功臣名誉法学博士学位，授予唐伯耆、毛西璧、董伯豪、郭稚良、叶藻庭、奚玉书、朱应鹏、苏莘垞、季英伯九人学士学位。按照国外大学的惯例，名誉博士穿着博士服，绕场一周。

复旦的经费困难，令李登辉牵肠挂肚。江湾复旦校舍，几乎全靠国内外募捐而兴建。如简公堂、奕住堂、子彬院、东宫等，概由华侨慷慨捐助建成。体育馆由学生募集捐款建成。南京国民政府成立，复旦在政府立案后，学校反而没有再次募到大笔捐款。所以李登辉决定参照美国大学的办法，在发言中向全体校友提出募集基金的倡议。

建立学校发展基金，是美国耶鲁、哈佛等诸多名校办学成功的诀窍之一。就拿哈佛来说，北美独立战争初年，哈佛学院的基金不足1 700英镑。由于校友的资助，哈佛的基金稳步上升，从1800年的24.2万美元增至1869年的225万美元。在伊利特（Charles William Eliot）校长任内（1869—1909年），哈佛大学的基金已高达

[①] 李登辉：《在复旦建校二十五周年时的讲话》，《复旦大学五日刊》1930年10月20日，转引自《复旦大学志》第一卷（1905—1949），第138—139页。

22 500 万美元①。拥有如此巨大的基金,哈佛即使没有政府的资助也照样枝繁叶茂。哈佛的经验,着实使李登辉羡慕不已。

李登辉在不同场合,多次向校友提出筹集基金的倡议。经同学会响应,1933年6月27日,复旦同学会向所有校友发起了"捐募百元基金"活动。活动《缘起》写道:

> 母校成立二十八年,自清季草创,迨入民国,艰难再造。赖海内外热心教育者相助,始有基地,建筑校舍。以迄于今,规模初具,声誉渐隆,而诸所应兴革者,每未能一一举办。发扬光大,常若不遑。其故在未有基金。今年四月十八日为母校校长李登辉先生六十有一诞辰,同门诸子互谋所以为寿。佥以先生平生事业,母校为其精力所萃,先生终岁孜孜,本无私计。昔年丧偶,去岁复罹兵燹,庐舍荡然,不一置意。一身无所求,惟复旦是谋。平居深念,每以母校基金未集为憾。本会体先生之意,以为为先生上百岁之颂,莫若为母校定万年之基。爰议募集复旦百元基金。凡我同门,人认百金,千人则得十万金。更于咸友中广为征募,数且倍蓰。孳息以厚本,累计成数,以备需用。母校为国树人,垂于久远,而先生之令德丰功,永留天壤。为先生寿,即为母校寿,计莫有善于此者。是夕同门诸子在上海八仙桥青年会公宴先生,席间署名输款,数逾万金。惟此基金之集,实为久长之图,必须继续进行,以底于成功,故已由本会组织募集委员会,负筹划募集之责。又由校董会组织保管委员会,负保管之责,确定规程,即日开始集款。凡我同门,各尽其力,以赞其成,不胜企祷,附印各项章程。统希垂察。
>
> 复旦同学会谨启
> 二十二年六月二十七日②

---

① 姜文闵编著:《哈佛大学》,湖南教育出版社1988年版,第28—30页。
② 1933年《复旦大学同学会会员录》。

募集基金非短期内能奏效。迫在眉睫的经费难题，自然按照校董会规程，由李登辉召集校董会来解决。

进入30年代，复旦早期的校董如伍廷芳、简照南等约有半数先后去世。董事会需要重组。

1933年2月，校董会根据国民政府教育部《私立学校规程》进行改组。除李登辉外，新校董会由同学校董7人、其他校董7人组成。同学校董由于右任、邵力子两人，再从历届学生中指定江一平、周越然、金国宝、朱承询、张廷灏五人组成，后者的任务是协助于右任、邵力子做好与其他校董的联络与团结工作[①]。其他校董由王正廷、钱新之、方椒伯、杜月笙、郭仲良、赵晋卿、郁震东组成，校董会主席为钱新之。

有一说法称，朱家骅觊觎复旦校董会主席之职，以便把持这所历史悠久的私立大学。李登辉极不愿意让学校落入官僚政客之手，认为朱家骅绝非真心办学之人，一旦主持校董会，将使学校偏离正确方向。李登辉曾对同学校董朱仲华说，朱家骅是地质学博士，为什么不好好从事研究，在为祖国建设上力谋发展，却喜欢做大官，争权夺利，还想来抓复旦校董会。大概他以为把私立大学当地盘，可一劳永逸吧？我们辛苦经营了30年的学校，决不欢迎他这种人插手[②]……李登辉得知朱家骅与陈立夫矛盾很深，便邀请陈立夫来拒绝朱，又进一步把孙科聘为校董，以免朱家骅染指复旦。1934年4月，又增聘孙科、陈立夫、吴铁城、张道藩、程天放、余井塘为名誉校董。由钱新之等作银行的担保，复旦采取了发行公债、银行透支等方式集资，解决了部分建校资金。但是，这也导致了学校大权的旁落。

早在20世纪20年代，日本的《大阪新闻》在评论中国的大学

[①] 朱仲华、陈于德：《复旦校长李登辉事迹述要》。
[②] 同上。

庆祝李登辉校长六十晋一聚餐会

时称,复旦是中国"最富于革命性"的学校。这个评价,复旦当之无愧。20年代末,资本主义世界爆发了有史以来最严重的经济危机,战争的阴影笼罩着人类。1931年9月18日,日本关东军蓄意炸毁柳条湖铁路,"九一八"事变爆发。事变震惊了全世界,预示第二次世界大战亚洲策源地在中国形成。事变如同一枚重磅炸弹,引爆了师生的爱国激情,报国之心,气吞牛斗,不可遏制。

9月21日,复旦大学部、中学部师生员工2 000余人在大操场举行国难纪念周大会,李登辉与秘书长金通尹发表了慷慨激昂的演说。大会决定通电全国,抗议日本帝国主义侵占东北,要求政府与日本断绝外交关系,团结全国人民抗日,收复东北失地。

会后,李登辉召集校务会议,决定成立军训委员会,指导全校加紧军事训练,准备投笔从戎,救民族于危亡,理学院院长林继庸被推选为主任委员;同时聘请部队教官指导军训。军训委员会立即组织复旦学生义勇军,女生另组救护队。政府派张一飞、郭坚来校担任教练,并拨给步枪数百支,练习射击时拨给实弹。

学生军训（1929）

复旦义勇军每天早晨七点在操场按时操练，引起邻近各大学纷纷效仿，京沪一带变成"学生义勇军的世界"，电影公司曾派员来校拍摄活动电影。

义勇军定期举行会操，李登辉常常前去检阅。看到男同学戎装裹腿，女生救护队身穿南丁格尔式的长衣，脚穿平底快鞋，英姿飒爽，不让须眉，流露出满意的笑容，笑着对陪同检阅的林继庸说："这个……这个……这个很好！"

与李登辉的同情和支持不无关系，复旦在上海高校的抗日救亡活动中居于领导地位。"九一八"事变发生后的第三天，上海市各大学学生抗日救国联合会在复旦的发起下成立。与此同时，上海学界成立的三大组织"大学联""大教联""中学联"，主要负责人均由复旦师生担任。

9月25日，复旦近千名学生从江湾校园出发，准备赴京请愿。南京政府闻讯后，急电京沪铁路局禁止提供交通工具，阻止学生北上。李登辉心里支持这批学生，但碍于大学校长的身份，不便于公开出面声援。于是他授意秘书长金通尹，请他出面主持召开校务会议，推举他最信任的章益、孙寒冰、余楠秋等四位教师，火速赶上请愿学生，相机行事；同时致电在南京的校董于右任、邵力子，请他们对请愿学生予以指导①。

28日，复旦学生请愿团历经艰苦，冲破重重阻力，到达首都南京，与其他各大学学生举行声势浩大的游行。队伍行至外交部门口，学生提出：要求外交部宣布与日本断绝外交关系。外交部长王正廷避而不见，愤怒的学生冲进外交部，将王正廷打了一顿，王跳窗逃走。游行队伍再到国民政府请愿。蒋介石心虚，推于右任出来应付，学生置之不理，坚持要求蒋介石出来，答复群众的抗日要求。政府大门紧闭，蒋介石就是不出来。学生冒风雨静坐一日一夜，还搬来一口钟挂在国民政府门口，不断轮番敲击，名曰"敲警钟"。迫不得已之下，蒋介石只得出面接见学生。游行者推复旦学生周孝伯为代表，与蒋谈判。蒋介石满脸愁云，低着头，以书面形式向周孝伯作了保证抗日的"表示"。不久，蒋介石在谴责声中宣布下野。

11月上旬，马占山将军率部奋起抗击日军。为支援马占山及其部属，上海市各大学学生抗日救国联合会停课3天，进行募捐。19日，复旦学生100余人组成"援马抗日团"，北上抗日，在上海北站被阻。学生以步代车，继续北上，沿途进行抗日宣传。11月21日，"援马抗日团"到达苏州。与此同时，国民政府再度下令，禁止学生赴京请愿。

为了指导"援马抗日团"，李登辉亲自主持召开校务会议，推林继庸为"援马抗日团"指导员，指导这批自愿赴东北投军的同学。同时，通知各教职员，将12月薪水内捐5%作为援助马占山捐款。22日，"援马抗日团"到达南京。23日，赴军政部请愿，表示愿意投笔从戎，要求政府发给棉衣和枪支。数日后，该团继续北上，到达北平，在中南海怀仁堂受到张学良将军的接见，赠以干粮和棉大衣。此后，这批学生加入河北一带义勇军。

---

① 复旦大学档案馆藏历史档案，案卷号398。

东北大片领土沦陷，这更助长了日本吞并中国的野心。紧接着，日军又蓄意制造了"一·二八"事变。中国最大的都市上海，以及首都南京，面临日军的直接威胁。

如果发生战争，复旦校园是日军进入市区的必经之地。"一·二八"事变爆发前夕，复旦暴露在日军监视之下，险象环生，"一日数惊"。复旦义勇军日夜分队守护学校。1932年1月25日，李登辉主持召开校务会议，决定将学校重要文件、仪器等酌移安全地方寄放；又向国华中学校商借校舍，供寒假留校同学暂时寄居。

1月28日晚，日军开枪射击我宪兵第六团，蔡廷锴、蒋光鼐领导的十九路军忍无可忍，奋起抵抗，"一·二八"淞沪战争爆发。枪炮齐作，水电中断，日机遍投照明弹，闸北、大场一带照得如同白昼一般。

战争期间，复旦师生员工或走上前线与国军共同抗击日寇，或在后方以其他方式为抗日做贡献，谱写了一曲壮丽的共纾国难之歌。兹列举一二。

复旦义勇军50余人（一说28人）自动编队加入十九路军第一七九旅，协助据守吴淞口至蕰藻浜一带的防线，在枪林弹雨中浴血奋战，予敌人以重创，直至撤退无锡。

理学院院长、国防化学专家林继庸（1897—1985年），广东香山人。早年曾任孙中山护卫，1919年毕业于北洋大学。后赴美攻读化学。回国后任复旦化学系主任、理学院院长。林继庸开学生军中服务之先河，率领复旦学生义勇军和部分学生在大世

理学院院长、国防化学家林继庸

界制造防毒面具、药棉、纱布等军事用品。计划派人携炸弹秘密潜入日本在沪海军基地,炸沉停在黄浦江的日军旗舰"出云号",后因日军防守严密未果。林继庸还为朝鲜志士尹奉吉制造炸弹,在虹口公园炸死日军白川大将,大长朝鲜人民意志,给日军气焰以沉重打击。

文学院院长余楠秋(1897—1968年),本名余箕传,号楠秋,出身湖南望族长沙余氏。1912年入长沙雅礼中学,1914年考取清华学堂。后赴美伊利诺伊州立大学,攻读历史及文学,1923年任复旦外国文学教授。1929年任文学院院长。余楠秋积极宣传抗日,抵制日货,"九一八"事变后曾率领复旦学生赴南京请愿。"一·二八"事变后,余楠秋又积极组织学生及家人自缝棉衣,捐赠前方抗日将士。

林、余的行动,引起敌人注意。日军扬言加以杀害。为暂避日军淫威,林继庸起初避入燕园,后离开复旦。余楠秋应湖南大学校长胡庶华之邀,回湘任湖南大学文学院院长。一年后,因李登辉坚请返校,回复旦就原职。

战争中,复旦校园也成了日军驻扎地,三次被占领,前后时间长达100天。直到5月5日《淞沪停战协定》签订后,日军才最终撤离复旦。日军占领期间,校园受到严重损毁。房屋、校具、仪器、标本加上个人财产损失,合计达397 200元。

为了使学生不至于失学,李登辉组织大学部师生在徐家汇附中继续开学,实验中学则暂时迁往杭州。时局平静后,大学部和实验中学开始搬回江湾。

战争不仅给复旦造成巨额损失,李登辉本人也成了战争的直接受害者。他与汤夫人居住多年的温馨爱巢——江湾腾佩路的寓所被炮火炸毁。汤夫人去世后,他一度离开这座房子,是为了避免睹物思人。可如今,房子被毁,连凭吊的地方也没有了,更令他唏嘘不已。

日军占领复旦

可是他没有闲暇过多地考虑自己,他心里挂念着学生。校舍要尽早修葺,以便早日重新恢复正常教学秩序。《淞沪停战协定》签订后,李登辉马上找到复旦校董、昔日上海青年会和寰球中国学生会的老同事钱新之,请他出面借款修缮校舍。钱新之委托奚玉书向上海商业储蓄银行总经理陈光甫借贷十万元,被毁校舍得以修复。

1935年1月10日,孙寒冰、章益、樊仲云、武堉干、黄文山、王新命、陶希圣、何炳松、陈高傭、萨孟武等十教授联名发表的《中国本位的文化建设宣言》,引起学术界不少争论。李登辉也发表了看法,与国民党中央委员陈立夫、湖北民众教育学院院长罗廷光、清华大学教授郑振铎的意见同期发表于《申报》,原文如下:

认真从事于文化建设,必须审度世界的一般动向。今日世界文化的动向,可说是趋于调和混合,就是将各民族、各国家的文化，由于彼此接触的结果，互相影响，互相修正，互相补充，逐渐产生出含有世界性的新文化。举一个最具体的例，就是建筑。古来西方的建筑，已经是由希腊、罗马、埃及与北欧的新兴民族各种建筑混和而成。近来更将中国、印度的建筑与西方的建筑调合起来，成为最瑰伟的结构，远非往往一种原有的建筑所能比美。建筑如此，一切文化亦是如此。我们建设中国的新文化，不应该摭拾别国的唾余，亦不应墨守我们的成法，必须鉴别西方文化的优点而采纳之。辨识我国旧文化的优点而保存之。两方面集合拢来，再经过熔冶一炉的工夫，才能有光辉灿烂的新文化产生。现在我们正立在歧途上，对于人家的和自己的，不知何去何从。有一个时期，我们曾一味崇拜西洋；又有一个时期，又反转来过夸张自己，又甚至于弃了自己的精华，拾得人家的糟粕，这都是很危险的。幸而近来国人鉴别的能力，似乎日有进步了。我很希望十教授的宣言，能引起大家更精细的研究分析，考察比较，总要能够经过选择淘汰，创造出一种贯串中西的新文化才好。再说到中国目前的急需，固然大家都很注重物质的建设，关于人民生计，确有赶快设法救济之必要。这我亦甚赞成。但我觉得精神的建设尤其重要，物质建设如要成功，非有充满的精神来主持不可。我国人最缺乏的是热情，因为没有热情，就难于团结牺牲，而自私怯懦贪污诸罪恶，亦就容易发生了。这些都是物质建设的大敌，不将这些大敌铲除，则物质的建设也很容易变成私人自肥的机会，多数人仍不能享到幸福，所以发扬固有道德，以及新生活运动，都可说是精神建设的要图，不过我个人觉得要激发国人的热情，宗教的力量亦该充分利用的。[1]

李登辉的仪态宁静安详、雍穆和易，但是温文尔雅的他也有怒

---

[1]《陈立夫等对于一十宣言意见》，《申报》1935年1月27日，第15版。

目金刚的一面。当侵略者肆无忌惮地蚕食鲸吞祖国河山的时候，他对暴敌的愤慨就转化为对当政者的严厉批判，依靠舆论的力量，促使其反省。

1935年12月9日，"一二·九"学生运动爆发，北平学生万余人举行抗日救国示威游行，遭到军警镇压。12月14日，李登辉与其他大学校长一道，走访上海市长吴铁城，向政府提出领土完整、开放言论、外交公开等要求。12月20日，李登辉与刘湛恩、刘王立明、颜福庆、梁小初、吴耀宗、杨素兰、刘良模、陈维姜、邓裕志、沈体兰、江文汉、陈铁生、应书贵、丁佐成、徐松石、陆干臣、诸培恩等28名上海著名的基督教徒、男女青年会董事和干事联名发表《上海各界基督徒对时局宣言》，措词极为严厉：

"九一八"以后的忍辱、妥协、谦让，不特没有满足侵略者无厌之求，并且快要把我们的民族沦于万劫不复的地位。我们主张全国民众，一致起来，对于分裂领土的企图，对于欺骗麻醉的手段，对于一切威胁与压迫，坚决地作勇敢的反抗。

我们爱和平，但我们更爱公道；我们不想作无谓的牺牲，但我们也不惜为真理与正义而流血，我们决定尽我们的力量，去作这个伟大的反抗运动的后盾。①

事变发生数天后，复旦等校学生发起组织"上海各大学学生救国联合会"，发表通电，声援北平学生。23日，复旦学生800余人组成赴京请愿团，前往南京请愿，在北火车站为当局所阻，复旦同学在车站坚持一日一夜，其他各校也闻讯赶来，汇集成两三千人的洪流。

四年前，复旦学生赴京请愿，蒋介石不得不接见。为了防止再度出现面对学生时的尴尬场面，这回，他早作打算，向李登辉拍电

---

① 罗冠宗：《上海基督教青年会历史片段》，《上海文史资料选辑》，第81辑，第256页。

报，要他到车站去劝导学生。电报原文如下：

> 上海北站两路管理局转复旦大学李校长，转诸位同学鉴：顷接吴市长电，藉悉诸君爱国表示出自至诚，中正深为感动。君等意见，中正亦可接受，切盼迅即复校，以释忧念。国难诚极严重，然中正必以爱国青年之心为心，负责匡救，以慰诸君。蒋中正，梗戌印。

蒋介石的电报让李登辉十分为难。"今日之学生，乃明日之领袖"，国家有难，学生有责，是他一贯的教育宗旨。学生要求政府抗日，有何不可？李登辉无奈地摇摇头说："学生爱国有什么不对，我真不懂。"迫于压力，李登辉赶到北站，劝同学回校。当年的学生在回忆中记录了这一动人的一幕：

"当复旦学生集中北站待发的时候，李老校长出现在我们的面前，他苦劝同学们回校读书。他的那种深厚的慈爱，深深激动了千万个同学。记得那天在北火车站向全体同学训话，他的苍老的声音有些颤抖，而他的内心却深深被同学们爱国的热情所感动了。"
于是，就有了下面这段对话：
"同学们，你们回去吧。"
"校长，我们不回去。"每个同学在深深地痛苦着。
"同学们，你们爱复旦吗？"
"我们爱！"几千个呼声变成了一个巨响。
"你们爱我吗？"
"我们爱！"
"我们爱！"
"我们爱！"
在场几千个同学的心被深深感动了，每个人的眼眶里充满了热泪。
"你们听我的话吗？"
"听你的话！"

"那么你们回去吧！"李登辉的声音低沉了，充满了无奈。

"不，校长，让我们晋京请愿去！"

结果是劝阻无效。李登辉连夜电复蒋介石：

南京蒋院长钧鉴：复旦大学（学）生组织赴京请愿团，劝阻无效，群集北站，奉梗戌电示，特向诸生宣读，再三晓谕，讫未听从。登辉诚信未孚，惭惶无似，除向校董会引咎辞职外，谨此电闻。复旦大学校长李登辉。

电报的时间是24日凌晨4点。

学生们冒着凛冽的寒风，自驾火车，边走边铺路轨。次日，火车开到无锡。无锡县长陇体要系复旦校友，暂时将同学安排到中南大戏院休息。请愿行为使当局颇为尴尬，遂决定采用强制手段。不久，学生被强制送回上海。

复旦学生的救国请愿活动愈演愈烈，最终酿成师生与军警直接冲突的"三二五"事件。

"一二·九"运动后，国民政府行政院下令各地学校"取缔非法组织"，造成军警与学生的一系列直接冲突事件。在北方，北平宪警当局遵命突击清华、北大、东北大学等校。1936年2月29日晨4时，北平宪兵司令部与公安局联合派遣宪兵、警察200余人，分乘数辆警车，长驱直入清华门，按黑名单搜查学生，拘捕地下党领导人蒋南翔、姚克广（依林）等①。不出一个月，故伎在上海重演。

1936年3月24日深夜，淞沪警备司令部派军警多人包围复旦校外宿舍，逮捕学生救国会干部7人②。同时，数名特务翻越学校

---

① 苏云峰：《从清华学堂到清华大学（1928—1937）：近代中国高等教育研究》，生活·读书·新知三联书店2001年版，第194—197页。

② 据《申报》和《中央日报》1936年3月26日报道，被捕七位学生是黄拔山、莫自新、包毅、蒋文蒸、郑通鹭、江南俊、杨伯鹏。

第七章 | 因支持学生运动而去职

1936年3月25日,淞沪警备司令部军警冲进复旦校园,与学生发生正面冲突。军警手持警棍在后追击,学生则用玻璃瓶边反击边逃散。右侧建筑为子彬院

围篱,企图潜入女生宿舍捉人。因宿舍大门紧锁,推敲之声被人发觉。鸣钟报警后,学生纷纷起床,群集校园。一女特务来不及逃遁,被学生当场抓获。

次日凌晨,当局出动军警、男女便衣600余人,以向学校要人为由,气势汹汹地包围复旦大学。下午,军警冲入校内,手持警棍,追逐殴打学生。学生以石块、玻璃瓶奋起反击。双方发生正面冲突。学生数十人受伤。秘书长金通尹、文学院院长余楠秋等奔走阻止,也遭毒打。李登辉前去劝阻,跌倒在地,险遭警棍殴打。学生合力将军警逐出校外。被逐军警在校外开枪,误伤警察1人,后反诬学生所为,在报上刊登"复旦学生枪杀警察"的耸人新闻,这就是"三二五"事件。

次日,军警当局以复旦校内有共产党分子并藏有枪支为由,进入校内搜捕,结果一无所获。但军警仍继续包围学校。

3月29日,校董会召开临时会议,讨论"三二五"事件处理办法。与会校董一致反对当局扰乱学校秩序、混淆是非的行为。会后,校董前往责问上海市市长吴铁城。吴铁城承认发布"复旦学生枪杀警察"的新闻有误,保证以后绝不派军警入校搜查。上海各界救国会也发表宣言,抗议军警围捕复旦学生的行径。

日本方面早已视复旦为眼中钉,复旦与当局发生纠葛,正好落

井下石。3月31日，日本驻沪领事竟然向市政府提出封闭复旦大学的要求。

4月6日，李登辉主持召开校务会议。会议听取金通尹报告"三二五"事件经过，决定恢复学校常态，按照学历照常上课；由校董向市政府交涉，释放被捕同学回校上课；本学期各系组织暂行停止。

不可否认，学生的爱国行动也常常带有过激的言行，非理性的举动。"一二·九"运动后，复旦少数学生组织"复旦大学学生救国会"，提出二十条纲领，其中有不少极端的主张，如主张"不参加军训，即是反对救国；要求考试及格、分数，即是破坏学校纪律"等。纲领自相矛盾，行动也一意孤行，屡次违反学校当局的忠告，给校外同学及社会人士产生不良影响，纷纷向学校提出责难，要求取缔救国会。

频繁的学潮使李登辉处于"动辄得咎"的尴尬境地。不加以取缔，无法向官方和校外舆论交代；下狠心取缔，又会伤害真正的爱国学生的心。事后，李登辉曾和赵世洵说："我们办教育的，便是教育青年。青年的思想，我们只能尽我们的力量，启发之，诱导之，使其纳入正途。如果政府要逮捕学生，如果这名学生是在我的学校里，作为一个老师的我，总想再救他一次，再给我一个机会由我再教育他一次，我总不希望他被抓去。因为他的被捕，是说明我的无能，也是我的羞耻！"①

在各方面的压力下，李登辉不得不下令取缔"救国会"。1936年5月21日，李登辉在校刊发表《告同学书》：

> 本校素重严格，损失自己学业，决不能允许。所以据各方面来看，救国会实无存在的理由。当此国难万分严重的时

---

① 赵世洵：《母校三个时代的回忆》，转引自彭裕文、许有成编：《台湾复旦校友忆母校》，复旦大学出版社2003年版，第140页。

候，救国工作，须要积极的进行，这也是我一再声明过的。我的意思，是主张不是空言救国，要实际自身工作，大致可从事如下几点：（1）国民应尽力捐款购买或制造飞机，充实国防。（2）提倡国货，增加生产，以裕资源。（3）切实研究各种学术，以备战事应用。一切□□利用，虚伪行为，固执偏见，妨碍秩序，互相仇视，我们要绝对避免。现在我们所组织的推进救国工作委员会，是要师生合作，具大公无私的精神，脚踏实地去做。我相信大家如能一致努力负担起来，可以做一个救国工作的模范，乃真是救国的大道。我极恳劝你们放弃成见，来参加救国工作，万分盼望！

不料，取缔"救国会"给李登辉带来了更大的麻烦。数日后，李登辉从学校出发，赴静安寺路沧洲饭店出席校董会议，路过燕园时，被一群学生团团包围，学生质问李登辉："为何取缔救国会？"学生越围越多，整个燕园被挤得水泄不通。李登辉被围困在中间，进退不得。他用带有闽南方言的生硬国语，试图说服学生，唇干舌燥，可是不起作用。教务长、各院院长急忙赶来调解，可学生就是不让校长走。

无奈之下，学校打电话给正准备开会的校董会主席钱新之。奚玉书自告奋勇，代表校董会请缨为李登辉解围。奚玉书驱车赶到燕园，进入人墙，大声地向学生宣布："我是代表校董会来接校长去开会的，请大家让路。"学生置若罔闻。

奚玉书对学生运动的心理颇为了解。学生闹事，盲从者多。只要开导得法，学生是可以说服的，何况这次学潮，只是因取缔救国会而起，矛头直指李登辉，有悖情理，故动之以情，晓之以理，使其良心复萌，自可消解其过激之举。奚玉书耐心开导学生说：

大家都是知识分子，不要意气用事，泯灭天理人情。须知李校长既是本校的创办人，也是本校几度兴废的重振人；他一生以校为家，对学生爱如子弟，可谓是本校的大恩人。试想我们的校史，如果过去没有李校长的艰苦奋斗，还能有今天复旦的存在吗？因此，我们做学生的应该饮水思源，要想他过去的好处，不要计较目前的得失；大家以爱校之心爱他，以弟子之礼对待他，不可逞一时之忿，对他不敬；你们有什么要求，可提交校董会，大家商量，合理解决。请大家心平气和地想一想，给我一个答复。

这番话打动了部分学生。学生们议论纷纷，有的愿意罢围，也有的主张继续包围到底。看着学生们阵脚已乱，奚玉书把李登辉搀扶出燕园，"保驾"成功。

复旦频繁的学潮让国民政府颇为头疼。当局秘密决定将复旦封闭，势在必行。南京校友会有人得到消息，请校董会设法挽救。校董会于右任、邵力子、叶楚伧等与复旦关系较深，同时也是国民党中央委员，由他们从中斡旋，并派叶楚伧赶到上海。

8月20日，校董会在沧洲饭店召开紧急会议处理对策。会上决定："一、加推叶楚伧、吴南轩、金通尹三人为校董。二、同意李登辉'请假休养'，离职期间由钱新之兼代校长；推吴南轩为副校长，负学校行政实际责任。"李登辉暂离后，局势缓和下来。吴南轩以师生之礼晋见李登辉，请示李登辉何人助理校务。李提名章益、殷以文两人。吴南轩遵命聘章益为教务长、殷以文为总务长。为了缓和局势，减少国民政府对复旦的嫉视，经校友余井塘作介绍，章益、孙寒冰、殷以文、温崇信等人加入国民党。余井塘、吴南轩又把章益安排到教育部任总务司长，以便为复旦争取到更多的补助费①。

当局也知道李登辉德高望重，怕引起民愤，不敢操之过急。就

---

① 章益：《章益自传》，《复旦大学志》第一卷（1905—1949），第280页。

第七章 | 因支持学生运动而去职

故作姿态,邀请李登辉出任立法委员。李登辉把简任状往抽屉里一塞,未去就任。第二个月,陈立夫寄来立法委员工资大洋六百,李登辉将钱如数退回。

1936 年 8 月,李登辉在校刊发表《告同学书》①,一方面向学生告别,另一方面也给新上任的吴南轩以支持。《告同学书》同时也在《复旦同学会会刊》等发表,全文如下:

> 诸位同学青览:近年以来,登辉精力就衰,复旦事务烦重,久思觅一声望素孚、与复旦有关系之人接替,俾得优游林下,享我余年。迭与本校校董及同学会诸君再四筹商,佥以登辉经营复旦已三十载,与他校不同,不许摆脱,惟为顾全登辉衰年健康起见,准予暂时告假休养,推主席校董钱新之先生兼代校长,而以本校老同学吴南轩先生专任副校长,业经校董会正式通过,已于八月廿一日就职,得此结果,登辉自觉非常欣慰。
>
> 钱新之先生自登辉邀请担任校董以来,历有年所,唯其于政商各界事业非常繁剧,责任异常重大,而对于本校筹划经济及各科校务,靡不竭尽心力予以维持,今承俯允代理校长,实与登辉在校无异,此可告慰全校同学者一也。
>
> 吴南轩先生原名冕,民国六七年间,在本校肄业时即为登辉入室弟子。嗣后赴美留学得教育学博士学位。曾任清华大学校长,现任中央大学教授。学识丰富,和蔼可亲。迭经登辉函电敦促再三,始允来校,为母校服务,其牺牲精神至为可佩。故登辉深信复旦得此良师负责校务,必能蒸蒸日上,此可告慰全校同学者二也。

---

① 关于李登辉下台,金通尹在《祭李登辉师文》中写道:"国步艰难,士论庞糅。排挤异同,嚣然多口。谓杯有蛇,如何饮酒。谓市有虎,相惊虩吼。师曰我行,汝亦敛手。"金通尹:《率楼韵文选》(线装本),第 101 页。

总之，登辉目下虽暂时告假，而对于本校前途之扩充计划，仍当勉竭驽钝，以促其成。深知诸同学爱学校，爱登辉，无殊家人骨肉之亲。此后切望遵守校章，专心学业，不虚耗青年宝贵光阴，勿作越轨举动，使登辉三十年来毕生精力所萃之复旦，日有进展，则爱学校，即所以爱登辉焉，企予望之。①

告假休养后，李登辉于10月17日赴四川游历，途经南京、汉口、宜昌、重庆和成都等地。游历期间，李登辉不但饱览了长江沿岸的风景名胜，而且真切地感受到学子反哺恩师的深情和校长处处受人尊重的荣耀。下船后每踏上一个地方，总有复旦学子夹道欢迎，全程伴随他游览参观，处处有鲜花和掌声的陪伴②。特别是在重庆，复旦校友数年前就在当地仿照附中创办了一所复旦中学，李登

在船上与欢迎学生合影

① 《李校长告同学书》，《复旦同学会会刊》第5卷第11期，1936年8月。
② 金通尹《祭李登辉师文》："行行入蜀，湍激崖阡。道左逢迎，弟子谁某。或肃之馆，或载以走。归语欣然，家于何有。"见金通尹：《牵楼韵文选》（线装本），第101页。

重庆复旦中学学生在岸上迎接

向学生发表演说

辉应邀到学校参观,受到师生和校友们的隆重接待,使他感觉仿佛走进了徐家汇的中学部。

　　李登辉感慨万千,数十年来办教育,不就是为国储才,使国家走向强盛吗?国家到了危急存亡之秋,热血青年游行抗议,希望政府积极抗日，完全是正常的举动，举凡文明国家，莫不如此。自己出于报国的赤诚，同情和支持学生，反被当局所忌恨，衰年被迫离开学校，这是什么逻辑？而在校外，却受到如此的尊重，半生的辛劳看来没有白费。这给离职的他以莫大的精神安慰。

在四川，李登辉结识了几位实力派人物，其中有被称为"四川孟尝君"的康宝忠和川省政府主席刘湘，两人非常钦佩李登辉，视他为上宾。李登辉在游览之余，也结交朋友，并实地考察各地山川形势，这些都为一年后复旦迁川创造了良好的条件。两个月后，李登辉返回上海。

辞职后，李登辉经常向学生讲这样一个故事：斯坦福大学创办人利兰·斯坦福（Amasa Leland Stanford，1824—1893年）通过采矿和兴建铁路成为亿万富翁，晚年想办一所像哈佛那样的大学来纪念他早逝的儿子。于是，他去请教哈佛大学校长查礼博士，办哈佛这样的世界著名大学要花多少钱。出乎意料的是，查礼博士郑重其事地回答他："要办一所与哈佛同样的大学，不是多少钱的问题，哈佛有它自己的历史和传统，这是再花多少钱也买不到的。"言外之意，就是告诫他这些已经成为掌校者的学生们，要爱护复旦的光荣历史和优秀传统，不能只顾眼前的利益而丢弃传统[①]。

李登辉辞职后，吴南轩主持校务，复旦办学出现新的变化。经费困窘、校基狭隘这两大关系复旦前途的难题得到初步缓解。

1937年春，叶楚伧邀请数位国民党中央委员，联名提请国民党五届三中全会，补助复旦经费。经行政院核定，每年补助复旦18万元。同年1月8日，复旦校董会决定，学校停止在上海拓展，"在太湖另觅佳地，为大规模之扩充"[②]，推叶楚伧等7人为扩充校基筹备委员。叶楚伧、邵力子商请江苏教育款产管理处钮锡生、吴稚晖，拨赠无锡太湖大雷嘴土地1 014亩，作为复旦扩充校址基地。

---

① 许有成：《斯人已逝半纪　英名长留复旦——纪念李登辉校长逝世50周年》，载复旦校刊《复旦》1997年11月11日。
② 复旦大学档案馆藏历史档案，案卷号404。

勘察无锡校址

3月28日,李登辉与钮锡生、吴稚晖、叶楚伧、钱新之、吴南轩、金通尹、叶秉孚、殷以文等人同赴无锡勘察。荣德生在无锡梅园招待李登辉一行。

事后,吴南轩建议,除商学院、新闻系永久留上海外,复旦其余文、理、法三院全部迁到无锡;在无锡逐渐增设农学院、工学院,如水产、纺织诸系因地利尤当首先设置。吴南轩的建设计划分为三步:第一,当年暑假,由复旦土木工程系师生组织测量队,前往勘察地势。第二,聘请建筑师设计新校舍图样。第三,利用政府新补助款项,向四行储蓄会抵借100万元建校费[1]。这一计划,钱新之原则上表示同意。

然而,计划未及付诸实施,全面抗战爆发,复旦被迫迁往重庆。太湖校址拓展方案成为一纸空文。

---

[1] 吴南轩:《复旦大学受赠太湖大雷嘴校地文献原稿》,《复旦大学志》第一卷(1905—1949),第146页。

第八章

"孤岛"办学大义凛然

1937年7月7日，日本蓄意制造"卢沟桥事变"，抗日战争全面爆发。

战火不久燃烧到上海。8月13日，日军大举进攻上海，淞沪战争爆发。9月16日，日军从本土调来的海军陆战队在虬江码头登陆，一路向西，沿上海市政府（今上海体育学院）、江湾跑马厅（故址在今武东路、纪念路一带），再向天通庵路进攻，与虹口公园对面陆战队司令部的日军汇合，对国军造成夹击之势。国遭劫难，复旦势难独存。

每年六七月间，复旦会像往常一样，在徐家汇附中举办暑期学校。战事一开，暑期学校被迫停办。9月初，大学部改在徐家汇附中开学。但战火纷飞，学生到校极少。不久，教育部指示上海的复旦、大同、大夏、光华四所私立大学，效法平、津，组织临时联合大学内迁。大同、光华因故退出。只有复旦、大夏组织联合大学，并遵部令分为二部，第一部迁往江西，第二部迁往贵州。联大第一部以复旦为主体，由复旦副校长吴南轩负责，大夏吴泽霖任教务长，迁往江西庐山。第二部以大夏为主体，由大夏副校长欧元怀负责，复旦章益为教务长，迁往贵阳。11月，联大两部各自在庐山、贵阳开学。12月，南京陷落，危及九江。联大第一部决定内迁贵阳，与第二部合并。12月1日，联大师生500余人乘招商局快利

重庆北碚复旦大学校景

轮内迁,月底到达重庆,受到四川省政府和各界人士及校友的热烈欢迎,诚邀复旦留在四川,川省政府还给以一次性补助10万银元。时值重庆复旦中学放假,联大第一部遂借该校菜园坝校址上课。1938年2月,复旦确定以重庆北碚对岸的夏坝(原名下坝,陈望道建议改今名)为新校址。在新校舍未建之前,暂借就近的黄桷镇寺庙为教室,以煤栈余屋为学生宿舍。2月25日,联大第三次行政会议决定,自1938年3月开始,取消复旦大夏联大,两校各自在重庆、贵阳建校。是为战时初期复旦大学重庆部分(渝校)概况。

面对日寇大举侵华的凶焰,国家危如累卵。李登辉与复旦人既要抗日救亡,又须存学术文化一脉于漫天烽火之中。平日教养的学术道德,受到历史最严酷的检验。

回想淞沪战争一开始,江湾即陷入战区。复旦地处要冲,校园遭到日军炮火毁灭性的破坏。第一学生宿舍(原址在今相辉堂处)屋内被炸毁无余,仅留下一具空壳。体育馆(故址在今500号楼后面空地)、女生宿舍(原址在今第一教学楼西首水杉林处)变成一片瓦砾。简公堂(今 200 号)、实验中学(今 300 号)原来都是歇山式大屋顶建筑,被炮火掀去顶盖。宿舍中最精美、最牢固的第四宿舍(今 500 号),系钢筋水泥结构的四层楼建筑,也被日军炮火摧毁一层,由于它挡住了子彬院,才使当年复旦的标志性建筑免遭炮火之灾①。

李登辉心里很清楚,复旦激烈的抗日行动,一直走在全国高校的前列,早已被日本侵略者视为眼中钉,必欲除之而后快。所以他早有思想准备,做好最坏的打算。眼看着十多年来苦心经营的校舍一一被毁,李登辉满怀悲愤,写下《复旦被毁》一文,向世人控诉日寇毁灭我国文化的滔天罪行。文章连同被毁的第四宿舍、体育馆、仙舟图书馆、第一宿舍照片,交给孙寒冰,发表在 1937 年 10 月 8 日出版的《文摘战时旬刊》第 2 号:

> "八一三"抗战发动以来,侵略者鉴于吾国民族阵线之坚强,不能在战场上取得其预期之胜利;于是横施暴力,对于我国一切农工商业以及学术之建设,无所不用其摧毁,冀图损毁我国力。而文化机关,尤为其破坏手段之重要目标。复旦大学不独在地理上位于炮火密集之区,在精神抗战上亦久已立于抗日的最前线。故自战事爆发以来,从未存苟免之心。果焉,开战未及经旬,此数十年经营之校舍,已几于全部毁灭矣。
>
> 复旦校舍,本非以宏伟瑰丽著称。然此区区百亩内之一楼一阁,一亭一池,莫不为全校师生努力合作以及社会人士热烈扶持之结晶。当民国八九年之交,翔殷路尚未开辟,江湾一带,尚为一片原野。是后校址以内与夫左近之建筑物,岁有增加,迄今夏屋渠渠,规模略备。举此一隅,即足以表证国人从

---

① 校舍被毁情况,参见费巩:《母校被毁简报》,《复旦同学会会刊》第 6 卷第 11、12 期,1938 年 4 月。

事建筑之能力与速度。使非暴敌屡次侵略，则前途进展，正无限量。今睹兹颓垣残壁，满目疮痍，嗟惋之余，能不益兴敌忾同仇之感？

然暴敌能所摧坏者，形体也；其所不能动摇于毫末者，吾坚强之精神也。精神之振奋，正有赖乎刺激之频加，值此国难方殷之际，学校员生，不妨任其遭遇挫折，庶足以磨练其意志。反之，若习于逸安，反易养成因循苟且之风气。揆诸革命教育之真谛，惟能饱经忧患而不屈不挠者，方为可贵。过去之复旦，无日不在困苦艰难之中，亦无日不在艰苦奋斗之中。鄙人平日常以此旨晓谕青年学子，亦常以此自励，此次复旦所受之打击，不过为其生命史中之一阶段。正与吾国家同样，每经一次艰险，即促成一次新进步。成败利钝，要在吾人处理应付之态度如何。鄙人虽垂垂老矣，然若假我以年，则日后对于学校以及一般社会之复兴建设，犹愿竭力以随邦人君子之后。①

这是强烈的控诉，深情的哀悼！更是复旦精神不屈的庄重宣誓！暴敌所能摧毁者，形；不可动者，神。挫折适足以砥砺意志。这一掷地有声的至诚言辞，表明他已将新旧中西文化的精髓化为自身的人格力量，而且熏育了一批又一批复旦人，是复旦最可宝贵的精神传统。

当时随校内迁的学生，只占总数的三分之一，大部分学生则因家室之累，滞留上海，在其他学校借读。借读终究是不得已的办法，大家恳请老校长出山主持校务，在上海复课。

李登辉毕竟已66岁高龄，到了该颐养天年、含饴弄孙的年纪，而且一年前已经辞职。但在所有复旦师生的心目中，他依然是复旦的校长，是复旦人的精神领袖。在李登辉内心，复旦与他的生命已

---

① 李登辉：《复旦被毁》，《文摘战时旬刊》第2号，1937年10月8日，第11页。

经合二为一；他的生活，他的思维，他的一举一止、一静一动都和复旦联系在一起。复旦师生有难，就是他分内的事。复旦学生失学、教师失业早已令他坐立不安。李登辉考虑到：第一，重庆距上海太远，在此交通阻隔时期前往，旅费高昂且不安全。第二，学生借读他校，是不得已的办法，因学校课程、制度、精神多不相同，给学生带来极大不便。第三，光华、大夏大学在大后方与上海同时开学，复旦可以仿效。华东各教会大学如东吴、之江、金陵都迁往上海，若复旦单独在上海停办，势必学子星散，不利于胜利后在上海复校。第四，上海租界环境还比较安全。权衡利弊之后，遂决定在租界重新恢复复旦大学。

经校友协助，李登辉租下英租界北京路中一信托大厦余屋为校舍，1938年2月15日开学，21、22日注册，23日正式上课，师生员工400余人复课。除新闻、生物两系暂停外，其余四学院各系继续开办。至此，战时的复旦大学有了重庆（渝校）、上海（沪校）两个部分。

沪校当时未得教育部认可。1938年6月初，吴南轩自渝来沪，与李登辉商定，改名为"复旦大学上海补习部"（在招生时仍用"复旦大学"名义），获教育部同意。渝、沪两部实为一体。对外关系以渝校为主。沪校有关教学、人事、学籍等事项统由渝校办理，呈报教育部备案。故抗战胜利后，国民政府饬令沦陷区学校实行甄审，沪校是当时唯一未被甄审的学校。

中一大厦地近日军据点虹口，又处闹市区，校舍狭小，不利办学。半年后，学校迁到霞飞路（今淮海路）。霞飞路新校舍是幢别墅，建筑优美，环境清幽，屋前还有一方草地、一池清水。可是由别墅临时改成的课堂实在太小，容不了多少人，于是搬进许多长凳代替原有的木背椅子。当年的学生戏称在中一大楼的生活是"头痛时期"，霞飞路的生活是"冷板凳时期"。

冷板凳的生活不到两星期，法租界华人教育处即出面干预，理由是沪校未遵法租界公董局章程办学、无殷实厂商作担保，故着令停办。停课一个多星期后,沪校于9月下旬迁到仁记路(今滇池路)中孚大楼。其环境之恶劣,较中一大厦尤甚。三度迁移,仍未找到合适的校舍,李登辉马不停蹄地四处请托,寻觅办学场所。年底,终于在西区的赫德路(今常德路)找到校舍。12月22日,李登辉与殷以文以私人的名义,向中国实业银行租定赫德路574号——一幢坐北朝南的三层

中孚大楼

楼洋房——为校舍。一年之中,四度迁校,才有了固定的校舍。自1939年1月到1946年3月,赫德路574号成为沪校校舍,时间长达7年零3个月。

赫德路校舍大门没有挂校名牌,如果没有学生进出,谁也看不出这是"孤岛"时期的复旦大学。这幢由洋房改装成的校舍,有两面通道,各有楼梯上下。一二层东西各分大小房间三四间不等,原来的客厅、厨房充作教室和办公室。三楼一大一小两大统间,专用作共同必修课教室,可容一二百人听讲。后面的佣人房改为教授休

赫德路574号

息室，亭子间也改造成小教室，车库变成图书馆和阅览室。庭院临时搭建茅屋，用于学生停放自行车兼作活动中心。靠东面墙角搭建两小间木屋，权作教室。所有空间几乎都被利用起来。共有文、理、法、商四院12个系在此办学。与同时期的渝校相比，赫德路校舍容纳了更多的学生。以1940年秋为例，沪校注册人数达1 109人，比渝校多112人。1942年渝校改为国立后，学生人数才反超沪校①。

当学校辗转迁移之时，李登辉在愚园路中实新村的寓所，也逐渐沦为敌伪势力范围，该地被人称为"歹土"。为争夺对上海金融的控制权，汪伪特务与国民党军统在附近展开殊死的决斗，血案不断，人心惶惶。

教育界也险象环生。此前，日伪欲收买沪江大学校长刘湛恩，任其为伪维新政府教育部长。刘湛恩断然拒绝。敌伪用送含毒水果，甚至往刘宅扔手榴弹等种种卑劣手段，无所不用其极，赤裸裸地恫吓。威胁利诱不成，1938年4月7日，敌伪指使特务埋伏在安乐坊刘家附近，对正在静安寺路、大华路口等候公共汽车的刘湛恩下了毒手。刺客从刘身后开枪，子弹从背后射入，穿出前胸。在送往医院途中，刘湛恩身亡②。

李登辉在教育界素负盛名，敌伪秘密决定，将其与光华大学校长张咏霓诱胁以为己用。张咏霓事先得知消息，称疾不出，并派人转告李登辉。知情后，李登辉改名换姓，避入霞飞路伟达饭店，非至亲密友，均不使人知。旅馆嘈杂，一星期后，李登辉转移至白赛仲路（今复兴西路）友邦人士所开设的小型客寓Beverley House，时间长达一年。其时正值盛夏，李登辉比常人更畏热，于是在露天

---

① 由于受到太平洋战争的影响，沪校人数一度减少。1943年夏，沪校学生开始大幅回升，是年秋，注册达1 296人，学生人数居沪上大学之首。1945年秋季，沪校注册人数更是高达1 640人。
② 关于刘湛恩之死，见刘王立明：《先夫刘湛恩先生的死》，中华妇女节制协会印，1939年。关于刘湛恩与沪江大学，见王立诚：《美国文化渗透与近代中国教育：沪江大学的历史》，复旦大学出版社2001年版。

阳台上设榻悬帐，夜卧其间。一年后，敌伪监视稍懈，迁居海格路（今华山路）蕊村。生活颠沛流离，李登辉心里常挂念学校，对自身的遭遇，反而未觉有何痛苦。

"八一三"事变后，上海周围的居民纷纷涌入租界避难，房价暴涨，校舍租金已不堪重负，加上米珠薪桂，教师的授课费也不菲。开办才三个月，沪校经费就支绌异常，难以为继。在四处腾挪商借之余，李登辉卖掉了自己的福特牌老爷车，充作办学经费。学生们凑钱买了部黄包车，供他出门之用。这使李登辉感到为难，他对赵世洵说："坐这种车子，不平等是很明显的，进了教堂，在十字架之下，人人平等，心理上的矛盾，使我非常不安！"如果他外出回家，每当坐到愚园路、忆定盘路（今江苏路）口，就对车夫阿长说："你停下来，让我走走。"然后下车，走回到俭德坊的住所。

学校西迁，已将大多数仪器带到内地，沪校教学条件之简陋自不待言，尤以理科实验最为困难。为了借用实验仪器，筹措办学经

李登辉曾使用的福特牌汽车

费，李登辉煞费苦心。学校惨淡经营之状，从其中的两封信函中可略窥一二。第一封是1938年9月12日为借用土木工程系仪器，写给交大老校长黎照寰（曜生）的信：

> 曜生先生道鉴：
>
> 久违尘教，至深驰慕。兹有恳者，敝校去年因江湾校舍沦陷，西迁开学，所有仪器多数带往。此次沪校复课，对于各种实验正在竭力设法，以资弥补。惟于土木工程仪器价值既昂，置备不易，而各大学中尤少珍藏。故于该系实验迄今未筹有办法。因思贵校土木系学生所用仪器，谅有空余时间，拟请于空余时间中每星期酌借敝校应用数小时，用毕后随即妥为送还，决不贻误或有损坏等情。倘荷俯允，敝校当再派负责人员前来与贵校负责及保管人员妥言办法。际此非常时期，尚祈鼎力援助，俾应要需，至感公谊。专肃。敬请大安。

第二封是为请求教育部补助，1938年11月28日致吴南轩的信：

> 南轩仁棣台览：
>
> 两月前叠接来书，备乘眷注，本应早复，是时适值校址迁移诸事粟亦，旋因广州失陷，交通梗阻，致复书草就，未能即发，甚觉歉然。此间自迁移至仁记路中孚大楼后，已将两月，情形安谧，学生颇能专心读书。现在正值学期中间考试，尚能注意功课，因考试规则仍严厉执行也。惟仪器缺乏，一切实验大感困难。本学期虽半赊半现，勉力购置数件，其余则就附中所有者尽量移用，实验室即设附中。此间专恃学费，收入有限，而房租一项已占一大部分，教职员等虽刻苦，无济于事。若欲希望每学期少数盈余，添购书籍仪器，实不可能。最好教育部除补助重庆之外，再行酌补上海方面购置仪器费每学期若干，俾求学可重实际。因现在留存"孤岛"之大学生为数甚众，其

教育问题似较内地学生更加注意，此层意思吾棣如遇教育部负责人员，尚希陈述为盼。近阅《申报》载有尊处消息，拟在北碚进行建校云，已募得十余万元，未识确否。南温泉一带风景优美，地形亦高，昔游蜀中，尚能回忆。愚意如能在该处择一地点，似觉适宜，倘以为然，或可向康心之先生等商之，何如？闻商学院现设重庆，未知吾棣在何地，若多本学期学程表及教职员名单，请寄一份来，以资参考。兹乘伟岩（李炳焕）棣回渝之便，略书数语，并希兼复为荷。专此　祗颂　教绥。

开办沪校，李登辉又一次经历被自己的学生误解的别样心情。

1938年2月，沪校在中一大厦开学。吴南轩等渝校师生得知消息后，认为李登辉在敌占区上海办学，有损学校声誉，是"玉石不辨，泾渭同流"，竟以大义相责，向李登辉写来一封措词极为严厉的信。

学生时代的吴南轩

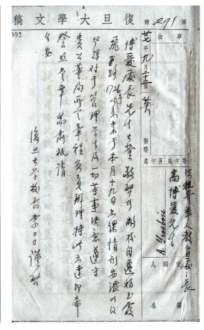

李登辉给高博爱的信

3月13日，李登辉复函吴南轩、金通尹等，对于在上海办学作了义正辞严的告白：

> 至于此次我校在沪复课，是有事实之必须。自沪地各大学纷纷开学后，我留沪同学，即一再前来询问，并迭次请求上课，以免此期失学。辉与留沪同仁，熟商再四，认为沪地暂局，尚属安全，并无任何干涉，且教员学生在一堂作学问上之研究，聚散亦易，抱定"当散即散"之宗旨，谅亦不致有何意外。来函谓"玉石不辨，泾渭同流"，此固仁者之言，但见仁见智，各有不同。辉一生从事教育，大公无私，为功为罪，后人谅有定评。此间数百青年，余当不忍坐视其长期失学。况我校自西迁后，人数突减，影响前途，至为重大。此亦沪校不得不谋复课，以求补救者。

5月，代理校长钱新之又以复旦大学武汉同学会的名义，邀请李登辉到重庆去，以免被敌伪胁迫和利用。事实证明，他们的担心是多余的。

李登辉时刻惦念着远在内地的师生，对西迁后复旦的命运给予了深切的关注。尤其令他担心的是，复旦校名会因联大的存在而消亡，故而力主保存"复旦"两字。他还为复旦在重庆的长远发展提出建议，考虑到北碚交通不便，影响学校前途，认为应从当地环境出发，以办水利、农业、矿产为上策。1938年3月13日的信中具体谈到了上述问题：

> 来电谓仍用联大名义，拟以复校在重庆开学，大夏在贵阳上课，未识究属如何？如此似合似分，是否有顾此失彼之虑。日前友三来函，述及部意，亦主张各校自立，各谋上课，谅友三亦有专函告及。查去秋我校与大夏联合西迁，组织联大，原

是一种临时救济办法，本非远久之计。即以我校而论，同仁同学，刻苦经营，凡四十载，始有今日光明灿烂之成绩。倘今后舍复旦名义，而以联大为号召，岂不万分可惜？

再以弟等西迁情况以观，到处备受热烈欢迎，可见我复旦精神，自可不灭，且更可自信。我等过去办学，功过已在人间。故保存复旦两字，是我全校员生不易之信念。弟等北碚计划，实开复校未来之基，辉当以告老之年，与诸同仁共图复校将来之发展。惟北碚交通如何？对于前途，能无阻碍？尚望诸弟从长计议。

……

弟等进行北碚计划，谅亦想及沪地是我复旦根基之所在，非至万不得已，决不轻易放弃。辉意重庆复旦，是整个复旦之一部分，以环境而言，似以办水利、农业、矿产为上策。上海究系人文所在，似仍办文、理、法、商为宜。若他日无锡计划可成，则我复旦前途发展有自矣。辉年事已高，精力日竭，此种愿望，何日可观厥成，尚在未定之天。但爱我如弟等者，当可有以慰我而竟吾志。现川中情况如何？校舍建筑何时可以完工？尚望随时告知为盼。

1940年5月27日，27架日机轰炸重庆北碚复旦大学，投弹百余枚。黄桷树王家花园中弹，正在文摘社办公的教务长兼法学院院长孙寒冰被炸身亡，同时罹难的还有文摘社职员汪兴楷、学生刘晚成等5人，炸伤贾开基等11人。惨遭此难，哀同国殇。巴山在流泪，蜀水为之哀鸣。受重创的复旦大学陷入混乱之中，学生一时走散。

渝校被炸的消息传到上海，李登辉受到强烈震撼。孙寒冰遇难，复旦学生痛失良师，李登辉则痛失爱徒，痛惜之心，不亚于当年痛失爱子友仁。

孙寒冰与章益、奚玉书一样，都是因为参加"五四"爱国运动

学生时代的孙寒冰（1924年）

被原先所在学校开除，为李登辉所接纳。毕业后，寒冰留学美国哈佛大学，主攻政治学。留学归来后服务母校，成为李登辉得力的助手，先后担任法学院院长、文摘社主编、教务长、校董。寒冰是个"大孩子"，率真①，深得师生的喜爱。他主编的《文摘》杂志，风行全国，被誉为"杂志中的杂志"。1937年元旦创刊后，不到半年销量即达16 000份。抗战爆发后，寒冰南下香港，设法使《文摘》在香港、广州、重庆、昆明、汉口五地印刷，销量高达50 000多份，创造了我国杂志行销的最高纪录。他主编的《文摘》还冲破阻力，翻译发表了斯诺《西行漫记》中的《毛泽东自传》，使国统区人民得以客观地了解毛泽东和真实的延安生活。

寒冰遇难时，家中除妻子外尚有高龄老母及四位幼子，最大者11岁，最小的才4岁。一家老小的生计顿时成为难题。李登辉漏夜致函渝校吴南轩，关照他们处理好后事。此后，他还从大后方校友为他募集的颐养基金中，分出一部分，交给寒冰的家属，尽到了人师的职责。

为纪念在"五二七"轰炸中牺牲的师生，学校决定树碑纪念。一年以后，"复旦大学师生罹难纪念碑"矗立于渝校校园。碑文由李登辉与复旦大学代理校长吴南轩、副校长江一平联合署名。碑文如下：

---

① 关于孙寒冰，见《中央日报》《大公报》于1941年3月16日刊出的"孙寒冰先生纪念特刊"。

被炸后的王家花园之断壁残垣

  倭之沐浴我文化也，殆二千年矣。不谓今日倭寇所至，焚掠我文物，破坏我学校，戮辱我师儒，屠杀我子弟，迹其凶谋暴行，显欲毁灭我文化，乃至摧绝我创造文化之精神，冀以偿其侵略之大欲。论者以谓我国抗倭之战，为文化与反文化之战，理性与反理性之战。

  呜呼，观于我复旦大学，去岁五月二十七日，师生罹难之惨，以及校舍、图书、仪器之被炸毁，谓非倭寇泯斁理性，蓄意与我文化为敌，而谓之何哉！是日罹难者，为校董、教务长兼法学院院长孙寒冰先生，文摘社职员汪兴楷先生，同

复旦师生罹难纪念碑拓片（原碑藏重庆三峡博物馆）。根据碑文落款，直至1940年8月1日李登辉的身份还是复旦大学校长（拓片照片由喻融提供）

第八章 | "孤岛"办学大义凛然

学陈君钟燧,王君茂泉,王君文炳,刘君晚成,朱君锡华,伤者多人未计。

呜呼!惨遭寇弹,哀同国殇,全校师生,悲愤无极,将何以益自淬励我为文化工作之创造精神乎?抑何以益自坚强我为民族生存之战斗意志乎?是则吾辈后死者之责已。礼葬既毕,幽宅以安。爰为伐石纪事,系之以铭,用诏万世,不忘寇仇。其辞曰:

蠢彼倭奴,侵我上国。蹂若学府,文化之贼。死者七人,师生同厄。巴山以惊,巴水为咽。何寇之酷,而祸不测?易利御寇,诗美薄伐。雪耻除凶,誓报先烈!

复旦大学校长李登辉
代理校长吴南轩
副校长江一平
中华民国三十年八月一日立

这是李登辉最后一次使用复旦大学校长的名义。三个月后,复旦由私立改为国立,吴南轩成为国立复旦大学校长。

复旦系私立大学,向来以学费收入维持。渝校部分,不但学生学费告罄,生活费尚且需要学校补助,学校入不敷出,几致中辍。万般无奈之下,1939 年 3 月,渝校董事提出谋求改为国立之议。渝、沪两方在国立后如何解决沪校种种善后问题,未获得一致意见,原议暂时搁置。渝校继续勉力支撑两年有半。

1941 年秋,重庆恶性通货膨胀,物价狂涨,学校经济几达山穷水尽之边缘。渝校董事重提前议。1941 年 9 月 17 日下午三时,渝校在重庆嘉陵宾馆召开事关复旦前途和命运的历史性会议。与会校董、校友有于右任、贺国光、康心之、吴铁城、张道藩、吴南轩、章益、端木恺、程沧波、许绍棣、江一平等。会议详细讨论改为国立问题,为避免前车,董事们决定"先斩后奏",单边通过决议如下:"呈请教育部改为国立复旦大学。俟部方决定后再电留沪校董征求同意。如留沪校董表示异议时，再行集会讨论。"①1941 年 11 月，国民政府行政院第 541 次会议决议决定：同意复旦改为国立。1942 年元旦，国立复旦大学诞生，吴南轩担任校长。改为国立，得到政府的财政拨款，私立时期长期困扰的经费紧张的老大难问题不复存在，专任教员比例达到百分之八十②。吴南轩校长充实了原先薄弱的理工科，创办了农学院。1943 年 2 月章益任校长后，更是利用战时重庆文化名人云集的有利条件，礼聘顾颉刚、周谷城、方豪、陈传璋、童第周等数十位著名教授来复旦任教，有力地提高了复旦

国立复旦大学校门（重庆北碚，门内建筑为登辉堂），校名由于右任题写

---

① 吴南轩：《母校改归国立之校史文献》，载《吴南轩先生逝世周年祭纪念专集》，第 130—134 页。
② 参见吴南轩：《入川后之本校》，载《复旦大学校刊》（复刊号），1939 年 1 月 1 日。

的学术声誉①。但是，改为国立后，遗留下上海校产，主要是江湾和徐家汇李公祠校产的归属权问题；处理得当与否，将直接关系到渝校将来复员。限于战争环境，校产的归属权问题暂时被搁置起来。

为了振奋"孤岛"的人心，李登辉积极参加了"道德重整运动"。

第一次世界大战后，美国布道家卜克门博士（Frank N. D. Buckman，1878—1961年）鉴于道德沦丧，在团契中提出四项做人的道德标准，即"绝对忠诚、绝对纯洁、绝对无私、绝对博爱"，以此唤醒众生，挽救世风。运动在英国牛津大学发扬光大，被称为"牛津团契"或"牛津运动"（与1833年在牛津大学产生之牛津运动不同，后者是将天主教教义纳入英国国教的宗教运动）。第二次

戴博士帽的李登辉

---

① 北碚时期应聘来复旦任教的名师名录，参见《复旦大学百年纪事（1905—2005）》。章益任内的主要贡献，参见钱益民：《国立复旦大学校长——章益》，《复旦学报》2004年第4期。

世界大战前夕,"牛津团契"发展成为一场旨在拯救世界的"道德重整运动",提出重整道德是解决世界战争危机的唯一途径,主张任何人先从改变自己做起,以四项绝对的道德标准作为生活和工作的行为准则,这样才能改变家庭、社会以及整个世界。

1938 年前后,"道德重整运动"传入上海。李登辉与梅立德夫妇、汤仁熙牧师、《新闻报》编辑严锷声、股票大王韦伯祥、名医刁信德等人热心推动,经常在梅立德等人家中举行"家庭聚会",讨论如何推动道德重整运动。当时日军尚未发动太平洋战争,上海已成"孤岛",知识分子、青年学生,意志消沉,惶惶不可终日。李登辉看在眼里,急在心上,故而积极推动这场运动。倡导道德重整运动的实质,就是激励人民的爱国热情,振奋"孤岛"人心。运动得到银行家、大学校长、传教士、新闻记者、医生、商人等的响应。

1940 年 5 月 30 日晚,李登辉用英文在福音广播电台进行自我忏悔式的演讲。经过整理,演讲稿在上海《新闻报》等各大报刊登出,上海社会为之轰动。各教会、各大学、各医院,以及各青年团体,均纷纷翻印李登辉演讲的英文原稿及其中文译文,广为流传。

抗战失利,上海沦陷,促人反思。李登辉积四十余年艰辛办学之阅历,提出了一个中国现代教育文化的基本问题:以欧美先进文化开发学生智商,学成后一批批充实政界商界,似已发展进步矣。然而"贪官污吏有否减少"?"诚实廉洁之官吏有否增多"?"贫民之景况有否改良"?可知现代智育实不足以去自私贪婪之心!贪婪盛行,难望社会有真进步。由救亡而思及救治人心之本,这位老教育家关心的不独是目前的抗日,而是今后复兴的民族大本,可谓高瞻远瞩,振聋发聩。演讲值得所有人细细品味[①]:

我与教育界发生关系,迄今已四十余年。在此长时期

[①] 演讲稿的英文原稿与中译文,合刊于吴道存主编的《国光英语》半月刊第 2 卷第 1 期,1946 年 8 月 16 日。编者加的标题为《适应新环境的新教育》。

中，历任大中小学教职，得目睹中国教育之滋长与发展，深以为幸。

自民国成立以来，在教育方面，力谋训练良好公民，乃舍旧取新，积极推行现代教育制度。

三十年来，其显明之发展有二：

（一）现代教育之发展，由高级学进为完全大学，由高等学程为专门科学。

（二）发展体育，增进运动兴趣，因之强健学生体格。此我们在今日现代学校中所见到的。

此两种发展之目的，即欲以智体两育之训练，作为良好公民之基础。如谚语云："健康精神，必寓于健康身体。"然则根据此二原则之现代教育，曾否实现如吾人所希望者耶！三十年来之试验结果如何？社会情形有否改善？政府各机关中贪官污吏有否减少？诚实廉洁之官吏有否增多？贫民之景况有否改良？

三十年来，虽青年学生毕业学校，步入社会者为数甚多，而留学生出洋深造，习得专门智识归国者，亦属不少；但其中除极少数人外，大多之受教育者，徒浪费金钱谋一己之自肥，而有时且以牺牲国家人民之利益换得之。

我国朝野，鉴于道德修养不能单由智育之发展而来，曾在各校设道德课程，培植学生优良之品格。但此种改革，不无困难，盖能担任此种重要职务之教员，不易觅得。道德教育，不能与文法地理等课程对恃智力者相提并论，教员之资格尤属重要。若教员内心诚挚真实，足为学生模范，则教导学生，满怀热情，富于灵感，潜移默化，庶可有助于学生道德之发展。

数年以前，我校中有一道德课程之教员，众意彼能担任此职。某日，我偶赴一饭店，见此教员与一妓女同坐。彼知为我所睹，不免赧然。实则此并非罕见之事，在教育界中迭有所闻。即如教员在晚上不准备明日功课，而遨游舞场或邀友赌博者，亦不乏其人。此种伪善之教员，仅能造成伪善之学生！

我身为人师，理应在学生中以身作则，纪律严正，不跳舞，不吸烟，不赌博。学生违反此项规约者受罚，尤以舞赌两者为甚。我从不跳舞，但以前曾任意吸烟赌博，我于其时，岂亦曾念及与被为同犯校章者乎。

后受上帝之灵，良心觉悟，深感本身有过，不能苛责他人。我自认为法利赛人之俦。记得耶稣对法利赛人说："你们中间谁是没有罪的，谁就可以先拿石头打他。"如我不先训练自己，则无力训练他人。我乃痛改前非，弃绝烟赌。至今我能管教他人，大有效力。

自我加入新精神动员之重整道德运动以后，深知社会与国家情形之改善，其初步须由个人做起。目前社会上、国际间之混乱，无非因组成社会及国际之个人本身自私自利之故。吾人远背博施圣训，侵占妄取，唯利是图，而其结果，使人生不能与有生气之加力利海清流相同，而与只进不出之死海中死水无异。

十年以前，我生命犹同死海，"受"多于"施"，"进"多于"出"，此实因自己认为个人高于一切，故凡有所为，辄惟个人之利益是图。

当我开办大学之始，服务精神，并不能如为个人竞争心之同样热烈。我希望该校能成为全国最佳之学校，则我个人之荣誉地位，同时并进。

此实为一错误之原则，非立足于磐石，仅奠基于沙土，我后深知之。

我今发觉生命最大之成功，即为获得公忠无私、舍己爱人之最高理想。

我如何能得此理想。我不能以个人之努力奋斗得之，盖人天生自私也。我曾试以自我意志，以达无私，但屡试屡败，盖前之所作所为，自认无私者，实则不免于私，因存希望酬报之心也。

抑又有进者，今日混乱之世界，其所有之困难——乃人与人间，国与国间，互相仇恨，互相竞争，互相猜忌，全因缺少无私精神，贪得无厌，不互相施给于人之故。

吾人需要家庭、社会、国家、世界之真实和平乎？真实和平之种子，在于你我内心。真实和平之种子，亦即为吾人日常生活之四绝对标准——忠诚、纯洁、无私、博爱。

我正竭力欲达此标准，但此非已达到之谓。要之，我奉献于上帝者愈多，则个人之私欲愈少；我为上帝管理者愈多，则我在四标准上之进步亦愈大。

人世之治，不外自治与他治二途。他治倚仗外在律令的强制，自治则全靠人类道德的良知。道德是人与所有生物的最终区别，是人类消除自私贪婪的精神本质。然而易言而难行，以道德自责尤难。孔子已叹："已矣乎！吾未见能见其过而内讼（内心自我谴责）者也。"（《论语·公冶长》）"自讼"是自我审判，几同殉道，非常自觉非凡大勇之大智乃能为之。而今已见之于李登辉的演说。而且是当众自揭"以前曾任意吸烟赌博"，即使在竭力办全国最佳学校中，也存有个人荣誉地位之心。现身说法是最感人的德教，每个自私贪婪的心都应该受到震撼并深切反省……

无私无畏，至大至刚。晚年的李登辉，作为一名教育家已臻炉火纯青之境。赵世洵动情地回忆了令他终身铭记的一场爱的教育，感化的教育。

故事的女主人是陆宗九夫人。世洵在大学二年级的时候，《英国散文选读》便由她教。不晓得为了什么原因，在上课的第一天，世洵与陆夫人之间发生了一场误会。世洵少年气盛，站起来便向陆夫人索回方才交给她的选课证，当着她和许多男女同学的面，把它撕得粉碎，气冲冲地走出教室，表示从此以后再也不要上她的课。

这件事情发生在上午9时这一堂课。到了下午，校长室工友给世洵一张"大菜条子"——学校当局传学生问话或听训的纸条，大家谑称它为"大菜条子"。一看，是李校长明天上午10时传世洵问话。

世洄不知是什么事，次日按时走进校长室。李登辉正在出神地看一宗公文，似乎没有察觉世洄已站在他旁边。

"早安！校长。"

"唔！"

世洄站了约有5分钟，他才把手上的公文放在桌上，然后将椅子转过来对着世洄，上上下下，望了一分钟，然后开口道：

"你的脸色很不好！"

"没有病呀。"

"我说你做了亏心事，所以脸上的光彩才全没有了！"

世洄没有作声，心里已经猜着，十之八九离不了昨天和陆夫人那场误会。

"你想出来了没有？"

"是不是我与陆夫人昨天的误会？"世洄晓得瞒不了他，事到如今，也只好向他说了。

"误会？陆夫人没有误会你，是你误会了她。你自己既当众失态，又开罪了师长，一个女性师长，你想想看，应该不应该？"

世洄不语。接着李登辉乃道：

"礼拜天早上，你在礼拜堂等我，做好礼拜，我陪你上陆夫人家去道歉。"

"我愿受任何处罚，但我不能去道歉！"

"为什么？"

"大丈夫永远不向人低头，不向人道歉！"

李登辉听了世洄这句话，先冷笑一声，接着又道：

"知过而能道歉的才是大丈夫，因为这是要有极大的勇气才能完成；相反的，知过而不敢去道歉，是懦夫！难道你愿意做懦夫吗？"

"我没有说我错啊！"

"刚才你明明说'我愿受任何处罚'，你没有错，为何甘愿受罚？你的良心已经招认了，还要强辩？"

李登辉去的礼拜堂，是在法租界贝当路（今衡山路）上的国际礼拜堂（Community Church）。牧师是美国人柯义博士，年龄大约有六十多岁，很有学问。他的讲道，不是带哭大叫的冲动派，完全是哲理派。抗战时期，在上海的金陵神学院教授李天禄博士和成则怡博士，便是这一派，当时很能振奋"孤岛"人心。柯义牧师的听众多是大学教授与学生及中外知识分子。

那天世洵满怀着一肚子的别扭，垂头丧气地来到了礼拜堂。坐上校长的汽车，直奔福履理路（今建国西路）陆家。

"等一下到了陆夫人家，你不用担心，陆夫人不会使你难堪的，一切你让我来替你安排。你跟在我身后，当我回过头来看你的时候，你赶快上去和陆夫人握手，道声早安。其余的话，我来说！"世洵想不到校长在车里会同自己说上这一段话。

陆夫人家到了，是一幢西班牙式的洋房。门房开了门，引两人到客厅。世洵侧面望去，但见陆夫人自梯而下。此时李登辉一面起身，走出客厅，一面笑着，向陆夫人迎上前去：

"夫人，早安！赵没有同你误会啊！他不是来了吗？"

接着李登辉回过头来，望了世洵一眼。世洵连忙抢上去和陆夫人握手，并道声：

"早安！夫人！"

因为陆夫人穿着高跟鞋，下楼不大方便，世洵乃顺手将她扶下。她那时已笑得口都合不拢来。李登辉看世洵去扶陆夫人，颇为高兴。于是从袋里摸出一张卡片，随手递给陆夫人，并一面说道：

"这是赵的选课证，请你收下，原谅年轻人一次吧！赵已知道自己错了，星期二他会回到你班上去的。"

世洵没有想到校长竟代自己预备了选课证，事前连提都没有跟自己提一声。今天的事，他老人家好似一位导演。自己呢，像一个生硬的临时演员。导演处处用心，维护自己的自尊，生怕自己下不了台。

"博士，真不好意思，劳你的大驾。其实，赵礼拜二来上课就行了，难道我会推他出去吗？我们之间，本来没有什么大不了啊！"陆夫人含笑说着，一面又回过来问世洵道：

"赵，你说是吗？"

壁上的时钟，已经轻叩一时。陆宗九先生从饭厅走出来，请大家用饭。世洵是这里的常客，往老位子上坐去。当世洵还未坐下的时候，陆先生把世洵拉到长桌尽头女主人边上的一个座位。一看是首座，这一下把世洵吓慌了，连忙走过去央求李登辉：

"校长，我从来没有坐过首座，这位子应该你来坐才对呢！"

李登辉示意，教世洵向陆夫人请求。总算女主人没有为难世洵，让他挨在校长右边坐下。

高潮似乎还没有过去。陆夫人为大家作餐前祈祷，当念到"……求主赐智慧给我这名学生"时，一时情涌上来，世洵再也无法忍住。双目虽然闭着，泪水却不听使唤地流出来了。世洵取出手帕，擦干眼泪。偷偷四望，幸好大家并没有发现自己已出了一次洋相。

菜是陆夫人亲手下厨做的，计有明虾色拉、蛤蜊清汤、汉堡牛肉丸、苹果甜饼。都是世洵平日爱吃的。

往常世洵在陆夫人家吃饭，多半是吃了再添，这顿饭吃得世洵真不是味，陆夫人几次要为世洵加添，世洵总是婉谢。

告辞出来，在回程的途中，两人默默无声，但见两旁的法国梧桐，一棵棵往后倒去。这个不懂事的大孩子，在车中终于向这位复旦的巨人哭出声来道：

"校长，我错了，请原谅！"

"没有什么，这是小事，你没有听见吗？陆夫人根本没有把这件事放在心上，我先前也同你说过，她不会为难你的，你现在相信了！从此可以把这件事忘记。人总有过失的，何况你还年轻；但是你要记得，以后踏进社会，可得当心，社会里有各式各样的诱惑，使你犯错，那时便没有人来原谅你了！"

从此可以把这件事忘记？不！38个年头过去了，当年不懂事的大孩子已是年满花甲。许多往事已是了无烟痕，独有这桩用感化方式的教育铭刻在心版上，还是完好如新，永不褪色！

正像世洵所说的那样，爱的教育，是最感人的教育，也是最成功的教育;体罚一个学生,不能说中间含有恨,但儿童幼小的心灵上又焉知戒尺下,记印着爱的泪痕?如果一个教育家,纯以真爱去感动他的学生,促使他真心的悔改,这将比体罚要高明得不知多少倍;而且这样的教育,其感人之深,会一辈子也忘不了,一辈子也不敢重蹈覆辙,一辈子含恩在心[①]!

为引导学生度过苦闷的时光,李登辉还总结自己克服人生困难的六条切实经验,由他的秘书季英伯翻译成中文。兹录如下:

在李公祠与上海补习部团契成员合影

[①] 赵世洵:《一位伟大的教育家——记复旦大学校长李登辉博士》。

（一）克服偏见，念他人之善处，而不计其短处或过失。……遇有人待汝不友好时，当思尚有待汝友好者在，此宜感谢上帝赐予良朋。

（二）吾意多数人受人恩惠，必知感报。彼此交恶，皆由两者之间无人能首先表示善意，使双方涣然冰释，但我基督徒本上帝之恩、基督之爱应能为之。

（三）吾人如处逆境，不宜思现在所遭遇之困苦，而当思我所受上帝赐给之许多恩惠，如此可免沮丧或失望，且抱此态度以侍上帝，自可得精神上之安慰与快乐。

（四）当汝恨自己命运不及他人时，应念尚有他人命运更不及汝而知自足，且宜感谢上帝。

（五）吾人皆负有十字架（即担负）。富有者所负或较贫者为重，所以富者不尽长乐，贫者不尽长忧，上帝于吾人咸使有适合之禀赋以承受相当之负荷。是以贫者受些微之惠已感知足，而富者受更大之惠反觉不满。

（六）祸患之来，焉知非福，是在人之能从光明方面着想而善处之，则不为祸患之牺牲而为克服祸患者矣，其故何在？（甲）祸患能显示强者天赋之本能，且可锻炼性灵。（乙）使人胸襟宽阔，发生慈祥恺悌之心。

故真有伟大之成就者，必已知如何应付重大之艰困，盖应付困难能力之测验，即性灵高超之测验；而安乐适足以养成懦弱缺陷之性灵也。①

女性教育一直是李登辉关注的话题。国土沦陷、国家处于危难中时，上海租界却仍旧灯红酒绿，反映出我国有些国民道德素质低下、对国家和民族缺乏责任感，却只顾个人享乐。反思种种社会乱象时，李登辉从家庭的角度出发，认为融洽良善的家庭能够改善人

---

① 季英伯：《李老校长近事暨嘉言录》，《复旦》1946年8月号。

们的道德水准,然而近代人却在西方思潮的影响下愈发忽视家庭教育。李登辉本人的成就离不开他身边的女性。幼时,他从慈母的教育中受益良多,虽然慈母仅陪伴他短短十数年,却对他一生温良敦厚性格的养成有着关键的作用。学成回国后,他作为海峡华人,最初在中国感到陌生而孤独,又是汤夫人悉心温暖的陪伴滋养了他的心灵、鼓舞了他的信心,让他能够真正发自内心地爱上这片土地,并克服重重困难实现他的理想。借由这些经历,李登辉深刻地认识到女子的爱德所蕴含的力量。因此,他时常思考女子在家庭、社会中的影响,以及女子的教育问题。早在1932年,李登辉就把家庭经济列为女生必修课,后又开设护士课程。沪校开办后,李登辉在学校设立家事学一课。1940年5月,又决定在沪校设立女生家政系,请渝校转呈教育部批准。此外,他还在社会上竭力提倡改良女子教育,培养儿童良善之基础。在《现代女子教育问题》一文中,李登辉指出,现代女子与往昔不同,得享与男子同等的高等教育,但在家庭教育方面却有所缺乏。人类进化,男女同负其责,但女子在家庭中的责任更大。培养健全国民的人格,对母亲的人格和教育水准多有仰赖。甚至可以说,一个民族的未来昌盛,是决计不能没有母亲对下一代的熏陶影响的。他强调自己不反对女子接受高等教育,但认为女子应当具有管理家庭的能力,如此才能使家庭和睦、社会更加文明进步。

李登辉生活的时代,女性的社会地位较低,仍然以家庭为主要活跃的舞台。所以,李登辉在计划女子教育的时候,也更加偏重女子在家庭内扮演的角色。如今,女性已经走出家庭、融入社会,他关于女子教育的观点或许已经不完全适用于当今时代。但是,他对于女性和家庭的考虑仍然值得深思。家庭作为私人空间,在社会中很容易被轻视,所以当我们谈及"家政教育",也很容易觉得这是对女性的束缚和轻视。但是,当李登辉谈论女性教育时,他并非是对女性怀有轻蔑的态度。以他对故去的汤夫人的深重情意,那难以言说的尊敬感恩和深入骨髓的怀念哀恸,他又怎可能对女性轻蔑呢？事实上，家庭关系对个人的生活和精神发展起着至关重要的作用。通过自己的生命，李登辉认识到，女性所怀有的慈爱、关怀的力量，对丈夫和孩子在精神世界的深刻影响，于家庭空间里所起到的主导作用，实际上是社会文明，尤其是道德文明构建的基石。李登辉一辈子所追求的道德教育理想，也并非是体现在政治、军事等领域的丰功伟绩上，而恰恰是与这种"润物细无声"的爱相呼应。他本人比起呼风唤雨的政客，也更甘愿扮演复旦和复旦学生们的"慈母"。因此，我们或许可以说，在李登辉的眼中，女性在家庭中所做的教育工作具有无可估量的价值，甚至在某种意义上，要远比台前活跃的政治专家、科学专家更加重要。在女性走出家庭的今天，所有人都应该重新审视"家庭"这个概念。或许女性已不再被束缚在家庭之中，但来自家庭的支持、熏陶和爱，无论是来自亲子之间还是夫妻之间，仍然是人的心灵所需要的。

1941年12月，太平洋战争爆发。日军进入租界。沪校直接受到威胁，处境日益艰难。1942年初，在沪校董一度决定停办沪校，

1939年5月5日复旦基督徒团契新屋奉献典礼纪念（前排左四为李登辉）

教职员工一律解聘。1月下旬，沪校改组为"笃正书院"，以应付局势。时隔不久，又恢复办学。香港沦陷，沪校与渝校联系渠道改由安徽屯溪转递。为应付日益恶化的局势，1942年2月，沪校成立校务委员会，实行集体负责制。10月，汪伪政府教育部拟将大夏、光华、圣约翰和复旦四所大学合并为一。李登辉联合其他三所学校校长加以抵制，阴谋未能得逞。

在敌伪占领租界期间，李登辉大义凛然，坚贞不屈。为罗致人望，敌伪软硬兼施，其首脑陈公博、林柏生等曾十数次邀请李登辉出席各种"盛会"，均被他以目疾为由回绝。戈登路（今江宁路）警察局特高科、日本宪兵队等机构也多次企图控制学校，均被李断然拒绝。沪校以"最后一课"的精神，坚决对敌伪实行"三不"方针：

不向敌伪注册；

不受敌伪津贴；

不受敌伪干涉。

三不不行，则宁可停办，维护了民族气节和复旦声誉。在敌伪环伺、经济窘困之中，沪校师生愈挫愈奋，民族精神高扬。1943年12月，李登辉为沪校毕业纪念刊作序，提出"服务与牺牲"的"复旦精神"。序言写道：

> 国家之需要人才，无如今日之殷切者。诸生于如此困难情形之下，终获完成其学业，为他日服务国家之准备，此其忻幸，应较在平时之毕业为更大。
>
> 教育对于吾人功用大于一切，此一问题，今日较任何时代为显著。诸生今后如各能发挥牺牲与服务之精神，以爱护其国家，则教育才不负于诸生，而亦不负于社会。诸生若仅知藉教育以达享乐之目的，则教育不啻已告失败。
>
> 今日诸生步出复旦之门，终身将留有复旦之符号。诸生与复旦之此种关系，将永继续。诸生一生中如有成就，复旦将蒙

其光荣。若有挫折,则亦牵累复旦,同受其害。须知造就学生者为学校,而造就学校者则其学生也。

诸生切记复旦之精神为牺牲与服务,出校后务须发挥复旦之此种精神。尤要者为人须问心无愧,恂如莎士比亚所云:"对己忠实,则黑暗中自有白昼,对于一切,不可欺罔。"①

从此"团结、服务、牺牲"成为复旦的又一个校训。他常说:"必肯牺牲乃有为,必乐服务乃有用,必能团结乃有力,一切皆以不自私为纲。"为复旦精神作了最好的解释。

在基督教的新教伦理中,拼命工作、挣钱,摈弃业余爱好,勤俭节俭,是上帝的召唤,是一种天职。在克伦威尔、富兰克林等著名清教徒的身上,典型地体现出这种生活作风。李登辉也是如此,他的生活不折不扣地表现出一个清教徒的特点。身上穿的,大半是20年前购置的衣服;衬衫满是补丁;裤子短得袜筒露出一段;大衣的袖下和下摆光得发亮。他的饮食也极为简单,平日的菜蔬只有一荤两蔬。他最喜欢的食物是油炸花生米。师生员工若表现好,他会请你到办公室,拿花生米招待,以示奖赏。他并不缺钱,只是把每月剩余的薪水捐给孤儿院、教堂等慈善机关了。他说,养成节俭的习惯就可以无求于人了②。

平素饮食起居即如此简单,到了抗战时期,生活更加清苦,导致营养不足。苦撑五六年后,李登辉得了白内障,视力大减,除依稀能辨人面目外,读书写字竟至完全不可能。抗战胜利的前一年,沪校经费困难达到极点。李登辉眼疾加剧,弄不好甚至有失明的可能。脚上又患了溃疡,行动不便。多亏许晓初送来土肥氏软膏、九一四药膏,涂抹后,稍稍好转。沪校校务,他委托给亲近的教员

---

① 《复旦大学志》第一卷(1905—1949),第268—269页。
② 顾仲彝:《李老校长对我的印象》,载《李登辉先生哀思录》,第19页。

担任,由周德熙、陈科美分掌教务和注册,叶秉孚负责总务。

但他多年来养成的习惯却依然保持。每日上午九点钟,必到校听课;不在大学部,就在附中或实验中学,风雨无阻。所听课有英文、法文、德文、莎士比亚戏剧、英国文学批评等课,教师如讲述错误,必当场"开销"(指出其错误)。故凡上列诸课之教授,每见李之光临,莫不满头大汗。下课后教员休息室中,"吃不消""弹琵琶"(发抖)之声不绝于耳。如课听得不满意,他还要把教授请到校长室去,告诉他哪些方面应该改正。每隔一星期,他要召集英文教员开一次会,恳切地传授自己教书的经验。

常言道,生前之养重于生后之褒。尊师而不能养师,为千古一大憾事。得知老校长眼睛几乎失明的消息,何恭彦、赵世洵在《东南通讯》《西北通讯》等校友刊物中发表言论,呼吁校友齐来关心老校长。1944年,由在重庆的老校友于右任、邵力子和校长章益发起,大后方各地校友会开展了一场募集李登辉老校长颐养基金活动,预计募集百万元。一年后,各地校友献金折合黄金57两,其中30两作为李老校长的颐养基金。后来李登辉将此款大部分捐献给学校,用于修建大礼堂(即今天的相辉堂)。

1945年8月,长达八年之久的全民族抗战终于胜利。客居山城的游子第一桩事,便是向双亲寄平安家书。远在重庆的赵世洵向李登辉寄来一封通报平安的长信,函中对中国的前途充满乐观,称我国已跻身世界五强,甲午战争中北洋水师惨遭全军覆没的国仇已报;还饶有兴致地描述了嘉陵江畔的复旦大学,特别提到中国茶叶公司赞助设立的茶叶组和茶叶专修科。

李登辉已经无法用肉眼看信,是附属中学的英文首席郭稚良念给他听的。与世洵的乐观估计相反,李登辉在回信中表达了他对中国前途的深切忧虑。回信指出,今天我们虽已求得有形的胜利,但距内在的胜利,目标尚远。"世风较前更下,人心较前更险,国民道德普遍低落,上下交征以利,寡廉鲜耻,莫此为甚!君谓中国有无限之希望,吾实忧心如焚,未敢苟同也。"信中倒是对世洵描述的渝校及新设的茶叶组颇感兴趣，表示若得恢复健康，可以再度入川一游①。

抗战胜利后，渝校复员在即。私立复旦大学上海校产归属权问题，非常现实地摆在李登辉和章益面前。

复旦大学渝校改为国立后，意味着复旦在上海的全部财产，包括李登辉奔走南洋募集巨资购买的江湾地产和兴建的房产，都将归属政府所有。当初李登辉和上海校董反对改为国立，主要理由也正是产权归属问题未能达成一致意见。渝校单方面申请改为国立成功后，私立复旦大学校产归属顿成悬案。战时无法解决的难题，随着胜利的到来而提上议事日程。

1945年10月，国立复旦大学校长章益为处理校产问题飞抵上海。为了做通恩师的工作，章益煞费苦心。思前想后，决定由深得老校长器重的沪校政治系主任耿淡如陪同，亲赴李登辉私邸请教解决办法。

章益对老校长执礼甚恭，一进门就向老人嘘寒问暖。八年过去了！二千九百二十个日日夜夜的苦熬，如同梦魇一般，一刹那间都成为过去。听到分别八年后的爱徒熟悉的声音，老人显得有些激动，平静的外表露出一丝欣喜。

然而，嘘寒问暖之后，师生间就转入了严肃的话题。李登辉心平气和地刹住章益的话头，叫他直截了当地说明来意。章益向老人一五一十地作了汇报。听完章益的

章益，李登辉最得意的门生、心仪的传人。1943年起任国立复旦大学校长。50年代院系调整时，调至山东师范学院任教

---

① 赵世洵：《一位伟大的教育家——记复旦大学校长李登辉博士》。

表述后，李登辉严肃地提出政府收归校产的三个条件：

第一，全部承认上海补习部就读学生学籍，享受与渝校学生同等待遇。

第二，所有上海补习部教职员工纳入国立复旦大学编制，与渝校员工同样看待。

第三，私立复旦大学校产折扣所得，用于周济补习部有困难的员工和学生，不得挪作他用[①]。

章益一字一句聆听完毕，满口答应三个条件。拖延数年的悬案得到圆满解决。

11月3日，私立复旦中学、私立复旦实验中学校董会召开联合会议。会议决定，两所中学分别改名为"上海市私立复旦中学""上海市私立复旦实验中学"。各校董一致推举李登辉担任两所中学的校长、校董会主席。

敌伪占领时期，江湾校舍被伪上海大学占用，损毁严重。一旦复员，两地师生人数数倍往昔，讲习食宿均容纳不下。9月，受渝校委托，沪校成立孙绳曾等5人组成的江湾校舍接收委员会，聘请奚玉书校友协助接收。10月，李登辉派土木工程系、化学系师生先行入驻江湾校园，为次年复员打下基础。1946年2月，沪校校务会议决定，3月25日起，在江湾上课。前后共存在八年的沪校结束了历史使命，宣告结束。

---

① 黄斯麟：《私立复旦大学校产之归属透视》，载《复旦教育》，2001年3月。

第九章

至死犹念复旦精神

抗战胜利后,大后方的高校纷纷开始复员。抗战中,复旦宽松的环境使一大批进步教授汇聚校园,成为陪都著名的"民主堡垒",早已引起国民政府的高度警惕。加以此前复旦如火如荼的抗日行动,屡次对政府施加"压力",制造"麻烦",据称国民政府因此有意推迟复旦的复员时间,阻止复旦迁回上海,妄图把她安插到苏北荒僻地区,从此一蹶不振。

幸运的是,国民政府的图谋没有得逞。1946年10月,渝校师生在历经数月的长途跋涉后,顺利迁回江湾,与事先回到老校址的沪校合并。此时的复旦,设有文、理、法、商、农五院20余系。师生人数已达3 000余人,几乎是抗战前的三倍。校园面积达330余亩,是10年前的3倍。

国民政府还都南京后,政治、经济和文化中心重新东移,上海取代战时陪都重庆,成为国

晚年李登辉

内学术名流和各民主人士的聚集地，一大批知名学者汇集复旦[①]。名师云集，声誉日隆，复旦成为南方学术重镇。

经过八年抗战，复旦像滚雪球似的规模越来越大。李登辉百感交集，一则以喜，一则以痛。喜的是，渝校戳穿国民政府的企图，顺利回到他自己亲手勘定的江湾永久校址，复旦的根基和命脉得以延续。痛的是，离开上海时还是私立的复旦大学，已经改为"国立复旦大学"，虽然经费困窘的老大难问题不复存在，但是学校大权已经被国民政府牢牢抓在手中。他一贯坚持的独立自主的办学方针，事实上已经丧失。这对复旦意味着什么？对老校长意味着什么？他的接班人章益、吴南轩以及其他学生心里都很清楚。老校长忍辱负重，在敌伪占领下苦撑危局，还为复旦复员创造了良好的条件。而当胜利来到的这一天，恩师已经垂垂老矣，并且已经不再是大学的校长！在老人面前，自己却忝居校长，尤其让章益、吴南轩汗颜不已。李登辉逝世后，吴南轩曾写了一副挽联："临危受命，颠沛流离，幸继人努力，凯旋归来夫子悦。救难违旨，更章易制，虽长者曲谅，腼颜述职学生惭。"吴、章两位接班人愧疚的心态表露无遗。章益多次向教育部申请，要求聘请李登辉为复旦大学永久名誉校长，但是没有得到许可。

复员后，校友中十余位身居高位的头面人物在华懋饭店（今和平饭店）举办了两次"讨论班"，一方面宴请老校长，另一方面请

[①] 根据《民国三十六年国立复旦大学一览》所载的教员录统计，仅1946年8月至10月两个月内，应聘来复旦任教的专任教授、副教授就有：中国文学系邱汉生、刘檀贵，外国语文系孙大雨、伍蠡甫、许国璋，史地学系周予同、陶绍渊、温雄飞、叶蠢如，新闻学系萧乾、杜绍文，教育学系胡寄南、袁哲、谢循初，数理学系周慕溪、化学系严梅和，生物学系秉志、王敏，法学院方瑞典，政治学系储安平，经济学系吴国隽，商学院吴铁声，银行学系朱伯康、彭信威，会计学系汪礼彰，统计学系褚凤仪，合作学系罗虔英，统计学系唐启贤，农艺学系赵仁镕，茶叶专修科陈橡槐等。另有吕思勉、陈仲明、文洁若、Macaleay、George Huge Begbie、Hoskin. Lewis M.等兼任教授多人。参见《复旦大学百年纪事》。前后对比，可以看出，复旦师资实力提升最快的是1942年、1946年这两个年份。再比较1951年和1955年这两个年份，可以很明显看出1952年院系大调整对复旦师资结构带来的影响。

他讲平生所得，重温30年前在校时老校长授业解惑的旧梦。不料，每一次老校长只讲同样一句话："我归国后，一生只在复旦，一生只当复旦的教授，一生只作复旦的校长。"除此之外，其余一概不讲。言外之意，李登辉是在警策那些做事意志不专、朝秦暮楚、见异思迁的弟子①。

渝沪两部合并后，李登辉正式息肩大学部校务，而成为私立复旦中学和私立复旦实验中学的校长。

40年来，复旦从吴淞到李公祠，从李公祠到江湾，由公学发展为大学，由私立升格为国立，由一所大学发展为拥有两所附属中学的国内知名学府，如今，在他的得意门生章益主持下，展示出蓬勃发展的生机。复旦已经成长为一棵参天大树，但40年来辛勤浇灌她的园丁，却如同一支蜡烛，已经到了风烛残年。虽然一生培育桃李无数，但李登辉自己却孑然一身，如同41年前回国时一样。

老校长的身体牵动着所有复旦校友的心。各地校友纷纷来函，垂询老校长近况。为答谢广大校友的厚爱，1946年8月，秘书季英伯在校刊发表《李老校长近事暨嘉言录》，介绍李登辉的最近状况："早餐为牛奶面包，中餐一菜一汤，晚餐进稀粥一碗，佐以酱菜。夜间成寐仅三四小时，日间常偃卧沙发，闭目养神，以补晚间睡眠之不足。每日以收音机收听时事，藉资消遣。右眼已经失明，左眼亦甚模糊，阅读需人朗诵，步履需人扶持。出门常以上海三轮车公司复旦同学所赠之车代步，时至附中、实验中学视察，听取各部主任之汇报。对于一般校务之改进计划，必亲自筹虑，不厌其详。而于学生学业，尤为注重，凡课本之选择、教授方法之革新，亦必讨论再三，集思广益，以求尽善，此乃数十年来负责办事之习惯，虽老不懈。"②

---

① 许有成：《斯人已逝半纪 英名长留复旦——纪念李登辉校长逝世50周年》，载复旦校刊《复旦》1997年11月11日。
② 季英伯：《李老校长近事暨嘉言录》，载《复旦》1946年8月号。

此时正在《新闻报》工作的赵世洵，在总编辑赵敏恒的大力支持下，专程前去老校长寓所，提出要给他写一本传记或编个年谱。说明来意后，老人连连摇头说：

"我从来没有保存过我的记录，我的过去没有什么值得你好写的，而且我也记不清以往的事了！在神的眼中，说不定我还赶不上路边的一名小贩呢！基督的使徒，不全是贩夫走卒吗？他们在那个时代，不避艰难，冒死传道行善，我的言行，能及他们万分之一吗？"①

世洵也知道，校长有一段中年丧妻损子的悲惨经历，拒绝写传记，是怕再度触及伤心的往事；更要紧的是，校长作为虔诚的基督徒，言行处处以圣徒为标准，早已经看破名缰利锁，不要立传，因为自愧不如圣约翰、圣保罗等基督圣徒们。

李登辉与吴南轩（右二）、章益（右四）、金通尹（左五）、伍蠡甫（左四）等人合影（时间地点不详）

---

① 赵世洵：《一位伟大的教育家——记复旦大学校长李登辉博士》。

李登辉晚年的生活，倍感凄凉，寂寞如同古庙孤僧。幸好复旦中学就在家附近，学生时常来请教，为他朗读他所喜欢的英文《大美晚报》等社论，聊解寂寞。天气晴朗之日，有人扶着他到中学去散步。坐在池畔的水榭里——那是当年上海学生联合会成立的地方，他依稀看到一群天真烂漫的孩子在草地上玩耍游戏，这位70多岁的老人似乎看见了下一代正在朝气蓬勃中生长，才露出了一丝难得的笑容。

1947年春，报纸上登载了"立春立蛋"的报道，这是中国民间的习俗，如同立夏吃粽子一样平常。正在实验中学巡视的李登辉听到教员们在讨论"立春立蛋"之事。他生平头一次听说鸡蛋能够立起来，十分不解，就问教员胡三葆：

"这是真的吗？"

"是的，校长，鸡蛋无论在什么时候都可以使它直立。"

"那你能把鸡蛋竖立起来吗？"李登辉用充满童趣的好奇眼光盯着他问。

老校长如此认真的提问，让胡三葆有些紧张。于是他叫校役拿来一只鸡蛋。小心翼翼地，胡三葆在桌子上摆弄了两三分钟，果然将鸡蛋竖立起来。

老人看呆了，摩挲着模糊的眼睛，对直立的鸡蛋注视了好一会儿，禁不住笑了。

晚年的李登辉，经历了中华民族空前的民族灾难，目睹第二次世界大战中国战场的开辟与终结。复旦校园就在日本侵略中国的前沿，并受到毁灭性的破坏，他的得意门生孙寒冰更是惨死于日军炸弹之下。如今，抗战胜利，百废待兴，他渴望着国家的强盛和民族的复兴。战争暴露出全民族道德水准的普遍倒退。反思之余，他对道德教育有了更加深入的认识。在生命的最后几年，他把精神、道德教育提到了无与伦比的高度。

1946年，《国光英语》发表了李登辉《教育之真谛》一文。文章提出，物质教育必须与道德及精神发展相辅而行，方能确保理性、公道、正义三者之平衡，而唯此三者可以维系社会与世界于不坠。国人需要革心尤甚于益智。革心为我国社会与民族进步之基本条件。国人必须践履大仁、大诚、大公、大纯四德，是为我国社会与民族复兴之机。文章并不讳言宗教与上帝在培养学生道德感中的基础性作用，对现代教育得失的剖析，一针见血，对人性和道德的挖掘，可谓入木三分，堪称李登辉教育言论的代表作。全文照录如下：

> 教育之目的在乎教人应付人生之现实问题，教育二字之字义来自拉丁语源 Exduco——引出或启发。教育为身、心、精神三者之发展，而此三者又相互依存，任阙其一，其他二者亦难独完。三者之中，以道德或精神之发展最为重要，实为其他二者所由立之基础。人而无德，即沦为粗野之人，以其缺乏人之所以异于禽兽之高尚理想焉。
>
> 现代教育率多注意体育、智育，而于人格教育中之主要部分即精神教育则不甚措意。此现代文化之破坏多于建设之悲惨现象之所由来。最近残酷之世界战争即造因于物质科学进步而道德与精神不完。智识之获得非即知慧之完善之谓。故受教育之人非必为有智慧之人，智识为心智之事，智慧则属良心或精神，故社会中最危险之人物非为目不识丁之莽夫，而为缺乏道德观念之受教育人士。盖此类人握有强大之武器可以害人。凡行巨骗，出卖国家者决非无知之徒，而多系有学之士。
>
> 于是教育乃成阻滞民族复兴之障碍物。虽然，身受高等教育之学子虽须一律经由同一教育阶段，教育非必永为障碍焉。教育可以成为学生生活乃至民族生活中之重要关键，深远之道德变化可由之产生。教育可以成为家庭生活与职业生活间之桥头阵地，师生于此可通力合作以谋应付人生之现实问题。
>
> 物质教育必须与道德及精神发展相附而行，吾人理性、公

道、正义三者之平衡始可确保,而唯此三者可以系维社会与世界于不坠。吾人需要革心尤甚于益智。革心为吾国社会与民族进步之基本条件。吾人必须履践大仁、大诚、大公、大纯四德。吾国之社会与民族复兴之机即系于斯。

　　使学生对是非善恶,具有真知灼见,其道何由?吾人可以使学生获益之道有四。其一为教师之演讲。吾人所需之教师除稗贩智识外,须于其所授学科中,益之以若干道德教训之提示。教师必须于其学科中推演出道德原则,并以之提示学生。每一学科自可以理智为范围,但教师必须提示学生,在理智范围之外有所谓道德感之存在,而在道德感之后复有广大之上帝(上帝即本体)权能在焉。目前之教育制度局限于理智之范围,此所以学生离校涉世往往一败涂地,盖于人生真谛曾无所窥。故教师于其演讲中应使学生认识上帝,并认识上帝之即为本体。课余得暇,教师可更进一步与学生举行小组座谈或私人谈话,提供劝告,解答问题。现代教育之最缺乏者即为学校之不足以应付每一学生之个别问题。在某些国家,学校中实行荣誉制,即在考试时间,教师并不莅场监考,一任学生自行解答。此举显示教师对学生有信仰,能信任。

　　上述三事皆有用处,但其作用究不敌教师之"身教"。学生每于有意无意之间模拟其师长之言行。此种模仿好坏咸有之。故教育上之要图在乎教师应有感化学生,使之具有健全道德与精神之人格,学府之内教师之雍容风度可以陶铸千百学生之生活,即使彼等于希腊文法扫数遗忘。一幽默者曾作合理之语曰:"君所言者,余未之闻也。盖君之为人,其为声也甚大。"教师对学生应负之重大责任即在服膺上帝,并确保自身之忠诚,大公无私,爱邻如己,以及洁白无疵。

　　稽诸史乘,教育之最初渊源为宗教。其后教育摒弃宗教而代之以智育。教育理应成为追求本体努力之一部分,但学生离学校,对本体往往无所窥。

> 在现代教育上之此项缺陷，不难补救——扶助学生发展其道德感，由之而明辨是非。着手之道，在乎训练学生听从崇高智慧而不弄一己之小智。教师应教导学生膺最高道德标准，然后学生对本体能有永恒之接触也。①

道德教育与家庭教育、女子教育息息相关。国内其他大学，如燕京大学、浙江大学、金陵女子大学早已设立家政系，李登辉认为，为复旦女生设立家政系已经刻不容缓。在与言心哲等人谈话时，李登辉多次提到设立家政系，希望后继者勿忘②。

1947年，李登辉已76岁高龄。此时，国内战争烽火又起。他感到深切的忧虑，常对亲友失声长叹。经过多年的战争破坏，国家元气大伤，人民困苦不堪。中国不能再经受战乱，理应休养生息。到了今天的危急关头，李登辉以为，全国教育界和知识分子应该有一场广泛的运动，造成公正舆论之威力，一方面要求政府作彻底的改革，肃清贪污；另一方面要求国共双方保持克制，停止在东北的军事行动。

1947年春，李登辉叮嘱经常接近他的几位文化界、工商界朋友如端木恺、周孝伯、钱新之等人，想联合他们共同发表一项呼吁和解、反对内战的宣言。李登辉还邀请钱新之面谈，因钱新之顾虑甚多，不置可否，身边也找不到其他见解相同而敢于说话的人，此议只得打消。

回顾自己回国42年的往事，历历在目，仿佛就在昨天。无论是1905年的抵制美货运动、1919年的五四运动、1922年的华盛顿会议，还是进入30年代的历次反对日寇侵略的学生运动，李登辉无不挺身而出，振臂高呼，引领风气，堪称爱国青年的导师。可是这一次，他却是心有余而力不足了。

---

① 载《国光英语》第1卷第4期。
② 《李登辉先生哀思录》，第21页。

战争和国民党在大陆晚期统治的腐败所带来的恶性通货膨胀，使物价狂涨。1947年5月，上海米价涨到法币30万元一担。大学生每月公费只有法币5万元，每日菜金只够买两根半油条。两所中学的经济陷入极度困难之中。不增收学费，则教师生活无法维持。增收学费，又担心家长负担不起，青年有失学之苦。两难之下，更使李登辉异常烦恼。原本就瘦弱的身体，此时显得更加衰弱不堪。

早年的弟子不时前来看望他。可李登辉仍然以复旦为念，三句不离教书育人的本行。弟子们本义是慰问老校长，可实际上等于再次接受当年在校时的教诲。

1947年5月，早期的学生陈传德前去探望，老人谈起了校训"博学而笃志，切问而近思"的意蕴。这是复旦建校10周年时他请国文教员邵力子、蒋梅笙等人确定的，源于《论语·子张篇》，原话出自孔门文学科的得意门生子夏之口。校训只截取了原话的前两句："博学而笃志，切问而近思，仁在其中矣。"先哲睿智的语言，令人回味无穷，不知开启了多少后学的智慧之府。每当学生入校之初或毕业之际，李登辉在大会讲话中总要引用并阐发几句。可是"仁""义""礼""智"之类的祖训在战争环境下似乎被人逐渐淡忘。他感慨旧道德之沦替，叮嘱陈传德下学期到中学部为学生讲演"四书"经义，使其"稍知旧道德"。

对于年前成立的复旦大学校友会台湾分会，李登辉也给予深切的关怀。6月11日，该会来函邀请老校长前往参加7月5日举行的年会。是时，李已经双目失明，知情后，由其口授，老秘书季英伯执笔作复。全文如下："径启者，顷接惠示，藉悉旅台同学会定于7月5日举行年会，辱荷宠召出席，共襄盛举，无任感奋。惟辉以年迈，不便远行，用特函复，藉伸歉意。深望诸同学对母校将来之发展，本以往之热忱，继续予以协助。倘蒙赐校友录一份，则尤为盼切。此致　复旦大学校友会台湾分会　李登辉"①。

---

① 许有成编著：《台北市复旦校友会会史》，台北市复旦校友会编印，2001年5月，第38页。

经过一年多的修葺,被日军损毁的校舍基本恢复旧观。第一宿舍遗址,李登辉建议修建大礼堂,因为江湾校园一直没有供大型集会的场所,他还将各地校友所捐的颐养基金 30 两黄金作为建筑费用。

1947 年 3 月,大礼堂开工兴建,数月后主体建筑就接近完成,礼堂后来被命名为"登辉堂"。抗战胜利后第一次毕业典礼,就放在新落成的"登辉堂"举行。校园又添新建筑,李登辉格外兴奋,病情似乎一下好了许多,满口答应章益校长的邀请,为即将走上社会的学生讲讲心得。7 月 5 日是举行毕业典礼的日子,李登辉在章益校长的搀扶下,早早来到"登辉堂"主席台就座。

"登辉堂"还未完全竣工,外墙上的脚手架还没来得及拆去。主席台就临时搭建在朝南的楼梯过道上。学生们则在"登辉堂"前的足球场草坪上席地而坐。毕业典礼颇为隆重,李登辉的两边坐着政府要员孔祥熙,教育部代表,校友于右任、邵力子、奚玉书等。李登辉用生硬的国语,殷殷告诫学生说:

> ……你们现在穿的 Cap and gown,中国名字叫做学士制服。你们穿过了以后,应当是一个有学问的人,应当从此对国家有所贡献……
>
> Cap and gown 的来源,起源于欧洲古代的传教士,是由传教士的服装改变而成的。从前的大学,只是研究神学的地方……一个传教士应当有服务的精神和牺牲的勇气,一个大学毕业生,也应当为社会服务,为人类牺牲……
>
> 特别是在中国,我们还需要团结,全体人民的团结,中国才有希望。
>
> 服务、牺牲、团结,是复旦的精神,更是你们的责任。①

---

① 何德鹤:《一代师表李登辉》,载《现实(新闻周报)》第 12 期,1947 年 11 月 28 日,第 16 页。

1947年7月5日，李登辉在新落成的登辉堂作最后一次演讲（李登辉后为李石曾夫妇等来宾）

毕业典礼历时三小时，李登辉自始至终端坐台上，毫无倦容，精神似乎较去年更佳。没想到，这却是他老人家最后一次公开演讲了。

7月30日早上，老邻居顾仲彝为了要出版《大学近代英文选》，特地来请李登辉作序。顾仲彝自1930年到复旦任教以来，一直追随李登辉，为复旦工作。尤其在抗战八年间，因为住处贴邻，又因行政职务上的关系，差不多天天在一起。在李登辉的书房里，两人闲聊莎翁的戏剧和英国小说，堪称忘年交。

在老邻居面前，老人显得有些激动。他谈到了时局、学潮和学校，对现状表示强烈的愤慨。不过他要求顾仲彝不向外发表，"不然人家会套上一个帽子给他"。还鼓励顾仲彝终身为教育事业而努力，"戏剧电影也是教育，我看过你的《三千金》，很好，教育意义很大"。

也许是白天谈话时间过长，情绪过于激动，刺激了神经，当天晚上，李登辉突然中风，从此卧床不起。

8月，老人与共事20多年的余楠秋谈生命的意义："我发觉生命最大的成功，就是获得公忠无私、舍己爱人的最高理想。"

病中他仍然关心学校的事。9月初，顾仲彝前来探望，老人抓住顾仲彝的手，不很清楚地用英语说："我知道你很忙，不过附中必须你去帮忙，有几点钟高中英文你务必去教，我叫教务处排上了，你千万不要推脱。"①

这年秋天，郭云观应母校之聘，担任教职，前往探望老校长。此时，李登辉已经卧床多日，身体十分虚弱，但大脑清晰如故。在床前见到这位40年前的高才生，李登辉用微弱的声音说："我早知道你迟早必定回到母校的怀抱！"原来，老校长还在为郭云观迟迟没有来母校服务而耿耿于怀。

郭云观是李登辉早期培养的学生之一，清末即毕业，后任燕京大学副校长。1932年，郭云观来上海法院任职，回母校看望，恰好复旦新设法律系，李登辉初见面就邀请郭兼任复旦法律系教授，结果郭以公务繁忙委婉拒绝。后来，两人每次见面时李登辉总提起此事。对老校长的嘱托，其实郭也一直放在心上，最后总算应聘了却心事。自初次邀请至应聘，前后已过去16年。

还有一件求学时代的小事，让郭云观不能释怀。学生时代的郭云观，身体瘦弱。当时李登辉任教务长，所有学生选课，均需李本人签字同意，方可通过。郭学习刻苦，某次，在选修第二外国语法文之后，还拟选修德文为第三外国语。李审视郭体貌清癯，声色俱厉地加以制止："少年人一味嗜读，而不知自量。我看你的身体，如何能经受再读第三外国语。如果勉强为之，恐怕学业未成，而此身已化为朽骨，你还能为国家作什么？"因而拒绝在选课单上签字。后郭留学美国，夜间向一德国人补习德文，还没学多久，即患心跳病，想起校长的告诫，赶紧打住，身体得以恢复健康。老校长对学生体察之细微、关爱之真挚，令郭云观没齿难忘。

中风后的两个月内，老人的病情时好时坏。

---

① 顾仲彝：《李老校长对我的印象》，载《李登辉先生哀思录》，第19页。

9月11日，至交欧阳夫人自美国来信，陆夫人在病榻前代为诵读。欧阳夫人在信中缕述往事，并提及她与汤夫人之友谊。李聆听之余，触及前情，为之痛哭失声。16日，密律根夫人前来探望，谈及往事。李闻后，缅怀前尘，老泪纵横，不能自已，神经深受刺激，脑部溢血。当晚即未进食。虽经复旦校医及老友刁信德博士悉心诊疗，未见效。

19日晨，脑出血引发肺炎。

下午4时，一代教育宗师不幸在华山路寓所逝世，终年76岁。

弥留之际，章益、金通尹、鲍康志、叶秉孚、季英伯、周仲丹、汪云史以及侄儿李贤政、李贤治等随侍在侧，并由汤仁熙牧师作临终祷告。李留下遗言：以胞弟登山第三子贤政（Denis H. C. Lee）为嗣；死后与爱妻汤佩琳及长子友仁合葬于八字桥长老会公墓。

21日下午2时，李登辉遗体在万国殡仪馆按照基督教仪式入殓。仪堂布满各界奠送的花圈及挽联，遗体覆盖蓝底黄字的绸制"复旦"校徽，仅露一头在外，左侧放着一本他生平所用的《圣经》。

"美哉基督战士，可归安乐之乡。讴歌颂主，永无停止，享受救主之荣光！"教徒们唱着丧歌，为这位功成名就的学者、教育家和基督徒送行。

中外各界名流及教育界人士邵力子、王宠惠、颜惠庆、黎照寰、钱新之、江一平、奚玉书、端木恺、程中行、胡健中、欧元怀、司徒博、涂羽卿、林卓然，以及复旦大学、复旦附中、复旦实验中学师生、校友三千余人，自晨及暮，川流瞻拜遗容。复旦大学校长章益、前任校长吴南轩、文学院院长伍蠡甫、新闻系主任陈望道等，整日在侧招待。复旦大学、复旦附中、复旦实验中学三校的校门、校牌均佩上了黑纱，并敲丧钟志哀。3时，由谢颂羔等牧师主持，为李登辉祈祷祝福。

李校长逝世组图一

1. 安卧在鲜花丛中的登辉老校长　　2. 邵力子作追思老校长演讲
3. 不尽的哀思（左一王宠惠，左二颜惠庆）　　4. 下葬前祈祷

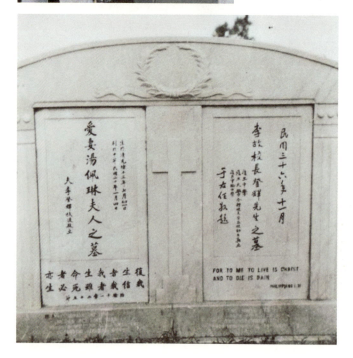

李校长逝世组图二
1. 最后的送别
2. 永诀的最后一刻
3. 李登辉夫妇之合墓

接着由颜惠庆报告李氏生平。颜惠庆称誉,李登辉为我国数十年来仅有的二十余位留学生中道德学问造诣最高者之一人,与故北京大学校长蔡元培,故圣约翰大学校长卜舫济,燕京教务长司徒雷登,南开校长张伯苓,同为中国大学校长中之杰出代表。

邵力子追思道:"余之一生,得力于马相伯、蔡子民及李登辉三先生者殊多。相伯先生为天主教徒,登辉先生为基督教徒,二者同出一源,而子民先生则深信美学,三氏共同点均以爱国爱民为职志。教育家之目的,即在为国为民,惟因认识不同,或不能尽合于时代之精神及当前之需要。而三氏之领导吾人,则极为正确。李氏初则主张维新,'九一八'时主张团结御辱,抗战胜利后,虽在病中对国事仍殷殷不忘,此种为国为民之热忱,吾人不论作任何职业,均应引为楷模。"

次日,李登辉遗体与汤夫人合葬于八字桥长老会公墓[①]。墓碑由复旦大学、复旦中学、复旦实验中学三校全体校友暨在校师生敬立,碑文由于右任手书。碑文下方刻着英文"FOR TO ME TO LIVE IS CHRIST AND TO DIE IS GAIN",中文意思为"因我活着就是基督,我死了就有益处",取自《新约》腓立比书第一章第二十一节。

他的高足章益写道:"(李)逝世次日,某西友撰文追悼,首称云,一位真实的基督徒离开我们而去了。此言也,使先生闻之,必引为最高无上之尊称。盖真实的基督徒之性格,实先生毕生努力而已充分达到之鹄的。对此称呼,亦可当之而无愧也。"[②]可谓盖棺之论。

李登辉逝世22天后,国民政府发布褒扬令,对李登辉一生办学的大功大德,作出公允评价,褒扬令原文如下:

[①] 李登辉原墓在"大跃进"时期搬迁到宝山杨行,即杨行镇西的保安公墓。"文革"中保安公墓遭破坏,后变成火葬场。数十年来杨行墓地建屋多幢,所以今天李登辉墓已失其所在。
[②]《李登辉先生哀思录》,第11页。

李登辉之嗣李贤政全家合影

　　前复旦大学校长李登辉，弱龄侨居海外，眷怀宗国，有志匡复。嗣入美国耶鲁大学，精研文哲等科。鉴于兴化善俗，建学为先。归国后，创办寰球中国学生会及复旦大学，以宣扬文化，训迪后进为己任。平生笃信宗教，融贯中西学术，而归之修己立人；淡于仕进，政府屡拟延聘，终莫能致。弟子遍于海内，皆能有所成就。中间迭经巨变，备历险阻，而贞固之德，皭然之操，迄无改易，巍然负当代重望，为士林所向慕者垂四十余年。方冀国有老成，常资矜式，乃闻婴疾，遽捐馆舍，追怀耆德，轸悼弥深，应予明令褒扬，并将生平事迹宣付国史馆，以彰亮节，而示来兹。此令。①

---

① 载《国民政府公报》1947 年 12 月 11 日。

第十章

乐育天下才，光华旦复旦

> 乐育天下，以终其身。大哉成就，复旦精神。爱人如己，爱己如人。光明永驻，复旦千春。
>
> ——于右任《腾飞老校长像赞》

从 1905 年回国到 1947 年逝世，李登辉在上海生活了整整 42 年。

他在祖国度过的 20 世纪前半叶，中国社会经历了千年未有之大变局。延续两千多年的封建王朝的新旧更迭史终结于辛亥革命，中国有史以来建立了第一个现代的民族国家——中华民国。从中世纪的封建帝制向现代人民国家的剧变，与之相伴而起的是整个社会政治、经济、文化、教育等领域的全方位转型。在旧秩序解体，新秩序未立的艰难过程之中，交织着"古今中西"之间尖锐复杂的全面冲突。能否在冲突中建立一种公正和谐的社会秩序，将决定今后中国之命运。

就教育而言，从 19 世纪末到 20 世纪 40 年代，正是中国现代高等教育制度滋生与发展时期；旧式科举时代结束了，现代大学制度在中国逐渐茁壮成长。一大批各有鲜明特色与世界水准的现代高等学府从无到有、从小到大，在沿海地区星罗棋布地建立起来，形成国立大学、私立大学、教会大学三足鼎立，互为补充的差序格局。李登辉长期参与、奋力推动了中国高等教育健康成长的这一完整过程,成为其中的翘楚之一。

大学是人办的。每一所成功的大学,都刻有一位校长心血才智的印记。如卜舫济与圣约翰大学,张伯苓与南开大学,蔡元培与北京大学,梅贻琦与清华大学,竺可桢与浙江大学……这些显赫的名字,已经成为20世纪上半叶中国大学教育光辉的代名词,至今仍被人们久久追慕与深切缅怀。李登辉就是那批塑造民族伟大灵魂的教育家群体中的一位。虽因是私人办学在国内显得默默无闻,其实正因私立,就使老复旦更富于李登辉个人学识修养的独特风采。

李登辉的一生,融高明的教育家、奉献的基督徒、赤诚的爱国华侨三者于一身,而以教育楷模卓然著称于世。他把华侨特有的报国赤诚、基督徒以道德拯救人心的坚卓诚敬与中华先师乐育天下英才、己立而立人、己所不欲勿施于人的道德人格,都化为培养青年第一流的德智体学养的意志力。他能超越新旧中西的理论纷争,一心用更高的文明培养青年。他百折不挠地缔造复旦大学,创设寰球中国学生会,以及上海基督教青年会,都为了培养青年成为中国社会的精英。42年如一日,心无旁骛;不遗余力,死而后已。一生只为办好教育一件事,一生心血所聚只在复旦,一生只当复旦的校长。李登辉的名字与复旦紧密联系在一起;没有李登辉,也无法想象有老复旦的业绩。

在中国近代教育史上,蔡元培首先在北方树立兼容并包、思想自由的博大学风。而在南方上海这座国际工商业大都市,李登辉手创的复旦大学也一直能够保持科学严谨、思想自立与奉献精神,这首先是李登辉的大过人之处。古人云:"善歌者使人继其声,善教者使人继其志。"李登辉平生最得意之快事,是有众多学生继承他的事业,先后出任各大学校长。据许有成教授多年的寻访统计,李登辉培养的大学校长多达25人,复旦因此成为培养大学校长的摇篮,李登辉无愧大学校长之导师。这25位校长是:

浙江大学校长竺可桢

大同大学校长胡敦复

清华大学、中央大学校长罗家伦

安徽大学、浙江大学、四川大学校长程天放

持志大学校长何世桢

清华大学、复旦大学、英士大学校长吴南轩

四川大学校长黄季陆

国立南宁师范学院校长黄华表

大同大学校长曹惠群

国立劳动大学、江南大学校长章渊若

复旦大学校长章益

浙江大学校长郭任远

国立上海商学院校长裴复恒

安徽大学、东吴大学校长端木恺

北洋大学、青岛工学院校长金通尹

燕京大学副校长郭云观（正校长由美国人担任）

岭南大学、暨南大学、中山大学校长陈序经

西北农学院校长周伯敏

河南大学校长许心武

广西大学校长陈剑脩

英士大学校长许绍棣

北京农业大学校长俞大绂

第五军医大学校长蔡翘

陕西师范大学校长陈立人

上海城建学院校长巢庆临

从知识背景分析，李登辉完全是一个纯正西方文化所教养的精英。西方的文化，华侨的身份，怎样使他成为一名真正的爱国者？胡秋原在《悼李登辉先生》中有很好的分析："承认自己祖国的忧患与落后，然信任自己的民族亦能有其伟大的将来，即以整个的生命从事于一种神圣的工作，以谋国家的进步与发展，这才是真正的爱国者。李先生便是这样一个人，而将教育看作救国根本事业的。大概一个人受过外国的统治，而同时具有外国最高文化水准者，必能比任何人更深刻地感到祖国的可爱。先生出身于华侨的家庭，受过完全的西方教育。他知道西方，也知道中国。将中国提升到西方的水准，是必要的，可能的。必须了解这一点，一个人才算知道如何爱国。"① 胡秋原在作为教育家的李登辉与作为政治家的孙中山之间，找到了精神上的相契点，称李登辉是和孙中山经过同一种精神体验的。真了解中西，有比较鉴别，则知中华自有可爱之处，不至堕入弃华媚洋者之伪爱国；深知中国落后，必须急起直追，而非文过饰非，以"国粹"拒斥西方先进。这才是真爱国，真救国，发而为中国造就天下英才！

　　身为中国大学校长这一群体中的一员，李登辉自有其与众不同之处。同样是西方文化精英，在中国办教育，与教会大学校长相比较，李登辉与祖国认同，少了一份列强居高临下的文化优越感和自居先进的君临感，而多了一种与华夏文化休戚与共的亲和平易感。同样是中国人，与大多数其他中国大学校长相比较，李登辉又以他对教育的专一和纯粹，不介入政界、军界、财阀的纷争，笃守淡泊自好、一尘不染的高尚人格，其爱复旦兼有父之严、母之亲，更让人感到一种纯洁教育家特有的伟大光辉。"宁静安详的气度""雍穆和易的仪态""一声不响，静静的"，是他给人的外在观感。即使照片上的李登辉也依稀给人一种静穆、谦和、慈祥的"身教"的力量。

　　早在新加坡求学的纯洁少年时代，他已受到基督教的影响。到美国后皈依基督教，更成为以清规戒律谨严著称的长老会的一员。毋庸讳言，他从事教育救世的精神动力，主要来自宗教。

　　西方的基督教有多种形态。从早期的犹太教发展到近代的基督

---

① 胡秋原：《悼李登辉先生》，《东南日报》1947年12月21日。

第十章 | 乐育天下才，光华旦复旦

學大旦復立國
NATIONAL FUH TAN UNIVERSITY
SHANGHAI, CHINA

March 14, 1948.

Mr. Francis W. Bronson
Yale Alumni Magazine
119 College Street
New Haven, Conn.
U. S. A.

Dear Sir:

We are deeply grieved to inform you that Dr. Teng Hwee Lee, ex-President of Fuh Tan University, died on Nov. 19, 1947 at the age of 75. The entire nation received this news with sorrow, for in his death China has lost a great educator as well as a spiritual leader.

Born an overseas Chinese in Batavia, Dr. Lee had his education in America and received his B. A. degree at Yale University in 1899. After his return to China in 1905, he taught in Fuh Tan College, which was later reorganized under the new name of Fuh Tan University, as professor of Latin and English Literature. In 1913 he was elected president of the University and held this position for more than thirty years. An honorary degree of Litt. D. was conferred upon him by St. John's University in 1919. Dr. Lee had spent the best years of his life in the building up of Fuh Tan which, but for his resolute will and unremitting efforts, could not be what it is today.

Notwithstanding exacting administrative duties during his presidency, Dr. Lee found time to write and compile a number of valuable books which have been widely adopted as textbooks throughout the nation, among them being "The Cultural English Readers," "Lee's Composition and Rhetoric" and "Vital Factors in China's Problems."

Besides his contributions to education he was also an ardent promoter of many social service groups. He was president of the World's Chinese Students Federation, the Chinese Y.M.C.A., the Anti-Opium Association, and other nation-wide organizations of social reform. He was also a great patriot, having organized the boycott of Japanese goods before and during the Japanese invasion.

學大旦復立國
NATIONAL FUH TAN UNIVERSITY
SHANGHAI, CHINA

During the past decade Dr. Lee's failing health had been a source of great anxiety to many of his friends and students, but we all hoped that he could still live to see the University for which he did and cared so much develop into a great institution of higher learning after the ravages of a long war. For several years he had been suffering from high blood pressure and other symptoms of senility, and at last, in spite of what modern medicine and careful nursing could do, he succumbed.

On Dec. 21, 1947, a memorial meeting was held at the University auditorium which is dedicated to his memory and bears his name. Thousands of people, including prominent personages in all professions, thronged to the meeting to pay their last tribute to a great educator. Similar meetings also took place in other parts of the country where Fuh Tan Alumni Associations are in existence.

Dr. Lee throughout his long years of service in China had always been loyal to the spirit of Yale University, his Alma Mater. I feel constrained therefore to convey the obituary to you and hope you will give due publicity to it as is appropriate to one whose life work reflects glory upon your esteemed institution.

Yours sincerely,

Y. Y. Tsang
President

1948年3月14日，国立复旦大学校长章益致函耶鲁校友杂志编辑Francis W. Bronson，告知李登辉逝世的消息（原件藏耶鲁大学图书馆，陈立提供）

教新教，其社会功能经历了巨大的转变。经过近代科学革命的冲击，制度化的、政教合一的中古教会权威已经崩溃。但是基督教作为人世道德的承当主体并没有退出历史舞台，仍然浸透西方社会生活各个领域，成为欧美社会道德的价值来源。通过宗教改革而产生的基督教新教，已经转化为一种克服人性自私、努力为世人工作的精神感召力量。李登辉就是一位宗教世俗化后以造福人类为己任的忠实信徒。李登辉逝世的第二天，一位西方朋友撰文追悼，给他以最高的赞许曰："一位真实的基督徒离开我们而去了。"他最得意的门生章益在《追慕腾飞夫子》一文中称："'真实的基督徒'之性格，实先生毕生努力而已充分达到之鹄的。对此称谓，亦可当之而无愧也。"

他信奉、倡导的四条行为准则——绝对忠诚、绝对纯洁、绝对无私、绝对博爱，源自宗教，也是他对信仰的精辟概括。嗣子李贤政跟随他22年，朝夕相处，据他"程门立雪"的体认：李登辉做人的原则是根据《圣经》；《圣经》讲的总纲就是一个"爱"字；最重要的一句话是在《圣经》提摩太前书第一章："但命令的总归就是爱，这爱是从清洁的心和无亏的良心、无伪的信心生出来的。"李登辉把《圣经》提多书第二章"为人之道"作为座右铭，在自己的《圣经》扉页写着"TITUS Ⅱ Chap p.557"（提多书第二章第557页）。这是他用来经常提醒自己的字句①。

尽管如此，李登辉却是一位开明理智的宗教人士，他把个人信仰与社会教育分开，自己奉行不遗余力，却从来不劝别人信教，也不甚注重教会的繁文缛节。他毕生身体力行的是基督教"博爱"的宗旨，也就是"爱人如己，爱己如人"。他一生所从事的教育事业、慈善事业和救国工作，都发自他对青年的爱，对孤苦无依者的爱，对国家的爱。

时移世异，李登辉与老复旦都已成为历史。而那代人以先进的科学知识与无私的道德人格铸造第一流的文化英才的大学宗旨，依旧是我们民族教育复兴伟业中的宝贵传统。

---

① 李贤政致笔者的信。

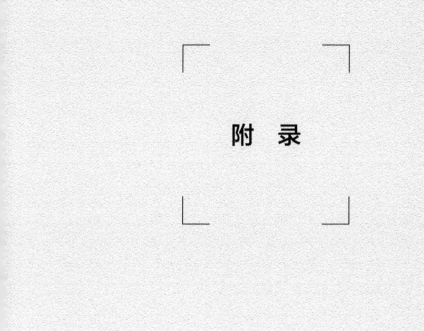

附 录

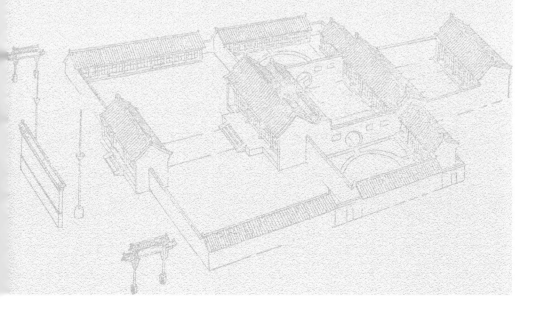

李登辉 | **中国学生之特长及其弱点**[*]

吾汉族苗裔,经数千载之陶镕默化,祖若父之儆惕奋励,竟得养成其好学之特性。而中国遂以好学之国闻于世。自欧风东渐,竞尚西学以来,莘莘学子,负笈西游,此好学之特性乃愈益显著,而欧美人士不禁啧啧称羡,兴中国多才之感。

吾国学子之留学外邦者,大都成绩优美,所向得名,获彼都教习及同学之敬仰,即学生等反躬自思,亦不免以超越侪辈为一时之荣幸。盖不独新学繁赜,非吾人所素习,即彼邦之文字语言,亦与吾固有之旧学绝然不同,以极繁重之科学,至艰难之文字,吾人能习而能之,且复入其堂奥,大有驾彼邦学子而上之之势,不可谓非吾人天禀之高有以致之也。请略举留学界巨子之成绩而证之。

医学博士伍君连德之留学英伦康桥大学也,尝获得医科中最高之名誉奖品。及其学成归国,复于己酉年尽心致力于东三省防疫事宜,迄今而声誉卓著,且任为满洲防疫事务局之领袖医官焉。现充总统府法律顾问之伍君朝枢,即博士廷芳之公子也,在英伦法科大学毕业时,名列法律学生百人之首。总统府秘书顾维钧博士,曾于肄业美国时被推为哥仑比亚大学辩论部代表,卒以其长于雄辩,为

---

[*] 本文由李登辉用英文撰写,由青霞译为中文。中英文一并刊发于《中华学生界》第1卷第2期,1915年,第1—11页。

该大学夺得锦标，博都人士之称颂。上海青年会曹君锡赓之介弟延生，在美国耶路大学时，尝著极优美之论文，考列首名，获得群相羡慕之徽章。兹数子者，皆吾国青年中特殊之才。此外，则留学生之以成绩优美，一时见重于欧美各大学校者，更仆难数。

吾人具好学之特性，复能利用其天赋之资，研求新学，设能推而广之，为国家立富强之基，谓非吾人所至堪自夸者耶。

虽然，值此竞争剧烈、诸事务实之时，仅具优长之学问，而无相当之实力与夫办事之干才以副之，势难有所大成。而今日之现状，则学问家往往依赖实业或资本家之协助，甚或屈伏于资本家手腕之下而不能有所发展，故理论之学问固极重要，而欲望真实之成就，则须于学问之外别求所以利用之途。

近今研究学问者之渐趋于实际，盖即为此。而教育之范围，亦愈形广大，所谓真实教育者，不独发育吾人之天聪已也，尤必开展其实习之才能，俾得助长其独立之性质，使适合于社会之变迁，而后乃为完备。德国文豪希勒有言曰："学问云者，须磨练陶镕，使之深入凑理而失其真体，始得谓为有用之学。"著名之某心理学家则曰："事实之所以可贵者，以其能开拓心思之感念，并发达其对于社会上种种问题之趣味，而不以此为满贮心胸之资料，若条分缕析之大博物院。然吾人所忘之事实，其影响于吾人之心灵者，实千百倍于所记忆者也。"

欲求斯理更形显著，请分教育为二类。一为发育记忆及分析事实之能力。此种教育之法，虽属合宜时，且必需施用，不容或少，然究不足以养成实际上之效用。学习文字、历史等科，斯法至为重要。盖欲深通文字，或熟谙历史，关于理想者少，凭借记忆及分析力者多也。然以立身处世论，则仅能记忆或分析事实，初不足以副教育之真宗旨。而所谓教育之真宗旨者，无他，即余所谓独立性质之发达是也。其二则为陶养性情，使发生建设之能力。近世教育固尝于斯点三致意焉。科学中如论理学、算学、实验物理学，暨搜罗考据之学，无不足以发达个人心灵之能力，而使之施诸实用，藉研究科学之功，彼青年之学生，必能有精密之思想，果决之毅力，与夫坚忍自恃之能力，而养成独立性质之种种要素，可得完全无缺。凡科学家之能发明新理，或实业家之能发达营业，获利倍蓰者，何莫非善用心灵之一道有以致之。此善用心灵而建设之能力因以发生云者，即"事实之所以可贵者，以其能开拓心思之感念，并发达其对于社会上种种问题之趣味，而不以此为满贮心胸之资料，若条分缕析之大博物院然"之谓也。

吾中国学生于教育之第一类颇著优长，而于第二类则缺憾殊多。其所以然者，半由于数千年来以背诵经史为求学之唯一良法，致记忆之力虽极富厚，而创作之才日形缺乏。半亦由于今日之趋势，诸事务实，竞争益烈，一与欧美相抗衡，而不免相形见绌也。

吾人知仅恃第一类之教育断不足以造就真才，亦尝从事改良，而注意于补救之方。惟对于第二类之关系，则犹多忽视之者。请再条举其大要，与吾教育家一研究之。

第一，须知吾国大多数之学生，其求学之目的在金钱，而恒以经济之目光衡教育之价值。其所求之学问愈高，则其对于谋利之期望亦愈大。余任教育有年，就余个人之阅历而言，吾国学生之求学，盖鲜有不以谋利为目的者。大抵一中学堂毕业生，所索之代价为每月三十至五十元之薪金。高等或高等以上各学校之毕业生，须求每月一百至一百五十元之代价。而归国之留学生，则所望较奢，其要求之代价恒在二百五十元以上。学位愈高所求之代价亦愈大，虽志趣高尚不斤斤于经济者，亦不乏其人。或求学之时初未尝以谋利为前提，而学业告终之日即高薪享用之期之一念，实为多数学生求学之原动力。吾人所不容或讳者也。

此种志愿虽属青年所恒有，吾人不能过事苛求，责其不当，且政府与一般社会既别无鼓励之良策以勖勉后进，则此谋利之一念，亦未尝非诱导青年之媒介。然而持之过远，往往结果不良，有妨道德。一，学生既以谋利为求学之目的，势必以速成之学为终南捷径，而不能有所深造。数年前，吾国学生之留学日本者，群趋于速成之途，以一知半解为能事，迨政府特立专条，外洋归国之学生，其留学时期未满三年，或未经领得正式文凭者，不准应试，此风始为之稍杀。盖新学繁赜，尝有耗数年十数年钻研刻苦之功，犹难造于精邃者，断不能于至短之时期获高深有用之学也。二，此志一萌，则青年学子每以毫无根据之学出而欺世，不特社会蒙其害，学校之令名亦必因之毁损，而教育前途更多悲观之象。三，心存谋利，则科学家种种必需之要素必难发育。科学界之泰斗，若达尔文、奈端、赫胥黎、爱迪生辈，莫不竭毕生之精力，悉心致意于所长之科学，而后得名满天下，为后之事科学者作先导。当其研究之时，时间与金钱问题初未计及，彼心目中盖仅知有学问而不知有他也。及其成功，不独名利兼收，举世敬仰，彼辈所代表之国家且因之获厚利，享盛名焉。设求学者而尽以速成为捷径，获利为前提，则此辈卓越之才将孰从而求之哉。

吾国留学生之归自外邦者，实繁有徒，其获得欧美各大学最高之学位者亦殊不少，而数年以来能于所事之学有所建设，以自有别于侪辈者，寥寥无几。推原其故，则创作力之缺乏实为失败之总因。因请进论创作力之关系。

第二，创作力者，个人与国家进化之导师，发达之原素，而所以养成之者，端赖人民有坚忍耐苦之心，政府与社会有勖励扶持之责。创作之才能，虽强半发生于个人志趣之所及，与夫商业界转移社会之魔力。然国家之奖励往往足以激发私人之荣誉心，而使怀才好奇之士益加奋勉。故政府对于人民之有特殊才能者，必须予以相当之酬报，其有发明新理，制造新机者，尤必予以专利之特权，俾奇才异能之士不至湮没。不闻吾中国之所以无实业界巨子若卡纳奇、洛格弗勒、爱迪生辈者，非真以中国之大，竟无可造之材也，特政府与社会无诱导之良法足令人民各尽所长耳。吾中国天产之富饶甲于天下，矿产之中若煤、铁、金、银、煤油之属，苟能一一开凿而利用之，大足以利国福民，为国家立富强之基。留学生之习工程学者，亦未尝非才具优长，足担开探之重任而有余也。然而年复一年，卒鲜奋然兴起建设伟大之公司以从事于营业者，何哉？一言以蔽之曰：政府不能予以相当之保护，官吏之任督率之责者，更乏公忠笃实之人，彼辈自未敢轻于尝试耳。

虽然保护诱导之责固在政府，而奋发有为，力图进取，实赖人民。无论商业上平和之竞胜，国际上剧烈之战争，吾实业家暨一般人民苟无冒险进取之心，坚忍自持之力而有所创作，必难幸获胜利，与欧美诸国相颉颃。盖吾人苟无创作之毅力，则虽倾全国之人民而尽为大学毕业生，亦徒有虚荣，于实业之发达，国力之扩张，余敢断言，其无若何之补助也。彼美利坚、英吉利、德意志诸国之得有今日之富强者，何莫非魄力雄厚之创作家有以致之耶？

返观吾国，则徒以有学问者之不能自创新制，而事事依赖他邦也。政治上、经济上乃处处受制于人，而不能有独立振作之精神。军备之要需，若枪炮、子弹、战舰等等，势必购自英德，否则一有危急，不至束手待毙不止。日用之要品，若钟、表、煤油及其他之制造品，亦必取给于欧美，否则中国人民将固守其中古之陋制而不知变更。值此欧战剧烈之秋，彼中立国之工商业发达者，若美利坚、日本无不攫取良机，获利倍蓰，而中国则依然故吾，且受经济界间接之影响焉。此无他，创作力缺乏之故耳。

吾中国学生之曾受新教育于他国及本国者，不可谓不多，其学问优长、才能出众者，亦所在皆有，而于国家之富强殊鲜补助，实为吾人至堪惋惜之事。或问以"曷不利用所学，稍稍从事于有裨国计民生之举"，则此辈学生几莫不以徐俟良机对。夫机会者，吾人创造之物也，不以人力造机会，而反受制于机会，实为不知自立之大病。所谓依赖之劣性者，雅不愿复见之于青年之学生。盖国无论中外，时无论古今，未有凭借机会，而国家可以强盛者也。吾人苟一读建国伟人之传记，而考求其所以能转移时势，造福世界之由，当可恍然于机会之必不足恃，而知造时势之英雄，未有不经危难受挫折而终底于成功者。吾国学生而不欲有为则已，苟欲不负其所受之教育而有志于奇功伟绩，当以发育其创作力为第一要义。而欲求创作力之发育，尤须陶养其性情，使常存刚毅果决之气，百折不挠之志，而以乐观之感念，肩艰巨之责任焉。

吾中国青年一误于不明教育之宗旨，再误于创作力之缺乏，至有今日不良之果。苟能利用其天赋之资，务求学业大成，裨益社会国家，而出之以不避艰难，百折不回之气，则吾神明华胄，庶几有奋发自强之望。

李登辉 | **对于国民大会之计划及意见**＊

　　溯自一千九百十一年中国大革命以来,有一至重要之问题,而与此共和之中国极有裨益者,即为国民大会,其在今日更引起公众之注意。今吾人已近两路分界之处。其一即通至中国九年来人人争欲图得以民治民主之一域,其一则仍通至水深火热之场,百事为专制与武力所把持,使中国渐趋于失望而不可救药。以事实上言之,国民大会亦可为一种最后上诉之法庭。国民希望之能否达到与专制派武力之是否伸张,将于此决之。进一步言之,使此国民大会而果告成,则二者中必居其一。武力主义完全消灭,灭去一切罪恶,民治主义因之实行,解决一切困难。此一端也。其别一端,则武力主义由此更事伸张,其压迫国民也更甚,卒至破坏国家而后已。此国民大会中下判断者,不属于武人。亦不属于世界各国,惟由国民自行判断。其结果非极佳则必全归失望,而国家之纷乱更甚于前。

　　在思虑较深之一般人言之,谓国民大会之举行尚宜加以考虑。当此国人之心志未定,意见不一,有多数人民尚不解共和之真谛,而官僚及政客之间,犹多自私自利与政治上不道德之举动。此国民大会中人或仍如彼不德之国会议员所为,徒各纠纷而无补于实事,

---

＊ 载《尚贤堂纪事·译辑》第 11 卷第 9、10 期,1920 年,第 19—20 页。本文系中美新闻社译自《密勒氏评论》。

或则祸国之群小利用此大会,阳为赞助国民而阴实自便其私图。吾人虽已有九年洞烛阴谋之经验,然谁能保安福余孽与其他不肖政客之不乘机崛起,欺国民而破坏此惨淡经营之大计乎。因有此等理由,故今日国民大会之所以迟迟不能举行也。

在别一方面,则如吴佩孚将军一派人对此颇抱乐观。谓国民大会不妨一试。两年以来国民之进步极速,且富于觉悟之力。如合力反对腐败官僚,推翻安福部等,均有一种群策群力之精神。今果举行此国民大会,则不难通力合作,以求得真正之民治也。以吾个人之意见言之,则此国民大会似亦可行,但须将慎处事,力避过去之错误,则当能得较佳之结果也。以言将慎之道,约得数端。

一、此国民大会,应由国民方面已成立之机关共同组织,不许官僚直接间接之参与。

二、自一千九百二十年八月一号即安福俱乐部倾覆以后,凡有新组织之机关出现,一概不予承认,禁其参与。此为极大要点。因不肖政客往往有利用时机戴国民机关之假面具以图蒙混者。

三、此国民大会之代表宜取少数,人愈少愈妙,以便进行一切。此有二种利益。(甲)代表人数愈少,则选择愈精。其最后当选之代表,即能得公众之信任者。(乙)人数过众之会,最难维持。人多口杂,争发意见,卒致毫无结果。故以少为妙。

四、当国民大会举行之前两月或一月,应用一种宣传方法,将国民大会之主旨与目的,普告全国国民,使其了解。俾提出意见于大会中时,亦可归于一致。

五、所提意见,皆宜取根本办法,条数不必过多。如能以多数国民平日所讨论之事件提出尤妙。其最关重要者即行讨论通过,以免多耗时光。至其详细计划与如何实行,可由大会中特组专家委员会分别担任之。

今吾窃有数种意见拟上陈于国民大会者,请述之。

一、从速裁兵。凡被裁兵士之可用者,令在铁路上及造街工程处等充当工人,或往边境从事垦荒。(一方面应组织一实业银行,以少数之金钱借与此辈苦力。如英政府在海峡殖民地例。）国民大会中应派代表监督裁兵，勿专听武人主持其事。

二、废督军制。代以省长制。所有督军应隶属于陆军部，发往边界与沿海诸省，筹备卫国之计划。

三、各省组织有力之警察制度。由省政府控制之。

四、以文治政策，代现今之政府制度。

五、各地方有能实行地方自治者，付之实行。

六、各省省长应由人民公举，不由政府委任，中央政府但有认可之权。

七、自中央以至各省小邑，凡政府机关均创行审计调度，均归财政部监督。

八、司法独立，不与政府或党派之争。则凡遇案件可以秉公判断，不受党派或官吏之牵掣。

九、政府不得以武力或他种方法干涉公共选举。

十、迅速制定宪法。

以上诸端，或曾由报纸揭载及公众讨论，国民大会中当先议此等问题，用为着手办法。而欲求此大会之告成，其一端吾已言明于先，即代表以愈少为愈妙。然选举代表将用何种简单之方法乎。自应选之于国民方面之各种机关中，并由有势力之机关为之监督。以吾思之，此项机关当推商会与教育会，而尤以教育会为相宜。其选举之办法如下。

一、以省教育会为最后选举之总机关。

二、以县教育会监督县选举。

三、其他国民之各种机关，各于选定之日期举行选举。举出代表八人，士农工商四类各举二人，使加入省选举。省选举即由各业举出十人或二十人，使列席国民大会。中国凡二十二行省，以每省十人计，则可得代表二百二十人。此数殊为国民大会中恰当之人数也。

章益 | **追慕腾飞夫子***

　　腾飞夫子献身教育事业凡四十余年，所培植成就之人才以万计，而受其亲炙知名海内者，亦不下数百人。士林慕其风范，举国奉为宗师。一朝溘逝，厕身庠序者，识与不识，罔不怵然以悲。益（章益自称，下同）自弱冠就学复旦以来，即蒙特达之知。先生所以呵护督促之者，无微不至。当日得幸免于失学，全出于先生之所赐。今值奠楹①之痛，中心之哀恸，岂语言文字所可发抒乎！

　　益始获晋谒先生，在民国八年之夏。是时五四运动风起云涌，有志青年皆思对于国事有所贡献，而当时主持教育者，大多墨守旧章，力加抑制，以是各校风潮迭起。益是时肄业于某校，亦由此得咎而见摈。正在穷无所归之际，或告以复旦李校长最能同情青年。曷往投之，尚犹豫未敢遽见。终以失学非计，乃鼓勇请谒。果也，阍者甫报，即蒙赐见，温语存问，慰勉有加，并立准转学。益得执贽于大师门下，实出于特殊之恩遇也。时先生方任国民外交后援会及华侨联合会会长，对于救国运动，奔走不遗余力。上海学生联合会为五四运动中南方之重镇，中坚分子多为复旦学生，遇重要

---

* 本文原载《教育通讯》（汉口）复刊第 5 卷第 7 期，1948 年，第 44—46 页。
① 据《史记·孔子世家》载，孔子病危，说夏代殡（停柩）东阶，周代殡于西阶，殷则于两柱（楹）间。"昨暮予梦坐于两柱间，予始（祖先）殷人也。"后七日果卒。故后人以"奠楹"表示祭奠亡者灵柩之意。

决策，常就教于先生，先生亦乐为之指导，师生相为表里，所生影响尤巨。当是时，北方学生力主严惩曹陆章，拒绝巴黎和约，与北京政府相持，未获结果。北府且将更取高压手段，学生运动情势危殆，得上海学生响应，乃能重振声势，终使北府屈服。先生支持之功，实为重要因素焉。

先生关心国事，顾淡于名利。先生淡泊胸怀，殊非山林隐逸之流独善其身者所可比拟。世之以恬淡自矜者，不免出于自私之动机，或以沽誉，或以保身，而先生则爱国热忱发乎于天性。凡足以挽救国家厄运之举，虽胼手胝足为之。惟其专心致志于此，故不遑计及个人之利害。所谓为而不有，庶乎近之。忆昔民国肇始，武汉军政府耳先生之名，电邀主外交。先生未加考虑，即谢绝之。然与革命党人往还甚密。民二，袁氏爪牙坐镇沪上，曾派军警至校，欲以计绐逮先生。先生心知其意，从容辞辟之，袁氏爪牙终亦无如之何。其后于民八九之间，先生奔走呼号，领导民间爱国运动，已如上述。民十年十一年之交，华府会议集议之时，先生呼吁保持中国领土主权之完整。民十四，"五卅"惨案发生；民十六，"五三"惨案发生，先生皆力持正义。"九一八"以后，先生痛心疾首于日本之侵略，提倡抵制日货最力，旋复赞助学生所发动对日武力抵抗之要求。凡此诸役，复旦学生受先生之感召，常为运动之首倡。故复旦特受日人之注目，于抗战期中，所受损害亦最惨重。民卅一年春，日军进入上海前租界，先生亲自主持之复旦大学上海补习部，顿受威胁。先生乃以三不主义昭示师生：一曰不向敌伪注册，二曰不受敌伪补助，三曰不受敌伪干涉。三不不行，则宁可停办。其时沪上人士，慑于敌伪气焰，窒息不敢张，仰望先生，若黑夜之明灯焉。一日，敌宪兵队忽派军官至校，欲见校长，而不识先生。先生方坐办公室中，神色不为动。校中职员支吾以应。敌军官亦逡巡竟去。先生凡两遇险：一为民二之袁军，一为民卅一之日军，而均化险为夷，固属天相吉人，要亦由于先生修养有素，气度安详，乃不为来人所乘。日军败走以后，举国望治甚殷。先生对于国家前途，尤切注念。内战烽起。时先生已届暮年，双目失明，而更不良于行。然尚不遑宁处，口授和平统一之主张，属人缮为文件，冀以阐明国是，挽回颓运。对于国民政府，渴望其提高行政效率，肃清贪污。持论至为公允。而知交中有以为时机未熟，劝其暂缓发表者，故世人未获觇其内容。先生常以是抚膺长叹，欷嘘不置。

先生毕身以救国为己任，而其根本之图则在教育。先生回国之前，曾执教鞭于南洋各埠。民前七年，先生初抵国门，即应复旦之聘，为总教习，除一度短期讲学于中国公学外，一生精力，集中于复旦一校。民国二年，继马相伯先生为校长，亘续三十余年，未尝中断。先生就任之始，学校开办未久，基础未奠，既无校址，更无基金，虽有政府指拨之李公祠作为校舍，而李氏裔人，屡兴词讼，冀逐复旦于门外，于是先生不得不另谋开展。时南洋侨胞景慕先生之盛名，群遣子弟入学，更乐助巨资，乃能于民国七年购置江湾校址七十亩，其后陆续扩充，增至百余亩。其时上海市区与江湾之间，公路未辟，惟恃淞沪铁路通至江湾镇，再乘独轮手推车行半小时许，始达校地。而校地左侧，丛冢累累，极尽荒凉。时人以为蒿莱之地，何能兴建黉宇，颇有诽议之者，而先生不为之动，经营不懈，卒有今日之规模。此其见事之明，毅力之坚，为何如者。吾校经费始终在困窘之中，凡有建设，必须仰给于社会人士之捐助。钦敬先生之为人而慷慨解囊者，固不乏其人，然大都出于先生之劝募。间亦有不称意事。尝有南洋一巨子至沪。沪人士趋之若鹜。或劝先生往见之。先生为学校发展计，姑往访。而此人虽以热心社会事业广事宣传，其用意则在为其所设肆推广营业。先生至，被偃蹇意若不属。先生亦恬然置之，不以为忤也。是时学校规模日宏，人事渐繁，譬若聚族而居，昭穆之间，或生龃龉，而先生一以温柔敦厚处之。始有不慊于意者，终则事先生益恭谨。先生人格感召之功，于此略见一斑。

在益肄业时期，先生于主持学校行政以外，尚亲自授课，而于学无不窥。亲授之课，有哲学、论理、心理诸科，尤邃于各国文字,精通者有希腊、拉丁古文,暨英、法、德、荷、马来诸邦现代语文。开始归国时,不谙本国文字。然益得事先生时,先生对于国文已甚畅达,往来尺牍中,稍有不妥之词句,先生皆能抉而出之。先生教学力主严格,督促生徒,不稍假借。无间寒燠,必于定时上堂。堂上则于诸生课业,必考核綦详。先生以英语讲授,流畅如贯珠,而趣味盎然,虽钝鲁者亦得其启发。先生之为文,朴质遒劲,而说理透辟,西人士读之者,亦无不倾倒。复出其绪余,撰为读本、修辞、文法诸书,授后进以进取之管钥。国内学子习外国语文者,莫不仰为宗匠也。

然先生对于教育之主张,别有其精粹之所在。先生以学问渊博见重于当世。顾先生则以为学术末业也,教育之根本在于品格之培养。先生之言曰:在昔北京政府时代,非有不少留学生置身高位者乎?何以尚有如许卖国贼必须青年起而打倒之乎?五四运动以来,专门人才不更多于往日乎?何以五四打倒他人之人物,此时又必须他人起而打倒之乎?质言之,个人品格不立,则一切社会改革,政治改革,经济改革,不过托之空言而已。我从事教育工作四十余年,目睹中国教育在智育体育方面,俱已著有成绩,独于德育方面,则毫无进步。国民道德一日不提高,则侈言国家建设,终与沙上建屋无异耳。先生以为实施德育,不能仅恃谆谆之教诲与严格之管理,而必以身教为先。凡教师自身所不能躬行实践者,决不能期之于学生。己所不欲而施之于人,谓之自私;己所不能而期之于人,谓之不诚。自私与不诚,是为健全品格之二害。教师自身先具此二害,焉能导引学生使趋于正?故先生之自律极严。先生中年尝嗜淡巴菰,为禁学生吸烟,躬先树范,先生生活极简单,初无其他嗜好,而仅此唯一之享乐,尚戒绝之。先生持躬之谨饬,迥非常人所及矣。先生自律虽严,其所期望于他人者则甚宽。人之有过,必面诫之。其言剀切恳挚,而不予人以难堪,且胸中不存芥蒂。或有开罪于先生者,他日见先生,自觉赧然,而先生已付淡忘矣。以是感人最深。门人中受先生之陶融而有所成就者,得自先生言词之教诲者十之二三，得自先生人格之感化者十之七八也。

先生尝昭示后学以生活之绝对标准有四：曰至诚、曰纯洁、曰无私、曰博爱。此四者，诚为人格修养之高峰，而先生实已具备之。先生之一生，尤为博爱之具体表现。先生之爱，无所不包：其于家庭，则笃于伉俪之情。师母汤夫人之逝世也，先生怆痛欲绝，独身十余年，绝意于室家之乐。其于社会，则锐于救恤之任。先生自奉甚薄，束修所入，半捐于慈善事业。捐献之不足，复于江湾自置房屋，办理福童所一所，亲施教养。其于国家，则自壮迄老，无时不萦系于民族之前途。其于青年学子，则凡足以造福之者，靡不热烈从事。先生于发展复旦大学以外，并曾创设寰球中国学生会与基督教青年会。此两团体之设立，盖以服务青年培养青年为职志者也。先生之造诣，如是之深且厚，然先生不自矜伐，一切皆归功于主宰。先生以为人性天生自私，愈能归心于上帝，私欲始愈能减少。先生自谓曾试以自我意志以达无私，但屡试屡败。我生命之改变，一言以蔽之曰，靠上帝力量而已。先生于教会中，未尝有所职司，而崇奉教义，躬行实践，老而弥笃。今欲了解先生之伟大人格者，必先了解先生修养之所自。先生逝世之次日，某西友撰文追悼，首称云，一位真实的基督徒离开我们而去了。此言也，使先生闻之，必引为最高无上之尊称。盖真实的基督徒之性格，实先生毕生努力而已充分达到之鹄的。对此称谓，亦可当之而无愧也。

先生之于宗教，如此虔诚，但从不强人信教。益为学生时，尝奉先生命，于校内举行查经班，及与青年会联系之活动。嗣为教员，复助先生推行进德会。近年常随侍先生至礼拜堂参加礼拜。但迄未入教受洗。先生亦未尝以此相劝。先生对于任何人皆不存宗教之偏见。不仅关于宗教问题，极其开明，对于一切政治、经济、社会以及学术上一般问题，亦皆不固执己见，不以同异为厚薄。故从先生游者，皆乐先生之宽容博大。先生之治校，首有行政会议之创设，俾收集思广益之效。先生尝以为男女同校不合中国教育之需要，不必亟亟摹仿西人。然卒采纳群议，开放女禁。此种虚怀若谷之精神，于宗教家中又极罕睹者也。

　　益自执挚以来，叨承先生之庇荫者近三十年。昔为诸生时，即蒙青睐。同学欲有所建白，推益面陈，鲜不蒙许可。益初受先生课时，先生指名口试甚严，侥幸回复称意，即承嘉奖。卒业之岁，先生嘱留中学部任教员。两年后，益作游学美洲之计议。先生询欲习何科，益主见未定，漫应曰，欲习政治。先生大不以为然，坚嘱改习教育。且谓将来学成，可返校创设教育学系。益谨遵师命，赴美专攻教育与心理。民十六，先生寄书促返国，乃回校任教。十八年秋，果有教育学系之设。是时益虽忝为人师，然遇事必请益于先生。先生亦视若家人子弟，不吝谆谆之诲也。抗战军兴，益随校西迁，与先生睽隔八年。曾与诸窗友屡作迎师入内地之议，皆为事阻而未果。民卅二春，益膺命主校政，驰报先生。先生寓书曰，得子继吾衣钵，吾无憾矣。且于书尾注云，此信非答子之来函，试观简端日期，尚在尔发信之前，盖余在海上闻尔长校之消息，即已写就此缄，只恐邮政阻滞，故迟迟未发耳。呜呼！先生爱益之深，视益之厚如此，益以凉德菲材，将何以副先生之望乎？卅四年十月，胜利甫临，益自渝飞沪，即日趋谒先生。先生目已失明，聆益音而喜曰：子竟归来如是之速乎？是时先生步履维艰，丰神亦见衰老。想见上海沦陷期中，先生处境之如何困苦。差幸精神尚健旺，娓娓燕谈，不感疲乏。益窃以为慰。此后于办理接收校产事务以外，辄造先生寓邸侍坐。座中偶有他客，先生举当年嘱益改习教育事，笑以语客。此情此景，历历犹在目前，而先生已不在人间。岂不悲哉！

　　复员以后，益数迎先生来江湾对诸生致训。今岁举行校友节时，先生意兴甚高。仲夏，登辉堂落成，举行毕业典礼于堂中。先生复亲临训话。毕业典礼节目冗长，经历三小时，先生兀坐台上，自始迄终，无倦容，精神似较去岁加健。方以为期颐可期。不意甫逾一月，遽撄中风，竟以不起。呜呼哀哉！前于抗战期中，先君留居沪寓，亦患中风而见背，使益抱恨终天；今先生又以中风而不起。何以厚于我者皆为斯疾所厄！益中心之悲痛，宁有涯涘耶！

| 赵世洵[*] | **一位伟大的教育家**
——记复旦大学校长李登辉博士[**]

本文之首,"复旦"两字之篆文,是我们复旦大学的校徽;边上回绕的"博学而笃志,切问而近思"是我们的校训;题目下面的那首歌,便是我们的校歌。

这两句校训和这首校歌,几十年来在复旦大学、附属中学、实验中学以及附属小学;在上海的江湾到庐山的航程中,在湘黔公路入川的旅途中,在贵阳,在……凡是复旦男女,没有一个不熟读这一句校训,没有一个不会唱这首校歌。在世界各地的复旦同学会(校友会),每逢校庆那一天,礼堂上一定高悬我们的校训,老老少少的复旦男女,一定齐声高唱:"复旦复旦旦复旦……"仿佛自己又回到徐家汇,回到江湾,回到北碚,回到常德路;它把我们带回那年轻的日子里,重去寻找当年的罗曼史:徐家汇李鸿章铜像下的黄昏踯躅,江湾燕园的晨曦踏雪,北碚嘉陵江畔的月下低语。它对我们是何等的亲切!

脱离震旦创立复旦公学

我第一次认识李校长,大约是在民国廿四年(1935年),那时

---

[*] 赵世洵,浙江仁和县人,1941年毕业于复旦大学(沪校)外文系。曾在青年会、新闻报社、圣约翰大学等单位工作或任教。1950年去港,后定居新加坡,1991年去世。
[**] 本文原载《春秋杂志》(新加坡)第427—430期。

我在读复旦高级中学，它本是大学的预科，因为教育部废除预科，始改回高中；但课程仍循预科旧制，所有老师仍由大学里的教授兼任。

那时候学校里有一个基督教学生团契，是大学和高中学生随意参加的。这个团契每星期五在燕园聚会一次，每次开会李校长一定参加，他对团契内每一个同学——大约有四五十人——都能喊出名字。

我们知道复旦的创立，是由于前清光绪年间，上海震旦学院的学生不满于耶稣教会强迫接受宗教课程，因而发生学潮。校长马相伯先生乃率领脱离震旦的同学，走出震旦，创立复旦公学，时在光绪卅一年，即校徽上的乙巳年，公元是1905年。

因此，我们可以看出复旦学生，在先天上便有一种反抗的意志，反抗压迫；同时复旦的学生，在先天上也最有服从精神，服从真理。所以校歌上的"学术独立，思想自由，政罗教网无羁绊"，便是指它先天上的反抗性和服从性。

纪念国耻全校师生默哀

有两件事情是我一辈子也忘不了的。

第一，大约是民国廿四年九月十八日，刚开学不久。那天上午我们正在上伍蠡甫先生（翻译家伍光建氏之子）的英文，操场正中，号手正吹起哀乐，来纪念这个"国耻"的日子，全校师生在原地原位，闻声肃立，默默志哀。哀毕，伍先生摆一摆手，好似《最后的一课》中那位法文教师，意思是说不上课了。当伍先生还未走出课室时，有一位海南籍的张××（名字已忘）同学忽然放声大哭起来，接着前排的几位女同学也一齐哭起来了。当时便有一位粤籍名叫谢永祥的同学，立刻跳上讲台，大声道："同学们，不要哭！我们要以行动来收复失地，以血泪来洗掉国耻……"当谢永祥同学还未说完正拟继续讲下去的时候，忽见教务长章益先生陪同李校长巡堂走来我们课室。李校长走进来了，我们于是全体起立致敬。李校长乃用他生硬的国语向我们发言道："方才那位同学所讲的话很有道理，大家不要哭，应牢牢记住，用功念书，我相信失去的东北，可以在你们手中收回。你们看！哀号吹过，没有一个同学走出教室，大家虽然此时静不下心来念书，但是每个复旦同学，都是爱国的……"此后诨名"小火车头"（因暨南大学足球健将陈镇和，诨名"小黑炭"，他善于冲锋陷阵，又名"火车头"）的谢永祥兄，便去了笕桥，投身空军，竟至殉国。

向委员长请求出兵抗日

第二，我记不清楚，是民国廿二年还是廿三年，复旦同学愤于日军侵我东北，继占我热河，又逼我签订塘沽协定，民气激昂，达于极顶。上海市各大专同学，乘车北上，晋京向蒋委员长请求出兵抗日。每次国家有危急，南方的复旦，始终是站在第一线。复旦大学学生自治会首先发动，晋京请愿，接着响应的有交大、大夏、沪江等校。我们全在上海北站集合，交大是负责交通，所以司机、烧煤、调动车皮等事全由交大同学负责向路局交涉。

但见复旦实验中学的田鸣恩同学（今日鸣恩兄已成为有名之声乐家、名教授，桃李遍南洋），分发歌词教唱。我现在还记得歌词是：

枪在我们的肩膀，血在我们的胸膛……
前进，前进，中华的国民……快快走上战场……
只有铁，只有血，只有铁血可以救中国，还我河山誓把倭奴灭……

正在引吭高歌、热血沸腾的当儿，扬声器中忽然传出文学院院长余楠秋先生的声音，余先生道："复旦同学们听着，现在李校长要同你们讲话了。"

先前已有章益先生、金问洙（通尹）先生来劝我们回去，但没有一个肯走，这时但听李校长在话筒中大声道：

> 复旦的同学们：你们此次请愿，在意义上虽是爱国，但在行动上是冲动的，幼稚的（编者按：南京政府来电，要李校长劝同学回校，李登辉是奉命行事）；要知道，国家的和与战，自有中央决定，中央决不会因为你们去京请愿，就会听从你们，你们现在这种行动……不辨利害，一味盲从，等到你们后悔，已经来不及了……希望你们赶快回校。

我是基督徒团契的契友，校长叫得出我的名字，我怕他发现我，拖我回去，因此在他讲话的时候，一直躲在一位高佬同学的背后，总算没被他看见。结果依旧是原班人马，直奔南京。我这大半生中坐过的火车，以这一次速率最快，快得简直叫人心惊胆战。车抵武进，但见站前站后，军警如林，我们被"挡驾"了，中央限我们当夜转车回上海。后来这二十多年中，我始终未敢在李校长面前，提起北火车站赴京请愿的事，因为这是我第一次也是唯一的一次，违背师命。

人才济济的一大群老师

中学毕业的那一年（民国廿六年），正碰上北方的"七七"事变，8月13日日军又侵占上海，全面抗战于焉开始。学校流亡到内地，江湾校舍在火线之内，我在苏州与杭州的两个家园，毁于兵燹。因为逃难，我休学了将近一年。

廿七年的秋天，大学部决定在上海租界上复课，因为校舍问题，几经流徙，先在霞飞路底的一幢大洋楼内（据说是何应钦先生的房子），后来又搬到仁记路一间银行的大楼上，最后移到赫德路。

我是念的外国语文学系，因为中学成绩和以后在大学的成绩，都能在八十八（分）以上，所以四年都获奖学金。那个时候学校的经济虽然万分艰难，还为我们提供奖学金及优良的师资；我们系中的老师，我现在能记忆的有顾仲彝（教文学概论、英国文学史、莎士比亚、戏剧概论）、李白园（教英诗）、张劲公（教英国湖上诗人、美国文学、欧洲文学史、文学批评）、姚克（教比较文学、比较戏剧）、周×勋（教英文公文程式）、陆宗九夫人（美国华侨，教英国散文与小说）、文曾世容夫人（美国韩侨，教十八九世纪英国名著阅读与研究）、梅立德夫人（美籍，教初级英文）、赵景琛（教中国小说史）、龙沐勋（教中国诗词）、王雅征女士（教法文）。除了赵、龙两师之课，其余皆是必修；但系主任顾仲彝先生鼓励我们念些中文系的课，使文学的底子可以扎实一些。何况龙先生是一代词宗（龙氏与汪精卫甚好，时有诗词唱和），所以大家都去听这两门课。

李校长本身是个文学家

当时复旦外文系之教授阵容，开出这样一张cast，不能不说是人才济济了。可是教授虽棒，念起来真叫人难以过关。张劲公先生的文学批评，是大四的必修；哲理方面，愈念愈抽象，愈搅愈奥；王雅征博士（王师是吾国老外交家王景岐博士之幼女，王氏一门，在比利时鲁汶大学出了五位博士）的法文，不下苦功，死背死读，休想"派司"；李白园先生（李师年龄与李校长相仿，出身老圣约翰，与颜惠庆博士同时念圣约翰文科，自己便是一位诗人，他写的英诗，李校长很欣赏，对他非常尊敬）的英诗，每首皆要背得滚瓜烂熟，好像唱山歌那样脱口而出。

不但课程难念，而且每个礼拜有测验，每月有月考。出身美国耶鲁大学学文科的李校长，本身便是个文学家，他在耶鲁时，不仅英文造诣深湛，且对希腊、拉丁文，在其少年时代就有了深厚的基础；因此，他也长于德法两国语文。他时常坐在我们后面，静听王雅征小姐（那个时候王师尚未出阁）用清脆流利的法语为我们讲述。

早年的李校长，在复旦授逻辑、哲学（此课后由王宠惠博士授解）、心理学、修辞学。余生也晚，未能听过他上面的功课。据他在新加坡的一位学生何葆仁博士（何氏与罗家伦博士、程天放博士同班，现在香港的郭任远博士代理复旦大学校长时，何氏是教务长）同我说："李校长讲课，真是精彩极了，因为他口才好，举例多，使每个人都明白，听他的课，真是春风感人。"

做人为学都得校长教导

我虽然没有上过李校长的课，但是在大学前后的二十多年，时时和他接触，在做人和为学方面，很得到他的教导。

记得在大学三年级的时候，我有两篇长文，请他替我改了拿出去刊登换取稿费。一篇是谈《道德重整运动》，一篇是谈《如何欣赏中国京戏》。前者是由王遂征师（王师教我国际公法，他是雅征师之兄，其弟季征于抗战时在中大授国际公法，其讲义便是我的笔记）交其夫人钟婉兰女士在《中国评论周报》发表，她曾教过岳军先生的英文，她还替我写了一篇短评，申论道德重整之不可忽视；后者是由《大美晚报》经理李骏英先生（李先生后为汪伪特务暗杀于大美晚报门前）为我送去。

这两篇文稿发表以后，有一天团契聚会完毕，李校长命我次日把我的英文作文全拿去给他看。（按：我与李校长的谈话，一直是用英语。一、我老脸厚皮，不怕错；二、李校长的国语十分硬，而且每每词不达意）

指出毛病免得走冤枉路

大约半个月左右，他又叫我去了。这是一个下午，我上他家。他是住在霞飞路底一条弄后一幢小洋楼内，出得弄来，正对李公祠的复旦附中。

"你写的英文，最大的毛病，是介系词（preposition）的运用，把握不稳；改你英文作文的先生，竟也和你犯同样毛病。本来介系词的用法，就是他们外国人也常用错。"

"为什么？"我急不可待地先发问了。

"因为粗心大意。"

"文法上有没有介系词特定用法的规则？"我又问道。

"文法上虽有，但只是一个原则，无济于事；纠正你的弊病，你应该买一本纳氏文法第四册，上面介系词的词句（phrase）全收在里面，你应该熟。"

"有否诀窍，免去死读？"

"除此一道，别无他法。"

我生性顽愚，自小父亲便教我"以勤补拙"，所以读书做事，都不敢背先人之遗训；介系词的用法，直到10年前我大病一场，有时忘了，才要查书，病前确记得非常牢的。

经过李校长这一指点，省去我走不少冤枉路，因此毕生受用不尽。读书一定要人指引，否则不但非常吃力，而且是事倍功半。10多年前国学大师钱穆先生南来，在新加坡南洋学会演说，我与他谈起他把战国史上中断的几十年连接起来，给我们后学者在治国史方面多少便利。他乃苦笑道："我在黑暗中摸索了不少年，其中痛苦不可言尽，我的读书方法是不足为训的。"可见无师而想自通，是多么难多么苦！

要求李校长教圣经文学

我毕业的那年，顾仲彝先生向我说："你在系里所修的课目，大致完备，不过有一科'圣经文学'，因为找不到适当的先生，所以付诸阙如，但是在英美各大学念文科的，或甚至北平的燕京大学，这一科是必修的，因为西洋的文学与历史，都源溯《旧约》，这一科不能请传教士来教，传教士一定把它当作宗教课目，这就完全离谱了；

它一定要请一位文学前辈来教，这样学生才能获益。李校长对这一门是非常好的，他在耶鲁便扎下此根，过去我也和他谈过，深得其益，可惜他年纪大了，否则请他来教，那是再好也没有了。"

接着顾先生又道："李校长很喜欢你，他在教务会议上曾称赞你年轻能写洋洋大篇的文章，我看你不妨自己去求他，或许他肯教你，亦未可知。"

于是我遵循着顾先生的指引，去求李校长。

"这一门我也荒了，如果你一定要念，我要先同梅立德博士谈谈。"李校长如是说。

梅立德是校长同班同学

说起这位梅立德博士，便是前面提及的梅立德夫人的丈夫，他是美国人，和李校长在耶鲁大学是同班同学，同是1899年在耶鲁毕业的，是个老上海，终生主持广学会编辑事宜，和李校长是老朋友、老同学。早年李师母汤佩琳女士死去后，李校长极度伤心，终日惶惶，不知所以，梅氏夫妇便把这位老同学、老朋友，接来同住，慰其寥寂，有大半年之久。梅博士年岁和李校长相仿，而身高体壮，马术尤佳，看来比李校长年轻，谅以运动的关系。我在李校长家里和梅家，见过他好几次，谈吐非常幽默；梅氏的幽默，有时使我意味着他是英国人。

过了大约一个月的辰光，李校长叫我去了。说好每礼拜二下午四时到他家里上课，每次约一个小时，连续上了大约八个月，中间有时也碰着他有事而未上。

教授《圣经》先读《路得记》

他为我授的第一讲便是《旧约》中的《路得记》（Book of Ruth），这是《旧约》内最短的一本记述，一共只有四章。

开宗明义,他首先道出:"小说在欧洲与英美文学上的地位;《路得记》便是欧洲与英美小说之始祖,甚至于俄国的小说,其源皆溯自于此。"

次述《路得记》用字之洗练,描写之生动,结构之紧凑……开所有欧洲与英美小说之先声。

以后讲述的有《出埃及记》《利未记》《列王记上》《列王记下》《历代志上》《历代志下》,因为这几本书都是同上古的历史有连带关系。研究欧洲的历史与希腊、罗马的文学,如果先有这些做基础,那么以后走的路便容易了。

最后讲的是诗篇中几首和英诗——特别是弥尔顿的《失乐园》与《得乐园》——互相印证,指出其套自诗篇中之来源与背景。

李校长那时讲得很慢,不若何葆仁博士说他"口若悬河,滔滔不绝"。然而我记录下来,已经非常吃力,常常要查书,补他引述的诗句。一是自己底子差,古典文学,尤其希腊拉丁文学,肚子里空空洞洞的。二是欧洲文学和欧洲古代历史读得不多。三是李校长对于古典文学,如数家珍,许多名家的诗,都能脱口而出;而我有时却结舌瞠目,茫然不知。

李校长作有系统的学术讲述,我想这八个月,该是他一生中最后一次的讲解了!

我常常想,爱的教育,是最感人的教育,也是最成功的教育;体罚一个学生,不能说中间含有恨,但儿童幼小的心灵上又焉知戒方下,记印着爱的泪痕?如果一个教育家,纯以真爱,去感动他的学生,促使他真心的悔改,这将比体罚要高明得不知多少倍;而且这样的教育,其感人之深,会一辈子也忘不了,一辈子也不敢重蹈覆辙,一辈子含恩在心!

与陆宗九夫人一场误会

前文说过的陆宗九夫人,她的丈夫,是清华留美的一位保险专家，在明尼阿布里斯娶了这位美丽的土生华侨小姐。我在大学二年级的时候，《英国散文选读》便由她教。不晓得为了什么原因，在上课的第一天，我们之间发生一场误会：我少年气盛，便站起来向她索回我方才交给她的选课证，当着她和许多男女同学的面，把它撕得粉碎，气冲冲地走出教室，表示从此以后再也不要上她的课。

这件事情发生在上午九时这一堂课，到了下午，校长室工友给我一张"大菜条子"（学校当局传学生问话或听训的纸条，大家谑称它为"大菜条子"）。一看，是李校长明天上午十时传我问话。

知过能道歉才是大丈夫

我不知是什么事，次日我按时走进校长室。他正在出神地看一宗公文，似乎没有察觉我已站在他旁边。

"早安！校长。"

"唔！"

我站了约有五分钟，他才把手上的公文放在桌上，然后将椅子转过来对着我，上上下下，望了一分钟，然后开口道：

"你的脸色很不好！"

"没有病呀？"

"我说你做了亏心事，所以脸上的光彩才全没有了！"

我没有作声，心里已经猜着，十之八九离不了昨天和陆夫人那场误会！

"你想出来了没有？"

"是不是我与陆夫人昨天的误会？"我晓得瞒不了他，事到如今，也只好向他说了！

"误会？陆夫人没有误会你，是你误会了她，你自己既当众失态，又开罪了师长，一个女性师长，你想想看，应该不应该？"

我没有什么好说；接着李校长乃道：

"礼拜天早上，你在礼拜堂等我，做好礼拜，我陪你上陆夫人家去道歉。"

"我愿受任何处罚,但我不能去道歉!"

"为什么?"

"大丈夫永远不向人低头,不向人道歉!"

李校长听了我这句话,先冷笑一声,接着又道:

"知过而能道歉的才是大丈夫,因为这是要有极大的勇气才能完成;相反的,知过而不敢去道歉,是懦夫!难道你愿意做懦夫吗?"

"我没有说我错啊!"

"刚才你明明说'我愿受任何处罚',你没有错,为何甘愿受罚?你的良心已经招认了,还要强辩?"

垂头丧气到陆家去道歉

李校长去的礼拜堂,是在法租界贝当路上的 Community Church,牧师是美国人柯义博士,年龄大约有六十多岁,很有学问。他的讲道,不是带哭大叫的冲动派,完全是哲理派。抗战时期,在上海的金陵神学院教授李天禄博士和成则怡博士,便是这一派,当时很能振奋"孤岛"人心。柯义牧师的听众多是大学教授与学生及中外知识分子。

那天我满怀着一肚子的别扭,垂头丧气地来到了礼拜堂。坐上校长的汽车,直奔福履理路陆家。

"等一下到了陆夫人家,你不用担心,陆夫人不会使你难堪的,一切你让我来替你安排,你跟在我身后,当我回过头来看你的时候,你赶快上去和陆夫人握手,道声早安,其余的话,我来说!"我想不到校长在车里会同我说上这一段话。

陆夫人家到了,是一幢西班牙式的洋房。门房开了门,引我们到客厅,我侧面望去,但见陆夫人自梯而降,此时校长一面起身,走出客厅,一面笑着,向陆夫人迎上前去:

"夫人,早安!赵没有同你误会啊!他不是来了吗?"

接着校长回过头来，望了我一眼，我连忙抢上去和陆夫人握手，并道声：

"早安！夫人！"

在陆家吃饭几乎出洋相

因为陆夫人穿的高跟鞋，下楼不大方便，我乃顺手将她扶下，她那时已笑得口都合不拢来。校长看我去扶陆夫人，颇为高兴，说不定心里在想"这小子还算知趣！"于是从袋里摸出一张卡片，随手递给陆夫人，并一面说道：

"这是赵的选课证，请你收下，原谅年轻人一次吧！赵已知道自己错了，星期二他会回到你班上去的。"

我没有想到校长竟代我预备了选课证，他事前连提都没有跟我提一声。今天的事，他老人家好似一位导演；我呢，像一个生硬的临时演员。导演处处用心，维护我的自尊，生怕我下不了台！

"博士，真不好意思，劳你的大驾，其实，赵礼拜二来上课就行了，难道我会推他出去吗？我们之间，本来没有什么大不了啊！"陆夫人含笑说着，一面又回过来问我道：

"赵，你说是吗？"

壁上的时钟，已经轻叩一时，陆宗九先生从饭厅走出来，请我们用饭，我是这里的常客，往老位子上坐去。当我还未坐下的时候，陆先生把我拉到长桌尽头女主人边上的一个座位，一看是首座，这一下把我吓慌了，连忙走过去央求校长：

"校长，我从来没有坐过首座，这位子应该你来坐才对呢！"

校长示意，教我向陆夫人请求，总算女主人没有为难我，我挨在校长右边坐下。

高潮似乎还没有过去，陆夫人为我们作餐前祈祷，当念到"……求主赐智慧给我这名学生……"时，一时情涌上来，我再也无法忍住，双目虽然闭着，泪水却不听使唤地流出来了。我取出手帕,擦干眼泪,偷偷四望,幸好大家并没有发现我已出了一次洋相。

三十八个年头都忘不了

菜是陆夫人亲手下厨,都是我平日爱吃的,计有明虾色拉、蛤蜊清汤、汉堡牛肉丸、苹果甜饼。

往常我在陆夫人家吃饭,多半是吃了再添,这顿饭吃得我真不是味,陆夫人几次要为我加添,我总是婉谢。

告辞出来,在回程的途中,我们默默无声,但见两旁的法国梧桐,一棵棵往后倒去。这个不懂事的大孩子,在车中终于向这位复旦的巨人哭出声来道:

"校长,我错了,请原谅!"

"没有什么,这是小事,你没有听见吗?陆夫人根本没有把这件事放在心上,我先前也同你说过,她不会为难你的,你现在相信了!从此可以把这件事忘记。人总有过失的,何况你还年轻;但是你要记得,以后踏进社会,可得当心,社会里有各式各样的诱惑,使你犯错,那时便没有人来原谅你了!"

"从此可以把这件事忘记!"可是事到如今,已有三十八个年头,当年这个不懂事,而又非常顽劣的大孩子,现在已是年满花甲。他大病一场,记忆全衰;许多往事已是了无烟痕,独有这桩事情,心版上的烙印,还是完好如新,是永远褪不了色的了!

在敌伪注视下继续上课

廿七年(1938年)复旦大学在"孤岛"的上海恢复上课。遵照租界当局的规定,学生自治会的各项活动,完全冬眠。其实是化整为零,转入地下。抗日救亡,支援前线,协助同学奔向大后方,储金救国……这一连串的工作,干得反比在江湾时代还要起劲,虽然日本宪兵及海军报导部的鹰犬们一直在注视着我们。

只有两个活动，是被容许公开的：它们是"复旦基督徒学生团契"和"复旦剧社"。前者是由李校长和梅立德夫人任顾问，由邝国仁、魏正荣、欧阳焕、李妙玲等同学和我恢复起来，由邝兄或我分别任主席；后者由顾仲彝、姚莘农（即姚克）、朱端钧、吴上仟诸先生任顾问，由胡声庵（银行系毕业后，即入北平戏剧学校，正式下海。在校时，曾扮演"探母"中的萧太后，唱做俱合规矩）、田嘉章（毕业后，与姚克在沪上璇宫剧院搞苦干剧团）、陶鸿湄（社会系毕业，与女明星陈云裳之夫汤于翰恋爱失败，愤而走马尼拉，旋为日机炸死）、杨恩绶、冯志琼、朱良玉等同学和我前去"接棒"，由我任主席。

学生团契，仍是和江湾时代一样，每星期五下午五时开会，地点改在附近内地会（英国人在中国传教的一个机构）大楼上一间礼堂内聚集；剧社排戏则借用海格路李公祠复旦附中童军总部举行。我记得那个时候，我们做学生的功课都压得很重，至于老师的生活担子，也不比我们轻，可是对于这两个聚会，师生无不准时出席。姚克先生导演王尔德的《少奶奶的扇子》，每天下午，风雨不改；那时他刚由耶鲁大学回来，手法、布景和灯光，完全是耶鲁的拷贝；角色之间，异常紧凑，人人称职，尤以朱良玉同学（饰少奶奶）外形之美，台词之亮，博得不少佳评。这两场在福煦路俄国剧场的演出，水准之高，虽职业剧团亦望尘莫及。后来我们又在辣斐剧院上演《生死恋》，由吴上仟先生导演，女主角由陶鸿湄同学担任，也同样饮誉沪滨。

对待南洋青年亲如子侄

李校长对团契里的同学，尤其是课外活动多的，常常要查问考试的成绩，如果某人这一阵子的功课差了，他一定要劝导一切暂停，专心向学。我与会计系的邝国仁皆被他查过。

阿邝（国仁）是新加坡华侨，人很能干，组织力极强，李校长很喜欢他。其实李校长对南洋回去的男女，可说都是另眼相看。太平洋战争以后，不少南洋同学断了汇兑，他们都是由李校长安排，免除学费，增设工读学额，使他们不至于断炊辍学；甚至，其中有一两个同学，当工读学额还未补上时，是李校长自掏腰包，去接济的。李校长的少年岁月，是和南洋息息相关，对南洋回去的青年，嘘寒问暖，亲如子侄，这原是人之常情。

阿邝的班级比我们高，是团契中的大哥；他在大四那年，忽然得了肺病。他自小丧父，寡母一人，孀居在星，所以他在上海没有一个亲人。是李校长送他至山东路的一家医院治疗。那时还没有"史屈曼新"这一类的肺病特效药应世。团契里的同学虽是轮流每日下午去看他，尽量使他免除病中凄寂，但是未能挽回他的生命。

终于，有一天的黎明，他静悄悄地走了！下午我们去看他，他已被抬到太平间，他的爱友梁小姐，也是会计系的同学，哭得死去活来。阿邝的后事——棺木、坟地、安葬等，全由李校长率领我们团契同学去料理。

阿邝落葬气氛肃穆凄切

记得落葬的那天，虽是下午，烈日当空，溽暑迫人，我们抬着阿邝的灵柩，默默地、徐徐地，走向坟场，将他安放在墓穴内，由李校长首先掷土，接着我们依次将一把一把的泥土投到阿邝的棺上，接着是唱诗，诗名是"与主日近"，再下来是牧师的安息祈祷。在场没有一个人哭，但是坟地上的气氛是那样的肃穆凄切，想到阿邝的热心：开学时他四处奔跑，帮助新同学注册、选课、交费……临了自己连午饭都没吃，躲在课室里啃面包；寒夜里一个人骑着自行车，通风报信，完成他"地工"交通组的联络任务；为清寒同学捐书、捐款、义卖……没有一个人不是带着沉重的心，拖着沉重的步伐，站在他墓前含悲忍泪！

大家都不肯走。说要再陪陪阿邝；于是李校长开始说话了，他先讲阿邝为人之忠勤，次述阿邝之热诚……说着说着，校长忽然老泪纵横，频频拭泪，我们明白校长感触到他自己的伤心惨事，乃扶他到前面石凳上休息。我们看见校长泪流满面，大家也忍不住哭起来了！小梁（阿邝的女友）更是放声大哭！

　　夕阳西沉，我们循着原路归去，但见林中百鸟归巢，落叶纷纷，象征日之尽头。人生岁月，就是这样无情地逝去。富贵与荣辱，青春与权势，都要归于沉寂，这一切的一切，正似英国诗人汤姆士·格雷在他的"乡村坟场上所写的挽歌"中，吟出的诗句。

邝老太认了小梁做女儿

　　这年冬天，邝老太太，痛失爱子，渡海北上，孑然一身，千里迢迢，自星洲来到上海。小梁和团契中会说粤语的同学轮流招呼这位长者。她由小梁陪伴，几次去阿邝的坟上，白发人哭黑发人，不无教人酸鼻。临走前几日，邝伯母收拾了爱子的遗物，分了些给小梁作纪念，另外取出两件贵重的首饰，付于小梁道："阿邝没有福气娶你，我也没有福分有你这样好的媳妇；我没有女儿，委屈你做我的女儿吧！这两件饰物，原是要给你的，是我特地从新加坡带来，你收下吧，作为娘给女儿的陪嫁……"说着，小梁哇的一声哭了出来，"妈啊！"倒向邝老太太的怀中，母女两人哭作一团。

李校长的一段伤心惨事

　　我在前文述及：李校长在阿邝的墓前"感触到他自己的伤心惨事"。这里应先交代清楚。

　　他原有一个非常美满甜蜜的家庭。他有一个贤惠的太太，生了三男一女。可是有一年，上海发生猩红热，一连夺去他四个孩子，（这里的记述与事实有出入——本书作者）接下来又夺去他爱妻的生命，那时的李校长，中年丧妻损子，伤心得真像个疯人，如果不是基督大爱的支持，不是梅立德夫妇和另一位通家之好的欧阳夫人（欧阳先生在刁作谦氏任驻星总领事时任领事，粤人，夫妇二人与李校长夫妇友谊极深）的温情，相信李校长在以后的日子里将无法活下去。他有一年多不能回家，是分别在梅家和欧阳太太家里，来回寄居。欧阳太太亲口告诉我：她的女儿每晨去替这位伤心人整理床铺，在枕下搜出来的几条手帕，总是斑斑泪痕湿漉漉的，说明他独自中夜泣血。李校长晚年，视力大衰，未尝不是他中年那段"伤心惨事"哭坏的。

邝老太太这次来上海，也去看过李校长。他很同情这位"南方的乡客"（这是李校长对南洋回来的人，嘴上常挂着的一句话），因为他早经"丧明之痛"，他的悲惨和邝老太太的遭遇，实在无分轩轾。为着安慰这位老妇人，在她启程回南洋的前几天，李校长特地为她这位"南方的乡客"，领养了一名白白胖胖的男孩，让她抱回去，使其心上不虚，膝下犹存。这一幕是我亲眼看见的。

始终找不到阿邝的母亲

小梁便从此辍学，随她爸爸学习牙医。梁××医生是当年上海有名望的牙医，也是一位虔诚的基督徒。梁医生死了，女继父业，终身不嫁，许与基督。赚来的钱，除了自身的极低的生活费外，其余完全奉献给教会、医院、学校、老人堂、孤儿院，使那些孤、寡、残、幼，因为她的光和热，得到温暖！这是我们团契中最受李校长德望感召的一位同学，也是社会上为主服役最成功的一位同学！她把爱阿邝的心移到世人身上，燃烧自己，照亮众人，她牺牲了！

我和妻50年代南来，生活稍定后，第一个心愿，便是在校友群内四处打听邝老太太的下落。邝氏在新加坡是个大族，国仁兄好像激于日军侵略，中学毕业后便来复旦读大学，大约是民国廿四年。如果他现在活着，已是六十二三岁了，他的母亲也该是九十多岁了。这些年来，我们一直在遍访，蛮想能找到这位兄弟行的尊亲，好去参谒，以存温问。可是人世间事，"不如意者恒十之八九"，直到今天还未能如愿以偿！唉！

与张群是英华书院同事

李校长去世后在复旦大学有一个追悼会，我发现张岳军（群）先生有一副挽联，内容我已记不清了，只记得上联是说他和李先生早年在新加坡英华书院同事的回忆，上款写"登辉大哥"，下款是"弟张群敬挽"。我从老一辈华侨口中探知，岳军先生确在英华书院任事，是中文首席教师兼体操教席，至今岳军先生犹喜啖榴梿（南洋的果中珍品，嗅之如粪，入口香甜，美不可言），新加坡有人去台北，每以颗颗榴梿盛入大口热水瓶中（以其怪味四溢，往往不准携上飞机），以飨张氏，必乐不可支。

张氏是戊申年（1908年）东渡，入日本振武学校（预备军官学校）。由此推断，他与李校长在新加坡同事，该在1908年之前，李校长返国的年份，该是相伯先生第一次出任复旦校长的当儿。

李校长的一生，始终脱离不了教育青年：他回国不久，即与宋子文先生的尊翁宋耀如先生（字友渔，早年留美，一度在旧金山传教。此间多琼州侨胞，老辈们还能道出宋氏本韩姓，过继宋家。胜利复员后，子文先生主政广东，返回乡梓，传其曾入韩氏宗祠参拜）和其几位志同道合的朋友，在上海创办寰球中国学生会（最后的会址在卡德路，我还去过），李校长任会长，宋先生主司库。朱少屏先生主持该会，那是以后的事了。

与坂本友谊已超乎国界

上海中华基督教青年会，李校长一直是董事。早年中华基督教青年会全国协会的活动，总干事王正廷先生（字儒堂，浙江宁波人，1881—1961年，民国十一年任外交总长，民国廿年，任国民政府外交部长，民国廿五年至廿七年任驻美大使）和主持基督教学生运动的余日章先生都和李校长有密切的来往（国际闻名的顾子仁博士搞中华基督教学生运动，是在抗战前后，更是晚了）。李校长自己虽未亲身参与中国基督教学生运动，但是最初的发轫，很得到他大力的支持；他是非常反对帝国主义的，但是日本的基督教学生运动领袖坂本孝义博士，一直是他的好朋友。他们之间的友谊，已是超乎国界。复员以后，坂本博士流落在上海，住在广学会的梅立德夫妇家中，经济上便是受梅氏和李校长的接济；直到他遣返日本后，李校长还是不断地汇钱、寄食物邮包给他，多半是命我付邮。

在上海做些有意义的事

民国卅年冬季，正是太平洋战争爆发，日军占领英法两租界，我将四年的学分，赶在三年半的时间内修完，算是提前毕业。那时学生群中都兴着请人在特备的纪念册上题留字句，我也未能免俗。一天下午，冒着大雪，到校长家里请他题句，他毫不犹豫地在我的练习簿上写着"The fear of the Lord is the beginning of knowledge. The Proverbs chap.1, VII"（中文是"敬神者是知识之始也"——出《旧约·箴言书》第一章第七节）。然后转身问我道：

"今后将作何打算？"

"预备去重庆。"

"去重庆？我建议你不妨慢一着，先在上海做些有意义的事。"

"什么事情？"

"我想上海的青年学生，比日本人没有进租界前，精神上一定更苦闷，思想上一定更没有出路。我们要帮助他们，勿让他们误入歧途，这份工作不比在后方的任何工作差劲，因为他们也是今后中国真正的财富。你刚刚大学毕业，年龄和他们相仿，你去做这份工作，不仅意义深长，且很适合。"

"谢谢校长！但不知是向何机构申请？"

"我会替你设法，你先在本校当英文助教，那桩事一有把握，我会通知你。"

无意掌外交转荐王正廷

这样我便在本校当英文助教，教大学一年级的英文文法和作文。过了几个月，李校长唤我去，说："上海中华基督教青年会，正在物色一位青年干事：做学生辅导，青年国语礼拜，圣诗合唱团等有关青年活动的工作。我已同总干事陆干臣先生谈过，他要与你当面谈谈，你拿我的名片去。"

我马上意味到这是李校长几十年来，一直关注着的中华基督教学生运动中的一部分工作。

陆干臣先生，浙江湖州人，祖上在苏州开陆益元堂笔店，东吴大学毕业，由余日章博士手中，接过全国基督教学生运动的棒儿；王正廷博士辞去中华基督教青年会全会协会总干事，北上从政——他在民国十一年当黎元洪二度出任总统，便是由李校长保举，出掌外交总长，因为李先生的老乡萨镇冰上将（海军）力保李校长，李氏无意仕途乃转而荐贤——遗职便由余日章博士升任。

陆先生和我谈了之后，便把我留下。

圣乐团被日宪兵队注意

我虽在上海青年会干了一年多，接触到不少德高热心的人：副总干事杨益惠牧师，其人格与风范，至今犹使我不能忘怀；张中原牧师，前年故于美国纽奥良港，他那时在沪经营船务，不独经济上资助国语礼拜，而且随时随地协助同学，潜赴大后方。民国卅九年，他到了美国，便做传道的工作，把福音传入中国学生及海员的寂寞心房里。其他如李寿葆兄、邓尔敬兄（重庆松林港国立音乐学院教授)、朱工一兄、顾正书兄等,如果没有他们的协助,那年圣诞,圣乐团(集合上海各大专院校男女同学数百人,由邓尔敬指挥,屠月仙小姐伴奏)大合唱的弥赛亚和最后乐章《哈利路亚》,决不能够成功,也决不能激起"孤岛"青年低沉的意志!这圣洁、雄伟、美妙的四声大合唱,也只有在那一段时代里能够发挥作用,因为每一个人都埋头苦干,每一个人都唱出他(她)心底的苦闷;不,是一群被日本帝国主义压迫的青年,泣诉后迸发出来的民族的怒吼!

圣乐合唱团圣诞大合唱,算是获得收获了,可是却引来日本宪兵队的注意,乐团指挥邓尔敬兄首先悄悄地进入后方,接着是我,下来是朱工一兄(去天津)。圣乐团便一度沉寂,直到胜利。

气氛太抑郁决心走重庆

我决定出走!便先向李校长辞行。他老人家一走下楼,便伸出手来向我道贺:

"上星期你主持的大合唱,相当成功!"说着便握住我的手,表示祝贺。

"校长去听了?"事先我是寄请帖给他,但那一晚我没有看见他,因为听众实在太多,连礼堂外都挤满了人。

"没有,我是从收音机中听来的。"李校长也许是年纪大了,公众场所,除了礼拜堂,全不去的:我们团契约他去看《万世师表》(*Goodby Mr. Chips*)、《飘》(*Gone With the Wind*),他也未去。那晚大合唱幸有电台作现场广播,他才能坐在家中收听。

接着我将此次演出引来的麻烦,向他说明,并告诉他去重庆的决心。

"这里的气氛委实太抑郁(我是用 depressed 一字)。"

"岂止抑郁,简直是抑压(校长用 opressed 一字,语气更重),教人连气都喘不过来!"

沉默了一会，接着李校长又道：

"去吧！这回我不留你了。记住！走的事情，知道的人愈少愈好。"

我说不出话来，只在怀中摸出一张相片，送给校长。他看了一下，走上楼去，也取下一张在王开照相馆拍的四英寸半身相片，签了 T. H. Lee 的名式，然后付与我。

我走出后，频频回顾，但见这位复旦之父，犹木然倚在门外，朝我挥手！

一段永志不忘的谈话

当我在上海的时候，我和妻——那时是我的同学，但不同系——常去看校长；尤其是每年圣诞前夕，我们总带些沙利文的朱古力和起士林的蛋糕，这是他老人家喜欢吃的。往常我们总是从校长家里辞出来，沿着霞飞路、文林路，踏雪走入贝当路的一家西餐馆吃晚饭、喝咖啡、听轻音乐，直到黎明，再踏雪归去。

我去了大后方的次年，妻在圣诞前夕独自仍去校长家中，仍旧带了校长爱吃的朱古力和蛋糕。校长和她展开了一段使我俩永志不忘的谈话：

"赵常有信回来吗？"

"他已去了印度，信是由重庆转寄到上海的，怕检查出事，写得很简单。"

"我看日本快要败下去了，相信赵也很快就回来了。他回来了，你们是不是就结婚？"

"这个……还没有一定。"三四十年前的女孩子，长者问起她的终身大事，还是非常害臊，远比不上今天的新潮派女郎那样"开通"。

"赵是个很好的青年，书念得好，能力又强，就是脾气梗了一点，这个可以教他慢慢地改。"

妻没有说话，端了一杯茶给校长，接着校长问道：

"阿殷，你读过希腊雅典城建造的故事吗？这是欧洲最古老的首都，雅典建城已有3400多年了。"

"我从前在《房龙地理》上看到几幅房龙画的插图。"妻回答道。

愿天下有情人快成眷属

"好！现在我可以讲这个故事给你听了。在很久以前，雅典旧城有一位美丽的少女，登上雅典女神庙（Parthenon）的高山上，俯视碧波如镜的爱琴海；在山顶女神庙旁边，有一个花圃，里面长满了各式各样美丽的鲜花。女郎刚一走进去，便出来一位年老的花农，他向女郎道：'这儿的花是不出卖的，你喜欢，你自己挑好了，但本圃的规定：每人只限一朵。'女郎从大门口看起，虽然也发现几朵鲜艳夺目的，但她仍不满足，她还想挑更好的；走着走着，已到尽头了，她只好转过身来，赶回去采她先前看中的，可是都被人家摘去了。她很懊丧，出得花圃，再转回去，花圃不见了，年老的花农也不知道到哪里去了。但见白茫茫的一片山岚，笼罩着女神庙。"

希腊的文字与艺术，是今天西方文化的基础。李校长是一位饱受西方文化的学者，他讲这一个故事，其实是希腊寓言，用意比王实甫的《西厢记》中的"愿天下有情人都成眷属"还要积极，似乎是"愿天下有情人'快'成眷属"。

送我湘绣被面至今珍藏

胜利后，我回到上海，我俩终于成婚。李校长不但是我们的媒人，而且他还为我们向欧阳夫人，商借她在虹口史高塔路的住屋。我们一直住在那里，直到欧阳夫人和她女儿去了旧金山。

婚前的三天，我与阿殷亲自去请李校长参加我们的婚礼。他欣然俯允，并且还送了我俩一床湘绣被面，说道：

"这是家里旧有的东西，我目力不好，昨天特地请欧阳夫人为我挑选的，希望你们会喜欢它。"

洋人的规矩，受礼者一定马上当着馈赠者的面前，打开礼物，面谢一番，表示敬意；李校长当然懂得洋人这一套，可是我俩都不敢在他面前"放肆"，只是同声说出："谢谢！校长！"

拿回家打开观看，乃是一幅"百鸟朝凤"，绣工之精美，妈妈说："这是老货，现在拿钱去买，哪里有这样好的货色，这真是艺术。"

我们离开上海，什么也没带，独独李校长送给我们的这一幅湘绣，妻至今还保存得好好的。固然它已成了稀有的艺术品，使我们珍惜，同时我们更珍惜这一份春风化雨的师恩。

哲学分东西方两大宗派

那天很冷，有些微雨，73岁的李校长，拖着老病的身子，偕同日本基督教学生运动领袖坂本孝义博士与梅立德夫人，策杖步入教堂，看杨益惠牧师替我俩祈祷。一直爱护我们的严忠瑜大姊也来了。

我一直在想，哲学家以及能够念哲学的人，该是世上最聪敏的人；本来，按希腊文解释"Philo"和"Sophy"二字，前者是"智慧"，后者是"学问"或"探讨"之义，是以哲学乃"智慧之探讨也"。

世上的哲学，原分东方和西方两大宗派：东方以中国（印度学派，至汉时归于中国主流）为主；西方以希腊（犹太学派，归入继希腊为宗的罗马学派）为主。中国的哲学，源溯老、庄、孔、孟及先秦诸子；希腊的哲学，源溯苏格拉底（Socrates, 469—399 B.C.）、柏拉图（Plato, 427—348 B.C.）和亚里士多德（Aristotle,

384—322 B. C.）。

李校长早年是在复旦教哲学和逻辑。这些学问是脱离不了希腊哲学，我在大学里，是没有敢读逻辑，因为我自忖天分不高，不是一个聪敏的人。

可是有一次李校长同我谈起逻辑是西方很早的一门学问，亚里士多德首创此学，他著的《逻辑学》第一章便说："Logic is a science of reasoning."（逻辑是思维之科学）

我说："很奇怪，中国的《易经》也有和它类似的地方。"

我在大学一年级，国文老师教我们《易经》上的"乾文言"，我不懂，回去便问父亲，他不同我先讲书，则说：

"如果你把《易经》视作仅是问卜，那是小看它了；须知天地之大，奥秘无穷，易者变也！此书宏旨，乃所以明变易之理；上通神明之德，下察万物之象。"

我想"明理"二字，就是逻辑上的"正确的思维"。我对《易经》完全不懂，我想既是"明理"之书，也该称得我国上古时代的一项科学了。

李校长是一位彻头彻尾受西方教育的学者，当他在清末由南洋回国，一句中国话都不会讲，李师母汤佩琳女士是教他讲中国话识中国字最久的"老师"，他虽然眼见清廷的腐败，但不否定中国文化之精深与博大，因此他回答我提出《易经》和希腊逻辑相似那句话：

"本来中西学问，似乎同出一源。中国的五伦，你看，多好啊！不比教会的规定差。我们随便做任何一种学问，中国的也好，西方的也好，一定要做得完完全全，千万不可半途而废。其终也，所谓异途同归。"

李校长的人生哲学，根据我二十多年来"程门立雪"的了解，是"博爱平等"四个字。

他中年回国，本人又是一个虔诚的基督徒，当然教会是他生活的一部分，因此首先结识到上海圣公会牧师汤仁熙。我们晓得美国的教会，传统上、礼仪上最接近英国教会的便是圣公会，早年它在上海也是力量最大，资力最宏，梵皇渡的圣约翰大学便是圣公会建立起来的。其他如长老会、监利公会、美以美会……之来华，乃是晚后一步的事。汤牧师年龄比李校长小，和校长很相投，尤其钦佩他的人格与学问，于是便把自己的妹妹佩琳女士许配于他。

据跟了李校长一辈子的他的中文秘书季英伯先生告诉我："李校长初回国的时候，对祖国的风俗、习惯、人情等，可说完全陌生，要不是和李师母结婚，天天受其爱妻的熏陶，他不可能长久定居中国。"

又据李府有通家之好的欧阳夫人同我说："你们李师母真是一位很能干的太太，内外的事务，她都能应付得头头是道。她服侍你们校长之细心，犹如带领一个小孩子。你们校长吃到饭，就把衣服弄脏，总是太太为先生预备好一块白白的围巾，围在他颈项下，每一样食品都是太太悉心料理。李先生爱吃南洋的酸酸甜甜辣辣的菜，为了配合丈夫的胃口，李师母特地请南洋回来的朋友示范教她，我就时常教她的。"

每年晒遗物睹物思人

我进复旦很晚了，那时李师母已因其三子一女染上猩红热，随子女而去，这段伤心惨事，在前面我已说过了。所以我未见到李师母，只是在学校里为了纪念她建造的佩琳疗养院中，看到她的大照，此外在校长卧室床前看到她的小照。

李师母早年在复旦大学做过会计，因为人很精明，便有人说她贪污。我曾以此询问季英伯先生和何葆仁博士，因为他们都是同时与李师母共事的，他们都说："绝无其事。显然是有人想做复旦校长，故意造谣言，中伤李校长。"

李师母才华既是如此出众，而又全心全意爱护丈夫和孩子，结果终于牺牲了她自己。她死去，李校长的伤心，我在前面已说过。

可是李校长对太太的爱，始终信守如一：到他临终的那天——75 岁了——还是寡人一个。他爱李师母，可说也是世上少有的，李师母生前之遗物，诸凡一衣一巾，莫不替她保存得好好的，当她仍是活在人世；每年夏天太阳强时，一定把李师母的皮衣一件件地取出来晒。睹物思人，必然再伤心一场。这些令人同情的镜头，我和妻都目睹过。有一年他已年迈力衰，收不动这些皮衣，是妻上前帮他一件件归好。

汤仁熙劝姐夫赶快续弦

有一年大约我在大三的时候，他的舅兄汤仁熙牧师打电话给我，叫我去他的教堂，有事相商。汤牧师也是我尊敬的一位有德的长者，他的教堂是在爱文义路，是圣公会一位资深的牧师。上海圣公会美国籍最后一任主教是罗伯慈主教（Bishop Roberts），接他继任主教的是国人俞恩嗣牧师；俞氏奉召西归，便由汤牧师继任主教，但是他祝圣的时候，我已去了重庆。

我到了汤牧师教堂，在查经班上找到了他，他领我去他书斋内坐下，然后取出一封信，叫我带给校长。

到了校长家中，向校长说明汤牧师有信给他。

"你拆开，念给我听！"

这封信是用英文写的，大意是："大哥啊！你年纪已这么大了，一个人生活，实在诸多不便；你这许多年对舍姐的恩情，已是仁至义尽。为你今后的岁月着想，为你的健康着想，为你的幸福着想，你应该续弦了。现在有一位小姐……"

我念完了，把信交还校长，两眼盯着他，他微笑道：

"仁熙，talks nonsense！"

"汤牧师也是一番爱心呢！"

"我告诉你，李师母的灵魂，每天晚间和我话家常，别人看她死了，我则视其如生。这是我祈祷后出现的奇迹。"

"喔！竟有此事？"我怀疑着，但不敢说不信。接着校长伸出右臂道：

"这儿生有块顽癣，药也擦不好，是祈祷好的。"

科学愈昌明愈需要基督

次日，我再去看汤牧师，他蛮想我带来李校长的回信，可是我空空如也。

"T. H. 怎么说？"汤牧师睁大双眼，急切地问着：

我把李校长同我说的话，和盘托出，一五一十地全说出了。

"他是这样向你说的吗？"

"是的！"

"他是真的这样说的吗？"

"是真的！"

"好！随我来，我们马上去看你的校长！"说着，汤牧师便牵着我的手，匆匆步出教堂。

到了李校长家，汤牧师乃向他的妹婿道：

"T. H.！昨天你同世洵说祈祷可以治病，祈祷可以人鬼相通，对这样一个少年讲这些，太危险了，因为他还没有长成，如果他信了你，以后他生病，也指望祈祷，不看医生，你想后果该是怎样？"

李校长是位成功的教育家，当他正要开口的时候，我把桌上的《圣经》，翻到《路迦福音》第八章第五十节：

"不要怕，只要信，你的女儿就必得救。"

"喏！汤牧师，请看！"我那时年少气盛，不知含蓄（其实现在比那时也进步不了多少），说着便将书拿过去。

两位长者都俯首看那节经文，李校长乃道：

"现在是科学昌明时代，我们自当尊重科学。"似乎是承认有病单靠祈祷是不对的。

"科学愈昌明，我们愈需要基督，没有信奉基督的科学，犹如脱缰之马，为害更大呢！"我侃侃直陈。

两位长者都笑了，我乃告退，让他们两人叙旧。

一代学人只有两袖清风

李校长虽是出身贵族气氛的美国耶鲁大学，但他本人是深痛阶级观念；他虽是耶鲁人，确一点也未染上耶鲁大少爷绅士派的气息。我在前面说，他的人生哲学是"博爱平等"，他真是一个博爱平等的人。他身后只剩下一些商务印书馆的股票，这还是他写了一本英文文法、一本英文修辞学，编了一本英汉字典，聚历年之版税换来的，真可说一代学人，两袖清风。论他的收入，不能算少，复旦大学、高级中学、附属中学、实验中学，甚至附属小学，支五校校长之薪水，但是这些钱，一到手只留些作生活费，其他都分光了。慈幼院、老人堂、教会、医院，连同南洋回来没有钱的同学，每月按时都有月捐，我也曾替他回过各地来的谢函，也曾促请他为自己留些；他乃喟然长叹一声道：

"外面苦的人太多了，我比他们，蒙上帝之恩，已是很厚！"

太平洋战争兴起，唯一他代步的20年代福特老爷车也开不动了，因为汽油全被日本军部控制着。上海复旦同学会会长许晓初与其他几位当时经济上有办法的同学，合力买了一辆三轮车送给这位风烛残年的老人。此后他要出门，便一直由一位年轻校工专司其事。

坐三轮车违背平等原则

李校长并不喜欢坐三轮车，他认为以这样的方式，苦人之力，而自己端坐其上，不但违背平等之原则，而且于心不忍。他这种平等的人生观，同吴稚晖先生不坐人力车，可说同出一辙。

所以平日能不出去，便不坐它；但每周去教堂是他生活必不可少的一环。有一天，他去美国礼拜堂回来，同我展开坐三轮车的苦恼交谈：

"坐这种车子，不平等是很明显的，进了教堂，在十字架之下，人人平等，心理上的矛盾，使我非常不安！"李校长叹道。

"校长，从下星期起，我来踏你去教堂。"

"怎么使得？你和他不一样是人？"

"校长，使得的。孔子的学生子路，为夫子执鞭，为什么我不可以替你踏车？"

"时代不同了！"

"孔子他首先打破只有贵族才能受教育的封建传统，创有教无类的平民教育，这不是平等的观念吗？"

我虽是这样说，要使他安心，但他总是不断地向我摇头。

李校长家中没有女佣，只有两位孤儿院领来的女孩，是大女孩教小女孩家庭事务。等小女孩快大了，他乃替大女孩择人而嫁。这样轮流的由孤儿院中招领，孤儿院中上上下下都知道李校长之仁慈，孤儿们都乐意到李府上去。

道德重整运动传入中国

道德重整运动原是美国布道家卜克门博士（Frank N. D. Buckman, 1878—1961）首创，在英国的牛津大学发扬光大，故又称牛津运动（此一牛津运动与1833年在牛津大学产生之牛津运动不同，盖后者乃将天主教之教义纳入英国国教之宗教运动，虽然它们的英文名字是完全一样）。

卜克门因鉴于人心不古，世风日下，乃树立做人之基本莫若四大标准，曰绝对无私，绝对诚实，绝对清洁，绝对热爱。冀以此唤醒众生，以正人心，以挽颓风。一时世人响应者，何止千万。

这项运动传入吾国，非始自今日之台湾。早在民国廿九年与三十年之上海，当时日军尚未发动太平洋战争（太平洋战争是民国三十年12月发生），有英人名贝克（A. Baker）来自牛津大学，宣扬卜氏之四大标准。此时上海已成"孤岛"，政府远在西蜀；四行壮士，被囚于胶州路公园；知识分子、青年学生，莫不意志消沉，惶惶终日。贝克四处演讲，人心大振，一时响应者有银行家、大学校长、传教士、新闻记者、医生、商人等，其中较有名望者，如《新闻报》编辑严锷声、股票大王韦伯祥、名医刁信德等。李校长、汤仁熙牧师、梅立德夫人，亦均参与盛会。

聚会的日期，大约每周一次，全在晚上举行。我随李校长去参加过两次，一次在韦伯祥先生家中。是晚，贝克朗诵其所写之十四行短诗（Sonnet，又名商籁诗体），以寿校长；还有一次是在银行公会。

两次聚会引起极大反感

这两次的聚会，对我来说，已经很够了，因为它已使我引起了极大的反感。

原来这个运动，聚会之先，大家团团围坐，头低下来静默着。睹其状，若有所思。这种静默，名 quiet time。意在使人神相通。"静"过去的人，一会儿"醒"过来，嘴里说："方才我得神的指示……"我看了他们这副德行，像煞有介事的腔调，只差双眼入定，否则喃喃有词，倒真像白莲教再世。

当第二次聚会时，又是这一套。我火了，不等他们"醒"过来，便在校长耳边轻轻地道：

"校长，请原谅我坐不下去了，这里的人除了你和少数几人外，都是假貌伪善的，都是说大谎的骗子！"

"等一下散了一齐走，你忍耐一下，千万不可当众失态！"他一面说一面按着我的手，好像安抚我似的。

过了不久，终于散会，我搭校长的车子回家。他先开口道：

"你凭什么就武断人家是骗子？"

"因为我静默的时候,永远得不到神灵的启示,因此我怀疑他们说大谎,骗人!"

"那是因为你的信心不够!"

"我相信我一辈子也得不到神灵的启示。"

"既然你对这种方式的布道,反感如此之深,那下次你还是不要去吧!我知道你是不喜欢听这一派的布道。"

此后我便与重整道德绝缘,虽然我将卜克门的四大标准,为文介绍于英文《中国评论周报》上。

世间一切宗教皆有迷信

年纪轻,书又读得少,思维还不成熟,凭自己的直觉武断一场,现在想来很是不对,且觉幼稚可笑。严幾道先生(福建侯官人,1907年继马相伯先生,一度出任复旦校长)在他的训子家书中斥子反对迷信不肯设祭,内有:

"……至于迷信一事,吾今亦说与汝曹知之:须知世间一切宗教,自释老以下,乃至耶、回、犹太教、婆罗门,一一皆有迷信,其中可疑之点,不一而足。即言孔子,纯用世法,似无迷信可言矣;而言及鬼神丧祭,以伦理学(Logic)言,亦有不通之处。但若一概不信,则立地成 Materialism(作者按:意即唯物主义),最下乘法,此其不可一也。又人生阅历,实有许多不可纯以科学通者,更不敢将幽冥之端,一概抹杀。迷信者言其必如是,固差;不迷信者言其必不如是,亦无证据。故哲学大师如赫胥黎、斯宾塞诸公,皆于此事谓之 Unknowable,而自称为 Agnostic。盖人生知识,至此而穷,不得不置其事于不论不议之列,而各行心之所安而已。"(引自南洋学会丛书,《严幾道先生遗著》,第161页)

又××杂志第422期刊载厚清先生之《五鬼搬运法》,这件事我小时曾听先君说过。他和周神仙的徒弟程霖生,还沾到一点亲。父亲是决不会骗儿子的,他说这段故事给我听,我不怀疑,但感到十分神秘,因此,百思莫解。父亲说:"这是术的一门,名曰遁。"又说:"有缘分的人才能被传授到。"

写我的忏悔要极大勇气

我所以要引述上面两段,乃是说明宇宙间有很多不可解之事;今天不能解,也许明天解了。我们祖父母的一代怎么能想象人类登月?然而现在竟实现了。也许真有一天,电视上可以收看到死去人们的生活动静;真有一天用数学方程式代出奇妙的"遁"法;真有一天人神相通,不再是"信心够不够的问题"。写到这里,我扯远了些,但是我越来越感觉人在这个世上实在太渺小,知道得也太少了。

但是李校长仍是每个礼拜去参加聚会。有一天英文报(我已记不清报名)上发表了他的 Myself Confession(我自己的忏悔),他参照了卜克门的四大标准,回顾他数十年之办学,是为名求利。他也招认,为了面子曾说过谎言。他承认卜氏之四大准则,衡其言行,相去太远。

我手边没有那篇文章,上述文字乃是凭记忆之大概,是三十多年前的事了。那篇文章是要有极大勇气才能完成的。天主教的"告解",仅是一个人对着神父认错,据说告解出来的教徒,往往泪流满面。李校长这篇宏文,是当着万千读者"告解",向大众认错。此文刊出,上海社会,为之轰动:各教会、各大学、各医院,以及青年团体,均纷纷翻印李氏英文原著及其中文译文,广为流传。

李校长这一篇文章,在我的记忆中,应该是他一生中最后一次的写作,想不到是他的自我忏悔!

哈佛耶鲁有如剑桥牛津

半个多世纪之前,美国的著名大学,可说几乎全汇集于东部,而尤以东部之新英格兰为最著;那里有历史悠久的哈佛、耶鲁、普林斯顿，它们在早期承袭了英格兰与苏格兰的古老的学院传统与气氛。如果我们视哈佛为美国之剑桥，则耶鲁无疑是美国的牛津。虽然耶鲁是第一所出生于纯粹美国乡土的学府；然而它的许多建筑，如宿舍、庭院、讲堂，无不是仿照牛津学院的中古世纪式样。师生置身其间，作僧侣式的传道授业（指大学本科言），恍如身在牛津。

这两所大学，同英国的剑桥、牛津也一样对立：它们每年在新伦敦地方的小泰晤士河上，也有盛大的划船比赛；传统上穿朱红色球衣的哈佛足球队和耶鲁的"巴儿狗"队，每年秋天一定有一场你死我活的争夺；其他如两校的出版物《哈佛讽刺》（*Harvard Lampoo*）月刊和《耶鲁纪录》（*Yale Record*），时常笔战，骂来骂去。

耶鲁与哈佛，是两所十足贵族式的大学，其目的乃在培植一批气质优异、博古通今的美国式的儒雅之士，正如英国的外交官，大半都出自剑桥、牛津。因此，其办学重点全放在本科的四年。耶鲁的文学士，比博士还要值钱，因为这四年本科的教养，不但量重，且质极高，纵有天赋而不下苦功，是绝对不能过关的。

吾国学生去耶鲁的，可说为数不少，早期有孔祥熙（由渥海奥之欧伯林学院转入耶鲁研究院）、王正廷、周贻春、晏阳初等。耶鲁与吾国很有一段渊源，在湖南长沙的城北，有一所雅礼大学（*Yale in China*），对门有一所湘雅医院，南洋回去在那里读医的学生很多，相当有名。我国外交官出身雅礼者，据我所知，有何凤山、汤武、李能梗、李芹根；经济学家出自该校者，有何廉、李振南。

耶大文科量重而且质高

介绍了一连串的耶鲁大学，现在该谈出身耶鲁的李校长了。他是1899年毕业于耶大，正当戊戌变法失败以后。他是耶鲁大学的文学士，我这里特别要替我这位老师声明的是，他不是耶鲁大学的博士，他的博士是圣约翰大学所赠之名誉博士。圣约翰大学校长卜舫济，因辱及吾国国旗，有不少学生，激于义愤，当夜出走，投入李氏门下，在复旦念书，后来皆能卓然有声，服务国家，如章益、程中行等。卜氏有鉴于此，不但不见恨李氏，反感其乐育英才，酬以名誉博士，此亦见前人谢罪认过之风范！

李校长之英国文学造诣，不是一般留学生可以同他相比的。我不敢任意月旦师尊的作品，但是我曾听年纪辈分都比我大的人，像杨南琴先生（圣约翰大学文科首榜，与宋子文同班，终生不仕，在苏教书）曾说过："今天在国内要找能和李先生那支笔相等的人，恐怕只有辜汤生先生了（按：辜鸿铭，张之洞之幕宾，曾任北京大学教授）。"

我在前文已说过，耶鲁文科的大学四年，在教养上不但量重，且质亦高。我曾听李校长说过："当时耶鲁的文科生，除了希腊、拉丁两种语文为必修外，复要读荷马的 *Odyssey*（希腊史诗）、*Iliad*（希腊史诗，传为荷马之作）、但丁的《神曲》（*Divine Comedy*）、《圣经》、莎士比亚、弥尔顿、伯鲁泰克（Plutarch，希腊古代传记作家，著有《希腊罗马英雄传》）、纪朋（E. Gibbon，英国历史学家，著有《罗马帝国衰亡史》）、苏格拉底、柏拉图、亚里士多德。他如十八及十九世纪英诗，十八及十九世纪英国之散文与小说，皆要涉猎。"

这许多课目，如果在今天的西洋语文学系中，莫说学生读不来，就是要请全能教这些课目的老师，已是不可能的事了。

所以他的1899年级，据说在大一时有100多人，到毕业时只剩下20来人，全淘汰了。有一次我替他理书，发现一张变了色的相片：是他毕业时同全班同学合摄，下面注有各人之姓名及出生之年月日。

耶鲁1899年级会，组织相当强，班上同学发生任何一件事，甚至生子抱孙、续弦嫁女，都有级讯分别寄给班上每个同学。有时李校长收到级讯，一看是老同学××于本年几月几日去世，他这一天一定非常难过。他的思潮，会飞转到和此人同窗的时日里。他会喃喃自语，但不知他在说些什么！

从来未见过李师写汉字

老年人通常都喜谈其过去，李校长自亦难免。有一次姚莘农教授（即姚克）上完我们的课，与我一齐走出教室，忽然李校长正面迎来，我乃为这两位耶鲁人介绍。姚先生（现在美国加州太平洋大学执教）那时正从苏联的小剧场和耶鲁戏剧学院研究返国，与李氏大谈今日纽黑文之繁荣，我站在一旁，只听得李校长叹道："当我在那里的时候，市内交通只有电车和马车，很难得偶然看见一辆汽车！"

苏格兰爱丁堡大学出身之辜汤生先生，据说也是回国来学中文的，而且学得相当好。比他晚了几年的李校长，回国的时候，中文一句也不行。前文中我曾交代过，他的中文全是李师母教的，据说他的得意门生安徽人章友三先生（名益，民国卅二年出任国立复旦大学校长）也曾教过他的中文。我想李校长有能力阅读中文，是毫无问题；但我的确没有看见他写过汉字。今天如果有人发现李校长写的对联或屏条，在"吾爱吾师，吾尤爱真理"的信念下，我要向读者说句实话：这些都不是李校长写的，事实上他是不能挥毫的。代笔的人，是跟从他多年的校长室中文秘书季英伯先生。季先生写得一手好字，有颜骨柳筋之姿。这种对联或屏条，多半是复旦同学求写的，我曾在校长室英文秘书吴道存先生的书斋中见到过，也就是吴先生告诉我这个真相。

饮食习惯与南洋人一样

李校长的上海话似乎比他的国语要说得纯正，这可能受李师母熏染。他是闽南人，闽南话是他的母语，他自然会讲，可是那时他和南洋回来的同学说闽南话，我一句也听不懂。我能了解闽南语，还是到了南洋以后的事。我相信他也会说马来语，但我未听他说过。

从李校长的饮食看来，便知他的生活习惯同南洋关系之深了。他每次用餐，除了汤多，还有一杯凉水，一碟虾酱。如果吃炸鱼或炸虾时，还有几颗酸柑，以其酸汁挤在炸品上，而不用醋或辣酱油。这些都是道地南洋人的习惯。

他吃饭又喝凉水，我有次曾劝他以热茶，以免伤胃。他含笑道："我已喝了几十年了，自小妈妈便教我这样的。在欧美每一个上等人（他用 gentleman 一字）用餐，都有一杯凉水的。"

我到南洋后，有机会常在土生的侨胞家中吃饭，此时才明白李氏每饭必饮凉水，因为南洋的菜肴，多酸酸辣辣，尤多咖喱，食毕喉头每感奇热。乃悟凉水之功，在润喉也。

虾酱是印尼棉兰、泗水一带之特产，味腥然极鲜美，槟榔屿有出售，价奇昂。李校长之虾酱，必为南洋同学馈赠，虽巨金亦不能在上海购得，故校长视之如珍品。用饭时特为余介绍，余以其太腥，不敢下箸，李氏大失所望。我到新加坡后有泗水友人携来两罐，并言："印尼文化之高于马来文化，在食事一道，最为明显，而虾酱之制造，是印尼文化之特征，尤勿可失之交臂。"某晚，余妻煮面，放下少许虾酱，尝试之下，诚异味也！食之不独开胃，且味浓汁鲜，唇舌沾交，犹口液欲流，非金华火腿、吾苏之虾子酱油可望其项背。

外交总长是个短命差使

李校长的会客室，当你一进门，便可看见壁上一幅屏条，是他的老乡、吾国驻波兰大使王景岐太老师（王太老师之长子遂征博士及幼女雅征博士，皆教过我的课）赠给他，贺其五十还不知是六十的寿诞。这幅屏条画的是松鹤长春图，由景岐博士命其长女长宝博士执笔。上款落"登辉大哥 × 十寿辰"。旁边是一张摇椅，摇椅后面便是一个书柜。柜上放些花瓶及一只吾国司法前辈郭云观先生（前燕京大学副校长及上海高等法院院长）送给他五十生辰的银盾，题有"寿比南山"四字，上款是"腾飞夫子五秩大庆"，下款是

"受业郭云观敬贺"。柜中的书,大半是有关哲学和宗教的参考书。

中国老一辈的外交官,如王正廷博士、王景岐博士、王宠惠博士,莫不尊李校长为"大哥"。王正廷博士在抗战时的重庆,他的亲家翁、交通银行董事长钱新之先生(又是尊李氏为"大哥"的一个)请他出任太平保险公司董事长,我曾在那里吃过午饭,他知道我出自李氏门下,对我倍加客气。饭后带着三分酒意(王氏是每饭必酒),跷起大拇指,向我说道:"我们的登辉大哥,一生办学,乐此不疲,真是一位了不起的人物。像他这样热心于青年教育的人,可惜我们中国出得太少,唉!太少!"

民国十一年黎元洪二度当选大总统,李校长举荐耶鲁出身的王正廷博士充外交总长。这个掌故是季英伯先生同我说的。复旦早年的许多掌故,我有不少是得自季氏口中。有一次我也问校长:"萨上将(指萨镇冰)介绍你去当外交总长,你为什么不去?"

"这是一个教人短命的差使(他当时用 killing job 之字样),我固然没有兴趣,同时办教育,比干这个有意义得多了!"

"王博士完全因你向黎大总统推举,意外得到这份差事?"

"不好这么说,他那个时候,在欧洲和会(吾国代表有陆徵祥、顾维钧、王正廷等五员)里,他已是才华毕露了。我不推举,人家也会找他。"校长自谦道。

数十年守着一张冷板凳

李校长一生只做一桩工作——教书,看来也似乎是很平凡,然而这"平凡"的老人,确真有伟大的地方。我常想,我们的校长才够得上是伟大的平凡,因为像他能数十年如一日,守着这张冷板凳,不为世俗名利所诱,淡泊一生,环顾宇内,又能有几人?

他一生中有两件所不愿意谈也不想做的事情。

余生也晚,未及赶上李师丽日中天、光明灿烂的岁月;我入师门,从他授道问业,他已是夕阳西下了。

因此，当我在上海新闻报社时，早存心要为他写一本传记，我也曾请示过总编辑赵敏恒先生，他很表赞同。不过，当时我们考虑的一个问题，是老人的健康：那时李校长已74岁了，患有严重的风湿症，视力大减，精神日退。几经考虑后，赵先生同我说："如果李校长精神不好，不能同你天天说，那么替他写个年谱也好。你先去征求李校长的意见，然后我再报告程社长（程沧波先生）。"

我把来意向李师陈明后，他连连地向我摇手道：

"我从来没有保存过我的记录，我的过去没有什么值得你好写的，而且我也记忆不起以往的事了！在神的眼中，说不定我还赶不上路边的一名小贩呢！"

我知道校长是位伤心人，他中年丧妻损子，这个打击对他够惨重了。他不要我替他写传记，为的是怕再提起他伤心的往事。同时，他是一个虔诚的基督徒，早已看破名利。他说："在神的眼前，说不定我还赶不上一名路边的小贩呢！"他不是同我谦虚，因为他常同我说："基督的使徒，不全是贩夫走卒吗？他们在那个时代，不避艰难，冒死传道行善，我们的言行，能及他们万分之一吗？"

我明白他不要立传，因自愧弗如圣约翰、圣者保罗、圣者路迦、圣者马太。

不做生日怕勾起伤心事

大约是民国卅年，李校长69岁，事先我在欧阳夫人那里打听到校长的生日，便把这个消息传到团契里，大家决定替他祝寿。我们商借徐家汇复旦附中的厨房，一切菜肴、寿面、寿糕，全由男女同学出手"表演"。事先一点风声也未走漏出去。等到一切就绪，我奉命前去邀请他老人家。他的家就在附中对面，步行不需五分钟。

校长到了，但见男女同学都是衣冠楚楚，尤其女同学一个个打扮得花枝招展的，校长马上感到有些异样，便低声问我：

"今天你们举行什么会？"

"团契的例会啊！"

这天到的同学特别多，第一首赞美诗是我选的《基督精兵向前行》。这是一首非常雄壮的诗歌，四声合唱，尤其动听，是李校长平时一向喜欢的一首赞美诗。他之所以喜爱这首诗歌，也许在他丧妻损子后，真的蒙主拯救，脱离苦海，勇往向前，重新做人！

一道一道的菜吃过了，最后是几大锅寿面和蛋糕一齐上来。此时全体起立，向我们敬爱的老校长，合力齐声，唱出《祝你生日快乐》，接着大家又是一阵鼓掌，一阵欢笑！

此时校长望着我道：

"方才我问你'今天举行什么会'，你说是'团契的例会'。你不同我说实话。"

"这是大家的公意，他们不许我先告诉你，校长，你要责罚，罚我一个人好了！"

此时校长把手伸到座下，紧握着我的手，先向大家言谢，然后向我凄然叹道：

"You don't know I never keep my birthday."

他说他从不过生日。未婚时，自然无暇及此，婚后每年，我相信李师母一定替他庆贺生辰；等到妻亡子丧，他灰心透了，哪里还有这份心情独乐？

这天晚上，我们护送校长回去的时候，他似乎带着一分欢愉，可是也勾起他的往事，说不定使他再度陷入痛苦的伤感中。

一根手杖充满学子真情

除了这一次的欢愉，我清楚记得当我读大二那年的圣诞夜，李校长也是非常高兴。团契事先向中华基督教青年会全国协会商借在法租界文林路协会大厦的交谊厅，一早就把它点缀得非常充满圣诞气氛。我们预备了各种的朱古力及圣诞蛋糕；参加的人，每人必须带一包礼物，放在圣诞树下，由圣诞老人唱号分派。那一夜到会的男女同学近200人，可谓空前。邝国仁同学事先还在静安寺路的福利公司为李校长买了一根手杖。

壁炉内生起熊熊之火，扩音机内放出圣诞的乐曲，男女同学，对对入场，各人找好座位。吃呵，玩呵！尽情的欢笑，尽情的快乐！真是仙乐飘飘，满室生春！

钟鸣十下，阿邝扮的圣诞老人，忽从窗外跳入，身上背了一个大包，手上拿了一根手杖，首先走到李校长面前，鞠一大躬道：

"呵！李校长，一年不见，你好呵！今天我来特地送你一根手杖，我老了，你也老了，请你收下，祝你健康，祝你快乐！"

说着阿邝便把这支乌木手杖，上面一节包金，镌有"To Our Beloved Master: Dr. T. H. Lee, From Fuh Tan Christian Fellowship"字样，呈给李校长。把李校长乐得笑口常开。11点半，他先回去，穿上大衣，发现两个袋内全是朱古力；戴上帽子，发现帽子里尽是太妃糖。后来不知哪一位同学，用纸把太妃糖替他包好，他才能戴上帽子，冒雪出门，口中还不断地笑着说："这些孩子真顽皮，哈，真顽皮！"

李校长的学生、朋友，有的是达官贵人，他们之中有人送他手杖，在他卧室门后，就有几根挂着，可是自今以后，他一出门，总是拿着这根一群不知天多高地多厚的大孩子们送给他的乌木手杖。其实，这根手杖原值不了几文，但是这位老人懂得这群孩子们对他的纯正的爱，所以他更为珍惜它，如同他珍惜复旦花圃里的幼苗。

最感激陆夫人一件事

晚年李校长的生活，是可以拿凄苦寂寞四字来形容的。早几年每个星期日，他可去教堂做礼拜，到最后一两年，他已灯暗油尽，力不胜任，只好利用收音机来收听礼拜天的布道。

前文中我所提起的陆宗九先生及其夫人，他晚年和他们私交很好，除了陆氏夫妇常去探望他，其他走动的人，便是他耶鲁1899年级同班同学梅立德博士与其夫人，以及少数他的比较亲近的学生。陆宗九夫人也常做些美国式的菜点，送给他吃。使我们复旦学生对陆夫人最感激的一桩事情，便是她每天下午去校长家，为他读报。那时陆府已迁居，而新屋又邻近李邸。但旦旦不息，继之经年，不是一件容易的事。那时李校长的目力之坏，可说已临药石难治的地步了。

胜利后，蒋主席与夫人返沪，祭扫宋太夫人之墓，特在旧法租界之某花园巨宅，设下午茶会招待沪上绅老。李校长虽非国民党前辈，但与国父中山先生及早期同盟会、兴中会之元老，均有交谊，且与蒋先生及蒋夫人，交谊极笃。是日李氏亦被邀请，且坐于蒋夫人之侧，荣居首座，可见中枢之尊敬李氏。茶会将散，诸老推李氏代表致谢，李师欣然允诺。词毕，复起立谓："吾人已聆主席谈话，然久不闻夫人之玉音，愿费夫人数分钟，能以英语，为吾人启导……"群起鼓掌，状至热烈。主席亦莞尔鼓掌，夫人遂于笑声与掌声中起立，作英语演说，市长吴国桢翻译。此成为李校长出席官式聚会最后一次。

对中国前途忧心如焚

卅四年八月，全民抗战，终于胜利。客居山城的游子第一桩事，自然是向双亲寄平安家书，那时航空邮政尚未恢复，我是托中央社同事沈宗琳兄携返。等到沪渝班机通了，我乃寄了一通长函给李师。详情我已不复记忆，大概是先说全国胜利，吾国已跻五强之列，及今后中国无穷之希望。其次述及甲午年（光绪廿年，公元 1894 年）中、日海军在黄海六小时之海战，北洋舰队提督丁汝昌、定远号舰长刘步蟾均仰药自杀，旗舰"定远"号沉没，水手黎元洪（后为大总统，另一水手张伯苓，后来南开大学校长，投水为人救起）羞愤蹈水，为人救起……这个国仇，我们报了！我特别提黎元洪，因为黎元洪对他有知遇之感，虽然他未就黎的外交总长。最后乃描述嘉陵江畔的复旦大学，我特别提到中茶公司赞助设立的茶叶系。

后来附属中学的英文首席郭稚良先生（杭州人，复旦早年文科毕业）告诉我，李校长看我的小字很吃力，叫郭先生念给他听。李师回了我一信，是打字机打的，相信是他口述，由人录下，打好寄给我。这也是我与李师间往来的唯一一封书札。

他首先指出：我们应以基督的精神，宽容敌人，彻底发扬"恕"的哲学（他信中是"forgive"一字，我想译为"恕"字较为近情）。次言今天我们虽已求得有形的胜利，但距内在的胜利，目标尚远。何也？世风较前更下，人心较前更险，国民道德普遍低落，上下交征以利，寡廉鲜耻，莫此为甚！君谓中国有无限之希望，吾实忧心如焚，未敢苟同也。最后对余描述北碚复旦大学及新设立之茶叶系，颇感兴趣，表示：愿上帝赋其健康，再度入川一游（李氏之"再度"，是指抗战前曾应四川当局之邀请，作川中之游）。

观以今日实情，复回证李师之虑，可谓无不应验。他洞察世事，精微透彻，诚不得不令人叹其双目如炬，似盲而实明。无他，哲人也！

一生极端反对帝国主义

上海多高楼华厦，以余所知，抗战前夕，李校长一度住在愚园路，是弄堂房子；未几，汪伪之特务机关七十六号成立于极斯斐尔路旧日陈调元之寓所，从此沪西一带遂陷于极度不安之状态中，所谓暗杀、绑票、抢劫、烟、赌、娼等，皆应时而生。因此，李师决无法在此气氛下安居，遂迁至海格路复旦附中对面弄内一屋，亦弄堂房子也。居虽简陋，尚称宁静，20 年来李师未更其所，泰然处之。上述两处之居屋，皆是租赁。同学中有经商成巨富者，感李师一生尽瘁于复旦，复念其生活清贫如洗，乃有意在法租界购赠一华丽公寓，作其永久之居停。事为师悉，乃婉拒曰："经上说：'狐狸有洞，飞鸟有巢，人子无安枕之所。'（《路迦福音》第九章五十八节）我所有的，很满足了！"亲爱的读者，你能相信他做了一辈子大学校长，竟买不起一所房子？

李校长年轻的岁月，是在前荷属东印度的巴达维亚（即今日印尼之雅加达）及英属海峡殖民地的新加坡度过；在那里，他目睹身受荷兰与英国殖民主子压迫华侨的种种事实。所以他极端地反对帝国主义，同时也是民族性很强的爱国分子。中国的各大学，除了东北的冯庸大学，是完全毁于抗日的炮火之下外，复旦不论在思想上或行动上，爱国的热忱，决不让于冯庸大学。

我想这完全是受李校长强烈的民族主义的影响。有一宗可贵的事实，却始终未为人所察觉：李校长自从新加坡返国以来，数十年间虽数易其居，可是搬来搬去，始终是搬在中国的土地上，他从来没有搬去英国人势力的公共租界或法租界，因为他早已看清外国帝国主义在殖民地上的面目。就是他死了以后，租界已经由政府收回，我们的国旗已经飘扬在上，他仍嫌当日租界上的血腥，坚决不欲葬身在旧日租界的坟场，而去江湾坟场。

他要去江湾坟场，自然是因为江湾从来没有洋骚气；其他的原因便是他心爱的复旦大学，位于江湾翔殷道上。

早年的复旦大学，学制上和圣约翰相仿，仅分文理二科；设立商学院是以后的事。农、工两学院之产生，更是小弟弟，是北碚时代抗战末期，大学体制上已改为国立了。

据有几位前辈的同学告诉我：早年复旦大学文理科不但功课压紧，而且教师们多哲彦之士：英国文学方面，除李校长本人外，复有美国的坎普顿夫人；中国文史方面有胡汉民、戴季陶、刘大白、于右任、叶楚伧诸先生；理科方面有郭任远、蔡乐生。合作社运动便是产生在复旦这个摇篮里，由薛仙舟先生首创，播及全国，开学术界研究合作学风气之先。

复旦运动成绩非常出色

据何葆仁博士说："英文科主任坎普顿夫人，美国人，教书非常认真，每逢考试遇有学生不及格，她就要哭了，认为总是自己没有尽职。此后她便天天盯住你,总要你考试及格她才罢休。"

在坎普顿夫人班上的学生,据我所知,除何葆仁博士外,有罗家伦、胡健中、程天放、端木恺、张沅长等前辈。因此,坎普顿夫人时代,复旦文科学生的英文水准并不下于圣约翰。

复旦的运动也是非常出色的,早年上海各大学校际足球赛,不是复旦拿冠军,便是南洋大学(后来改名为交通大学)。复旦方面有黄炳坤(今日新加坡驻日大使黄望青为其胞侄),南洋方面有丁人奎、丁人鲲兄弟,当时在上海都是一时之杰。

炳坤前辈是南洋土生,现在新加坡,他原业保险,如今已退休了。这位老大哥有次曾同我说:"那个时候,我们参加学校队,校长是很注意的,他注意我们不是别的,而是查我们的分数,要是有一门课不满75分,运动成绩再好,也要被他从队上拉出来,等下次考试再看,他是一点也不客气的。"

当我读复旦高级中学时,我还看见炳坤前辈当年和他的同伴战胜南洋大学获得校际冠军的那张大照,犹高悬于图书馆。

黄学长在胜利后,曾回母校。南洋的复旦学生和李校长有深厚的情感,也正如李校长看他们如同"家乡之人",同去的没有一个不去校长那儿请安,炳坤前辈自亦不能例外;新加坡复旦同学会的老大哥们,还集资托他在香港买件大衣回去,给老师御寒。

李校长一生辛苦,乐育英才,是他最高兴的事情。他说:"中国的大学校长,有十几个是我教出来的学生,如吴南轩、郭任远、程天放、罗家伦、郭云观、裴复恒、章益等。"

李师最得意的两位学生

使李师最得意而感到骄傲的两名学生:一位是章益;另一位是张沅长。有一年章益念他的逻辑,考得90分,甲全班。李校长曾告诉我:"我的逻辑,很少有人得90分,章益的考卷,我不自信,又再看了一遍,本想把它压下去,为85分,但是我没有这个力量,他仍得 90 分。像章益这样的学生，不但中英文学俱佳，其他课目，也都是出众非凡，真聪敏，所以他在美国，得到的是 Fellowship，而不是普通的奖学金。"

民国卅一年，在北碚的复旦大学奉令改为国立，政府任命教育部总务司司长章益为校长（在吴南轩之后）。当这个消息传到上海，李师闻悉，曾绕室徘徊，构思拟函，字里行间，许其为传人。

说到另一位他的高徒张沅长，李师也曾同我说道："你看，张沅长在美国约翰·霍布金斯大学教英国文学，这是不容易的。这所学校在美国虽然是小大学，功课相当认真，是很有名望的。"

写到此地，我要向读者介绍张先生一下：他曾在中央大学、武汉大学外国语文学系执教，是位名教授。现任台湾大学文学院长朱立民先生，便出自张门，也可以说是李校长的再传弟子。

复旦同学在外亲如兄弟

我上重庆的那年，道经陕西宝鸡，借宿交通银行，等搭入川的公路车。那个时候，旅行相当难，候车候个十天半个月搭不上的是常事。白日无事，做马路天使，忽然看见官府告示，由行政督察专员温崇信（现在台湾）签署。他是我们复旦的教授，亦李师高徒，早年留美，回来在复旦与暨南大学授政治学，当时在上海非常叫座。专员公署是在山上一座庙内，我喜出望外，一口气奔上山，找到温师，又找到许多同学；秘书长何洵今兄是个头儿，公余之下，主编复旦同学会《西北通讯》，当时不少过路的复旦男女，很得到温师和署内诸兄之照顾；而温师坐镇宝鸡，俨然成了大后方与上海复旦同学之联络中心。

我们复旦，有一特点，不管识与不识，他乡相遇，亲如弟兄。我找到了洵今兄（胜利后为张家口市秘书长，我们还通了几封信，张市易手，他只身来台湾）他们，可真乐了，天天下午同他们在一起，海阔天空，神聊一通，反正吹牛不用打草稿，遇到饭开上来，狼吞虎咽，如秋风扫落叶，个个恢复江湾本色，有时温师不"开夜车"（看公文），也参与我们的"座谈会"，这个情趣，我到今天，记忆犹新。

温崇信讲当年抽烟故事

复旦是严禁吸烟的，学生如果被查到吸烟，一定要记过。我跟随李师的时候，他是烟酒不染，生活之单调，如同一个清教徒。不过据他的中文秘书季英伯告诉我："早年的李校长自己驾车，口含烟斗，不过他在办公室内抽，从不当着学生的面。"

吸烟斗原是耶鲁的传统，据说今天还是存在；当你走到康纳狄克州的纽黑文市，放目四望，尽是这些黄发平头，身穿棕色粗绒（tweeds）上装，口含烟斗的大三和大四年级的"老大"，他们多半是名门望族或财阀富户的子弟。在耶鲁当"老大"，只有高年级的学生，才有这个资格，吸烟斗是"老大"唯一表示资格的权利。所以季先生的话是很可以相信的。

说到此地，又要回述温崇信先生讲给我听的两个故事。

一个自然是关于吸烟的事。温先生说：

"那年我和友三（章益的号）等一些同学一道毕业，校长在家请我们吃饭。饭后拿出桌上的高尔夫球教我们玩，可是在他面前，大家都很拘束，竟没有一个人去玩，他老人家为此还有些不高兴。此时友三拿出纸烟，点燃起来，正要吞云吐雾，被校长看见了，朝着友三道：'你，吸烟了？'友三指指我，向老师回道：'你看崇信，他不是也在抽吗？'这时校长两眼瞪着我，狠狠地道：'He is hopeless！'然后走开，不管我们了。"

第二个故事，是说李校长对于每个学生，分别施以不同的教化，以能感人为最大目的，这里你可以看出一个教育家的苦心与伟大。

"民国廿一年1月28日，日军强占上海闸北，我十九路军首起应战，第五军亦继之奉命上阵，造成吾国抗日战史上有名之'一·二八'战役。其时温师适为昆山县县长，首当其冲，诸凡救伤、弹药、输送以及前线上一切之支援，无不事必躬亲，奋勇卫国，发挥我复旦在国家紧急时必站在第一线之传统精神。温师抵前线，即拍一电给李校长，内容余已不复忆及，但李师之复电，略仅三字：'I trust you'。余信汝！此三字之含义，包容一切，至今犹令人不胜回味。"

听柯义博士讲道听上瘾

李校长虽是一名虔诚的基督徒，可是他在学校里，从不向人说教；只有同基督徒的学生，而且是平日往还较为密切的，偶尔谈话中会流露一些。我在大学里，每个星期天跟他一同去教堂，在我，是要练习英语的听觉。那时讲道的牧师是柯义博士，很有学问，他本人便是一位文学家，又精通历史，讲起来引经据典，导人入胜，听来一点不枯燥，而且把我听上瘾，我终于在有一年的寒天里受了洗礼。使我能在年逾弱冠，便侧身圣教会，蒙神沐恩，完全是李师一手安排的。当时年少，等闲视之，后来成长，同洋人来往的机会多了，才知道西方习俗中之教父（Godfather）与受洗礼的儿童，皆有特殊之关怀，非常之情爱，才肯充任。是则李师对我，恩同再造。

李师自从离开耶鲁，后来有否再去美国？这件事使我非常困惑。因为在我耳边似乎风闻他曾参加民国十年的华盛顿会议，我曾为此事去访过季英伯先生，他那时病了，而我又因别的事情，一耽误便拖了几十年，唯有日后向温崇信、胡健中、许绍棣、程沧波等前辈请教，以便再稿时详述。

两返南洋捐款建新校舍

李氏的一生中，曾两返南洋，募捐建校：一次在民国七年，捐款用来在江湾购地建筑新校舍（在此之前，在徐家汇李公祠内；再早是在吴淞炮台湾附近）。十一年春新校舍落成，大学部乃迁江湾，李公祠留作附中校舍。第二次赴南洋捐款，是在民国十三年，逾年返国，设复旦实验中学。第一次回南洋捐的钱，建造简公堂，纪念南洋兄弟烟草公司主人简照南先生（太平天国史权威简又文先生即其子）；第二次回南洋捐的钱，建造子彬院（科学馆），纪念郭子彬先生。

他最后一次远游是在抗战前夕，应川省当局之请，入川漫游。这次旅行，使他非常欣慰；到处遇见复旦学生，到处响着"校长，校长"的唤声。飞机上之驾驶员，步出舱门说："校长，坐得舒服吗？"李师大感惊讶，询问："君在何校？"曰："徐家汇附中六年之毕业生也！"言罢相与大笑。犹有一事，足可述者，李师这次游川，招待方面，名义上虽属四川省府，实则全是美丰银行董事长、复旦同学会康心之先生及同学会联合之款待。半生耕耘，辛苦自知；昔之幼苗，今已成林，此时才收到一点安慰。川游之乐，老人为我累言，可见其留有深刻之印象。

李师三本著作风行全国

李师一生只写过三本书：《李氏英语文范》、《李氏英语修辞学》、《英汉字典》（与郭秉文先生合编）。这三本书都是商务印书馆出版，从民国十几年起，一直是到处采用，风行全国。尤其是《李氏英语文范》，我在胜利后，赴东北采访，在辽宁省沟帮子——一个小镇——的一家庄稼人家，看到柜上藏有此书，一问始知主人在"九一八"之前，是位英文教员。

《李氏英语文范》，我在初中读过，是本打基础的文法书，每课后面皆有中译英的造句练习，由浅而深，对初学者言，只要上课听老师的讲解，回家勤做练习，一定得益，我自己就是深受其益的人。

《李氏英语修辞学》，我在高中念过，后来我当母校助教，教大一同学的英文文法，学校指定用此书，这一下可苦了我，上一小时的课，我至少要花一倍以上的时间去预备。因为：第一，全书本身就是一本文学作品；第二，书中之例句，不是取自《圣经》，便是摘自古典文章之名著，要正本清源，我得查书。特别是引用莎剧之诗句。在讲解方面，即使微如一字，也有不同的解释。在我已讲得筋疲力尽，在下面的同学，十之八九，还是索然无味，不能欣赏。后来我明白自己程度还是不够，否则不会吃力；同学程度更差，且是杂牌军（不是西洋语文系的班底），否则不会不能欣赏。后来我向教务处说："书是再好也没有了，无奈曲高和寡。《纳氏英文文法》与《纳氏高初级英文作文》，皆是名著，在印度造就了许多英文好手，如甘地、尼赫鲁、潘迪特夫人、梅农等人，今天也渐少采用，其原因与《李氏英语修辞学》相同。"

撰文修书字句简洁有力

有人说李师的英文已陈旧了。我是他的学生，前文说过不敢任意月旦老师的作品；不过以一个念英文文学的我看来，对于上说，未便苟同。盖文章无分中外，优劣也者，不得以新旧视之，好就是好。

上海中华基督教青年会总干事陆干臣先生有次收到李师一函，抱歉未能及时回复。陆再去信，这时李师才发现未曾收到上信，判为遗失。李师用 led astray 之字样，这个"led astray"原常见于《新约》，如"走失的羔羊"，如果不熟读《圣经》，绝对不会有此造诣。因此，看到那封信的人，都佩服这位大手笔。

李师不论写文和修书，下笔总书用简单句子（simple sentence）。有一次梅立德博士曾同我说："你看他的造句，多么简洁而有力，这是真功夫，在我们美国人中，亦不多见，艺术上的 Simplicity is an art，他做到了。"其实，我现在才明白，这又是承袭了《圣经》文学的风格。

招收女学生开风气之先

早年的复旦和中国其他多数大学一样，全是男生（李师母校耶鲁大学校本部，亦全是男生）。到民国十六年，开风气之先，招了女生。著名的东宫——女生宿舍——便不久建于风景绝丽的燕园附近，在那里交织着许多香艳的故事；情书展览会一度也在校外宿舍展出，各种颜色的信笺，写上各式各样求爱的诗句，吐出了男女的心声，哀、怨、悱、愁，应有尽有，真是集情书之大观。会期虽只有短短三天，却吸引了各大中学参观的男女同学不下数千人之众（展览会是秘密的，参观者凭券入场）。有一位青年，一连三天，带了面包进入"会场"，全神贯注，俯首摘句。有心人耶？伤心人耶？曰：痴男也！

有东宫自然有"皇后"，早期的"皇后"，是上海南京路老介福绸缎庄主人之掌珠，其座车车牌为84号，故同学诨名此姝为eighty-four（谐音"爱的花"）。后嫁于英文《大陆报》总编辑杨光泩。太平洋战争时，杨为我驻马尼拉总领事，未及撤走，旋为日军所害。其妻赴美，乃改嫁顾维钧博士。

我在复旦时，"东宫"丽人，多不胜数，莺莺燕燕中，有潘美丽、郭佳玲二姝，皆花容月貌，丽质天生：一个是沉鱼落雁，一个是闭月羞花。潘为上海人，郭系广西产，争夺"东宫"宝座，相持不下。会抗战军兴，学校西迁，潘留沪滨，郭去北碚，二姝乃分在东西二宫，问题遂告解决焉！

大学迁至赫德路，东宫虽毁，"皇后"代出，被推为"皇后"者有丁静娟（现在香港）、俞织云（上海闻人俞和德之孙女）、庞兰英（南浔庞家），皆极冷艳照人，应许风华绝代，国色天香。

此后学校由北碚迁返江湾，余因采访，南天北地，选美之事，不闻亦不问矣。偶尔假日偕妻，忙里偷闲，去趟江湾，不过吃碗"寿尔康"的牛肉面或后门"中山"的便宜西餐，重过学生之瘾，重寻昔日梦迹！

季英伯追随校长数十年

我从李师，叩道问业，在前文中已说过，那时我才年逾弱冠，而李师已是夕阳西下了。在我与我妻的记忆中，李师对我们从无愠色；不但如此，他待我们实在太好了，真像对待自己的儿女一样。我妻分娩第一个孩子时，他忙赶来看她，问她要吃什么。可是我们还是怕他：非服其威，乃慑其慈。我不知他中年时是不是火性很大，但我亲眼看见，有人甚至与复旦毫无渊源而去求助于他，他只要了解此人真是身临"英雄失路，托足无门"，一定乐于推荐。

在复旦的园地里，有三位先生，是李校长的忠实追随者：一位是校长室中文秘书季英伯先生，便是我前文中常提的那位先生；本文有些李师早年的资料，乃得自他口中。他跟李校长大约是民国初年，可能还要早些；因为国父中山先生、严幾道先生、萨镇冰上将，他都见过，都是来找李校长。这许多名人的故事，他讲来头头是道，有板有眼，因与本文无关，故略。季先生的中文之佳，当然不在话下，英文亦行。有次他告诉我，萨上将在北四川路青年会演讲，是他陪去，萨氏便用英语演讲，开头第一句便是："I am a soldier, my duty is to fight for my country！"

季先生数十年如一日追随李校长，从来不求闻达，以他和李校长的关系，认识当时这许多达官贵人，找个差事，真是太容易了。可是他与李师同志，李师是隐于办事，季氏是隐于诗酒。我在复旦的时候，他酒已不饮了，因为他得了轻微的半身不遂症，但仍能勉强行动，每天策杖踽踽而行，到校办公。他同我很谈得来，大约老年人都很寂寞，我常去找他，每次去他总是客气非凡，一定留我吃了点心或夜饭才放我走。如果他现在仍健在，该是九十以上的老人了！

复旦白头"宫女"老王徐福

其次是老王，他叫什么名字，始终不知道，听他的口音是苏北人，同学都唤他"邮务处老王"，或干脆叫他"邮政局长"；大概复旦有邮务处（约民国廿年），这个诨名即"与生俱来"。

老王服务复旦数十年，最大的本领，是能叫出每个学生的名字；信来了，他能看人唱名，从来没有错过。不但如此，连情书他都知道。同学说他有一双透视的眼睛。要是他把情书递给你时，他有时会幽你一默："侬好窝心哉！"

老王膝下仅存一女，在赫德路时代（抗战时期复旦大学沪校——作者注）毕业会计系。老王辛苦一生，修来此女，于愿足矣。

最后乃是徐福，江苏泰州人，是校长的跟班。校长出门，他坐在汽车前座，校长到校，他充先行，为校长提公事包。校长去礼拜堂，他在门口。此人衣必宽袍大褂，戴必红顶小帽，骤然见之，活像赛珍珠之《大地》的王龙。

徐福有二女一子，全家住复旦附中。其子不好读书，家计赖二女针织。徐福老境远逊于老王，故平日常以酒独自解愁！

以上三位先生，直至李师之殁，还在复旦。大学由北碚迁返，碍于国立之编制，仅老王一人仍返江湾校本部邮务处，季先生仍是校长室中文秘书，但编制上改隶复旦实验中学，校长仍李师也。徐福改隶复旦附中。校长故世，他们照常支薪，念老也。

这三位先生腹内，都各自有一本《复旦春秋》，和他们闲聊，那才会使你有"白头宫女话天宝遗事"的沧桑之感呢！

茶房老王负责令人难忘

附带还要一提的是宿舍的茶房，他也叫老王，似乎也是苏北人。为人忠勤老实。他为我们叫饭提水，什么杂务都干，自早忙到夜，从无半点怨言。"八一三"淞沪之战兴起，我们暑假回去，留在宿舍内的行李和箱子，都是他在最后一刻抢救出来，安置在附中，等我们去拿。有人八年抗战终了才回上海，也照领不误。以一工友，而如此负责，使我永远忘不了他。

记得宿舍中的同班同学查石麟兄，叫老王去唤一煲腊肠饭，等了一个多钟头，还未见来，老查已是饥肠辘辘，等得心火冒了上来；而老王呢，年纪大了，中午叫饭的人多，偏偏把他那份腊肠煲饭忘了。吃腊肠煲饭准是想塞饱肚皮，饿慌的人才要它，平时谁装得下？此时老查有气无力，像似要吞个烟泡，才能说话。

忽然看见老王端一个盆子进来，以为来了，一看乃是我叫的炒面，这一下老查把桌子一拍，朝着老王骂道：

"操那！老王，侬神气啥？硬勿替我叫饭，叫我饿得格样子，侬要我好看，是哦？"

"先生，我神气什么？我干来干去是个茶房，有什么好神气，你才神气呢！"

老王这么一说，引得我们全室的人都笑起来了，老查也不禁扑哧地笑了。

"哎！侬迭句闲话倒蛮有道理，算我错。"说着摸出一张五元钞票，塞到老王手中，并道：

"迭格是小意思，把侬（把，"给你"之意）消消气。"说罢又自言自语道："算俫（你的意思）穷爷倒霉！"

我叫的炒面还是香喷喷的，我要老查先来。随后他又来了一煲腊肠饭，这一下可坏了，到了下午，老查躺在床上，连呼带叫地向我道："胃病，侬盆炒面害煞人哉！"

这段插曲，一晃已是40年了，何处找石麟兄？老王恐怕也不在人世间。而我呢，也渐渐老了。唉！

马相伯是复旦首任校长

复旦的创设，前文已略述及，首位校长是丹徒马相伯先生，从乙巳年到丁未年（1905—1907年）即因事出国。严幾道（复）先生继任，时两江总督满人端方奏准月拨二千元为经常费，改校长为监督。旋张人骏为江督，复拨吴淞炮台湾官地七十余亩为校基，改聘夏敬观先生（剑丞、江西人）为监督。己酉年（1909年）夏氏任江苏提学使，由高凤谦先生（梦旦）继任。翌年高氏去职，相伯先生再度回校，出任监督。辛亥年十月，武昌革命，全校师生，闻风参加者，十之八九，学校遂一度停顿。民国元年（1912年），南京政府成立，相伯先生任南京府尹（相当于今日之首都特别市市长），学校恢复上课，呈准孙大总统中山先生，拨补助金万元外，复拨上海徐家汇海格路之李鸿章祠堂为校舍，并由教育总长蔡元培先生批准立案，仍推马先生为校长，旋马先生赴京任大总统顾问，群荐教务长李登辉先生继任校长。

一代宗师病逝上海寓所

李师讳登辉，字腾飞，其先世为福建厦门同安人，已侨居荷属东印度（今印度尼西亚）七代，逊清同治十一年（1872年）四月十八日生于巴达维亚（Batavia），即今日印尼首都雅加达。殁于民国卅六年十一月十九日上海海格路之寓所，享年七十有五岁。

李师有一胞弟登山先生，在雅加达经商，生有二子：曰贤治、贤政，均随李师同住，就读于复旦。贤治习会计，李师故后，率妻子返雅加达，贤政则嗣之，留上海。昆仲均温文尔雅，谦谦君子，皆李师之教导也！

李师逝时，除其家人外，有其好友梅立德夫人，其门人章益、程沧波、赵世洵等，皆环立饮泣。

大殓之日，到有好友学生数百人，有颜惠庆博士、王宠惠博士、王正廷博士……灵前正中置有蒋中正与夫人合送之大花圈，上款为"登辉博士荣召"，下款为"中正美龄同挽"。

中外各地之唁电悼词，涌如雪片，治丧处穷数日夜之整理，方毕其事；良以一代宗师之逝，如梁木之倾，巨星之殒，各方都悲痛这个莫大的损失。

年底12月，江湾复旦大学登辉堂举行追悼会，来自全国各地以及伦敦、纽约、巴黎、旧金山、檀香山、芝加哥、雅加达、新加坡、香港等地的复旦同学达二千余人。

安葬的那一天，在墓地上也到了近百人，跟了他数十年的中文秘书季英伯先生，老跟班徐福，都到了。还有，他最早亲手栽植的两枝"幼苗"：金问洙（通尹）先生和郭云观先生也出现在墓地上。他心许的传人章益，在频频拭泪。那时天上有些微雨，这情景真似：天惨惨兮而色黯；风萧萧兮而声悲！

书此，谨作诔词，以殿文末。词曰：

"夫子行谊，师表盖世。夫子思想，领袖群伦。博爱平等，可以拯民；自由科学，可以救国。文学修辞，后生模仿。学者典型，同侪共仰。高天厚地，夫子何往？哀哀此心，不尽吾伤！呜呼哀哉！"

李校长的一生，决不是这篇短文可以概括尽述。在前文中我一再申说，我是他晚年所收的一个生徒，以关系之亲密论，恐怕是他最后的一个门徒。我常把李校长的伟大比作一座泰山，泰山顶上挂着彩云和照着丽日，我还未出世，即使出世了，我是一名儿童，仰起头来，高不可及，所以我没有见着那朵朵的彩云和美丽的旭日。我相信李校长的青年和壮年，一定有许多光明灿烂的事迹，足为后人之楷模。我曾经发愿，要为他写传，要为他写年谱，都被他淡淡地推掉了。

我从李师，将近 20 年，那时泰山上照下来的太阳，已是西斜了。我所见所闻的只是四起的炊烟，老樵的叹息，庙院落的鼓声，及赶路的征人。这些都决不足以代表李校长的伟大、光明、灿烂和美丽的一面，因为他的青年和壮年，一定是许多美丽动人的故事所交织而成的诗篇。

说来惭愧，我天资鲁钝，文又拙劣，加上 10 年前重病一场，体力大衰，记忆减退，不少往事，都不能浮起，设非吾妻从旁提醒，就连这些也难以道出。

文中难免有不少错误与漏洞，我诚恳希望众复旦的大哥和大姊们，能原谅我的疏忽；同时，如果你们肯指正我的错误或惠寄有关资料，以补本文之不足，真好似带领这名已是 60 岁的小弟，登泰山之巅，指导他看挂着的彩云和照着的丽日，我将衷心地感激；并且要在补订二稿时,把错误改正,把看见的彩云和丽日,统统加进去,使这篇记述,将因你们的指教,而更为准确,更为完美。

西洋人写信给老师,信尾常自居"你最服从的学生",我事李师二十来年自亦不能例外,在重庆时和他通过一封信,这是我们师生间唯一的一封信,我也是这样自居。这二十多年确是处处遵从师命,前文中我也说过:"非服其威,乃慑其慈。"可是,这一次我违背他老人家了,没想到他归返道山后的28年,这名关系最密的门生,竟作了他的"叛徒"!基督最心爱的门徒西门彼得,曾在鸡鸣之前,三次不认夫子(《约翰福音》第十三章三十八节),但愿我的"罪过"不会大过圣者彼得。

1975年春月浙江仁和县门人赵世洵谨撰初稿

李登辉年谱简编

1872年（清同治十一年，壬申），1岁

4月18日，生于荷属东印度爪哇岛巴达维亚（Batavia）郊外的红巴村（Parmera）。姓李名登辉，字腾飞。英文名T. H. Lee。父李开元（或译作开源、启元），经营邦迪（Batik）①，成为红巴村首富。李开元是一位有经济头脑、有多重信仰的开明商人。李登辉曾说起，他祖父开设店铺，又会做帽子。父亲离家往爪哇经营，很是发达，时常买地，达数千亩。又开一家大厂，把当地土布印成花样，即细花布。父亲是"一个求进步的人"，"看出新教育的紧要"，把李氏兄弟姐妹七人送到新式学校去读书。"父亲虽是心里尊孔，意上信佛，但对基督教也是表示同情的。"②母沈蜜娘③。

李家系华侨，祖籍福建同安。清朝康熙年间，李氏之先祖从福建同安原籍赴南洋爪哇岛谋生，至李开元已经是第七代移民。

---

① 即现在制成印尼"国服"之衣料。
② ［美］苏清心记述：《著名教育家的生平事业和宗教观念》，《时兆月报》第20卷第12期，1925年，第10页。
③ 1947年李逝世时学生辑录的《李登辉先生行状》，言李之生年为清同治十二年三月二十四日，即西历1873年4月20日，以后大都沿袭此说。此处之生年、月、日，以1974年李之介弟李登山从印尼途经新加坡时，交给陈维龙先生之手书英文函件为依据。

1879 年（清光绪五年，己卯），8 岁

早年在荷兰人举办的小学接受初等教育。

1884 年（清光绪十年，甲申），13 岁

母亲去世，享年 33 岁，遗有五子二女。计有腾飞（即李登辉）、腾宝、腾山（即李登山）、腾河、黄金田（李登辉之幼弟，襁褓中出继黄家）①。女瑞娘、春娘。

李登辉曾著文说："余年十三，余母弃养，故余得享慈母之爱护，为时甚短；然时间虽短，而所受印象，实为造成余一生性情之主要基础。"

1887 年（清光绪十三年，丁亥），16 岁

赴新加坡，就读于美以美会（M. E. Mission）主办的英华书院（Anglo-Chinese School）。在那里，李登辉受到基督教的影响②。李登辉在接受美籍博士苏清心的访谈时说："我读书就是在新加坡美以美会办的英华学校，校长名叫欧德海，很是喜欢我。我作基督徒，大都因他的感化力。以后也因了他的劝勉，我渡美再求高深的学问。我到美国先入阿海阿卫斯理大学，那时的校长是白熙福监督，他在中国作的事业与所著的记述甚是闻名。我在那校毕了业后，再入耶鲁大学读书。"③该校设在厦门街，1886 年首届学生只有 13 名。

1890 年（清光绪十六年，庚寅），19 岁

从英华书院毕业。

---

① 当地华人一般在华人社区内部婚嫁，而不与印尼土著通婚。华人家庭若没有男丁，就从亲戚中过继一个过来，然后再从子孙中还一个过去。一般亲属中都是华人血统。李登辉祖上有一个来自黄家（福建音 Wee），因此李登辉幼弟即出继回黄家，改名黄金田。俟黄家有男丁时，黄金田的子女又回复到李姓。
② 《复旦大学志》第一卷（1905—1949），第 247 页。
③ ［美］苏清心记述：《著名教育家的生平事业和宗教观念》，《时兆月报》第 20 卷第 12 期，1925 年，第 10 页。

1893 年（清光绪十九年，癸巳），22 岁

冬，自费赴美国，12 月 18 日抵美。入俄亥俄州卫斯理大学（Ohio Wesleyan University）读预科。时柏锡福主教（Bishop J. W. Bashford）任校长。在该校加入基督教，柏锡福为李登辉施洗。预科读了四年半，再读一年本科。前后共五年半。

1897 年（清光绪二十三年，丁酉），26 岁

考入耶鲁大学的校本部耶鲁学院（Yale University），直接入二年级。

在耶鲁期间，李登辉除文学、外国语、哲学、社会科学及自然科学方面均异常优秀外，即在数学方面，亦在优等以上[①]。

1899 年（清光绪二十五年，己亥），28 岁

6 月，获耶鲁大学文学士学位。所在的 1899 级，入学时有 302 人，中途淘汰 7 人，毕业时剩下 295 人。1899 届同班同学、李登辉的挚友梅立德，日后也来到中国上海。本月离开耶鲁，在波士顿、马萨诸塞度过夏天。9 月在纽约港上船离美。在英格兰游历三个星期后，搭乘英国半岛和东方轮船公司的轮船赴槟榔屿海峡殖民地[②]。在新加坡任英华书院英文教师。但对这工作并不满意。英华书院是美以美会（Methodist Episcopal Mission）办的学校。

1900 年（清光绪二十六年，庚子），29 岁

时张群亦在英华书院，任中文首席教师兼体操教习[③]。在当地，李登辉结识华侨领袖林文庆，共同发起槟榔屿华侨"好学会"，鼓励土生华侨学习中国语言和文化，关心大清王朝的前途，关注中国面临的危机。

---

① 《复旦同学会会刊》第 6 卷第 6 期，1937 年 3 月出版，第 80 页。
② Teng-hwee Lee, History of The class of 1899, p.144.
③ 赵世洵：《一位伟大的教育家——记复旦大学校长李登辉博士》。

6月，在槟榔屿华人自行车运动会上发表演讲，题为"中国的改革"，认为中国的危机在于盲目保守，官府无道无能，女子不能接受教育，崇拜祖先等①。新加坡莱佛士图书馆的孔天增、槟城英华学校校长乔治·派克牧师同时出席。

有文章提到，李登辉在逊清末年曾加入同盟会，追随孙中山，奔走革命，在文化上从事革命工作②。具体时间、地点尚不清楚。

1901年（清光绪二十七年，辛丑），30岁

年初，向英华书院辞职。李登辉回到巴达维亚（今雅加达），在当地创办第一所初级华人英文学校——耶鲁学校，自任校长。初期有学生90人③。

9月，中华会馆正式接办耶鲁学校，改名为"中华会馆耶鲁学院"。李登辉仍担任校长④，手下有四位教师。学院成立之初，学生人数有所增加。为活跃学校气氛，沟通思想，李登辉每周在校内举办一次类似"沙龙"的自由交谈会，吸引师生和校外人士参加⑤。

12月，在《海峡华人杂志》(the Straits Chinese Magazine) 第五卷第七期发表《中国社会祖先崇拜之效果》（英文）。该杂志是林文庆、宋旺相于1897年创办的英文季刊，两人共同担任主编，从1904年3月第八卷第一期开始，伍连德也成为主编之一。李登辉在该杂志发表四篇文章，另三篇分别是《宗教的社会地位》（发表于

---

① 《厦门华侨志》，鹭江出版社1991年版，第362页。
② 何德鹤：《一代师表李登辉》，载《李登辉先生哀思录》，第20页。
③ 《华侨华人百科全书·教育科技卷》，中国华侨出版社1999年版，第6页。又，1924年《复旦大学年鉴》透露，李登辉的月薪为200荷兰盾。
④ 关于李登辉与雅加达中华会馆联合办耶鲁学校的原委，见梁德坤：《雅加达中华会馆的沿革及其所办的社会事业》，载《广东文史资料》第23辑，广东人民出版社1979年版，第151页。
⑤ 《华侨华人百科全书·教育科技卷》，第6页。

1903年3月第七卷第一期)、《远东的危机》(发表于1903年12月第七卷第四期)、《中国的劳工问题》(发表于1903年12月第七卷第四期)。

1902年(清光绪二十八年,壬寅),31岁

继续在中华会馆耶鲁学院任职。

1903年(清光绪二十九年,癸卯),32岁

5月1日,辞去耶鲁学院校长职务[1]。与康有为交谈,康有为建议他到美国深造,改读政治学。

7月19日,在旧金山被驱逐,与一批苦力同船被驱逐出境。李计划入哥伦比亚大学攻读政治学硕士,随身持有耶鲁大学毕业证书和若干证明他身份的信件,但未持有入境证件。在离开雅加达之前,美国驻雅加达领事告知,凭耶鲁毕业文凭足以证明他的身份并入境美国。但事实证明,印尼华人即使持有耶鲁毕业文凭,如果没有入境证件,仍无法入境。李登辉盛怒之下请了律师,以争取入境的权利,未果。20日《纽约时报》发表特别报道《中国学者不允许入境:耶鲁大学1899级毕业生李登辉拟入哥伦比亚大学,可能被驱逐》,报道称:李已经雇了一名律师,但他不可能推翻禁止中国青年入境的法规条文,除非他能得到当地政府的认可[2]。李只能回到巴达维亚。

本年,康有为到中华会馆参观,并与创办职员合影留念[3]。受康有为的影响,学校增加"读经"课程。中华会馆华校的第二任校长系康有为在日本横滨大同学校的门徒林辉义。

---

[1] 《华侨华人百科全书·教育科技卷》,第6页。
[2] *New York Times*, July 20, 1903.
[3] 《巴城中华会馆四十周年纪念刊》。

1904 年（清光绪三十年，甲辰），33 岁

5月，重访槟城，与伍连德医生、辜立亭医生、洪木火等讨论改革中国社会、组织寰球中国学生会等问题。翌月，槟城建立了一所孔庙①。

5月16日，在槟城平章会馆出席中华学堂开学典礼，吉隆坡教育家杜南首先以华语演讲，随后李登辉、伍连德以英语演讲。李登辉指出，中国首要任务是教育改革②。

冬，鉴于赴美深造未果、在南洋办教育又不顺，无法实现抱负，决定改弦易辙，到陌生而又心心念念的祖国大陆拓展事业。沿途先到祖籍福建同安逗留。最后在上海立足，加入上海基督教青年会。通过参加青年会，李登辉得以结交志同道合者，开始融入以外国传教士、归国留学生和外国驻华使节等为主的上流中国社会，这是他开展教育事业的第一步。颜惠庆在1947年11月21日李登辉大殓仪式上报告李氏生平："（李）返国后……决定在国内创办大学，以期造就人才。待后李氏与余等加入中华基督教青年会。李氏后另创办寰球中国学生会，藉以唤醒青年人之爱国思想。"

1905 年（清光绪三十一年，乙巳），34 岁

7月1日，下午，寰球中国学生会在上海北京路十五号青年会厅成立③。该会核心成员多为基督徒与爱国者。严复到会祝贺。李登辉发表长时间的英文演讲。徐善祥、凌潜夫、吴怀疚相继演说④。创办寰球中国学生会，实为李登辉日后建设复旦之预演。

寰球中国学生会从事的一系列社会革新事业，诸如抵制美货、

---

① 《英华校友李登辉博士》，庄钦永：《新加坡华人史论丛》，新加坡南洋学会1986年版，第47页。
② "The Public Meeting at the Chinese Town Hall", *The Straits Echo*, 17 May, 1904, p.5. 转引自黄贤强：《伍连德新论：南洋知识分子与近现代中国医卫》，台北：台湾大学出版中心2023年版，第158页。
③ 《时报》1905年7月1日第1张。
④ 《时报》1905年7月2日第3张。

力主废除美国限制华工条约；刊行中英文合编月报、创设学校、延请名人演讲、举行英语辩论会及音乐、戏剧、游艺会；代办出国留学手续、介绍职业等，使社会视听为之一新。

8月26日，在《南方报》（*South China Daily Journal*）发表文章《抵制：一个中国人的意见》。文章指出，抵制美货并非反对全体美国人，而纯是为了获得一个有尊严的国家应有的公正权利；抵制美货并非反对移民规章，而是反对移民政策对中国人不公正的对待。中国人抗议不公，不只是因为自尊心受到伤害，还因为它（移民政策）和美国宪法的基本原则所包含的平等、自由、博爱相矛盾。文章指出，抵制美货运动有双重意义：一是向美国人民和全世界宣告，中国变了，爱国主义和统一的思想席卷全国；二是向美国政府抗议，抗议美国不公正的群众抗议（指加州一些人的排华意见）。中国人等待着公正解决问题的时刻到来，它始终没有来；政府软弱，不足为倚，中国人等不及了，等待是有极限的。文章奉劝美国政府，不应仅关注在华的美商经济上所受的损失，重要的是能否与中国人互相配合，使东西方两个大国之间的纽带更加紧密[①]。

9月14日（农历八月十七日），复旦公学在吴淞提督行辕举行开学典礼。校长马相伯、校董严复、教习李登辉次第演说。到校学生凡160余人[②]。

9月，寰球中国学生会在槟城成立分会，伍连德任分会会长。

10月6日，《时报》刊登《寰球中国学生会第二次抵制美约大会》的消息，决定商讨抵制美货办法[③]。

11月3日，在《南方报》发表《寄语中国青年》一文，并于5日连载。文章指出："在我们国家的历史上，从来没有像现在这

[①] 唐绍明：《清华校长唐国安：一位早期留美学生的报国之路》，清华大学出版社2016年版，第280—281页。
[②] 《时报》1905年9月15日（农历八月十七日），转引自孙应祥：《严复年谱》，福建人民出版社2003年版，第250页。
[③] 《时报》1905年10月6日（农历九月初八日）。

样一个危机时期，更需要向那些受过现代教育的青年发出呼吁。现在的中国正处在一个转折点，她的前途命运是好是坏，取决于今天所走的道路，取决于那些引导人民在这条路上前进的对国家命运具有高度责任感的人。""中国问题的解决，使自己成为一支伟大的独立的力量，永远不能依靠来自外面的力量，而只能依靠自己的人民，她的复兴，永远不能依靠从老式学堂培养出来的领导人来完成。……这个责任落到了受过现代教育的青年人的身上。责任是伟大的，也是沉重的。""贪得无厌，是我们国家一些贪官的写照，令人沮丧……我们深深懂得，那些享有现代知识成果的人只是少数……让我们重温世界历史，看那些在运动中改变世界面貌的人，不总是处于少数人地位吗？他们的成功和取胜的秘密是什么？他们总是把个人的利益融入所从事的——无论是民族的还是宗教的高贵事业中。当我们把个人利益从属于伟大的公共精神中，我们的影响无处不在。""我要向你们同学们和爱国者呼吁：如果你们热爱这片生你养你的土地，热爱这片父辈的故园，如果你们关心她的利益，那么在世界范围的运动中和我们联合在一起，支持我们的工作吧。""寰球中国学生会作为服务于海外各种留学生组织的联系纽带，是沟通留学生们彼此相知的卓越工具，将这些受过现代教育的年轻人联合起来，它所产生的影响，无论是对个人还是对国家，怎样估计都不过分。"①

1906 年（清光绪三十二年，丙午），35 岁

1 月 10 日，严复在寰球中国学生会发表演说，题为"论教育与国家之关系"②。

1 月，李登辉正式到复旦公学任教，毕生精力尽瘁复旦，于此开始。初为英文部主任，后任教务长。1907—1910 年，严复、夏敬

---

① 唐绍明：《清华校长唐国安：一位早期留美学生的报国之路》，第 181—183 页。
② 王栻主编：《严复集》第一册，中华书局 1986 年版，第 166 页。

观、高梦旦相继出任复旦公学监督，为时甚短，李登辉承担起延聘教师、规划课程等教学重任。

春，严复在寰球中国学生会发表演说，题为"有强权无公理此理信欤"①。

春夏之交，马相伯辞去复旦公学监督。

7月，《寰球中国学生报》创刊，分中文、英文两版，为双月刊。李任英文版主编，严复任中文版主编。英文版名称为 The World's Chinese Students' Journal。该报出版宗旨为："团结中国和世界各地的华籍学生，促进和谐并鼓励他们追求更高尚和高贵的理想。"刊发的文章多为时评，内容大多为时局、中西文化、宗教、风俗、教育、学务等。中文版和英文版内容各异②。

本年，当选巴达维亚中华会馆（Guild）名誉会员。

1907年（清光绪三十三年，丁未），36岁

5月2日，与汤佩琳（Thaung Chao-lin）结婚。婚礼于下午四时在北京路长老会教堂举行。主婚人为俄亥俄州卫斯理大学前校长柏锡福主教。汤佩琳是南门外长老会传道团汤锡昌（Thaung Tseh-tsung）的第三个女儿③。

2月，在《寰球中国学生会报》第一卷第四期社论中再次提出统一国语，指出"我们已在本报专栏中一再呼吁中国应统一语言，这是团结人心、巩固清王朝统治最便捷的方法。""我们欣闻直隶总督袁世凯与我们持相同观点，对此予以高度重视。"④

7月3—5日，宁、苏、皖、赣官费留美学生考试在江宁提学使衙门举行，李登辉出任历史、舆地试卷的"襄校师"（阅卷人）。同

---

① 《广益丛报》第103期。转引自孙应祥：《严复年谱》，第267页。
② 参见黄贤强：《伍连德新论：南洋知识分子与近现代中国医卫》，第49页。
③ Editorials, The World's Chinese Students' Journal, Vol.1, No.5–6, March-June, 1907, p.9.
④ Editorials, The World's Chinese Students' Journal, Vol.1, No.4, January and February 1907, p.4.

时担任襄校师的还有严复（阅英文论说、汉文两门）、陈诸藻（阅理化、生物）、严家驹（阅数学）。考生共72人，其中女生12人①。

7月11日，与严复、郑孝胥等出席两江总督端方的宴会②。

10月20日，《申报》第4版刊登《考试游学毕业生等第榜》消息，榜示学部考试游学毕业生等第及各等第诸生姓名、籍贯、留学国度及学科。榜示最优等章宗元、邝富灼等七名，优等十七名，中等十四名。李登辉与林志钧等列优等。榜示李登辉信息如下："李登辉，福建同安人，游学美国，习法政科。"李登辉所习为Liberal Art（人文科），而非法政科，可见学部对留学生的审核并不严格。该消息还载："九月初六日，学部为牌示事，考验游学毕业生，业经按照学科分场考验，评定等级，分别榜示在案。仰取列最优等、优等、中等诸生于本月十二日巳刻亲身来部填写亲供，由本部给发及格文凭，并照原有官职，各备衣冠，以备演习验看礼节，此示。"③

本年，马相伯东渡日本，严复接任复旦公学校长（监督）。

孔天增带领一批华人学生到印度南部城市邦加罗尔（Bangalore）进修，同时担任《寰球中国学生报》在印度的代理人。孔天增热衷宣扬儒家文化，1910年10月1日，他在邦加罗尔召集七百多名学生和友人，共同庆祝孔子诞辰2461周年④。

1908年（清光绪三十四年，戊申），37岁

5月2日，《申报》刊登南京专电，两江总督端方派夏剑成观察接办复旦公学兼中国公学监督，不日赴沪⑤。

6月，浙江省举行首次选派赴欧美留学生考试。李登辉应浙江

---

① 《神州日报》1907年7月5日。转引自孙应祥：《严复年谱》，第309页。
② 《郑孝胥日记》，第1099页。转引自孙应祥著：《严复年谱》，第309页。
③ 《申报》1907年10月20日。
④ 黄贤强：《伍连德新论：南洋知识分子与近现代中国医卫》，第54页。
⑤ 《申报》1908年5月2日，第4版。

旅沪学会之邀，赴杭州受聘为襄校师，专阅英文、德文试卷①。本次考试共计录取京师大学堂、邮传部上海高等实业学堂、震旦学院、圣约翰大学、唐山路矿学堂、江苏铁路学堂等校考生 20 名，其中有震旦学院学生翁文灏、胡文耀，江苏铁路学堂学生钱宝琮等。

12 月，寰球中国学生会创办月刊《寰球一粟》。后改名《学生会报》（双月刊），为中英文合刊。

本年，在复旦公学监督夏敬观敦促下，赴北京参加清廷召试留学生考试。考中举人，分外务部任职。未赴任②。

清廷派 14 位青年出国留学，其中男 10 人，女 4 人。女性中有宋庆龄、宋美龄姊妹。李登辉代表寰球中国学生会前往欢送。

长子友仁（或译作尤金）出生。

1909 年（清宣统元年，己酉），38 岁

本年，再次出任浙江省派赴美国留学生主试③。应考诸生中有竺可桢等。

李登辉对教学要求极其严格。所授名学、心理学等课均用英语，课本悉用英文原著。英国文学课则采用莎士比亚戏剧等英语名著为教材。故早期复旦学子英语程度颇高，多得力于李。因为严厉，最为学生所惮。诸生当年虽有攻读之苦，其后终身受益之处，得自先生教督则独多。

1910 年（清宣统二年，庚戌），39 岁

在吴淞期间，用木板隔一小屋，置一铅皮浴盒，每天洗冷水

---

① 沈瓞民：《记浙江第一次考选欧美留学生》，载《浙江文史资料选辑》第 11 辑，第 21 页。另据《神州日报》1908 年（月、日不清）报道，除李之外，另外三位"襄校师"为美国哥伦比亚大学法学士赵士北（阅历史、地理试卷）、加利福尼亚大学工学士濮登青（阅英文、数学、物理试卷）、比利时罗汶大学李昌祚（阅法文试卷）。他们是由浙江省提学使支恒荣照会浙江旅沪学代为延聘的。
② 夏敬观：《李登辉先生传》。
③ 见《李登辉先生行状》。

浴。虽隆冬之际，人着重裘不暖，而李洗冷水浴一如平常。

郭云观曾说：

> 先生蚤岁留学新大陆，民主思想酝酿甚早。归国后，愤清政不纲。清制章服，自一品至九品，以红蓝白各色之顶戴为识别，凡大员皆戴红顶，视为最贵，而先生则以为耻辱。谈及时政，辄大骂"红顶子"。常诫学生当知耻自立，不可妄慕虚荣。①

本年，马相伯重新担任复旦公学校长。

李登辉除任复旦公学教务长外，同时兼任高等科英文、德文教员，每星期授课时间长达27小时。课务之繁重，居全校之冠。当年，复旦公学职员仅5人，教员仅9人而已。职员除教务长李登辉外，尚有监督马相伯、庶务长兼会计叶永鎏（藻庭）、监学林炽昌、检查兼文案苏振栻②。

当选美国政治和社会科学学会成员。

李登辉已经成为中华基督教教育会执行委员会三位华人委员之一，另两人为谢洪赉（华人总干事）、邝富灼。执行委员会有11人。中华基督教教育会成立于1890年，是传教士设立的重要教育机关，圣约翰大学校长卜舫济长期担任会长。该教育会设有中英文书记各一人，英人为康普（G. S. Foster Kemp），华人为邝富灼③。

1911年（清宣统三年，辛亥），40岁

8月，美国人密勒（Thomas F. Millard）在上海创办《大陆报》（*China Press*），李登辉与朱少屏、伍廷芳、聂云台等参与筹备，并被举为该报董事④。

---

① 郭云观：《敬悼李师登辉》，《李登辉先生哀思录》，第13页。
② 《复旦公学宣统二年下学期一览表》。
③ *Directory of Protestant Missionary in China, Japan & Corea*, 1910, p.26. 转引自陈以爱：《动员的力量：上海学潮的起源》，第357页。
④ 陈旭麓等主编：《中国近代史词典》，上海辞书出版社1982年版，第24、229页。

10月10日（农历八月十九日），辛亥革命爆发。武汉军政府外交部长胡瑛不谙外文，黎元洪①电邀李登辉前往主持外交，不赴。然与革命党人过从甚密。

11月21日，共和中国联合会借江苏教育总会开会。沈缦云、何海鸣、朱少屏、杨千里先后致辞。该会章程由李登辉起草②。

12月，李登辉等38名学界人士发起组织"国民协会"。

12月中旬，复旦公学迁无锡惠山办学。月余又迁回上海。

是年，李登辉一度脱离复旦公学③，任《共和西报》（Republican Advocate）主笔，直到1913年④。该报系李和其他留学欧美学生所创办的英文时事评论周刊，主编为刚从南洋回来的孔天增。一年后孔天增前往北京，任英文《北京日报》编辑，后又担任袁世凯总统的翻译官。在担任《共和西报》主笔的同时，李同时兼任中国公学教员。

马相伯继续担任复旦公学校长。教员中新增周贻春、赵国才等。

从本年开始，寰球中国学生会实施征求新会员制度。由各负责人领队分组吸收新会员，征求结果登报公布。按照得分高低给予征集人一定的荣誉性奖励⑤。

1912年（中华民国元年，壬子），41岁

1月20日，《申报》发表《民社缘起》，爰卢梭《民约论》之旨发起"民社"，同时刊布民社章程十七条。李登辉与黎元洪、蓝天

---

① 据郭稚良：《我所认识的李老校长》："民国初年，黎元洪总统请他出任湖北交涉使，他坚持不就。"载《李登辉先生哀思录》，第29页。
② 《共和中国联合会开会》，《申报》1911年11月23日，第19版。
③ 宣统三年上半年（二月—七月）的《复旦公学章程》上已经没有李登辉的名字。李登辉离开复旦的确切时间不详，但不会早于1911年2月，最迟不超过同年7月。
④ 李任《共和西报》主笔的时间，系根据李逝世次日英文《自由西报》所登报道。见《李登辉先生哀思录》，第75页。
⑤ 《申报》1917年12月4日第三张《寰球中国学生会之征求会员》载："（该会）自发起征求新会员以来业经七载。"

蔚、谭延闿、王正廷等为发起人之一①。

1月，中华民国建立。南京临时政府财政总长陈锦涛邀请李登辉担任次长，辞不就②。

9月，复旦公学迁徐家汇李公祠开学。年底，因学生罢课，复旦公学再度陷入困境。

10月10日，孙中山到寰球中国学生会发表演说，李登辉与伍廷芳、王正廷陪同。

本年，南北议和，李登辉任南方代表伍廷芳顾问。

鼎革之际，李登辉一度参加政党活动。李登辉参与的政治活动处在伍廷芳、唐绍仪的网络内，与张謇集团多有关涉。伍廷芳、张謇等号召成立"中华民国联合会"，李列名发起人之一，该会章程由李起草。该会后改称"统一党""共和党"，再演变为"进步党"，与"国民党"分庭抗礼。李氏也曾列名张公权组织的"国民协会"发起人，推温宗尧为总干事，唐绍仪为总理。李氏又参加过"民社"（后与"统一党"等团体合作，改组为"共和党"），与黎元洪、王正廷同为发起人。李氏又参加"大同民党"之"大同公济总会"，与伍廷芳、黄兴、李平书、聂云台等列名誉成员③。李氏还与唐绍仪、伍廷芳、钟文耀等在上海组织"中华共济会"，旋被袁世凯解散。从此，李登辉再未涉足任何政党组织④。

1913年（中华民国二年，癸丑），42岁

1月17日，为整顿校务，复旦公学成立董事会，推王宠惠为会长。董事会决定聘请李登辉重主校务，近期内开学⑤。20日前后，李登辉被董事会聘为复旦公学校长。

---

① 《民社缘起》，《申报》1912年1月20日，第2版。
② 郭稚良：《我所认识的李老校长》，载《李登辉先生哀思录》，第29页。
③ 陈以爱：《动员的力量：上海学潮的起源》，第331页。
④ 吴双人：《记李登辉先生》，载《李登辉先生哀思录》，第38页。
⑤ 《民立报》1913年1月17日。

1月23日，于右任、陈英士、曹成父、虞和甫、郭健宵与新任校长李登辉在寰球中国学生会召开复旦公学第二次董事会议，决定由李登辉起草新校章；登报招考新生①。

3月1日，复旦公学举行春季开学仪式。在校董于右任、邵力子等陪同下，李登辉在大礼堂向全校师生宣布办学方针②。

3月，老校友多人回复旦，协助李登辉办学。叶藻庭任庶务长，总揽一切庶务。毕静谦任监学，负管理学生之责。季英伯任校长秘书，帮助李登辉处理文案。不久，"二次革命"爆发，未几失败。多位董事亡命海外，复旦经济来源断绝。

9月1日，在《教务杂志》（The Chinese Recorder）发表论文《中国人的正义观》(The Chinese Idea of Righteousness)③。文中指出，无论中外，有关正义的理解基本一致，正义的法则与天地同在，是一种普世性的、兄弟般的情谊，使你和他人的内心和想法产生和谐共鸣。天下一家是人类对正义的最好诠释。基督教、孔子、老子、释迦牟尼、穆罕默德在正义的基础上是一致的，所区别的只是诠释的方法和实现正义的手段。他们都相信人与人之间联系的基本原则，并且都践行相同的道德准则。道德并没有固定的标准，随时代的变化而变化。道德的标准受到人的内心、人的宇宙观念以及环境的影响，即受到人性的自然法则和社会法则的影响。最终道德的标准的发展要贴近永恒的正义法则。文中对中国之于正义的解释进行了历史的分析，阐述了儒家、道家、佛教的道德标准及其演变，认为中国人的道德观念体现在更加实际的儒家伦理中，儒家正义观与西方的正义观并无真正差别。

11月中旬，为解决经济困难，李登辉前往北京，与梁启超、董鸿祎、蔡廷幹等人协商，请政府拨款扩充复旦④。

---

① 《民立报》1913年1月24日。
② 朱仲华、陈于德：《复旦校长李登辉事迹述要》。
③ T. H. Lee, The Chinese Idea of Righteousness, *The Chinese Recorder*, Sep. 1, 1913.
④ 《申报》1913年11月30日。

11月30日，应北京政府总理熊希龄邀请，李登辉再次赴北京。在北上时表示，"决不愿入政界"，"唯一目的，在培养真才"，"此次到京拟建议政府筹拨巨款"，以帮助复旦渡过难关①。

12月，李登辉与杨锦森合编的《最新英华会话大全》由中华书局出版。

本年，任中华书局英文总编辑②，与杨锦森合力主持英文编辑部。

上海欧美同学会成立，李登辉任会长，曹云祥任总干事③。

长子友仁出生后，汤夫人又生下双胞胎朱利和休，时间不详。本年朱利和休双双夭折。

1914年（中华民国三年，甲寅），43岁

6月28日，上午参加浦东中学第二届毕业式。毕业生有李象鉴等8人，来宾范静孙、李登辉、邵仲辉等6人，校董黄任之等3人莅会。授证书后，范静孙、李登辉、校董黄任之、校长朱叔源先后演讲。李登辉用英文演说，大旨谓中国人脑力甚好，不弱于西人，唯往往所言甚佳，而所行不能与之相副，故今兹卒业诸君，当以知行合一为要务，世界上不徒受不学之害，有学问智识而无道德，其为害于社会尤大，故深望诸君留心，强壮其身体，而尤以尊重道德为要④。

本年，针对国民中尤其是学生界民族主义情绪高涨的现状，准备搜集现代事关中国的重大世界性事件的文献，引导学生走向积极的、真正的爱国之途。此书在12年后的1926年方出版，书名为

---

① 《申报》1913年11月30日。
② 根据李逝世次日英文《自由西报》所登报道，李任中华书局英文主编的时间为1913—1914年。见《李登辉先生哀思录》，第75页。
③ 《上海市欧美同学会纪念画册（1999）》；《申报》1919年8月29—31日；《情系中华——上海市欧美同学会留学文史资料选编》，商务印书馆2002年版。
④ 《浦东中学毕业式》，《申报》1914年6月30日，第10版。

"中国问题之重要因素"[1]。

本年,李登辉与李公祠代表人盛宣怀等订立租约,全文如下[2]:

复旦公学承租李公祠租约(1914年)

立租约

李公祠代表人盛宣怀、王存善　复旦公学校长李登辉

今将徐家汇李公祠一座,除正殿一所、铜像一尊、铜像所在方圆三丈以内,不在租内,余屋均由复旦公学承租。条款列后:

一、承租年限以一年为期,自民国三年起至民国四年止。如期满李公祠仍愿续租,可再展期一年,至民国五年正月为止。最多两年,不能再议续租。

二、租价每年捌百两,按年交付。

三、房屋必须修理,由公学认真召匠估修,修费在租价内扣除,如出于租价以外,应由公学自筹。

四、器具什物应开单交李公祠管理人收执,交屋时如有短少损坏,由公学补齐交还。

五、李公祠派上下人各一人在祠居住,照料视察。

六、神牌,县知事已允由官制就,供入神龛。

七、铜像、佩剑稍有损坏,由公学修好,如估价过巨,再由两方筹商办法。

盛宣怀(王存善代签)

王存善

李登辉

李公祠系清末用招商局、电报局之款建造,并非私产。李登辉

---

[1]《复旦大学志》第一卷(1905—1949),第260—261页。
[2] 租约原件存上海图书馆(盛宣怀档案)。

不谙实情，上当受骗，致酿成 10 年后李公祠的诉讼案。

本年，薛仙舟开始在复旦任教。

1915 年（中华民国四年，乙卯），44 岁

1 月 19 日，孔天增因感染天花去世，年仅 36 岁。李在寰球中国学生会会报发表悼文《亡友孔天增君传略》，追述孔天增生平志业和高尚品格，提及孔氏对自己的恩惠："辉当困难时，亦尝藉公臂助之力。今日所获交之朋友，强半为公所介绍。"①

1 月，寰球中国学生会创办《学生会会刊》（月刊），余日章主持。

3 月 6 日，晚，寰球中国学生会在醉和春举行第十次年会，男女来宾百余人与会。会长钟紫垣报告去年会务，旋请康有为君演说。"略谓自欧化东渐以来，风气渐开，负笈游学者益众，可知学生为一国之精华，亦即为一国之性命也。然中国之进步甚迟，推其故，实由游学之士既得东西精深之学，罕有著书译述，以启后学而牖民智，惟趋于利禄之途，不啻从前科举之望秀士举人。如学成卒业诸君各译书一册，十数年来，以数万学生之力，即有数万册新书传布国中，其进步较今日果为何。如中国派遣游学，始于曾文正，至戊戌时余亦曾有推广游学之议，然学而不传学，亦无益。余在海外十余年，历观安南、朝鲜、缅甸、爪哇、台湾之学术文化，不禁感慨系之。愿我同人奋起振刷精神，共勉于学，以兴中国"。词毕，由李登辉提议，举康有为为名誉会员，众皆举手赞成②。

春，参照耶鲁报告、课程说明等相关文件，制定中英文《复旦公学章程》（Fuh Tan College Catalogue and Directory 1915—1916）。章程为复旦确立了较为完备的通识课程体系。课程分八大部类六十余门。学生按大类选课，实行有一定限度的选课制和学分制。这一课程体系一直沿用至 1923 年。章程还规定了校徽、校训。章程记载当时

---

① 《学生会会报》1915 年第 2 期，第 13—16 页。
② 《寰球中国学生会第十次年会纪》，《申报》1915 年 3 月 8 日，第 10 版。

复旦校董十一人，分别是：伍秩庸、唐少川、萨鼎铭、聂云台、王亮畴、王儒堂、夏剑丞、聂管城、陆费伯鸿、张坤德、于右任。章程还记载复旦将在江湾购买合宜之校地以备建筑校舍，恢闳本校之规模。

5月，民国元年时担任外交总长的王宠惠就任复旦公学副校长，任教课目有国际公法、法学通论、论理、社会学。不久，王辞去所兼复旦董事长职务。

秋，《复旦》杂志创刊，每年刊出一期。中文占四分之三，英文占四分之一。李登辉任该杂志顾问。

本年，王宠惠、薛仙舟、林铎（天木）等在复旦任教。

当选为美国地理学会会员。

李登辉与杨锦森合编的《中华新英文读本》(*Chung Hwa New English Readers*)三卷由中华书局出版。读本系初级配图英文教本。

本年所教科目有英文、法文、心理学。

1916年（中华民国五年，丙辰），45岁

5月15日，寰球中国学生会创办《寰球》(双月刊)，次年改为季刊。

5月，在校董聂云台陪同下，美国马萨诸塞州前州长威尔喜参观复旦公学，并作题为"共和国教育之价值"的演讲。李登辉致欢迎辞，称赞中美友谊[①]。

5月27日，美国哈佛大学硕士余日章在寰球中国学生会夜校发表题为"真教育主义"的演讲。李登辉作陪[②]。

李登辉主张"大学之教，百家渊薮"。复旦在徐家汇办学期间，有请康有为讲学一事。黄华表在《我所知道的李登辉先生》一文中说：

> 李老校长对于学术思想，完全是美国最先进大学的作风，

---

① 《申报》1916年5月4日。
② 《申报》1916年5月30日。

是极其自由的。好比，康南海（有为）先生明明是复辟派的重要人物，为了他的经学文学，有一次我们一辈学生却得了李老校长的许可，亲自到辛家花园敦请康先生来复旦讲学。虽则康先生为了他的理由，结果并没来，然已可以见到李老校长对于学术及尊重学者的态度了。①

1917年（中华民国六年，丁巳），46岁

2月10日，寰球中国学生会在一品香举行第十二次常年大会。李登辉报告1916年会务、财务决算及新选董事名单。朱少屏报告第六次征求会员结果：征求分五队进行，结果李登辉队得1 135分。本次共计吸收新会员132人，其中永久会员2人，赞助会员8人，普通会员122人，寰球中国学生会新旧会员合计达1 523人②。

5月12日，故沪军都督、前复旦董事陈英士（其美）悼念仪式在法租界打铁浜苏州集议公所举行。李登辉率全体复旦学生、教职员参加，派12名复旦童子军在灵前照料，其中包括唐绍仪二公子唐榴、宋教仁公子宋振吕③。

本年，重新制订1917—1918年《复旦大学章程》。该章程目录分校舍图、校史、校董、教职员姓名录、章程、毕业生姓名录、各级学生姓名录、学科提要、课程表九个部分。《章程》第一条载：本公学以研究学术，造就专科大学人才为宗旨。校董名单为唐少川、聂云台、萨鼎铭、王儒堂、王亮畴、邬挺生、陆费伯鸿、于右任、张坤德、凌潜夫。《校史》记载："近已在江湾购得地二十亩，以备建筑二十余万圆之校舍。一俟欧战大局稍定，即筹款从事建筑。校中学科现分四部，曰国文科、英文科、商科、理科，更拟加

---

① 黄华表：《我所知道的李登辉先生》，载《李登辉先生哀思录》，第14页。另，温崇信在《回首当年》一文中写道："康有为某次到母校讲孔子哲学，由黄维荣、端木恺、温崇信记录。"载彭裕文、许有成主编：《台湾复旦校友忆母校》，第471页。
② 《申报》1917年2月11日。
③ 《陈英士开吊记》，《申报》1917年5月13日，第10版。

设师范、工艺二科，方在筹备中，期成一完美大学焉。"《教职员姓名录》载，李登辉任校长兼教务长，通讯处为上海北四川路林家花园对面三十七号。王宠惠任副校长，叶秉孚、苏振栻任监学，季英伯任文牍，姚登瀛任会计。全校职员仅六人而已。李登辉任教科目有法文、群学、心理学。

长子友仁感染猩红热身亡，年仅九岁。汤夫人先后生有三子一女，至此全部夭折。

复旦公学改名"复旦大学"，分文、理、商三科。原有文理两科，本年增设实用性的商科（即商学院）。世界著名的哈佛商学院设于1908年，复旦设立商学院仅比哈佛晚9年。

1918年（中华民国七年，戊午），47岁

1月1日，华侨学生会在上海成立，宗旨为"联络华侨学生，相亲相爱，不沾染上海社会恶习，以期学成后为国效力"。谢碧田、李登辉任正副会长，名誉会长为伍廷芳、杨晟等。

1月16日，李登辉即将赴南洋募捐，黄炎培设宴践行[1]。

1月23日，为筹建新校园，李登辉乘三岛丸启程赴南洋（印尼、新加坡等地）向华侨募捐。校长一职由校董唐露园代理。半年间，李登辉在南洋共募金折合银元15万元。这笔钱来自何处，至今仍是个未知数。在巴达维亚，李登辉曾与著名的印尼华人、《新报》创办人洪渊源进行长时间晤谈[2]。

4月，寰球中国学生会创办《友声日报》，由倪轶池主编。

6月，李登辉从南洋募捐归来。

10月10日，美国大学联合会会长安鲁尔来复旦大学赠会旗，李登辉致谢辞。沪江大学校长魏馥兰、美国驻沪副领事即席演说。

---

[1] 中国社会科学院近代史研究所整理：《黄炎培日记》第1卷，华文出版社2008年版，第326页。
[2] 陈维龙：《李登辉博士早年二三事》，载许有成编：《复旦大学早期校史资料汇编》，台北市复旦校友会印，1997年，第72页。

本年，复旦全体加入美国红十字会①。

本年，寰球中国学生会编印《美国著名大学调查表》《出洋学生调查录》《国内大学专门学校调查录》《国外学习调查录》等。

1919 年（中华民国八年，己未），48 岁

1 月 14 日，由李登辉和美国红十字会会长卜舫济、拒土会总干事伍连德、江苏教育总会副会长黄炎培等 21 人署名，万国禁烟会执行部致函南北商会、各团体及中西各官绅，决定组织国民拒土会，限制鸦片和吗啡，除医药用途外，不得种销②。

1 月 17 日，出席在上海青年会召开的万国禁烟会成立大会③。万国禁烟会从事的焚烧烟土等活动，李登辉积极参与。

春，以"中国国民外交后援会"会长名义，向海外发表通电，反对"巴黎和约"。

5 月，五四运动期间，李登辉建议上海学生联合起来，组织一个全市性学生联合会，方足以应付未来。上海学生联合会成立，负责人多为复旦学生。学联会址设于寰球中国学生会。学联重要决策多向李登辉和邵力子请示。上海学生联合会的名称，系根据李登辉所取 Shanghai Students' Union 翻译而来。

五四运动学生领袖朱仲华回忆："五四运动时期，李先生用英文撰《觉醒的睡狮》在上海《大陆报》发表，引起国际上普遍注意。据说，我国在巴黎出席和会的代表顾维钧看了也深受感动。"④

叶景莘《五四运动何以爆发于民八之五月四日？》一文指出："我即将那个命签的消息通知协会，并于事务清理后，打了一个英文电报与复旦大学校长李登辉先生，说政府主签，我们在此尽力反

---

① 《1919 年复旦年刊》。
② 《申报》1919 年 1 月 15 日。转引自《清末民初的禁烟运动和万国禁烟会》，上海科学技术文献出版社 1996 年版，第 482—483 页。
③ 《申报》1919 年 1 月 18 日。转引自《清末民初的禁烟运动和万国禁烟会》，第 484 页。
④ 朱仲华：《忆母校复旦大学》，《浙江文史资料选辑》第 29 辑，浙江人民出版社 1985 年版，第 144 页。

对，请沪方响应。电末签字随便写了三个字母，李先生始终未知为何人所发。但电文登在5日或6日的英文《大陆报》前页二三行上面一个大方块里，甚为显著。……五四运动爆发于故都，上海亦起而响应，似乎是由复旦开始的。"李登辉是国民外交后援会会长，能与中外报界直通消息，亦能发动学界。

章益等因参加五四运动被圣约翰大学校长卜舫济开除，求学无门。受李登辉嘉勉，特准投考复旦。同时考入的还有伍蠡甫、江一平、荣独山等20余人①。

6月3日，下午一时，华侨联合会因暹罗、爪哇华侨来函，报告居留政府强迫华侨入籍及种种苛待日益急迫，特假座东亚酒楼宴请各报界讨论挽救方法。到者六十余人。李登辉主席宣布欢迎诚意，并述暹罗、爪哇、台湾各处华侨痛苦情状。谓华侨复籍实有种种不得已之痛苦。中国实业正在萌芽，祖国各界人士多希望华侨回国兴办实业。现在上海之先施公司、永安公司等，均华侨回国兴办之公司。祖国人士应特别扶助之，不可因复籍问题，极力攻击，使华侨心灰气短。此事关系中国实业前途甚巨，甚望报界诸公极力维持②。

8月，在李登辉、曹云祥等筹备下，欧美同学会全国大会于8月29日至31日在上海召开。北京、上海、杭州等地110名欧美同学与会。8月31日，中华欧美同学会成立，唐绍仪、孙中山、余日章等发表演说，会议推举蔡元培为会长，余日章、王宠惠为副会长③。

10月8日，应李登辉之邀，孙中山来寰球中国学生会作题为"救国之急务"的演讲。

10月，寰球中国学生会创办《寰球中国学生会周刊》。

本年，圣约翰大学授予李登辉名誉文学博士学位。

李登辉在江湾购买土地已达60亩。建筑校舍费用预计为32万

---

① 《章益事略》。
② 《华侨联合会宴请报界纪事》，《申报》1919年6月5日，第10版。
③ 《申报》1919年8月29日至31日。

元，已经募集约 8 万元①。

复旦大学已经设有四科：文科（the School of Arts）、理科（the School of Science）、商科（the School of Commerce）和中国文学科（the School of Chinese Literature）。李登辉计划近期再增设教育科（the School of Pedagogy）和农科（the School of Agriculture）。

五四运动后，中国基督教出版机构中影响最大的机构广学会，开始聘请教会上层中国人担任董事，李登辉和余日章、郭秉文、张伯苓、刘廷芳等被聘为董事②。

1920 年（中华民国九年，庚申），49 岁

3 月 26 日，南洋荷属华侨、巴达维亚新报馆代表侯德广专程赴北京请愿修改《中荷条约》，李登辉以华侨联合会会长身份致函外交部，介绍侯德广晋谒外交部长"面陈一切"，"乞俯赐接见，指示进行"③。

6 月 8 日，《神州日报》第五版"上海要闻"刊登《基督教救国会定期开会》："各省旅沪人士聂云台、徐季龙、周亮亭、李登辉等组织之基督教救国会，定于本月十五日在麦家圈天安堂开征求大会，并讨论会务进行，现已由该会书记缮发通告，知照会员，届期一律与会，共同讨论云。"

6 月，李登辉在江湾购得土地共计已达 70 亩，开始动工兴建校舍。当时上海市区与江湾之间尚未通公路。从市区到江湾校址，只能乘淞沪铁路至江湾镇，再乘独轮手推车，行半小时，方能到达。校址周围，荒冢累累，极为荒凉。时人以为此蒿莱之地，不宜兴建黉宇，颇有非议者，而李不为所动，终成气象恢宏之学府，为日后杨浦成为沪上学术重镇奠定了基础。

---

① 《1919 年复旦大学年刊》。
② 沈德溶：《上海基督教出版事业简介》，载《上海文史资料选辑》第 81 辑，第 364 页。
③ 台湾"中研院"档案，外交部 F-2-2。

7月1日，复旦大学举行毕业典礼，李登辉报告募捐建筑校舍成绩。计南洋兄弟烟草公司认捐4万余元，本校董事会及学生募得6万余元。为感谢募捐有功人员，李登辉赠王正廷博士银盾一座，奖励学生认捐第一的唐榴银爵一座。并给上届辩论大会优胜者瞿宣颖、服务社会最劳的何葆仁及各科成绩前三名发奖。唐少川、东吴大学校长葛兰姆等出席典礼①。

12月18日，下午二时，复旦大学在江湾新购土地举行新校园奠基礼。李登辉报告筹建新校园经过。校董王正廷、沪江大学校长魏馥兰、南洋兄弟烟草公司简实卿等来宾先后致词。

本年，重订中英文《复旦大学章程》。据章程载，大学部学长（相当于教务长）为薛仙舟。李登辉任教科目有哲学、拉丁文、文学、法文、德文②。大学部职员增至10人，教员增至30人。其中商科教员主要有薛仙舟、何活。胡汉民、戴季陶、叶楚伧、邵力子等担任国文等课。

当时，李登辉以校长兼任哲学等课教授，详细介绍美国哲学流派，并加以评析。本年秋季入学的胡健中曾说："登辉先生当时以校长兼任教授，教余等哲学，对于今日举世侈谈之所谓实用主义（Pragmatism）阐释綦详，然不尽赞同。"③

李登辉收到美国哈佛大学、耶鲁大学、加利福尼亚大学、密歇根大学、华盛顿大学等大学来函：凡复旦大学毕业生，得有大学文凭者，可直接升入上述美国各院校有关系科深造，无须再进行考试。

本年，美国哈佛大学、耶鲁大学开办教育系。李登辉在复旦试设教育科，以培养中小学师资。开课计划包括讲授"欧美东亚教育发展历史、教育学原理、教育学心理、英美德法日诸国学校管理组织法、公众个人生理卫生、学生性情及教授法等"。今年起开设专门的教育学课程，请汤松讲授教育史。与教育学密切相关的心理学

---

① 《申报》1920年7月2日。
② 《1920年复旦年刊》记载与此不同，李登辉任哲学、心理学、法文、英文教授。
③ 胡健中：《吴南轩先生逝世周年诔辞》。

与哲学，多年来一直由李登辉亲自任课。

1921年（中华民国十年，辛酉），50岁

5月，中南银行总经理、华侨银行家黄奕住向复旦捐款1万元，用于建筑办公楼一座，建成后命名为"奕住堂"，即今校史馆中间部分。1929年，添建两翼，改称"仙舟图书馆"，以纪念合作运动导师薛仙舟。

9月，中旬，应北京协和医校邀请，李登辉参加该校新校舍落成典礼。校内职务暂请商科教务主任蔡竞平代理。此行还与复旦校舍募捐有关[①]。

11月11日，全国国民外交大会成立大会在四川路青年会召开，118个团体的300余名代表与会，李登辉被推选为主席。他发表演说称：

> 今日吾人在此开会，即美国开太平洋会议之时，亦即世界休战纪念之日。吾人主张，与太平洋会议相同。太平洋会议之意志，要使世界觉悟交战之危害、和平之福利，吾人亦然。如前次巴黎和会，大都不以公理为直，而反以势力为直，是以巴黎和会，虽曰国际联盟，而仍不能解决世界问题。今日之太平洋会议，乃以公理解决世界问题，故将来预料，必能有美满之结果。再者，个人与世界，亦有关系。例如以一塞尔维亚学生，行刺奥太子，而激成世界战争，故不可以个人与世界为无涉，而置之勿顾。又有及者，巴黎和会、山东问题，因其中有秘密条件，不能解决。此次各国对于大会，咸非常注意。山东问题，固为我国之重要问题，然英、美、意等国，亦知将来如有决裂事情，必发生于远东。故山东问题，不仅关系中国，乃关系全世界之大问题也。山东问题能解决，则世界可达和平之道，反之则战争之导线潜伏，和平无望。此次提交大会公道主

[①]《复旦大学消息》，《申报》1921年9月13日，第14版。

张，希冀有美满之结果。此次吾人在此开会，系代表四万万民意，希望达到和平之目的。①

华盛顿会议期间，上海基督教青年会干事晏阳初、朱懋澄来复旦，请李登辉发动学生组织一次群众大会以壮声势。李登辉授意章益在老西门体育场召开万人大会，此为历来群众大会人数最多的一次②。

12月，赴法勤工俭学学生团归国，生活、求学陷入困境，派代表陈毅与李登辉会晤。李设法帮助解决经费并吸收入学③。

本年，李登辉任教科目有哲学、心理学、法文、英文。教务长改由薛仙舟担任④。

1922年（中华民国十一年，壬戌），51岁

1月4日，国民外交大会在四马路会所开会，李登辉提议，由国民大会通电各省，请其对于太平洋会议作表态，目的主要有四点：（1）否认二十一条；（2）解决山东问题；（3）反对四国协定；（4）如不能解决以上三项，则设法抵制日本⑤。

2月，江湾校园教学楼简公堂、办公楼奕住堂、学生第一宿舍（毁于战火，今相辉堂所在地）、教师宿舍南舍次第建成，寒假后大学部由徐家汇迁入江湾上课，中学部仍在徐家汇李公祠。前总统黎元洪赠匾额"道富海流"一方，庆贺复旦新校舍落成。

4月5日，世界基督教学生同盟大会在清华园召开大会，王正廷主席，李登辉致颂词。颂词内容为，非教育不足以立国，非道德不足以维系人心。郅隆弥乱，端在于此。世界基督教青年会学生同

---

① 《申报》1921年11月12日。
② 《章益事略》。
③ 《申报》1921年12月15日。
④ 《1921年复旦年刊》。
⑤ 《国民外交会对太会之总表示》，《申报》1922年1月5日。

盟大会，合宗教教育二者为一，其裨益于个人、家族、社会、国家者诚非浅解，不可不颂①。

9月，在李登辉支持下，复旦学生会改组为学生自治会。

本年，李登辉当选治淮委员会（Huai River Conservancy）名誉主席。

李登辉兼任文科教务长，任教科目有哲学、心理学、法文、英文②。商科教务长由蔡竞平担任。

汤夫人开始在复旦担任庶务员③。

1923年（中华民国十二年，癸亥），52岁

郭任远从美国留学归来，在上海小住，准备应蔡元培之邀请前往北京大学任教。李登辉命胡寄南等学生诚恳邀请郭任远回母校服务。郭最终选择复旦④。

郭任远短期内筹得一笔巨款，创办心理学科，设立行政院，招收研究生。诸多创新使得复旦在行政、教学诸多方面显出欣欣向荣的景象。郭任远年轻有为，精力充沛，雄心勃勃，但"性情孤傲"，不时与李登辉发生矛盾。李登辉淡然处之。

8月11日，以寰球中国学生会会长的名义，与寰球中国学生会会长许秋骤、方椒伯，该会总干事朱少屏共同署名在《寰球中国学生会周刊》第115期第5版发表《通知本会学校学生》："本校开办以来，对于教授训练，莫不认真从事。下学期起，益复大事整顿，增加学额，延揽良师，教科之合乎需要者，加多授课时间，设备之不可缺少者，悉尽数添置。务期成一模范学校。兹已开始添招新生，凡上学期之旧生，务须从速来校注册，并缴注册费一元（开学时可于学费内扣还）。以便照留学额，否则不能预留。特此通告。"

---

① 《世界基督教学生同盟会再纪》，《申报》1922年4月8日。
② 《1922年复旦年刊》。
③ 民国十一年春季《复旦大学同学录》。李夫人通讯处为"江湾跑马厅沈家观音堂"。与李夫人同任庶务的还有张汇元（字慧园，江苏江宁人，原籍安徽歙县，金陵大学肄业）。
④ 胡寄南：《胡寄南心理学论文选（增补本）》，学林出版社1995年版，第272页。

秋，参与组织私立群治大学董事会①。

本年，继续担任文科教务长。任教科目有哲学、拉丁文、法文②。李权时担任商科教务长。

李登辉开设拉丁文课，可能是讲座性质的，此为复旦准备赴美留学生而设③。

本年起，金通尹创设土木工程本科，复旦理科第一次有了本科专业。李登辉成立建筑工程科的理想得以实现。

汤夫人职务改为"审计"，庶务由冯启承代理④。

1924 年（中华民国十三年，甲子），53 岁

1月22日，复旦创设学校评议机构——行政院（即校务会议之前身）。行政院首次常务会议在青年会餐室召开。李登辉任会议主席。出席会议的有李权时、郭任远、邵力子、张季量、金通尹、余楠秋、俞希稷、叶藻庭、叶秉乎。会议通过《行政院议事细则》，决定由郭任远起草各机关职务草案，并推举临时查账员，清查学校账务⑤。

2月23日，李登辉主持召开行政院第二次常务会议。会议通过郭任远议案，决定对复旦学制系统作重大更改。

---

① 私立群治大学前身为群治法政专门学校，1912 年在长沙设立。1922 年，学校决定升格为大学，并向京、沪发展。1923 年秋，罗唾庵赴上海，与章太炎、李登辉、于右任等组织董事会，并就原校创办文、法二科推广京、沪和次第筹划农、商各科事宜报请教育部、司法部批示，获准开办。由罗唾庵、张相文任正副校长。学校设立文、法、商三科。1924 年，沪校校舍开始筹建。该校后来停办，停办时间不详。见忻福良等主编：《上海高等学校沿革》，同济大学出版社 1992 年版，第 179 页。
② 《1923 年复旦年刊》。
③ 从 1913—1922 年的课程表可见，复旦没有开设美国名牌大学所必修的拉丁文、希腊文课程。根据圣约翰大学例子：1906 年，该校在美国注册，校长卜舫济分别致函耶鲁、哈佛、哥伦比亚等美国名牌大学，要求它们承认圣约翰大学毕业生的文凭，结果耶鲁等校给予圣约翰大学生免考直升研究生和诸如医学院、法学院等职业学院的优待，并允许他们插入大学本科三年级或四年级学习。圣约翰大学当时未开设拉丁文、希腊文课程，所以读美国大学本科往往要降低一至二年级。见《私立圣约翰大学》，载忻福良主编：《上海高等学校沿革》，同济大学出版社 1992 年版，第 45 页。
④ 1923 秋季《复旦大学同学录》。
⑤ 历次行政会议内容，见复旦大学档案馆藏历史档案，案卷号 359、426。不另一一注明。

3月12日，李登辉当选上宝平民教育促进会董事①。

3月22日，在行政院第三次常务会议上提出"请假"。郭任远当选行政院代理主席，自4月1日起任职②。

4月3日，下午二时，行政院在上海青年会会议室召开临时会议，出席会议的有李权时、余楠秋、张季量、金通尹、叶季纯、叶藻庭、邵力子，由郭任远主持会议。循惯例，应由李登辉校长主持会议。李登辉临时得到通知，匆匆赶来与会，因而迟到。与会后，方知这次会议是讨论大、中学的经费问题。而出席会议的成员中，有人指责李登辉经济不公开，其妻汤佩琳（任会计）的账目也应查核。李感到气氛不洽，即行早退。未久，怀疑李登辉经济有问题的消息不胫而走，李听闻后愤而请长假，携妻出走南洋，送行惜别者唯章益一人而已。

4月23日，校董唐少川、韩希琦、许剑青、陆达权、林文庆召开董事会议，讨论李登辉出走后学校局势，决定同意李登辉请长假一年；在此期间，由郭任远代理校长。

6月1日，郭任远在中学部主持召开行政院第六次常务会议。会议决定：此前由李登辉订立的有关学校合同，除已经移交及郭任远亲自接收者外，概作无效。

9月25日，《南洋商报》（*Nanyang Siang Pau*）登载消息《李登辉博士之游踪》："上海复旦大学校长李登辉博士，前偕其夫人往吉隆坡游历，现下榻于太平局绅陆秋泰之邸寓云。"

10月20日，上午十时，赴槟城钟灵中学演讲华侨学生教育事宜，指出华侨学生在小学时代应钻研国文，一到中学便须中英文并

---

① 《申报》1924年3月13日。
② 复旦大学档案馆藏历史档案，案卷号359。关于李登辉请假的原委，参见张廷灏《我所知道的私立复旦大学》一文。又，邵力子当时参加党派活动，故而也对李登辉有意见，4月26日行政院第四次常务会议记录上，有"邵仲辉（力子）提议，对于李校长请由董事会径发布告，取缔学生在校舍有党烟臭味之集会及否认本院否决之青年会费，侵越本院权限，提出异议"的记载。复旦大学档案馆藏历史档案，案卷号426。

重；华侨学生为归国求学，宜国（文）、英（文）、算（术）三科并重，宜择国内交通便利之处建筑一大会所，且须有人负责管理，以留宿寒暑假无法回家之华侨学生。参加本次演讲的有李氏夫妇，怡保公立女学校长朱素行，新加坡福建女校校长杨和林，教员夏孙莓，校董许生理、林地基、谢聚会、黎观森及师生八十余人①。

12月7日，行政院第十二次常务会议决定：以行政院名义，敦促李登辉于明年3月底回沪。

本年，章益赴美留学，李登辉建议改习教育，将来学成归国，为母校发展教育系。数年后，章益学成归来，创建教育系。李登辉缔造了复旦教师队伍主体，这是他对复旦最大的贡献之一。

颁布《复旦大学文科章程》《复旦大学理科章程》《复旦大学商科章程》《复旦大学心理学院章程》《复旦大学中国文学科章程》。章程规定，复旦各科设立研究院，招收研究生，实行学分制。

1925年（中华民国十四年，乙丑），54岁

3月，在《中华基督教教育季刊》第一卷第一期发表《国家教育与基督教》一文，回击各界对基督教的攻击，正面肯定基督教对中国教育和社会的精神价值。文章指出，国家主义与基督教绝无本质冲突，基督教并不会招致青年反对国家、背离民族。青年爱国心减少源自彻底西化的教育方法。若要改变这种现状，首要任务是早日实现教育的中国化，"就教育的根本上着手，将一切的外国语言、外国文学，以及外国历史，驱出学校必修课程之外"，而非将斗争矛盾一味指向基督教。文章进而强调基督教精神对中国的价值。中国教育当下面临"道德破产"的困境，支配中国几千年的儒家思想已然崩溃，而新道德、新规范又尚未确立，致使青年毫无规矩与敬畏心，导致"侮辱教员、罢课、捣乱等事，社会习见，不以为怪"。而基督教恰恰能给予青年道德上的约束，"以健全人生观代替不适

---

① 《钟灵中学校刊》1926年创刊号。

当的迷信",促进青年健康而全面的发展。基督教实为解决当前中国教育问题的一剂良方①。

春,在巴达维亚,为父母重修坟墓。之后,带李贤治、李贤政两侄儿回上海接受教育。途经新加坡,在汤夫人之妹妹汤爱琳家小住。汤爱琳丈夫王正序,系王正廷胞弟。

4月27日,返回上海。

5月,上海爆发"五卅"运动。圣约翰大学发生学潮,部分学生离校。李登辉致信圣约翰大学校长卜舫济,称大多数青年学生系感情一时冲动,在较为冷静的思考后,他们可能被说服返校②。

部分圣约翰大学和附中师生脱离学校,另组光华大学,函聘李登辉为筹备发起人③。

脱离圣约翰大学的若干学生,经李登辉许可,准予免试插班复旦。程中行(程沧波)、裴复恒等破例转入复旦四年级。校章向例,四年级不收插班生。

6月14日,《申报》刊发李登辉回校消息:"复旦大学昨讯:复旦大学校长李登辉博士去年因身体欠适告假赴南洋等处休养。兹悉李氏于上月返沪,因身体仍未复原,暂不来校。今该校代理校长郭任远及学生等以为值此惨案进行之时,校内校外事务纷繁,必须李校长早日回校治理一切,故于昨日由该校生派代表五人前往敦促回校。闻李已允诺拟于下星期三回校视事。"同条消息又发布复旦学生会拟发行《华血》报,报道五卅惨案真相及此后救国方针。"又该校学生会编辑科以各报所载'五卅'惨案事或未能尽得其真相,以致外人有赤化排外之借口,故该科议次发刊一种《华血》报,其宗旨采取'五卅'事实,专为发表言论,以讨论此后救国之方针。

---

① 《中华基督教教育季刊》第一卷第一期,第25—31页。
② 圣约翰大学档案(1897—1952年),上海市档案馆档号Q234-854,第41—42页。转引自徐以骅:《教育与宗教:作为传教媒介的圣约翰大学》,珠海出版社1999年版,第118页。
③ 忻福良等主编:《上海高等学校沿革》,同济大学出版社1992年版,第194页。

稿件已集，不日即可发行云。"

9月13日，中华国民拒毒会举行年会，李登辉任大会主席并当选正会长。钟可托、赵晋卿当选副会长。顾子仁、陈光甫、何世桢、唐少川等12人当选特约会员①。

12月，主持中华国民拒毒会常务委员会会议，筹备国际禁烟大会及摄制拒毒电影等事宜②。

本年，着手编纂《中国今日之重要因素》。

从本年开始，李登辉不再任课，但仍经常听教师的课，检查教学质量。

1926年（中华民国十五年，丙寅），55岁

4月25日，与郭任远等在功德林宴请胡适。

6月，《李氏英语修辞作文合编》由商务印书馆出版。以后多次再版。在抗日战争时期，上海补习部以此编作为大学一、二年级英文作文之教材③。

关于李登辉其他两本教科书，赵世洵在文章中写道：《李氏英语文范》是打基础的文法书，每课后有中译英的造句练习，由浅而深，适于初学英语者。《李氏英语修辞学》例句取自《圣经》和古典名著，程度较深，曾作为复旦大学一年级学生指定用书。

9月8日，与中华国民拒毒会名誉会长唐绍仪、总干事钟可托致函全国各省区商会、教育会、医学会、学生会、农会、工会、青年会、耶佛孔回道教会、节制会、各报馆、各学校、各拒毒分会等各团体，定于10月3日至9日为全国拒毒运动周。

12月1日，为即将出版的《中国今日之重要因素》作序。序言称，此书是专门为一般英语读者所编纂的书籍，也适合作"公民

---

① 《申报》1925年9月14日。转引自《清末民初的禁烟运动和万国禁烟会》，上海科学技术文献出版社1996年版，第512—513页。
② 《申报》1925年12月21日。
③ 复旦大学《学程说明（文学院）》（民国廿八年秋）。

学""社会科学"的补充读物，主要目的是要引导学生具有理性的爱国精神和国际主义精神。内容分五个大类：（一）关于性格修养、成功秘密等一般问题；（二）关于我国的经济问题；（三）关于我国的工业问题；（四）关于我国的教育问题；（五）关于国际问题[①]。

本年，复旦创办实验中学。

1927年（中华民国十六年，丁卯），56岁

5月15日，复旦大学取消校长制，实行委员制，组成有学生参加的校务委员会，李登辉任主席。李权时、余楠秋、金通尹、陈望道等任委员。校务委员会至8月27日结束，其间共开会16次，通过招收女生等决议。

7月31日，《申报》刊登刘大白为复旦实验中学事致李登辉的信[②]。

8月，在李登辉催促下，章益从美国学成归来，回母校筹备教育系。章益是李登辉最得意的学生，视作传人。20年代末至30年代，章益与孙寒冰、钱祖龄、温崇信担负起学校重任，成为李登辉得力的助手，被称为复旦的"四大金刚"。

9月1日，李登辉主持召开大学部教职员全体大会，讨论校务委员会取消后学校的行政制度。陈望道的提议获得赞同，大学行政设校董会、校长、行政院三级。校长为行政院当然院长。会议还通过由李权时提议的行政院院员构成：校长、七科主任（编者注：当时复旦设文科、商科、理工科、中国文学科、生物科学科、社会科学科、预科七科）、注册主任、会计主任、庶务主任、教职员代表三人，计十四人。

9月3日，行政院决定，聘请黄兆鸿夫人为女生名誉顾问。

12月18日，出席薛仙舟追悼会。陈果夫、邵力子、王宠惠等

[①] Lee Teng-Hwee, *Vital Factor in China's Problem: Readings in Current Literature*, Shanghai: the Commercial Press, 1934.
[②] 《申报》1927年7月31日。

200余人参加。会上决定筹备仙舟图书馆①。

12月28日，以中华国民拒毒会会长名义致函孙科部长，对调解国省禁烟纠纷提出建议②。

本年，李登辉著《文化英文读本》（*The Culture English Readers*）第一、二、三册在商务印书馆出版③。

《中国今日之重要因素》（*Vital Factor in China's Problem: Readings in Current Literature*）由商务印书馆出版。该著多次重版，至1934年4月已出至第六版。扉页写着"DEDICATED TO MY DEVOTED WIFE"（谨以此书献给我挚爱的妻子）。

1928年（中华民国十七年，戊辰），57岁

5月8日，主持行政院临时会议。决定建筑女生宿舍一座，造价以15 000元为限。

5月18日，主持召开教职员全体大会。议定即日起组织复旦教职员对日外交后援会，全体教职员均参加④。

6月5日，撰写《中国今日之重要因素》再版序言。再版中增加一篇重要文章《论日本在东北的地位》。序言最后一段说："为了消除对本书再版时的某些误会，有必要重申它的目的，是鼓励学生具有积极向上和独立创造的精神。因此，尽管有些篇章是多年以前写就的，但是那些原则和意见，仍然具有现实意义和对将来也有意义。对于那些衷心对这个国家热爱的人来说，这本书仍将是能使他们振奋起来的良师益友。"

8月4日，国民政府决定组织全国禁烟委员会。委员会主席张之江电请中华国民拒毒会会长和总干事赴京，商议组织全国禁烟委

---

① 《申报》1927年12月19日。
② 《申报》1927年12月29日。
③ 章益：《复旦大学故校长李登辉先生事略》。
④ 《复旦旬刊》第二卷第六期，第47—49页。

员会委员办法。李登辉与钟可托于今日抵达南京①。

8月12日,李登辉与钟荣光、韩希琦等出席国际电讯社发起人会议,被推为主席,负责办理该社改组事宜②。一个月后,李登辉以事务繁冗,登报辞去国际电讯社委员职务③。

8月20日,全国禁烟委员会成立,李登辉与李烈钧、王正廷等9人被推为禁烟委员。为向群众宣传拒毒知识,中华国民拒毒会邀请黄嘉谟创作话剧《芙蓉花泪》,李登辉、张之江、马寅初三人为剧本作序④。李登辉担任禁烟委员直至1930年。

10月14日,李登辉假新新酒楼招待上海各报新闻记者,介绍复旦发展情况。

10月15日,国民政府教育部批准复旦立案。

本年,《文化英文读本,翻译问题解答》三册在商务印书馆出版⑤。

在《时兆月报》第28卷第11期发表《我们需要宗教》一文,文中指出,历代以来,宗教遗风与孔子的道德学说乃人民思想与行为上的模范,不料如今学校竟对之抱着怀疑的态度,甚至孔子的哲学已被人认为分文不值了。中国的家庭已经没有道德的背景,要救济中国,先得改良家庭,使父母格外明了他们对于子女的责任,尤其要注重儿童的道德。

1929年(中华民国十八年,己巳),58岁

9月,依教育部大学规程,复旦大学设文、理、法、商四院,院下设系。文学院新设教育学系。

9月18—19日,复旦取消行政院,设立校务会议。

11月1日,全国禁烟大会召开。蒋介石出席并讲话。大会决定

---

① 《申报》1928年8月5日。
② 《申报》1928年8月14日。
③ 《申报》1928年9月2日。
④ 《拒毒月刊》第26期,中华国民拒毒会印行,1928年1月。
⑤ 章益:《复旦大学故校长李登辉先生事略》。

查办陈调元运土案、海军总司令兼福建省府主席杨树庄吸毒案等重大案件，成立禁烟组、禁运组、禁售组、总务组等若干审查机构，李登辉当选总务组委员①。

11月4日，《复旦周刊》刊登李登辉的文章《我们所最需要的教育》。

本年，李登辉提请设立秘书长一职，总揽全校行政、教务和总务大权。金通尹任秘书长，直到1936年。

1930年（中华民国十九年，庚午），59岁

1月3日，代表复旦与中南、大陆、盐业、金城四银行储蓄会订立透支合同：透支额3万元，每年偿还5 000元，分期还清。

1月18日，主持第四次校务会议②。李登辉提议，重新整顿合作银行董事会，组织合作银行委员会加以监督。决定推李权时、安绍芸、钱祖龄为合作银行委员会委员。

4月5日，出席在南京举行的全国教育大会。

6月10日，《复旦五日刊》刊登李登辉为1930级毕业纪念刊而作的序言《成功的意义——勖毕业同学》。指出企求成功是人类生活的原动力。成功的手段关系世道人心，许多号称革命领袖的人物只是投机专家。只有以牺牲、博爱换来的成功才是不朽的，如古今中外的贤哲基督、孔子、释迦、华盛顿、林肯、孙中山、甘地等。

6月11日，复旦向市政府申请再购土地70亩。

8月，因汤夫人病重，本月起李登辉请金通尹代替出席校务会议。

10月2日，致信唐绍仪，申请辞去复旦校长一职。信中申述辞职理由，希予在复旦成立二十五周年时辞职③。

10月3日，蔡元培复函李登辉："借悉本月十七日下午二时，

---

① 《拒毒月刊》第26期，第31页，中华国民拒毒会印行，1928年1月。
② 校务会议内容，见复旦大学档案馆藏历史档案，案卷号406-410，不一一注明出处。
③ 上海图书馆编：《上海图书馆藏唐绍仪中文档案》第28册，上海人民出版社2020年版，第13933—13939页。

贵校举行二十五周年纪念，承赐宠召，至为欣幸。惟弟于十六日欲往首都，不克如命来贵校参与盛典，敬希鉴谅为荷。"

10月12日，李登辉第十二次校务会议提出，本学期因事不能按期到校办公，校务会议暂设常务委员，共理校政。在会议上决定，由章益、钱祖龄、余楠秋、林继庸、温崇信五人组成校务会议常务委员，协同秘书长金通尹襄助李登辉办理校务。

10月17日，复旦在体育馆举行庆祝建校二十五周年大会。马相伯、李登辉、于右任、邵力子、刘湛恩等先后讲话。李登辉授予于右任、邵力子、钱新之三人名誉法学博士学位。

11月22日，由于李登辉向董事会提出辞职，本日，邵力子主持召开校董会议。出席者为钱新之、张廷灏、王正廷、劳敬修、邵力子、江一平。章益、钱祖龄、余楠秋、林继庸、温崇信列席会议。董事会议决"李校长对于本校，经营缔造，厥功甚伟，道德学问，久孚众望。辞职万难照准。应即致函挽留，并推举张廷灏、江一平二校董代表本会面达诚意"①。

本年，《文化英文读本》第一、二、三册修订版，第四册初版在商务印书馆出版②。此书在抗日战争时期复旦大学上海补习部作为大学部英文补习教材③。

复旦实验中学改名为"上海市私立复旦实验中学"，李登辉任校长。

1931年（中华民国二十年，辛未），60岁

1月4日，汤夫人因患癌症去世。

5月，复旦在前门东首沿翔殷路购进基地11亩8分3厘7毫，每亩价格2 200元，连同佣金共计28 541.4元。

6月20日，复旦新建的卫生院举行落成典礼，为纪念汤夫人，

---

① 校董会议内容，见复旦大学档案馆藏历史档案，案卷号398-405，不一一注明出处。
② 章益：《复旦大学故校长李登辉先生事略》。
③ 复旦大学《学程说明（文学院）》（民国廿八年秋）。

卫生院命名为"佩琳院"。

6月22日，李登辉重新出席校务会议，但仍要求组织常务委员会代表校务会议辅助校长处理校务。经投票选举，章益、钱祖龄、余楠秋、温崇信、吴颂皋组成常务委员会。

1932年（中华民国二十一年，壬申），61岁

1月25日，"一·二八"事变前，战争乌云笼罩上海，复旦地处双方交战前线地带。为做好战前准备工作，本日，校务会议决定将学校重要文件、仪器转移至安全地方寄放，同时向国华中学校商借校舍，供寒假留校同学寄住。三日后，日军大举进攻上海，淞沪战争爆发。复旦大学校园第一次被日军占领，不久撤离。

1月28日，"一·二八"事变爆发。事变发生后，李登辉参加"东北社""时社""战时工作研究会"等以抗日救国为中心的各种座谈会①。

2月20日，日军第二次侵占复旦，派宪兵把守大门，在图书馆设指挥所。子彬院一、二楼，女生宿舍，饭堂均被占用。

2月22日，主持召开校务会议。议决事项如下：（一）本校开学须待3月内战事有停止可能再行定期。（二）1月份教薪及学生请求退费事可酌量办理。1月以后之教薪则待开学后再议。本校职员除酌留办公人员数人月支生活费外，余均留职停薪，在危急时留校之工人可加给工资半月或一月，以资奖励。（三）本校学生除本学期应毕业者外，其他年级学生得转学或寄读他校，其在各该校所得学分，在回校时可予承认。

3月3日，日军撤离复旦。

3月18日，召集教员在附中开会，决定借用徐家汇附中校舍上课、住宿。4月8日开学，15日上课，次日登报通告。上课以4个月计，至8月15日结束。本学期不招新生，只收特别生，旧有特

---

① 罗冠宗：《上海基督教青年会历史片段》，载《上海文史资料选辑》第81辑，第255页。

别生于补考中英文及格后改为正式生。教员暂不支薪，只支车费。职员自4月起，月薪60元以下者照支，60元以上者支60元，兼教员者不另支薪。

3月20日，日军第三次占领复旦大学。这次占领时间最长，房屋破坏亦最严重，直到5月5日签订《淞沪停战协定》后才撤走。

5月28日，复旦大学开始从徐家汇搬回江湾。

主持召开校务会议，决定调整课程："中国近百年史""欧洲近世史"列为必修课，全校学生必须选修其中一门；"教育通论"为全校必修课；增设"家庭经济"课，2学分，全校女生必修。

11月26日，主持召开校务会议，决定奖励淞沪战争时护校有功的员工。庶务主任齐云督同校工于2月间沪战激烈时冒险保护校产，忠勇可嘉，由学校赠给银盾一座，盾上铸铭文如下：

> 民国二十一年一月二十八日，日本兵寇上海，本校校舍于二月二十日被占，至五月二十八日收回。庶务主任齐景贤先生不避艰险，备著勤劳，特赠银章，以嘉忠勇。

12月30日，主持召开校务会议，决定：（一）为发展高等教育、利用业余时间救济失学青年起见，复旦在城中区分设夜校，专授商业、法律及工业化学三种课程。夜校为复旦大学一部分，程度与日校相同，行政、经济由校务会议决定，并请教育部备案。（二）原则通过发行公债、增造宿舍。

1933年（中华民国二十二年，癸酉），62岁

2月24日，主持召开复旦大学校董会。推选王儒堂、钱新之、方椒伯、杜月笙、赵晋卿、郁震东、郭仲良为新一届校董。钱新之为主席校董。金国宝为审计校董，审核上届董事会预算和决算。周越然为书记校董。董事会决定，"一·二八"事变后修理校舍所用之上海银行借款未归还部分，如到期不能归还，由钱新之与原接洽

人奚玉书向上海银行筹商办法。

5月18日，主持召开校董会议，决定：（一）筹建新校舍需4万元左右，不足之数拟发行债券弥补，年息一分，分五年偿清。（二）同学会发起捐募百元基金活动，议定10年内不动本息。推定王儒堂、江一平、金通尹、钱新之、朱仲华成立"基金保管委员会"，以便收集捐款。（三）重推唐少川、陈嘉庚、王亮畴、郭辅庭、简玉阶、黄奕住、夏剑丞、陆达权、劳敬修、梁炳农为本校名誉校董。

6月29日，主持召开校务会议。决定研究院停止招生。李登辉与文理法商四学院院长、注册主任组成"研究院委员会"，讨论改进方法。

9月2日，主持召开校务会议，被推举为"一年级学生委员会"主席。

10月5日，主持召开校务会议，推余楠秋为文学院长，金通尹为理学院长，孙寒冰为法学院长，李权时为商学院长。

12月7日，主持召开校务会议，决定筹办股份制的印刷所，李登辉出任筹备委员，确定招股原则如下：（一）本校应占股本总数的百分之五十一；（二）股东以本校教职员、学生、校工为限；（三）股东离校出让股份，本校有优先收买权。后印刷所委托新闻系毕业生沈有秩办理，于次年9月开业。

12月8日，钱新之主持召开校董会议，李登辉出席。决定由钱新之、朱仲华向业主磋商收购燕园事宜。因国权路线妨碍本校发展，由校备具正式公函及说帖，由钱新之、金国宝分向市政府磋商更改。

10月17日，复旦英文版校刊出版，李登辉担任顾问。

12月21日，夜，上海市公安局在本埠各大学逮捕学生。复旦被捕学生共14名及助教1人，转解淞沪警备司令部。经营救，郭维城等8人获释，仍有管照微等7人在押。

1934年（中华民国二十三年，甲戌），63岁

2月，复旦义务小学向由李登辉任校长。"一·二八"战役中，该校所有校具、图书，劫夺毁坏殆尽，经李登辉竭力筹划，得复旧

观。李登辉认为，义务小学设立之唯一目的，在于为附近贫困儿童谋一教育共享之机会。今后教育之实施，应以生产劳作为主，以期学生于出校后，得以学有所用。本年春，义务小学租地辟作农场，专供高年级学生劳作课实习之用①。

3月1日，主持召开校务会议。教育部限令取消法学院，将所属政治系并入文学院，经济系并入商学院，法律系、市政系取消。会议决定：坚决维持文、理、法、商四院组织。

3月19日，复旦在简公堂旁新购土地2亩1分7厘7毫。

4月12日，主持召开校务会议。教育部又下令，裁去商学院工商管理学系、国际贸易学系。会议决定：向教育部申述理由，维持商学院原有之四系组织。

4月19日，主持召开校董会议。增聘孙科、陈立夫、吴铁城、张道藩、程天放、余井塘为新校董。中学部发行3万元公债。

6月30日，校董会议决定，一年内筹募基金10万元。

12月，教育部补助国内私立学校设备费72万元。复旦请求补助理工设备费及教席费66 800余元，图书费28 600余元。最终教育部补助理学院设备费11 000元，化学教席4 000元。

12月26日，钱新之主持召开校董会议，李登辉出席。决定推举孙科等13人组成"经济委员会"，筹备30周年校庆。

本年，在江湾西体育会路附近购地创建福童所，收集失学儿童，施以教育，使其有一技之长可以自立。福童所在1937年"八一三"事变中被毁。

1935年（中华民国二十四年，乙亥），64岁

1月27日，在《申报》发表言论，阐述自己对《中国本位文化建设宣言》的看法②。

---

① 《三十年的复旦》。
② 《申报》1935年1月27日。

3月7日，主持召开校务会议，决定设立重庆复旦中学。

4月18日，李登辉64岁寿辰，故旧门生拟发起祝寿，李以国难方殷，非祝寿之时，力辞所请。后复旦同学会假八仙桥青年会九楼开会庆祝，李将祝寿赠品慨作复旦大学基金。

4月21日，孙科主持召开校董会经济委员会第一次会议。钱新之报告校董会组织经济委员会经过及计划。李登辉报告拟建科学馆图样，建筑费约需12万元。

5月18日，马相伯96岁寿诞。李登辉与夏敬观、于右任、钱新之、曹梁厦、金通尹等在徐家汇复旦附中为其祝寿。

6月6日，中华基督徒信徒救国十人团在沪召开第二届年会，李登辉等31人当选为执委。

8月，李登辉与郭秉文、李培恩合编的《双解实用英汉字典》由上海商务印书馆出版。李登辉作序。林语堂为字典题写扉页："此长编例似趋于老成持重，折中众派，校对精详，收罗丰富，足供一般之检考。商业名词、同义字及最近新名词之缕列分析是其特长，堪称实用。"次年2月，该字典即出至第八版。

10月7日，复旦大学举行建校30周年校庆，李登辉授予孙科、程天放、郭云观、金问泗、郭任远、江一平为名誉博士学位。校庆期间，新闻系在子彬院举行我国首届"世界报纸展览会"，展出40多个国家和地区的报纸二千余种，同时展出的还有新式印刷机等印刷机器，并当场表演。李登辉任展览会主席，并陪同来宾参观。

11月7日，马来亚华侨体育选手150余人归国参加全运会，途经上海，到复旦参观，李登辉举行茶话会欢迎，并陪同参观校园。

12月14日，"一二·九"运动后，李登辉与其他大学校长一道，走访市长吴铁城，向政府提出领土完整、开放言论、外交公开等要求。

12月20日，为支持"一二·九"学生运动，李登辉与刘湛恩、刘王立明、颜福庆、沈体兰等28名上海著名基督教徒、男女青年会董事和干事联名发表《上海各界基督徒对时局宣言》①。

12月23日,复旦学生赴京请愿团自驾火车,赴南京请愿。有关方面向李登辉施加压力。李登辉同情学生,劝导无效,声明辞职。

本年,为《三十年的复旦》写序,题为"吾人之希望"。文章回顾复旦三十年来历史、成就、面临的困难与希望:

> 以历史眼光而言,以与著名之大学相较,如美之耶鲁、哈佛,英之牛津、剑桥,则我校尚在幼稚时代……
>
> 然而在此短时期中,以我校对于近代教育所作之贡献及所造就之国家领袖人物而言,则成绩不让于较老之大学;此吾人引以为自豪,并对我校之将来,抱更大之期望。
>
> 至于实现本校负责人员之计划,欲求使本校为一真正之伟大大学,其困难由于经费之限制……
>
> 本校发展计划之前途,非仅赖校长之努力以及政府之若干补助,而实赖乎诸校友之合作与经济协助,其理甚明。吾校友中今日在社会占显要地位者,为数甚夥。现在之问题为校友对于母校发展之兴趣为何,及资助母校之程度为何耳。著名私立大学之成功,如美之耶鲁、哈佛、芝加哥大学,系由于樊特比尔(Vanderbilt)、洛克裴勒(Rockerfeller)辈及各校校友之慷慨解囊也。
>
> 今日中国资本家之愿资助大学者,似不多见,如陈嘉庚先生之捐款以办厦门大学,可谓凤毛麟角,而复旦前途则甚赖各校友之资助。为数不必巨大,如每校友每年能捐出收入之若干部分,则不知不觉中助我校发展计划之实现矣。②

---

① 罗冠宗:《上海基督教青年会历史片段》,载《上海文史资料选辑》第81辑,第256页。
② 《三十年的复旦》序言。

1936 年（中华民国二十五年，丙子），65 岁

1 月，上海学生决定利用寒假，到京沪线农村进行抗日宣传。复旦同学因经费无着，找校方援助。李登辉捐款 200 元，解决了下乡用的印刷品费用问题。

5 月 21 日，李登辉在《复旦大学校刊》发表告同学书，声明救国会不能存在。

7 月，自"九一八"事变后，复旦师生不断发动要求政府抗日的请愿运动，"沪上诸校，尤以复旦母校为烈"（吴南轩语），使当局处于尴尬境地。复旦学生运动一个高潮接一个高潮，方兴未艾，除学生觉悟程度起决定作用外，与李登辉校长的爱国和同情学生不无关系。为此，当局派立法院副院长、国民党中央执行委员会秘书长叶楚伧来上海，对李登辉施加压力，迫使其去职。

8 月 20 日，钱新之在沧洲饭店主持召开复旦大学董事会议。出席会议的有于右任等 14 人，吴南轩等 2 人列席，决定增聘叶楚伧、吴南轩、金通尹为校董。准予李登辉"请假休养"，其间由钱新之兼代校长，吴南轩为副校长，主持日常校务①。1942 年复旦改为国立后，李登辉方正式卸去校长职务。

吴南轩出任副校长后，任命章益为教务长，殷以文为总务长，取消秘书长一职。新学期开学前夕，开除学生 32 人，另有一批学生或退学，或转学②。

9 月 28 日，李登辉在《复旦大学校刊》发表告同学书，向全体复旦同学告别。

9 月，国民政府任命李登辉为立法委员，辞不就。

10 月 17 日，溯江入蜀，所至之处门人弟子热烈欢迎，川省人士尤倾倒备至。在成都游历二周③。

---

① 复旦大学档案馆藏历史档案，案卷号 403。
②《救亡情况》第 21 期，1936 年 10 月 11 日。转引自《复旦大学志》第一卷（1905—1949），第 115—116 页。
③ Men and Event, *The China Weekly Review*, Nov.21, 1936.

12月25日，乘民权轮返沪①。

本年，在《东方杂志》第33卷第1期发表《我的兴趣》，提出教育应与美术打成一片。环境美有助于培养精神美，道德是精神的美；良好的学校环境使学生心情愉快，养成乐观的人生观。物质环境对于道德思想的培养有密切关系。文中提出校园要美术化，使得学生身处其中，思想洁净，心情愉快，成为奋发有为的青年。

本年，为李观森《一个上海商人的改变》写序②。

1937年（中华民国二十六年，丁丑），66岁

春，复旦经费困难、校址狭隘两大难题，在吴南轩上台后得到初步解决。国民政府行政院决定每年补助复旦国币18万元。校址拓展，则由叶楚伧、邵力子商请江苏教育款产管理处钮惕生、吴稚晖，将无锡太湖边大雷嘴土地1 014亩拨赠复旦。

3月28日，李登辉与叶楚伧、钮惕生、吴稚晖前往无锡勘察新校址。钱新之、吴南轩、金通尹等同行。荣德生在无锡梅园招待李登辉一行③。

5月5日，首届校友节。燕园改名"登辉园"。李登辉在园内发表演说。

8月，淞沪战争爆发，复旦内迁，李登辉未往。

9月12日，《民报》第四版发表李登辉等人《告全世界基督徒书》。《民报》以"李登辉等发告世界基督徒书　此次战争不能仅视为中日之战"为标题，文中说："此次中日战争，不能视为地方及遥远的中日战争，更不能视为传统的出乎宗教领域以外的政治问题，希望普世教徒，在此危险时间，共负艰巨之责任，而于可能范围内，尽量以基督教会的认识与立场，而思有以挽救此危局。凡是以维护国际间真正和平正义，中国基督教徒无不愿以最大之牺牲以赴之。"

---

① 《复旦大学校刊》1936年12月28日。转引自复旦大学校史组材料。
② 李观森：《一个上海商人的改变》，上海广学会1936年版。
③ 吴南轩：《复旦大学受赠太湖大雷嘴校地文献原稿》。

10月8日，在《文摘战时旬刊》第二号发表《复旦被炸》一文，控诉日寇毁灭我国文化机关之暴行。

本年，"道德重整运动"传入我国，李登辉热心推动。

1938年（中华民国二十七年，戊寅），67岁

2月15日，李登辉租下公共租界北京路中一信托大楼余屋为临时校舍，师生员工400余人复学。

3月13日，渝校副校长吴南轩等人担心李登辉在上海办学，有损母校声誉，于月初致函李登辉，竟以民族大义相责，认为这样做的结果，会"玉石不辨，泾渭同流"。今日，李登辉复信渝校领导，说明为何在沪办学复课的缘由，并表示万一办不下去时，"当散即散"。

3月28日，沪校举行开学典礼。李登辉报告本校西迁、沪校复课经过及战时大学生应负之责任。述及复旦发展计划：上海为复旦之根据地，将来专办文、法、商等学院，重庆设理学院，办水利、农矿等，无锡设工学院，办纺织、机械、渔业等[①]。

4月，李登辉具名呈国民政府教育部（由渝校转呈），报告内容为：

> ……本校在沪学生以经济及交通关系，未能来川，同时又不便久在他校借读，遂环请留沪本校教职员予以学业上之救济，爰于本年2月间暂时赁屋，就各学生之需要开设学程开始授课。其负责各教职员名单见附纸，其经费即以学费充用，并不动用钧部补助费。合将经过情形呈请核准备案，即称"复旦大学沪校"实为德便。其新旧生报部等事，统有本校汇合办理，以规划一。

---

① 《复旦》1938年4月。

5月16日，卖掉自备福特小轿车，以充沪校经费。

6月1日，吴南轩副校长由渝途经香港来沪，与李登辉商谈增加校董事宜。

6月3日，李登辉假座高乃依路江一平公馆，宴请吴南轩。赴宴校董有叶季纯、朱仲华、周越然、赵晋卿、江一平、奚玉书、李登辉、吴南轩诸人。经讨论，决定新聘四川省府秘书长贺元靖、民生轮船公司董事长兼经理卢作孚、美丰银行董事长康心之为新校董。

8月8日，李登辉要求以"复旦大学沪校"备案，被教育部否决。沪校为达到在教育部备案、在上海租界合法存在之目的，要求以"复旦大学补习部"名称备案。今日，渝校副校长吴南轩致函李登辉："前谈沪校改为补习部一事，顷奉教育部五五八九号训令照准。"在对外联络或登报招生时，沪校仍用"复旦大学"名义。

8月31日，沪校开始迁往霞飞路1726号。

8月，在渝校的金通尹教授因事返沪，应李登辉邀请留在上海，任沪校教务委员会主席，主持日常教学工作。

9月12日，李登辉致函黎照寰，请求借用交大土木工程系仪器设备。

9月22日，李登辉致函法租界华人教育处处长高博爱（A. Yrosbois）处长："敝校自迁移至霞飞路1726号以来，业于本月19日上课，情形安谧，以后登辉对于管理学生及一切等事，决意遵守贵公董局所定章程负责办理。"

9月26日，李登辉致函天主教饶神父：

> 敝校前得法租界当局允洽谅解，迁移霞飞路1726号，业已上课一星期。情形安谧。顷闻因他校问题，有令法租界内各大学迁移他处之说，殊深疑惧。因此际校舍初定，一切布置均已就绪，若再觅屋他迁，则困难万分，一时势有所不能。查敝校对于

管理学生及一切等事，业于前上大法国领事呈中声明，悉遵公董局定章负责办理，兹再请江一平校董负责担保，恳请先生向法领事及租界当局力予斡旋，俾敝校得专心办学，不胜感祷。

9月，法租界华人教育处出面干预沪校。理由是未遵法租界公董局章程办学；无殷实厂商作担保，故令停办。下旬，沪校迁仁记路（今滇池路）中孚大楼余屋上课。

11月28日，李登辉致函吴南轩：

自迁移至仁记路中孚大楼后，情形安谧，学生颇能专心读书。现在正值学期中间考试，尚能注意功课，因考试规则仍严厉执行也。惟仪器缺乏，一切实验大感困难。本学期虽半赊半现，勉力购置数件，其余则就附中所有者尽量移用，实验室即设附中。此间专恃学费，收入有限，而房租一项已占一大部分，教职员等虽刻苦无济于事。若欲希望每学期少数盈余，添购书籍仪器，实不可能。最好教育部除补助重庆（方面）之外，再行酌补上海方面购置仪器费每学期若干，俾求学可重实际。因现在留存孤岛之大学生为数甚众，其教育问题似较内地学生更加注意，此层意思吾棣如遇教育部负责人员，尚希陈述为盼。近阅《申报》载有尊处消息，拟在北碚进行建校云，已募得十余万元，未识确否。南温泉一带风景优美，地形亦高，昔游蜀中，尚能回忆。愚意如能在该处择一地点，似觉适宜，倘以为然，或可向康心之先生等商之，何如？闻商学院现设重庆，未知吾棣在何地，若多本学期学程表及教职员名单，请寄一份来，以资参考。

12月22日，沪校以李登辉、殷以文的名义，向中国实业银行租定其在赫德路（今常德路）574号三层楼房一幢。下午，沪校与该行襄理宋树玉签约。自1939年1月到1946年3月底为止，沪校以此楼为校舍，达 7 年零 3 个月之久。

1939 年（中华民国二十八年，己卯），68 岁

1 月 1 日，《复旦》校刊在北碚复刊，复刊词由李登辉撰写，全文如下：

> 复旦入川，瞬以周岁。登辉尘务羁身，未克西来与同仁同学共甘苦，至为惭惶。所喜师生合作，各界提携，筚路蓝缕，规模初具。复旦光荣，辉耀于嘉陵江畔者，不啻歇浦江上，此登辉之所引为欣慰不置者！复旦校友遍天下，而抗战以还，旧日同人，亦多星散。内迁以后，对学校消息，或多隔膜。校刊之复版，想亦有以弥补此缺陷乎？又使登辉对校务知之更详，亦大快事也。

4 月 5 日，李登辉建议推行导师制。由各系系主任担任学生导师，负责指导学生的学习和研究事宜。如某系学生过多，系主任不胜负担，各系可自行决定增添导师。

4 月 13 日，沪校拟设立新闻学系，请渝校代为转呈教育部。教育部长陈立夫答复"碍难照准"。

4 月 24 日，副校长吴南轩于本月中旬致函，邀请李登辉 5 月初赴渝参加登辉堂奠基典礼。李登辉于今日复函，因年老体弱不堪远行，力辞所邀。

8 月，下旬，新学期即将开始，沪校教师增至 64 人，校系两级负责人也陆续配齐，名单如下：名誉校长李登辉（校长缺，以渝校校长为校长）、教务长应成一、训导长孙绳曾、总务长叶秉孚。中文系系主任应功九、外文系系主任顾仲彝、教育系系主任陈科美、化学系系主任戴岜心、土木工程系系主任金通尹（或称"理工学院筹委会主任委员"）、政治系系主任耿淡如、法律系系主任施霖、经济系系主任王恭谋、社会系系主任应成一（兼）、银行系系主任朱斯煌、会计系主任袁际唐。

11月15日，复旦创办人马相伯于月初逝世。上海同学会本日假浦东同乡会六楼礼堂举行追悼会，李登辉送去挽联"寿逾百龄心雄万古，才高一代名重八方"。

1940年（中华民国二十九年，庚辰），69岁

5月1日，复旦大学校刊（渝校）发表李登辉为建校35周年的题词：

> 于我复旦，焕乎日新；溯阙终始，三周岁星。百年树人，三有其一；七十称半，就敢自逸？寇起七七，厄同阳九；吾道西来，蜀学祭酒。以吾独久，而求日新；物质虽绌，奋其精神。钱吴二君，支此危局；吾处海滨，幸不为辱！遥瞻西蜀，莘莘吾从；广业飘微，志在匡扶。国难未纾，敢励同志；校友嘉节，观摩以义。蔚为气类，为天下倡；复旦不朽，中国不亡。

5月30日，晚，为推进道德重整运动，李登辉在福音广播电台发表演讲，总结自己40余年从教经验和民国成立以来在道德教育上的失误。反省自己从前曾"放纵烟赌"，"开办大学之始，服务精神，并不热烈，唯野心勃勃，企图与人竞争，希望该校能成为全国最佳之学校，则我个人之荣誉与地位，兼而有之"。"盖人天生自私，无牺牲之精神，则其所作所为，岂有不自私之理？我试以自我意志，以达无私，但屡试屡败。我生命之改变，一言以蔽之曰，靠上帝力量而已。"①

5月，李登辉计划在沪校设立女生家政系，请渝校转呈教育部②。

6月，渝校代理校长吴南轩致函李登辉，详述渝校5月27日被

---

① 《新闻报》1940年6月6日。
② 吴南轩致金通尹、殷以文函，1940年5月23日，复旦大学档案馆藏历史档案，案卷号172，第52页。

日机轰炸及孙寒冰教授遇难经过。李登辉复信:"详悉吾校被炸后情形,不胜愤慨,寒冰弟身后一切,望吾弟力为筹划。"

本年,季英伯将李登辉的言论辑出,主题为"如何保持快乐常态",在《复旦》发表。

1941年(中华民国三十年,辛巳),70岁

3月17日,因经费极度困难,渝校拟改为国立。今日,渝校领导致电李登辉及在沪校董,征求意见。

3月21日,李登辉、金通尹、殷以文、许晓初、江一平、奚玉书等联名回电渝校,电文曰:

> 渝校经费困难,拟改国立,极佩苦心。惟改组后,经费如何保障?校董会是否存在?沪校如何维持?附中地点或为敌人藉口没收(因复旦中学地处华界),如何避免?筹划所及,均盼电示。

4月1日,李登辉请殷以文致电渝校领导:沪校同仁都主张复旦名义必须保留,沪校必须维持。

5月6日,李登辉、郭仲良、赵晋卿、江一平、王伯元、金通尹、奚玉书、周越然、叶季纯、朱仲华等联名回电渝校领导:

> 沪校决依电示,不称国立,仍沿用私立名义维持现状。惟渝沪既有国立、私立之分,沪校自以十七年原案(编者注:1928年教育部批准复旦以私立大学立案)继续办理为是。

5月13日,过去曾发生多起国民政府教育部不承认某些学校学生学籍的事件,致使这些学生日后在就业、晋级、生活待遇等方面受到不公正待遇。有鉴于此,李登辉等沪校领导将每年招生数字、毕业生人数等清单寄渝校,由其代为转呈教育部备案。今日,渝校

将沪校所招新生名单，以"上海补习部"名义呈教育部：

> 查本校上海补习部因环境特殊，致土木、经济、银行、会计各系，录取新生超过规定名额。惟重庆本校卅年度第一学期录取新生，各系多不足额，合计沪渝两校各院系录取总数并未逾额，请教部体念实情，准予备案。

获教育部批准。

7月27日，吴南轩电告李登辉、金通尹、殷以文等人，因大后方向教育部申请改私立为国立的学校有多所，目前只得暂时作罢。但教育部仍拨15万元给渝校作补助费。

8月，复旦大学师生罹难碑在北碚落成，碑文由李登辉、吴南轩、江一平合署。

10月，渝校决定，每年给沪校2万元的补助费。

10月3日，在上海《新闻报》刊登《现代女子教育问题》，对男女教育平等提出异议。李认为男女因其禀赋不同，其所尽天职亦异，宜分工合作，以求进步。"摇动摇篮之手可治天下"，母教问题之重要，实为任何问题所不及。妇女成为贤妻良母，较之使其成为政治家或科学家，重要得多。

12月8日，太平洋战争爆发后，沪校处境极为困难。经在沪校董决定：自即日起，沪校停办，教职员工一律解聘。下旬，沪校改组为"笃正书院"，以应付局势。时隔不久，又恢复原有名称。

1942年（中华民国三十一年，壬午），71岁

1月，复旦大学改为国立。吴南轩就任国立复旦大学校长。

2月17日，太平洋战争爆发前，沪校与渝校主要通过香港联络。现香港沦陷，与渝校联系中断。为应付日益恶化的局势，沪校今起成立校务委员会，实行集体负责制，成员有：李登辉、金通尹、叶季纯、李权时、顾仲彝、周德熙、耿淡如、应成一、袁际

唐、戴岂心、陈科美、施霖。校务委员会今日召开第一次会议。

5月，复旦大学在重庆北碚为李登辉庆祝七十寿辰。复旦同学总会在寿文中写道："先生之学，名物训诂，文章经济，有足以名之者乎？先生之德，允恭玄默，巍巍穆穆，有足以名之者乎？……一世之中，先生之所业惟一，先生之所教惟一，三十五年，先生一校之教授也，三十五年，先生一校之校长也。"[①]

7月3日，沪校校董在绿杨村餐社举行董事会，出席校董有赵晋卿、郭仲良、王伯元、闻兰亭、袁履登、李登辉、叶季纯、王思方、周越然、许晓初、鲍慷志等。因渝校已改为国立，关于沪校名称，校董决定：对外仍用"上海私立复旦大学"名称。

12月，日本宪兵队军官至沪校，要求见校长，查问是否收外籍学生。李登辉适坐办公室，但来者不识李，气势汹汹，进行威胁，李断然拒绝，终不为所动。敌军官不得逞，悻悻离去。

本年，眼患白内障，视力大衰。

1943年（中华民国三十二年，癸未），72岁

2月，章益就任国立复旦大学校长。李驰书庆贺，称"得子继吾衣钵，吾无憾矣"。李曾语沪校同人："余执教近四十年，现年老力衰，无能为力，友三（章益）从我多年，与我善，知我深，执掌吾校，定能'得天下之英才而教育之'，我深为今日之中国青年庆……"

4月16日，有日方背景的"上海华侨公论社"邀李登辉对海外华侨撰文，李以"贱体弱衰，右目昏糊，不克撰文"为由婉拒。

9月10日，汪伪首脑陈公博、林柏生在上海举行文化界名流座谈会，邀请李登辉出席，李以体衰目昏为由拒绝与会。

10月10日，国庆日。与多位青年学子为国家民族长跪祈祷。沪上青年受李登辉领导者，莫不得其精神上之感召。英国传教士

[①] 引自《新闻报》1942年11月21日社论。

贝克与李登辉结识甚久，知其人格，乃谓一般青年曰："中国的年轻人仍然需要李博士发声。（The young men of our New China still needs the voice of Dr. Lee）"①

自沪校创立后，李虽年高体弱，每日上午仍至校听课。所听课有英文、法文、德文、莎士比亚戏剧、英国文学批评等②。

1944年（中华民国三十三年，甲申），73岁

春，沪校经费极度困难。李登辉白内障加剧，脚部溃疡，行走不便。校友许晓初送来三轮车，出门便以三轮车代步。

于右任、邵力子、章益在重庆发函，向大后方各地校友会募集李登辉老校长颐养基金。函中说：

> 李师腾飞，本年已达七十晋二之高龄，频年为救济滞沪员生，殚精竭虑，犹不时亲至母校上海补习部予师生以勖勉。惟近接沪上各方消息则称：李师以久患眼疾，两目几已失明，生计之艰窘，更与日而俱深。盖倾注其毕生精力于母校，虽老而弥笃。而及今风烛残年，茕茕□□一老，桑榆之收，方且无以为颐养之计矣。吾济济校友，无虑万数，尼山仰止，固凤切瞻依，闻兹情形，谅同深怀系。在渝校友除由力子两次共约集数十人，已同认定募集李师颐养金达五十余万元，并预定重庆市校友捐献，以百万元为目标外，特再吁请学兄同声之应，就贵地发动李师颐养金之募集（下略）。③

1945年（中华民国三十四年，乙酉），74岁

5月11日，李登辉给在渝的吴道存去信，提出"复旦精神"为"牺牲"和"团结"（sacrifice and solidarity），章益校长赞同。后又

---

① 赵世洵：《沪校近闻》，载《西北通讯》第1卷第2期，1944年3月15日。
② 同上。
③ 《安顺通讯》1944年6月30日。

在"牺牲"和"团结"以外,加上"服务"(service),作为复旦精神的完整解释。

8月,下旬,派员工前往江湾母校探视。被派员工设法通过重重封锁线,探明江湾母校第一手情况,积极准备复校。

抗战胜利,赵世洵在重庆向李登辉致函庆祝。李在回信中说:

> 我们虽已求得有形的胜利,但距离内在的胜利,目标尚远……世风较前更下,人心较前更险,国民道德普遍低落,上下交征以利,寡廉鲜耻,莫此为甚!君谓中国有无限之希望,吾实忧心如焚,未敢苟同也。

10月21日,章益校长为准备复员飞抵上海。本日中午,在上海海关俱乐部举行来沪校友盛会。李登辉、章益等与会。章益校长报告移校事宜。各地校友献金折合黄金57两,其中30两作为李老校长的颐养基金。李后来将此款捐献给学校修建大礼堂(即今天的相辉堂)。余款20万元赠孙寒冰夫人,10万元赠殷以文夫人。

10月30日,于右任、邵力子本月中分别致函问候李登辉,李于今日复信表示谢意。

11月27日,章益校长签发校字1319号,呈教育部部长朱家骅,请准由校照聘李登辉为复旦永久名誉校长。全文如下:

> 谨呈者,本校前在私立时代,筚路蓝缕,惨淡经营,以蔚成学府者,皆出于本校前校长李登辉先生之擘划主持。李先生早岁赞襄革命,嗣更致力教育文化事业,主持本校教务前后达三十余年,其事业奋斗之历史、所贡献于国家社会者实已甚多,而其毕生精力尽瘁于本校者,尤难罄述。李先生近已达七十有三之高龄,两目失明,自应退休以养余年。为酬德报功,表率后进起见,拟请准予由校聘请李先生为本校永久名誉校长,以酬作育之劳而示崇敬之意,可否?现合备

文，呈请鉴核示遵。①

抗战胜利后，蒋介石与宋美龄返沪祭扫宋太夫人之墓，在旧法租界某花园设下午茶会，招待沪上绅老，李登辉作为长辈亦被邀请。茶会将散，诸老推李登辉致谢。

1946年（中华民国三十五年，丙戌），75岁

1月19日，章益校长再次致书教育部，请准由校照聘李登辉为复旦永久名誉校长②。

4月9日，关于复旦聘请李登辉为永久名誉校长一事，教育部指令复旦大学："所请该校聘为永久名誉校长一节，于法无据，毋庸议。"但同意转呈国民政府明令嘉奖③。

4月，稽勋委员会授予李登辉二等景星勋章④。

《国光英语》（吴道存主编）1946年第1卷第4期发表李登辉的《教育之真谛》，提出"吾人需要革心尤甚于益智。革心为吾国社会与民族进步之基本条件。吾人必须践履大仁、大诚、大公、大纯四德。吾国之社会与民族复兴之机即系于斯。"

6月10日，赴浦东同乡会出席朱少屏追悼会。朱少屏在菲律宾任领事，日前遭杀害。⑤

8月16日，《国光英语》第2卷第1期发表李登辉的《适应新环境的新教育》。

10月，渝校复员与沪校合并，李登辉始辞谢大学校务，仍任复旦中学和复旦实验中学两校董事会董事长，并兼任两校校长。

12月30日，国民政府发布褒奖令：

---

① 复旦大学档案馆藏历史档案，案卷号2465。
② 同上。
③ 同上。
④ 同上。
⑤ 《正言报》1946年6月10日。

行政院呈，据教育部呈，为国立复旦大学前校长李登辉功在教育，现告退休，转请鉴核明令嘉奖等情，查该校校长李登辉，早岁赞襄革命，嗣后致力教育文化事业，主持复旦大学校务，前后达三十余年，宏愿热心，成材綦众，高名硕学，士类同钦，应予明令嘉奖，用示优异。此令。①

本年，与言心哲谈女子教育问题，认为现在的女子教育与家庭幸福背道而驰。燕京大学、浙江大学、金陵女子大学早有家政系，而复旦还没有，深为遗憾，希望后继者勿忘②。

1947年（中华民国三十六年，丁亥），76岁

2月13日，《前线日报》第三版发表《万事须由和平始 呼吁全国息干戈 李登辉老博士答客问》。记者就李氏发起和平运动访问李氏。报纸全文记载问答。李氏为五位和平运动召集人之一。记者问："和平运动除舆论呼吁外，尚有其他有效方法否？"李氏回答："八年抗战历史证明，一旦全国意志良心集中于一个单纯目标之时，其力量足以超过世界任何有形之力量，如大多数一致要求和平，不与战争以鼓励，余信任何人不能不服从和平。"

春，叮嘱经常接近他的几位文化界、工商界朋友如端木恺、周孝伯、钱新之等人，共同发起一个和平统一运动。因钱新之等人不甚赞同而作罢。

3月，登辉堂开始兴建。

5月，感旧道德之沦替，与陈传德谈及校训取义，叮嘱陈下学期到中学部为学生讲演"四书"经义，"俾得稍知旧道德"③。

6月11日，去年成立的复旦大学校友会台湾分会，本年7月举

---

① 《复旦》1946年12月号。
② 《李登辉先生哀思录》，第21页。
③ 《李登辉先生哀思录》，第23页。

行年会,函邀李登辉前往与会。是时,李双目已失明,由其口授,老秘书季英伯执笔作复。

6月,为《经济系一九四七级毕业纪念刊》撰写序言。序言写道:"'牺牲'要克服自私,'服务'要打破功利,去自私,去功利,才能看见国家人民的利益。当我们紧怀高贵的复旦精神,走进社会,披荆斩棘,一步步逼近为国家为人民谋求福利的伟大理想的时候,整个的复旦,将会向我们投以赞许的眼光,而这本册子上的许多亲切和严正的面容,将更能增长我们踏平崎岖路的勇气!"

7月5日,复旦抗战胜利后第一次毕业典礼在新落成的"登辉堂"举行,李登辉发表最后一次公开演说:"特别是在中国,我们还需要团结,全体人民的团结,中国才有希望。""服务、牺牲、团结,是复旦的精神,更是你们的责任。"①

7月30日,突然中风,遂卧床不起。

11月16日,密律根夫人前来探望,谈及往事。李伤心过度,神经深受刺激,引发脑出血。当晚即未进食。虽经复旦校医及老友刁信德博士悉心诊疗,未见效。

11月19日,晨,脑出血引发肺炎。

下午四时,李登辉以肺炎不幸在华山路寓所逝世,终年76岁。留下遗言:以胞弟登山第三子贤政为嗣;死后与爱妻汤佩琳合葬于八字桥长老会公墓。

复旦校友们组成以于右任、邵力子为正、副主任委员的治丧委员会,吴国桢、潘公展、方治、奚玉书、章益等百余人为委员。

11月21日,下午二时,李登辉遗体在万国殡仪馆按照基督教仪式入殓。三时,由谢颂羔等牧师主持,为李登辉祈祷祝福。颜惠庆在发言中称誉,李登辉为我国数十年来仅有二十余位留学生中道德学问造诣最高者之一人。

---

① 何德鹤:《一代师表李登辉》,载《现实》新闻周报第12期,1947年11月28日,第16页。

11月22日，李登辉遗体与汤夫人合葬于八字桥长老会公墓。

11月28日，李登辉治丧委员会已募集3亿元，收到现款8 000万元，除治丧费用开支外，还决定出版《哀思录》若干册，余款将设李氏奖学基金。

12月21日，胡秋原在《东南日报》发表《悼李登辉先生》一文："在中国近代教育史上，蔡孑民先生在北方首先树立思想自由的学风，而在南方，则复旦大学一直保持思想自由传统者，是先生最大的功劳。"称李是"一个真正的基督徒、一个真正的爱国者、一个真正的自由主义者"[①]。文章说：

> 何谓真正爱国者？爱国谈何容易，其实真正爱国者是并不如想像之多。自从爱国成为口头禅，不少的聪明才智之士，或者受政治不良的刺激，成为民族虚无主义者。或者歆羡外国的文物，成为民族自卑主义者。承认国家的忧患与落后，然信任自己的民族亦能有其伟大的将来，即自己以整个的生命从事于一种神圣工作，以谋国家的进步与复兴，这便是我所说的爱国者。先生便是这样一个人，而将教育看作救国根本事业的。大概一个受过外国的统治，而同时具有外国最高文化水准者，必能比任何人更深刻地感到祖国的可爱。先生出生于华侨的家庭，受过完全的西方教育，他知道西方，也知道中国。将中国提到西方的水准，是必要的，可能的。必须了解这一点，一个人才算知道如何爱国。在这一点，先生和孙中山先生是经过同一种精神体验的。但先生毕生尽瘁的，是与中山先生不同的事业。孙先生是一政治家，李先生是一教育家。他和革命党人有深厚交谊，并不断在国家最艰危的时候，挺身领导救国的运动，然他不曾参加实际政治，不曾加入任何政党和政府。这不是立略鸿高，而无非觉得，他献身于教育，较之从事政治更能胜任而愉快。

---

① 转引自《李登辉先生哀思录》，第37页。

12月11日，国民政府发布褒扬令，盛赞李登辉一生的办学功绩，并将生平事迹宣付国史馆。

12月21日，李登辉追悼大会下午二时在复旦登辉堂举行。全国各地复旦同学会（校友会）亦于今日同时举行追悼会，以悼念这位把毕生精力贡献给复旦的教育家。

杭州校友会在杭州青年会四楼举行追悼会，许绍棣主持，竺可桢主祭。蔡竞平报告李氏生平，青年会干事王揆生代表来宾演说。竺可桢在本日日记中记载早年在复旦公学求学经过、同班同学、李氏生平简历及其对李氏的评价。"余在复旦时间甚短，只一年，在第四班。而李先生时为总教司，即教务长……余未曾有机会在李先生处听讲，但知全校师生均尊敬之而已。时在宣统元年、光绪卅四年之交，李先生新婚，与汤佩琳女士伉俪甚笃。余所知者尽于此矣。当时余同班有陈寅恪、钱智修（经宇）、曾昭权，余人已不能记忆。金通尹昆仲似比余等较高一班。读《李先生行状》及章友三作《传略》与蔡竞平、王揆生二人所云，可知其人品确极可佩，不愧为一代宗师也。……先生奉基督教甚虔而罕以强聒人，可谓有中国古代君子之风。近两月来东西有两大教育家去世，一为哥伦比亚大学 Nicholas Murray Butler，一即先生也。Butler 热衷政治，但未得上政治舞台。李先生则不愿上政治舞台，此亦兴趣之不同也。"①

附　李登辉生平著作一览

《英文实用教科书》

《文化英文读本》

《李氏英语文范》

《李氏英语修辞学》

《中国问题之重要因素》

《李氏英语修辞作文合编》

---

① 《竺可桢全集》第10卷，上海科技教育出版社2006年版，第615—616页。

李登辉生前曾任公职一览

美国地理学会会员、美国政治学会会员、国民政府禁烟委员会副主席、国民政府侨务委员会委员、华侨联合会名誉会长、中华拒毒会主席、中华道路协会委员、上海基督教青年会会长、全国基督教青年协会会长、中国基督教教育协会委员、中华慈幼协会会长、国民外交后援会主席、基督教文学学会会长、全国儿童福利会会长、美国政治和社会科学院成员、上海耶鲁俱乐部成员、美国大学俱乐部成员、欧美同学会会长

主要参考文献

复旦大学档案馆藏历史档案。
上海档案馆藏相关复旦档案。

李贤政致笔者的信函，2002—2004 年。
李宝琛采访记录，2004 年 4 月，扬州。

《复旦》《复旦周刊》《复旦旬刊》《复旦大学校刊》《复旦同学会会刊》《复旦大学同学录》《复旦公学浙江同学会学生杂志》《复旦人》《平民》《文摘战时旬刊》《神州日报》《申报》《时报》《新闻报》《东南日报》《时兆月报》《中华学生界》《拒毒月刊》《国光英语》《中华基督教教育季刊》《学生会会报》。

1915 年《复旦公学章程》。
1920 年《复旦大学章程》。
1919—1926 年《复旦大学年刊》。
章益：《章益事略》，1984 年。
《吴南轩先生逝世周年祭纪念专集》，台湾，1981 年。
李老校长纪念工作委员会编印：《李登辉先生哀思录》（1947 年）。
许有成编纂：《复旦大学早期校史资料汇编》，台北市复旦校友会印，1997年。

许有成编撰：《复旦大学大事记》（1905—1948年），台北市复旦校友会印行，1995年。

朱仲华、陈于德：《复旦校长李登辉事迹述要》，《文史资料选辑》第97辑，文史资料出版社1985年版。

赵世洵：《一位伟大的教育家——记复旦大学校长李登辉博士》，《春秋杂志》（新加坡）第427—430期。

奚玉书：《忆"五四之父"蔡元培先生——并记为复旦沥尽心血的李登辉校长》，《春秋杂志》（新加坡）第532期，1979年。

张廷灏：《我所知道的私立复旦大学》，《上海文史资料存稿汇编》第9卷，上海古籍出版社2001年版。

梁德坤：《雅加达中华会馆的沿革及其所办的社会事业》，《广东文史资料》第23辑，广东人民出版社1979年版。

许有成：《于右任传》，复旦大学出版社1997年版。

复旦大学校史编写组编：《复旦大学志》第一卷（1905—1949年），复旦大学出版社1985年版。

孙应祥：《严复年谱》，福建人民出版社2003年版。

皮厚锋：《严复大传》，福建人民出版社2003年版。

《华侨华人百科全书·教育科技卷》，北京中国华侨出版社1999年版。

陈宏薇：《世界著名学府·耶鲁大学》，湖南教育出版社1990年版。

王英杰：《论大学的保守性——美国耶鲁大学的文化品格》，《比较教育研究》2003年第3期。

劳伦斯·克雷明著，洪成文等译：《美国教育史》（二），北京师大出版社2002年版。

李元瑾编著：《东西穿梭 南北往返：林文庆的厦大情缘》，南洋理工大学语言文化中心2009年版。

李元瑾:《东西文化的撞击与新华知识分子的三种回应:邱菽园、林文庆、宋旺相的比较研究》,新加坡国立大学中文系八方文化企业公司 2001 年版。

苏绍柄编辑:《山钟集》,1906 年。

唐绍明:《清华校长唐国安:一位早期留美学生的报国之路》,清华大学出版社 2016 年版。

陈以爱:《动员的力量:上海学潮的起源》,台北:民国历史文化学社有限公司 2021 年版。

黄贤强著,高俊译:《1905 年抵制美货运动:中国城市抗争的研究》,上海辞书出版社 2010 年版。

黄贤强:《伍连德新论:南洋知识分子与近现代中国医卫》,台湾大学出版中心 2023 年版。

宋旺相著,叶书德译:《新加坡华人百年史》,新加坡中华总商会,1993 年。

上海图书馆编:《上海图书馆藏唐绍仪中文档案》第 28 册,上海人民出版社 2020 年版。

李观森:《一个上海商人的改变》,上海光学会出版 1936 年版。

徐以骅:《教育与宗教:作为传教媒介的圣约翰大学》,珠海出版社 1999 年版。

王立诚:《美国文化渗透与近代中国教育——沪江大学的历史》,复旦大学出版社 2001 年版。

上海市禁毒工作领导小组办公室、上海市档案馆编:《清末民初的禁烟运动和万国禁烟会》,上海科学技术文献出版社 1996 年版。

颜惠庆著,吴建雍等译:《颜惠庆自传——一位民国元老的历史记忆》,商务印书馆 2003 年版。

庄钦永:《新加坡华人史论丛》,南洋学会 1986 年。

朱维铮主编:《马相伯集》,复旦大学出版社 1996 年版。

张志伟:《基督教与世俗化的挣扎:上海基督教青年会研究(1900—1922)》,台湾大学出版中心 2010 年版。

Brooks Mather Kelly, *Yale: A History*, New Haven and London: Yale University Press, 1974.

Earnest Lau & Peter Teo, *The ACS Story*, Concordia Communications Pte Ltd, Singapore, 2003.

Jerry Dennerline, *Lee Teng Hwee, Ho Pao Jin, and Educational Reform in Malacca, Singapore, Shanghai and Beyond, 1885−1945* (Translocal Chinese: East Asian Perspectives, 2017).

Lee Teng-Hwee, *Vital Factor in China's Problem: Reading in Current Literature,* Shanghai: the Commercial Press, 1934.

Lynn Pan, *The Encyclopedia of the Chinese Overseas,* Harvard University Press, 1999.

Ruth Hayhoe, Towards the Forging of a Chinese University Ethos: Zhendan and Fudan, 1903−1919, *The China Quarterly,* June, 1983

Ruth Hayhoe, "Sino-American Educational Interaction from the Microcosm of Fudan's Early Years," in Cheng Li (ed.), *Bridging Minds across the Pacific: U.S.-China Educational Exchanges 1978−2003,* Lanham, Maryland: Lexington Books, 2005.

Wang Yuxin, For the Country, For the Age: Lee Teng-Hwee's Educational Philosophy at Fudan University (1913−1923), B. Phil Thesis, University of Pittsburgh, 2021.

Catalogue of Yale University (1897−1898)
Bulletin of Yale University (1912−1913).
Report of the President of Yale University (1920−1921).
Yale Alumni Weekly (1948).
The Straits Chinese Magazine (1901−1904).
The World's Chinese Students' Journal (1906−1912).
The Chinese Recorder (1920).
The North-China Daily News (1922).

初版后记

　　早在 20 世纪 40 年代，复旦学子就有意要为李登辉校长写传，在他面前提出这个想法后，李登辉一口否决，严肃地回答："Man much abler than I have left no record, why should I leave any?"（许多比我能力强的人没有留下记录，我为什么要留下任何记录呢？）在极"左"思想泛滥的年代里，对李登辉的评价只有七个字——"资产阶级教育家"。历史没有给他留下空间，也不可能有公正的史传问世。于是，在 20 世纪前半叶的大学教育家群体中，李登辉被淡忘了。甚至在绝大部分复旦师生眼中，李登辉的形象也是模糊的。只是因为一个偶然的机缘，趁着复旦百年华诞，《李登辉传》才姗姗来迟。执笔者，已经不可能是他亲手培养的弟子门生。那些得到他教诲和恩泽的熟悉他的人们，早已全部作古。为了与他的心灵更贴近一些，传记是应该在他们手中完成的。写传的重任，几经周转，最后落到了我的头上。

　　由于我的工作是编修复旦大学纪事和撰写校史馆文案，必须查阅大量的复旦早期档案。于是查阅复旦的历史档案成为我每天的功课。当然档案中与李登辉直接相关的材料凤毛麟角，但却为写传提供了坚实的基础。事实上，本传就是围绕李登辉建设复旦这个主题展开的，传记也可以看作是复旦前 45 年历史的浓缩本和精华本，也是我三年工作的一个副产品。

初版后记

在书稿出版之际,我首先要感谢许有成教授。如果没有他,就没有这部书。为了寻访李登辉的零星资料,许老师几乎查遍了大陆、台湾、香港所有的相关文献,并专程到东南亚实地考察李登辉早年的生活环境。三年前,许老师将几十年来悉心收集的资料慷慨惠赠予我,将写《李登辉传》的希望寄托在我身上。许老师还草拟了第一章。初稿完成后,又对前三章进行了修改。全书是两人劳动的成果。许老师为提携后进,坚持由我一人署名。本书就这样成了我的处女作。如果本书的出版能使教育界重新认识到李登辉的价值,首先要感谢许有成教授付出的长年经久的辛劳。

感谢校史研究室主任龚向群副教授,没有她,我不可能参与扩馆修史工作。龚老师独自一人坚守复旦大学校史研究室十多年,积累了不少全国高校的校史文献,为我查阅相关资料带来便利。感谢我的导师张荣华副教授,他的沉潜和博学,给我留下深刻的印象。感谢钭东星老师仔细研读了书稿并加以润色,还提出宝贵的修改意见,促使我重新审视李登辉的思想发展脉络。感谢陈煜仪老学长慷慨赠我资料和照片,在多次长谈中给我不少老复旦的感性知识,弥补了间接知识的不足。感谢远在加拿大的李贤政先生在信中详细解答我的提问。感谢许美德教授在百忙中为本书作序,并送我耶鲁校史书籍。感谢档案馆杨家润副教授,在查阅资料中凭借他对复旦档案的娴熟掌握给我很大的帮助。感谢美国研究中心徐以骅教授指出我在序言翻译上的不足。感谢学友张炳飞、王焕珠在英文翻译上给我的帮助。感谢我的妻子王晶和我的父母,他们承担了所有烦琐的家务,使我能安心在复旦工作,书稿中也蕴含着他们的辛劳。

最后要说明的是,本书部分图片来自复旦大学档案馆,在此一并致以诚挚的感谢。

钱益民

2005 年 4 月 6 日于国泰路复旦公寓

修订版后记

本次修订是繁忙的工作之余进行的。修订版得到诸多朋友的帮助。台湾陈以爱教授在《动员的力量：上海学潮的起源》提出"东南集团"的概念，为重新理解东南社会和五四运动提供了新思路，给予我很大的启发。陈以爱教授还惠赐多种史料。遗憾的是，这些珍贵的史料来不及利用。复旦大学法学院陈立教授提供了李登辉在耶鲁期间的多幅照片和史料，并通读书稿，给予诸多指导。美国安城大学邓尔麟教授提供了李登辉发表的若干文章以及留美期间的照片。清华大学金富军先生，本校国关学院马建标教授、哲学学院刘平教授、图书馆王启元先生、同事刘晓旭等提供了相关史料。王昱心博士通读了书稿，并提供了若干修订文字。唐一铭、吴桥越校订了部分文字。责任编辑史立丽精心校订书稿，为修订版付出了大量心血。

这次修订主要集中在第一到第五章，并对附录的年谱做了较多增订。第一章到第三章增补了李登辉的家庭出身、教育经历、信仰转化和道路选择等方面，尤其是对他回国的原因做了较多分析。二十年前《李登辉传》出版后，引发读者尤其是东南亚华侨和研究者的关注。李登辉为什么会回国以及为何他在中国度过一生，是大家最感兴趣的问题，修订本给读者提供了一个答案。第四章到第五章，通过增补李登辉的社会人脉，更清晰地呈现了李登辉建设复旦的艰辛过程。1919年的五四运动和1922年的华盛顿会议是李登辉发挥他民间外交才华的最重要时刻，本拟专辟一章，但是无法如愿，只能留待以后补充。

钱益民
2025年4月14日于美岸栖庭

图书在版编目(CIP)数据

李登辉传/钱益民著. -- 2版,修订本. -- 上海:
复旦大学出版社,2025.5. --(复旦大学校长传记系列
). -- ISBN 978-7-309-17938-5

Ⅰ. K825.46

中国国家版本馆 CIP 数据核字第 20251XU033 号

李登辉传(修订本)
钱益民　著
责任编辑/史立丽

复旦大学出版社有限公司出版发行
上海市国权路 579 号　邮编:200433
网址:fupnet@fudanpress.com　http://www.fudanpress.com
门市零售:86-21-65102580　团体订购:86-21-65104505
出版部电话:86-21-65642845
上海雅昌艺术印刷有限公司

开本 787 毫米×960 毫米　1/16　印张 24.25　字数 349 千字
2025 年 5 月第 2 版
2025 年 5 月第 2 版第 1 次印刷

ISBN 978-7-309-17938-5/K·864
定价:105.00 元

如有印装质量问题,请向复旦大学出版社有限公司出版部调换。
版权所有　侵权必究